負けてたまるか！

国産旅客機を俺達が造ってやる

小説・ＭＲＪ開発物語

この小説は8年間にわたる実際の取材に基づいたフィクションである

負けてたまるか！
国産旅客機を俺達が造ってやる

◉目次

プロローグ

「実に50年ぶりの開発となる国産旅客機、ＭＲＪがいま、離陸しました！」

２０１５年11月11日ＡＭ9時35分――。

県営名古屋（小牧）空港の駐機場に集まった来賓や航空関係者、マスメディアなどおよそ５００人が見守る中、国産初となるジェット旅客機〈ＭＲＪ〉(Mitsubishi Regional Jet)は、新幹線のスピードを超える２３０km/hで滑走し、鶴のようにスラッとした機体は澄み切った青空へ吸い込まれるように羽ばたいていった。

この初飛行の瞬間を、立場の違う四人の男《キーマン》がそれぞれに特別な想いを抱きながら見つめていた。

「本当に難産だったな」

飛び立つ勇姿に、盛本勇一は、これまでの苦労が走馬燈のように重なって見えていた。盛本は、「国家とともに歩む」が社是の三菱重工に入社後、日本の次期主力戦闘機の生産を巡る対米交渉を切り拓いた営業のプロだ。三菱重工からＭＲＪの開発主体である三菱航空機株式会社へ肝煎りで投入された盛本は、念願の初飛行を果たしたこの年の3月31日まで、同社のＣＥＯを務めてきた。

事業化が決定した時点で受注目標１０００機と掲げられたＭＲＪ。盛本がトップを退くまでの6年間に獲得した注文は、国内外から４０７機だった。決して多いとは言えない。しかし、三菱航空機株式会社は、旅客機メーカーとしては、巨艦エアバス社やボーイング社を持つアメリカやＥＵ、またＭＲＪのライバルとなる、小型ジェット機専門メーカーを持つブラジルやカナダはもちろんのこと、ロシアや中国よりも後発となる新参者である。さらに、ＭＲＪは既存機を設計変更したマイナーチェンジではなく、まったくのゼロから開発された新造機なのだ。ヨーロッパで毎年開催される、世界最大級の国際エアショー会場で、盛本は6年間もの間、顧客となる航空会社や航空機リース会社一社一社を相手に身振り手振りを交えた英語で、手塩にかけて育てたＭＲＪを選んでもらえるよう、毎年必死に説明してきた。もちろん、両手で相手の手をとりながら頭を下げる、日本式のお願いも欠かさなかった。

「まだ存在しないものを売る苦労」は並大抵のものではなかった。

盛本は言う。

「(開発・製造する)我々も、看板商品であるＭＲＪも、まだ生まれたての赤ん坊です。初飛行は、成長の一通過点。立派な大人に育つかどうか……本当の正念場はこれからです」

この言葉通り、新造機開発にとっての正念場は、これからだった。

初号機が納入されるまでに作成されるＭＲＪの各種検査や審査書類、仕様書、取扱説明書等は、実にその機体1機分の重量(横綱・白鵬271人分の42、800kg)にも上る。そのほとんどが、まさにこれから行われていく試験飛行の結果によって作られるのだ。

「ようやく飛んでくれた!」

と思わず拳を握りしめたのは、葉山武志《たけし》。国産機ＭＲＪの安全性を審査し、営業飛行が可能になる「適合証明書」を発行する立場の国土交通省航空局・航空機技術審査センターのトップだ。

国交省にとっても、国産機の審査はプロペラ旅客機「YS－11」以来およそ半世紀ぶりのことであり、ジェット旅客機では今回が事実上、初めてとなる。MRJを海外に送り出すためには、世界の空をリードしている欧米の当局（葉山と同じ立場の航空局）に、お墨付きをもらわなければならない。

しかし、彼らから見れば、MRJが新参者なら、審査する側の日本の国交省も新参者。航空機がコンピューターの塊へと進化していく重要な変革の最中に、日本は製造国として表舞台にいなかった。それ故、航空先進国の当局にMRJを認めさせるハードルはとてつもなく高い。

葉山らは、欧米が中心になって決めてきた航空の規定やルール（聞いたこともない専門用語が随所に散りばめられている英文の膨大なガイドライン）を腹に落とし込んできた。その一方で、やがて折衝が必要となる欧米当局とスムーズに話が進むよう、ネゴシエーションを何年もかけて行い、重い扉を少しずつ少しずつこじ開けてきたのだ。東大大学院（航空学）を卒業後、運輸省に入省、それ以来、航空畑一筋を歩んできた生粋の〝飛行機屋〟の葉山は言う。

「MRJは日本の航空産業の未来がかかった、まさに試金石。我々は審査する立場ではあるけれども、なんとしてでもこのプロジェクトは成功して欲しいと願っています」

審査する側である国交省の真価が問われる試練は、この初飛行の先に待ち受けている。

何しろジェット旅客機生産国の審査当局となること自体が初めての経験なわけで、メーカーに先んじた知識や技術の習得や審査等のノウハウをゼロから築き上げなければならないのだ。

フワッと機体が滑走路から浮き上がった瞬間、感極まってウワッと泣き崩れたのは東山陽子だった。

隣では専務である息子が母の横顔を黙って見つめていた。

東山は従業員数10名あまり、金属加工を行う大阪の町工場《まちこうば》「古谷鉄工所」の女社長だ。初飛行の瞬間は、従業員とともに工場の事務所のテレビに映し出される生中継で見届けた。金属を削っていくとその際に摩擦熱が生じ、わずかな膨張や変形が起きたり、金属自身が変質し、別の金属になったりするのだが、東山の工場はそれを限りなく引き起こさない日本屈指の技術を誇る、知る人ぞ知る存在であった。

「航空機には夢と希望がある。その部品の製造をいつか必ずやってみたい」

航空産業は初参入となる古谷鉄工所。閉塞感漂う日本の昔ながらの工業事情の中で、東山はＭＲＪを〝夢を叶えられる千載一遇のチャンス〟とずっと考えていた。まだ三菱航空機でも、部品製造の発注について何らの計画すら決まっていない段階で、なんとＭＲＪの設計部門が使用しているものと同じ3次元設計ソフト（3Ｄキャティア）の導入を断行したのだ。零細企業にとっては巨額の約150万円もの先行投資である。何ら具体的な算段があったわけではない。しかし、その熱い気持ちは、ついに幸運の女神を呼び寄せることとなった。

航空機の部品製造は、精度が安全性に直結する。ＭＲＪの機体規模で部品点数は約95万点。その中で、クリティカル・アイテム（Critical Items：製品の使用に重大な影響を与える要となる部品）、たとえば、人間の関節にあたるような、一生交換がいらないほど丈夫で、かつ、完成誤差がミクロン単位に収まって滑らかな動きも求められるような部品はごくわずか。まさに日本屈指を誇る東山の技術に、そうした箇所の部品製造で白羽の矢が立ったのだ。

とはいえ、技術には自信があるものの、夢の実現のために清水の舞台から飛び降りる決意で先に投じた1500万円。零細の町工場にとっては大きな賭けだ。航空機は自動車のように何万、何十万台と製造されるわけではないため、受注が取れたとしても、先行投資した金額の回収には軽く10年はかかるのだが、これがもし受注を取れなければ、たちまち工場の経営は立ち行かなくなる。

下した決断は間違っていなかった……。

心の奥深くに抱えてきた、言うに言えない経営者ならではの4年間の不安と苦悩、そして自分たちの手で作った部品が大空へ羽ばたいていく嬉しさが洪水のようにこみ上げてきて、東山は泣き崩れたのだった。

「実は最初、専務（東山社長の息子）が〝うちの会社の強みをもっと高みに持って行ける最もハードルが高い仕事に挑戦したい〟と航空部品の参入を訴えてきたんです。最初は、何を夢みたいなことをと笑いましたが、専務はものすごくＭＲＪのことを勉強していて、私に熱く説明をしてくれました。工場の将来をよくよく考えましたら、確かにその通りかもしれへんと思うて、それじゃやってみよか、と挑んだんですけど……航空機の部品製造は、〝この検査機器がいる〟〝この認証制度も取得しとかなアカン〟と、おいそれと参入できへんことが後に冷静になって振り返った時にわかり、ほんま、青ざめました。でももう、やるしかない。それまでは何しろ、無我夢中でしたんで。常に技術で勝負したいと思う私たちにとって、ホントに挑んで良かったといまは思うてます」

この時東山は、予想だにしない出来事が、後にこの町工場を襲ってくることなど知る由もなかった。

「V1！…VR！…V2（離陸）！ Gear Up《ギアアップ》（車輪格納）！」

「おぉ〜っ！」

渦のような拍手が巻き起こる。

パイロットの音声やMRJに搭載されている各計測機器のデータ、MRJを捉えた監視映像がリアルタイムで流れてくる〈テレメタリー〉と呼ばれるモニタールームで、初飛行の総指揮を執ったのは、三菱航空機副社長の壇善之《だんよしゆき》だ。

壇は、MRJの設計部隊を統括するチーフ・エンジニアであり、開発全体の責任者でもある。壇は、この初飛行を計器などに目を凝らす各担当の技術者たち20数名が陣取る部屋の隣にある、危機管理室にひとり立って見守っていた。万が一、機内から何らかの異常の報告があったり、モニターで見受けられたら、V1（離陸をするかしないかを決める最終スピード。MRJクラスでは約175㎞）のコールがあった時点で、離陸断念の判断を瞬時に下さなければならない立場にいた。機体が滑走路を走り始め、速度を増すに連れ、鼓動が早くなるのがわかった。

「飛べ！」

思わず心で叫んだ離陸の瞬間、足が震え、数秒遅れて目頭が熱くなった。それもそのはず、航空史に刻まれる記念すべき今日の初飛行を迎えるまでに、MRJ開発は、設計の変更や部品製造の進め方に手間取るなどし、計4回の開発遅延を引き起こした。結果、ニッポンの威信をかけた国家的プロジェクトは4年半も延びたのだ。壇ら開発サイドからすれば、日本が旅客機開発の表舞台から退いていた空白の50年が招いた、まさに、生みの苦しみの試練という本音の気持ちが片隅にあった。

事実、日本は旅客機のジェットエンジンすら未だ作ることはできない。それもこれも、プロペラエンジンのYS－11を最後に国産機開発を進めることができず、大きな技術変革期だったジェットエンジンへの転換時に蚊帳の外だったからだ。旅客機メーカーに求められるのは、様々な最先端技術をかき集めて、ひとつの機体に作り上げていく優れたマネージメント力。いかに優秀な大工や左官に建具屋、水道、電気屋を集めることができるかが問われる棟梁のような存在なのだ。確かにMRJも、エアコンすらない時代の木造住宅建築しか知らない棟梁に、いきなり鉄骨・鉄筋住宅の建築を求めるのと同じような話ではある。しかし、メディアを含めた国民は皆、MRJ開発が遅延する度に「かつて零戦の頭抜けた飛行性能で世界の度肝を抜き、いまや人工衛星も打ち上げられるほどの技術力を誇る、〈ものづくり大国・日本〉が、たかだか旅客機ひとつにこんなに手こずるなんて……」と、失望から蔑みにさえ変わっていった。針のむしろのような遅延発表会見の席で、壇は記者たちが放つ、傷口に塩を塗るような質疑に矢面に立って応えた。時には、納得のいかない記者たちに、突然MRJの模型を持って立ち上がり、件の箇所を差し示しながら粘り強く説いたこともある。離陸の瞬間、壇の胸中には、悔しさに歯を食いしばり耐えてきたその時の思いが、堰《せき》を切ったように溢れ出したのだった。

初飛行が無事終了し、移動の車に乗り込む前、心境をこう漏らした。

Q：これまで遅延の発表を行う度に悔しい思いをしてきたと思う。今日の初飛行はどんな思いで挑んだのか？

壇：いろんな想いがこみ上げてきたのは飛び立ってからですね。実はこの数日は、不測の事態が起きた時にどうするか……ばかりを考えていました。パイロットたちには笑顔で「安心して飛んでください」と乗り込む前に伝えたんですが、実はずっと不安で不安で……。万が一何か起きたら、何はともあれ乗員の命を救わなければならないと。離陸体勢に入ってから飛んでいる間中、ずっと、こうなったらああしよう、とばかり考えていましたね。今日は万が一を考えて、乗員全員分のパラシュートも積み込みました。

Q：今後の山場、壇さんにとっての正念場は何になるか？

壇：今後行っていく2500時間の試験飛行で、飛んでみて初めて判った問題点を分析・解析して、必要ならば設計改善にまで反映し、より良い飛行機に完成させていく――ということです。自動車の50倍とも言われる、およそ100万点に及ぶ部品すべてがうまく機能し、最大の性能を発揮できるよう、初号機の納入までにいかにブラッシュアップさせることができるか――そこに尽きます。

そしてこのわずか1ヵ月後、5度目となる試練が壇を襲った。三菱を代表とする造船に緻密なものづくり……かつて世界を唸らせたMade in Japanの威光はいまや遠い昔の成功体験となった。

三菱にとっても日本にとってもこれが最初で最後のチャンスになる国産旅客機開発。成否の責任を背負って立つ壇の運命は、実は壇の少年時代から始まっていた……。

第1章

執念の離陸

もう一度、やりましょう！

「この計画は次世代の航空機技術を日本が主導して確立していこうというものです。日本が旅客機開発に挑戦できる機会は、おそらくこれがラストチャンスになるだろうと考えております」

2003年4月7日、新エネルギー・産業技術総合開発機構（NEDO）の会議室。経済産業省製造産業局航空機武器宇宙産業課の篠木裕也は居並ぶ重工各社の面々を前にして、これからスタートさせる官民共同のプロジェクトについて熱く語った。スーツ姿の男ばかり50名以上が集う部屋はむせかえるような空気で、皆の額には汗が滲む。この日行われたのは「環境適応型高性能小型航空機」開発計画の主契約者の公募。主題の通り、環境面を考慮することを第一義とした、30〜50席クラスの小型ジェット旅客機を開発する構想だ。前年に実施された省庁の再編で、通商産業省から名称が変わった経済産業省が打ち出した肝煎りの成長戦略のひとつであった。

実はこれとまったく同じ光景が、およそ半世紀前にもあった。国産初のプロペラ旅客機「YS－11」の開発だ。第二次世界大戦で大敗した日本にはGHQから「航空禁止令」が布告された。その優れた飛行性能で世界中を唸らせたニッポンの零戦。特に痛めつけられたアメリカの遺恨は根強く、「今後、日本には絶対に飛行機だけは作らせるな！」と、まず日本国内すべての飛行機を破壊、そして航空機メーカーを解体し、航空会社を潰した。さらに大学の授業から航空力学の科目も取り除くなど、制裁措置は徹底された。1945年秋のことである。その後、1952年のサンフランシスコ講和条約で日本は再独立。これを機に、飛行機の運航や製造禁止の一部解除（米機の整備・修理やライセンス生産に留まる）などを含む、航空法と航空機製造事業法が施行された。重工各社は息を吹き返し、航空会社も次々誕生した。それから4年後の1956年、禁止令は全面解除され、ついに航空機製造が可能になる時が訪れた。その時素早く立ち上がったのが通商産業省だった。同省の重工業局航空機武器課の赤澤璋一課長は、三菱を始めとする重工各社や航空会社等を呼び集め、こう切り出した。

「皆さん、我が国の、日本製の航空機を再び飛ばしたいと思いませんか？　このままアメリカやイギリスに（開発・製造を）牛耳られていて悔しいと思いませんか？　我々日本には世界を唸らせた技術がある。もう一度、やりましょうよ！」

そしてニッポンにとってのリベンジ戦との言える国産旅客機開発は、国会の審議を経て、国費が投入された国家プロジェクトとしてスタートした。早速、官民共同の特殊法人「日本航空機製造」が設立され、YS－11の製造には三菱など7社が加わって進められた。機体設計には、航空禁止令の時に他部門へ分散させ温存していた、戦中の三菱で名機を手がけてきた東條輝雄や映画『風立ちぬ』のモデルにもなった堀越二郎などの優秀な設計技術者たちも辣腕を振るった。

ところが、戦前の零戦など軍用機の製造技術は、それから15年の時を経た、しかも民間旅客機の開発にはまるで役に立たなかった。海外輸出を前提に国から予算を引き出したため、世界の空を制するアメリカ連邦航空局（FAA）の「型式証明の取得（＝開発した機体の安全性にお墨付きをもらう）」は、必要不可欠だった。しかしFAAの審査でYS－11は大規模な改修を言い渡されることになる。舵の効きが悪く、操縦性と安定性に欠けていたためだ。テスト飛行中にきりもみを起こして墜落の危機に直面することもあったほどだった。開発期間は延びに延び、新聞やテレビからは「飛べない飛行機」と散々こき下ろされた。他方で、国費も投じられた開発の赤字はうなぎ登りに膨らみ、国の予算委員会で問題視された。

しかし、批判の嵐の中でも開発技術者たちは腐らなかった。日本の技術力の底力を見せるべく、総動員で徹夜に次ぐ徹夜を敢行、大幅な改修を見事に遂げた。当時は難しいとされていた二つあるエンジンの片方だけで安全な離陸をやってのけるなど、威信を賭けた新生YS－11は、見紛うばかりの安全性と性能の高さを誇る名機として世界中に名を馳せた。1969年には全日本空輸に量産100号機を納入、輸出は7カ国15社に上った。当初150機だった量産計画も180機に上方修正され、発注から納入まで1年以上要するほど、まさに飛ぶような売れ行きを見せた。

その一方で、航空会社向けの保守・整備を行うサービス拠点の展開が追いつかなかった。販売先である海外でのアフターサービスは行き届かず、注文のキャンセルが相次いだ。さらにもうひとつ大きな問題があった。YS－11プロジェクトは重工など民間各社の寄せ集めで作られた特殊法人が運営していたため、コスト意識が低い上に役人の天下りも蔓延し、責任も曖昧な、ずさんな経営となり、赤字の垂れ流しという病巣を抱えていた。そしてついに楔が打たれる日が訪れた。赤字が360億円に達する見込みとなった1972年、閣議でついにYS－11プロジェクトの廃止が決定、翌1973年に182機を製造したところで幕を引いた。実は終止符を打ったのは、国産旅客機開発の立ち上げに奔走した、あの通産省重工業局航空機武器課長の赤澤璋一だった。日本に航空機製造を甦らせた功績もあって、最後は局長にまで上り詰めたのだが、YS－11の立ち上げと幕引きを自ら行うという、皮肉な顛末となった。

経産省が打ち出した国産旅客機開発計画、この誕生にはもうひとつ因縁がある。

この計画は前年の4月、内閣総理大臣に就任した小泉純一郎氏が掲げた「聖域なき構造改革」による省庁再編で、通商産業省から名称が変わった経済産業省肝煎りの成長戦略のひとつだ。

実はその小泉元総理、国の航空政策と深い縁がある。特攻隊の出撃基地だった鹿児島・知覧の特攻平和会館を訪れ、ショーケースの並べられた遺書の前で立ちつくし、涙を流す姿をテレビのニュースで見た人も多いと思う。この場面の背景には、純一郎氏の父が大きく関係しているのだ。父・純也氏は知覧近くの万世町の出身で、当時、陸軍に交渉して飛行場を誘致。いまでいう地域活性化策だった。純也氏の願いは叶った。万世飛行場は新設され、知覧飛行場とともに特攻隊の出撃基地となった。しかし誘致したこの地から、結局数百人に上る戦死者を出したことから、純也氏は「自分が飛行場を誘致しなければ……」と誘致したことを悔やみ続けたという。奇しくも国産旅客機開発は、零戦に起因した歴史を背負う小泉内閣時に誕生した。

官民が力を合わせ、国産旅客機開発という開かずの扉を開き、再び世界市場に切り込んで行こう！とぶち上げられた国家〝的〟プロジェクト。主契約者の公募で発表された計画の骨子は「開発期間：2003年度から5年間」「開発費：500億円（半分を国が補助）」という内容だった。応募の締め切りは3週間後の4月末とされた。

ところが——。

蓋を開けてみると、名乗りを挙げたのは三菱ただ一社だけ。これには企業にとって抜き差しならない理由があった。公募の条件に『自社＝主契約者の責任において開発を行う』という一文が盛り込まれていたからだ。具体的には「国は民間企業では開発リスクの高い先進技術について、政府予算でNEDOやJAXAなどの政府系研究機関を通じて開発した新技術を提供する形で開発の成功を支援する」という内容だ。要は、国は新技術開発の支援は行うが、成功するにせよ失敗するにせよ〝プロジェクトの全責任は主契約者が負う〟ということに他ならない。50年前のYS－11はもちろん、その後に打ち出された航空機開発計画は、すべて、国家主導型のプロジェクトだった。そのためコスト意識は低く、高い製造費がそのまま価格に転嫁され、市場の適正価格で売れば売るだけ赤字になる構造的な問題を抱え、これがプロジェクトを破綻に追い込んだ主因だった。経産省は過去の失敗の教訓を活かしたのだった。

各社が二の足を踏んだのは無理もない。新造機を開発して飛ばすとなると、MRJクラスの旅客機では、およそ5000億円が必要だとされていたからだ。たとえ開発費を国が三分の一を援助するとしても、3000～3500億円近い、国の大型公共事業に匹敵する巨費を名乗りを挙げた民間一社が背負い込むことになるのだ。それ故、旅客機の開発は「スポーティー・ゲーム（博打のようなリスクの高い賭け）」と呼ばれる。たとえば、部品の35％以上が日本製として注目を集め、ANAが納入初号機を受け取った、米ボーイング社の最新鋭中型旅客機「B787ドリームライナー」。アルミニウムの三分の一の重さの「炭素繊維複合材（CFRP）」をボディーに採用して軽量化を図り、燃費を大幅に向上させ、さらに操縦系統に最先端の電子システムを導入するなど、ジャンボジェット旅客機B747以来の名機と呼ばれ、完成前から800機を超える受注が舞い込んだ。ところが、最先端技術をふんだんに取り入れたばかりに、同機は飛行試験中に予期しないトラブルが続出、計5回・4年もの納入遅延を引き起こしたのだ。北京五輪に合わせ、目玉の次期主力機にしようと目論んでいたANAの夢は打ち砕かれた。

他方で、4年の遅延はボーイング社にとって大きな禍根を残すことになった。ライバルの欧州エアバス社が「空飛ぶ豪華ホテル」の異名を持つ二階建ての超大型機「A380」の開発に着手、またB787の対抗機種となる次世代機「A350」の開発も打ち出し、受注合戦を繰り広げたのだ。開発が当初のスケジュール通りに進んでいれば、間違いなく転がり込んでいた受注分をボーイングは逃すことになった。

ところがその後、A380に配線のトラブル等が発生し、予定していた機体の納入数が大幅に削減されることとなった。そのため、B787の受注は再び盛り返しを見せることになったのだ。潮目がどこでどう激変するかわからない——これが「旅客機開発はスポーティー・ゲーム」と呼ばれる所以なのである。

ちなみに2015年11月現在で、エアバスのA380（一機およそ360億円）は342機、A350（一機およそ250億円）は990機、ボーイングのB787（一機およそ160億円）は1431機の受注を獲得している（キャンセル可能なオプション含む）。爆発的な売れ行きを見せるB787だが、米アナリストがB787の開発に投じた金（納入の遅延に伴う保障や不具合の改修費を含む）と売り上げを試算したところ、「2000機売っても投じた開発費の未回収金額は50億ドル（約5900億円）に上る」としている。

トラウマから来る不安

そうした生き馬の目を抜く旅客機開発の世界に、唯一名乗りを挙げた三菱。当然、勝算があったわけではない。〝航空機市場への進出失敗のトラウマをいつか乗り越えなければ、日本の国産旅客機開発は未来永劫にわたり不可能になる〟――という積年の思いが決心させたのだ。巨大なリスクを覚悟でこの大きな決断を下したのは、YS－11や三菱独自の小型ビジネス機MU－2、MU－300の開発で二十数年間にわたりリーダーシップを発揮し、三菱重工の社長・会長を務めた橘恭輔だ。当然のごとく社内では、「リスクが高い旅客機開発にあえて乗り出す必要があるのか」、「半世紀も開発の表舞台から退いていてできるはずがない」、「もし失敗すれば三菱といえども屋台骨が揺らぐ」など、反対する声も飛び交った。それもそのはず、旅客機製造から撤退したり、倒産したりした会社は数限りない。ロッキードにダグラス、サーブ……巨艦ボーイングでさえ、1970年代前半に倒産の危機に瀕し、エンジンメーカーではあるが、あのロールス・ロイスは1971年に倒産し、国の支援があってようやく再建を果たしたほどだ。

当然、橘にも経営を左右しかねないリスクは十分承知していた。

わずか182機で製造が中止され「失敗」の烙印を押されたYS－11。ほどなく三菱が単独で挑んだ小型プロペラビジネス機MU－2は、高速性能の高さが評価され、主に海外で755機販売された。しかし、YS－11同様不運が襲う。世界的オイルショックが起き、インフレと燃料の高騰によって売れ行きが途絶え、製造中止を余儀なくされた。こうした外部要因に端を発する経営悪化は「イベントリスク」と呼ばれ、2001年の米国同時多発テロや2003年のSARS発生、2008年の世界金融危機、2011年の東日本大震災などが起きた際には、航空需要は一気に落ち込んで航空会社の経営を直撃し、旅客機の販売ももろに影響を受けることになるのだ。さらに三菱の不運は続く。次に開発された初の小型ビジネスジェット機MU－300。橘が采配を振るった事業だ。アメリカを中心とする海外向けに販売を定め、アメリカ連邦航空局（FAA）の審査を受けるべく機体を持ち込んだ。1979年のことである。ところがこれは、FAAからこっぴどくやり直しを食らった。注文を付けられた数は実に200項目。これには抜き差しならない理由があった。

同じ1979年、米マクドネル・ダグラス社の3発式ジェット旅客機DC－10が相次いで墜落し、数百名が死亡した。「FAAの安全審査が甘かったのではないか」とアメリカ連邦議会でも追及され、FAAは審査基準を大幅に厳しくしたばかりだった。そして不運なことにMU－300は、新しい規定が適用された試験対象第1号の航空機になったのだ。このおかげで、安全性の審査にとてつもない時間がかかり、信用は失墜、受注先への納期遅れによってキャンセルが相次ぎ、事業を断念せざるを得なかった。最終的に1800億円もの大赤字を叩き出す、橘にとって実に苦い経験となった。

橘はYS－11やMUなど過去の失敗の主因は「最終的に資金体力が伴わず、挫折せざるを得なかった」と分析していた。中でも自身が事業の旗振り役を務めた三菱独自開発のビジネスジェット機M

Ｕ－３００では１８００億円もの大赤字を叩き出して撤退した苦い記憶がある。もう一度、旅客機開発に挑むチャンスがあるなら、航空機産業を日本の基幹産業にするという信念の下、ピンチを耐え切る国を挙げた体制が必須だと、橘は常々考えていた。

そこへ、国の手厚い支援がある国産機開発計画が舞い込んできたのだ。当然それは当時、三菱重工の社長の座に就いていた橘の琴線をかき鳴らすものと思われた。「挽回できるチャンスがやっと到来した！」とばかりに。

しかし——。

橘の腰は重かった。それはどうにも消し去りようのないトラウマからくる不安だった。重工各社が集められた寄り合い所帯の国家プロジェクトだったＹＳ－11の失敗を除けば、三菱にとって「二度ある不運は三度ある」となるのだ。その橘に断行を迫ったのが、三菱重工業名古屋航空宇宙システム製作所の所長、村山茂雄。

かつて零戦を手掛けた三菱重工の事業所のひとつ「名古屋航空宇宙システム製作所」は、開発技術者の間では『名航（めいこう）』と呼ばれ、その名を馳せる。１９２０年（大正9年）、大日本帝国が国連の前身である国際連合に加盟したこの年、三菱内燃機製造株式会社の一工場として発足。以来、最新鋭の航空機部品や戦闘機などの製造、航空機やロケットの組み立てなどを専門に手掛ける、いわば我が国最高峰の航空技術のプロ集団だ。

「下請けのままではダメです。完成機メーカーになりましょう！」

名航トップの村山は橘にこう直談判した。突き動かしたのは、決して忘れることのできない雪辱の歴史だ。

旧海軍の主力艦上戦闘機「零戦」も手掛けるなど歴史は古く、中島飛行機と共に、戦前の二大航空機メーカーだった名航。戦後、航空機の自主開発を7年間禁じられたことで解体に追い込まれたが、1952年に航空機事業を再開。国産戦闘機F－1やYS－11を生み出してきた。

そして名航の復活が順調に進んでいた矢先の1985年、技術者たちの威信を打ち砕く事態が襲った。それは日本の次期支援戦闘機F－2の開発計画、俗に言う「FS－X（Figher Suporter－X）問題」だ。

国産戦闘機F－1の老朽化に伴い、後継となるF－2の開発が国防会議で決定され、選択肢は「外国機の導入」と「国内開発」の二つに絞られた。政府も真っ二つに割れた。

「これを機にアメリカの属国化から脱却し、欧米を凌駕する技術力を培うべきだ」こう主張する国内開発派と、「欧米の外国機は、技術力と生産能力で信頼が高い。コストパフォーマンスにも優れている」とする輸入派。防衛庁内でも意見は二分していた。

特に輸入派が懸念したのは「日本の独自開発の場合、予算超過で頓挫する」ということだ。1973年当時、実に360億円もの巨額な赤字を出して製造が中止されたYS－11の教訓だった。こうした中で三菱の意気込みは並々ならぬものがあった。社長・会長を歴任した川澄庸太郎は「国のお役に立てないようなら三菱の存在意義はない。儲かる、儲からないではない。もって生まれた宿命と思っている」とまで公言し、独自に研究を進めた。そして、三菱が旗振り役となって、川崎重工、富士重工、三菱電機、石川島播磨重工との5社で作り上げた提案「国産5社案」を防衛庁に提出した。ただし、エンジンは海外製という注釈が付けられた。プロペラからジェットエンジンへの航空機の重要な移行期に日本は研究・開発を禁止されたため、欧米に大きく水をあけられ、独自に作ることができなかったからだ。

1987年4月、国産か輸入かで国内が揺れ続ける中、自国の既存戦闘機の導入を迫るアメリカの調査団が来日。当然、圧力をかけるためだ。

アメリカからすれば「航空禁止が解けた後、米軍機の修理や民間機の保守などを与え、ノウハウの供与までしてきたのに、まるで飼い犬に手を噛まれるようなものだ。恩を仇で返すのか！」収まりが付かなかった。

ところがこの時、三菱はなんと調査団に名航へ視察に来るよう呼びかけた。比類ない小回りの効く旋回と圧倒的な飛行距離の長さなど、優れた飛行性能で世界をアッと言わせた零戦の技術。その開発力の高さは脈々と受け継がれ、アメリカが知らぬ間に培われて、いまや自力で戦闘機を開発できるまでに進化しているんだ！　何よりそのことを示したかった。

さらにもうひとつ、ぜひ伝えておきたいこともあった。ただ海外製の既存戦闘機の導入に反対しているわけではないと。周囲を海で囲まれ、ソビエト等の対日侵攻を想定しなければならない一方、政策によって作戦機の総数を制限され、「専守防衛」という特殊な環境下にある日本。敵対する相手の領空近くにまで飛んでいき、戦闘機や艦隊に対して先手を打つ攻めの必要がない。求められるのは、諸外国で一般的な攻撃機としての性能ではなく、要撃（迎撃）機の性能もあるものだ。そうした状況に合わない既存機を導入した場合、ゼロからの開発に等しいほどの改造を施さなければならない。心中穏やかでないアメリカの調査団に、あえて国産案を詳《つまび》らかにすることで日本が必要とする要素を理解してもらいたかった。

アメリカの下請けのままではダメなんだ

かくしてアメリカの調査団は三菱を訪れた。どうせ我々以上の開発技術は持ち得ないだろうという気持ちを抱いて。

ところが――。

三菱から国産案の説明を受けたアメリカの調査団は度肝を抜かれた。軍事の先進国アメリカでさえ考えつかない画期的なアイデアが盛り込まれていたからだ。ひとつは「主翼の成形技術」。従来の鉄板を張り合わせるのではなく、ボルトや留め具を必要としない一体成形で製造するまったく新しい手法だ。どんな形にも成形が容易にでき、製造期間も短縮されることになる。また、ボルトや留め具がいらない分、軽量化になるうえ、当時としては最先端をいく、鉄より強くアルミニウムより軽い「炭素系複合材」が使われ、大幅な軽量化を可能にした。これは戦闘機にとって非常に重要なファクターとなる。飛行距離を延ばしたり、ミサイルなど武器の搭載数を増やすことができるのだ。

そしてもうひとつが「レーダー技術」。これも三菱の独自開発で、同時に複数の目標（敵機）を捉えることができる画期的な技術だ。その形容から、名航の技術者たちは「とんぼの眼」と呼んでいた。

視察を終えた調査団が痛感したのは言うまでもない。「絶対に日本に独自開発をさせてはならない」と。

他方でこの時期、日本とアメリカの関係は大きな国際問題に発展していた。「日米貿易摩擦」である。1960年代、戦後焼け野原から脱却した日本経済は圧倒的な産業力で、世界中にモノを売り、当時の日本経済は一人勝ちの状況だった。1965年には、日米間の貿易収支が逆転。そこからはアメリカの対日貿易赤字は増加の一途を辿り、1972年には日米繊維協定という一方的な条件を日本は飲まされ、さらに電化製品等も一方的な自主規制を受け入れざるを得なかったのだが、それでも日本の産業力は衰えを見せず、1985年、アメリカの対日赤字は、500億円にも達していた。アメリカでは日本製品の不買運動が起こり、米議会では日本に対し「スーパー301条を発動すべき」との声が挙がっていた。貿易の不公正から制裁を加える措置だ。

そしてこの年、1987年の10月、F－2問題は急転直下、解決を見ることとなった。時の内閣は中曽根内閣。米ロナルド・レーガン大統領と「ロン・ヤス」関係と呼ばれるまでの信頼関係を構築し、日米安全保障体制の強化を推し進めた中曽根総理が、アメリカと政治決着で幕引きを図ったのだ。次期支援戦闘機F－2はアメリカの既存戦闘機をベースにした日米共同開発にする——というものだ。しかしその内容たるや、いくら貿易摩擦問題を鎮静化させるとはいえ、日本にとっては屈辱的でアメリカの言いなりに等しかった。

1）共同開発機は日本のみが使用するため、費用は日本側が持つ。
2）開発分担比率を米4：日6とする。
3）ベースとなる米戦闘機の核心部分のソース・コードを〝ブラックボックス〟とする（＝機体の頭

脳となる基幹プログラムは日本側に教えない）。
４）共同開発機に盛り込む日本の技術をアメリカ側に無償で移転する。
政治折衝は日本側の敗北に終わった。貿易摩擦問題に加え、自力でエンジンが作れない日本の足下を見られたのだ。

「一体これのどこが共同開発なんだ！」

不満は国産推進派のみならず、日本中で噴出した。特に怒り心頭に発したのは、言うまでもなく三菱だ。アメリカにさえ開発できない先進技術をまんまと持って行かれたうえ、米製戦闘機の重要な技術供与が受けられない、これ以上ない屈辱だった。

しかし、日米の共同開発が始まると、三菱は意地を見せる。なんと垂直尾翼以外はすべて再設計したのだ。当初、アメリカ側の設計チームは色をなしたが、執拗なまでにこだわり抜く姿勢に舌を巻いた。結局、Ｆ－２の開発は日本側が最後まで主導して行われるという、意外な顚末となった。

ただし、ベースとなった機体はあくまでアメリカ製であることには変わりはない。

「いつか必ず自力で丸ごと一機開発して見せる！」

重工の経営陣、そして名航の技術者たちは心に刻んだ。

経産省が打ち出した国産旅客機開発計画に、なかなか名乗りを上げない橘に、名航トップの村山は小型ジェット旅客機の開発案をまとめ、取締役会に提出した。

「下請けのままではダメだ。完成機メーカーになりましょう！」

それでも渋る橘に村山は手紙を送る。毛筆でこうしたためた。

「自らの責任で最後までやり遂げます」

まさに〝血判状〟だった。

ニッポンのために心血を注ぎ、名機を生み出した三菱の大先輩、東條輝雄や堀越二郎なら、このリベンジのチャンスにどういう判断を下しただろうか――考えるまでのこともない。ただ、いまは時代が違う。自らの力でちゃんと利益を出せる事業に育てられるか、さらに航空先進国のように航空産業を後押しする国を挙げた基盤が整うのか――その見極めがつかないようなら挑むべきではない。橘は揺れに揺れた。

そしてついに、決断を下す。

「やってみろ」

背中を押したのは、日本の歴史において航空機というものに大きな責任を持っている我々三菱が、ここでやれなくするわけにはいかない――この一念だった。

ルビコン川を渡った三菱

2003年5月、主契約企業は唯一名乗り出た三菱に決まった。

YS－11以来、およそ半世紀越しの悲願となる国産旅客機開発に向け、ルビコン川を渡った三菱。まさに執念の離陸だった。

開発体勢は、富士重工業と日本航空機開発協会、宇宙航空研究開発機構（JAXA）、東北大学などが協力することで固まった。計画の骨子は『機体は30〜50席クラスの小型ジェット旅客機。2006年までに製造図面を作成し、同年に機体の試作に着手。2007年に試作機をロールアウト（完成機を披露）させ、初飛行を実施。その後、飛行試験を繰り返して2009年に型式証明を取得する』というもの。これに伴い経産省は、国会で開発予算を年度毎に獲得し、支援することになった。ただし、『2009年までにローンチカスタマー（いち早く機体を受け取る権利を獲得するため、開発段階で発注する航空会社のこと。設計希望も反映してもらえる）を確保できない場合は量産しない』ことも盛り込まれた。つまり、6年の間に世界の航空会社から、うちにぜひ欲しい！と思われる航空機を作ることができなければ、事業は夢で終わってしまうことになるのだ。

早速、名航の開発技術者たちが集められ、次世代機の名に相応しい新技術導入の精査や基本設計が進められていった。この時、三菱社内には自信が漲っていた。皆、嫌というほど力を蓄えてきたからだ。

長らくアメリカ軍用機の修理や保守作業、ボーイング機の外板製造といった「下請け」に甘んずるという、忸怩《じくじ》たる思いを秘めてきた三菱。F－2の開発も適わなかった。しかし、そうした状況にただ腐っていたわけではない。航空機を丸ごと開発・生産できる機会をずっと窺《うかが》っていたのだ。その実現を引き寄せるため、複合材のさらなる進化など得意技術を磨き、来るその日に備え培ってきた。その証左となるのが、米ボーイング社の最新鋭旅客機「B787」の開発。三菱は心臓部である主翼の設計と生産を任されるまでに技術力を高めていた。その象徴が世界最高峰と言われ脚光を浴びた

「炭素繊維複合材（ＣＦＲＰ）」の成形技術だ。主翼構造をＣＦＲＰで一体成形することにより、従来の鉄とアルミで作られた翼で山ほど使われていたリベットやネジが必要なくなり、20％の重量軽減を可能にした。当然、燃費の向上につながる。Ｂ７８７の片翼は長さ30ｍ、最大幅５ｍ。ＣＦＲＰが初めて主翼に導入されたＦ－２戦闘機の５倍、面積で10倍にもなり、三菱の抜きん出た技術があったからこそ、世界最大のＣＦＲＰ主翼を持った低燃費旅客機が誕生したのだ。そして他の重工を始めとする各社も、三菱同様に長い年月をかけ、それぞれ独自の先進技術を開発してきた。Ｂ７８７「前胴（翼より前の部分にある胴体）」の製造は川崎重工が請け負った。直径６ｍの外板（ボディ）を厚さ６㎜のＣＦＲＰで一体成形で作り上げる技術の開発に成功したことによるものだ。これを可能にしたのが、直径９ｍの世界最大のオートクレーブ（高温・高圧でＣＦＲＰを成形する設備）の開発だった。こうした日本勢が培ってきた卓越した技術は、Ｂ７８７の部品全体で実にボーイング社と同じ比率となる35％を日本製が占める快挙を引き寄せたのだ。

「もはや日本で航空機を丸ごと開発・生産する実力は身に付いた」

こうして満を持した中で始まった開発だった。技術者たちは皆、奮い立っていた。

しかし、采配を振るう橘は社内に広まる高揚ムードに水を差すかのごとく引き締めに回った。過去に悔しい思いをした自身の経験から、開発技術者たちを前に釘を刺した。

「いまは嵐の前の静けさ。しかし、いよいよ飛行機ができ上がり始め、外部とのやり取りが始まれば、理屈の通らないことがガンガン起こる。スケジュールなど自分たちで管理できることさえ守れないのでは話にならない」

橘のこの言葉が、皮肉なことに10年先に起きる不測の事態を見事に言い当てることになる。

第2章

生みの苦しみ

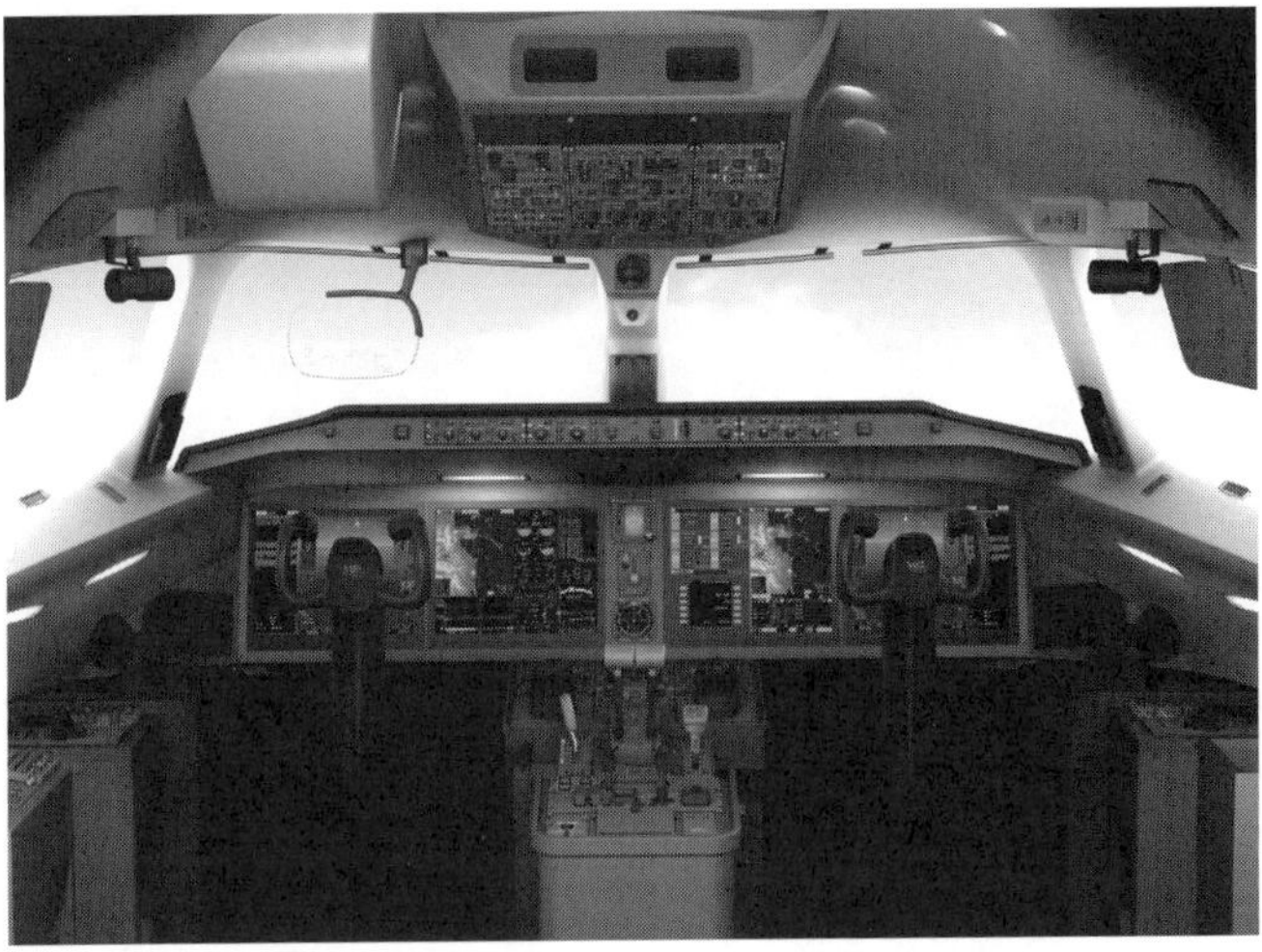

親方日の丸からの脱却

「民間機旅客機開発は官民にとって長年の悲願でもございました。この機会を逃せば、日本が主導権を持って民間旅客機開発をすることが難しくなる」

２００８年３月28日、事業化の決定を発表した席で、三菱重工の梶俊雄社長はこう語り、正式にＭＲＪ開発の火蓋が切られた。梶は会長に就いた橘の後任の社長だ。発表会見には名航トップだった村山茂雄も重工の常務として席を並べた（４日後の４月１日にはＭＲＪのメーカーとして三菱航空機が設立され、初代社長に村山が就任し、橘が会長に就いた）。

この事業化決定の会見は、直前の27日に念願の受注が決まったことから急きょ執り行われることになった。航空会社はＡＮＡ、発注数は25機。

実はこれが決まるまでに一悶着あった。

経産省が打ち出したこの国産旅客機開発計画は、『２００９年までにローンチカスタマー（開発の段階でいち早く発注する航空会社）を確保できない場合は事業化しない』ことが盛り込まれていた。このため、前年の２００７年10月からこの条件をクリアすべく、日本と海外で猛烈な販売活動が行われた。しかし、実績もない新参者の三菱に海外の航空会社は皆、そっぽを向いた。日本では天下の三菱、スリーダイヤとして名を馳せているものの、海外ではそれほどの知名度はなかったのだ。せいぜいあった反応は「ミチュビシ（MITSUBISHI）？　エレベーターのカイシャだよね」くらいだった。しかも（当然）実物はない。どこの馬の骨かわからないヤツが、絵に描いた餅を売りに来たのだ。当たり前の反応だった。焦った三菱と経産省は国土交通省に頭を下げた。

〝ＪＡＬかＡＮＡになんとかローンチカスタマーになってもらえないだろうか〟。

この国産旅客機開発計画には国土交通省も色気がなかったわけではない。ＹＳ－11以来、実に半世紀にわたって、欧米の航空局が安全性審査で太鼓判を押し、日本の空を飛ぶことになる外国機の、安全性の追認審査をするという、いわば、格下の扱いにずっと甘んじてきたからだ。国産旅客機が実現すれば、海外に送り出す製造国の航空局としての手腕を発揮できる格好の機会となるのだ。

かくして最初に打診したのはナショナル・フラッグ・キャリアのＪＡＬだった。

反応は素早かった。

「ウチはいらない」

時期が悪かった。ＪＡＬはその時、債務超過に陥り、2008年のリーマンショックが引き金となって破綻の縁をさまよっていた。500人乗りの大型機ジャンボジェットを大量に購入し、グイグイいわせていたツケが回っていたのだ。ＹＳ－11と構図は同じで、国家主導の会社が行く着く成れの果てだった。時の社長・松田肇は、時代の趨勢に伴い、燃費が悪く、効率も良くない大型機から、中・小型機への転換を図るべく大ナタを振るい、なんとか破綻を避けようとしていた。松田にとってＭＲＪは、入れ替え導入したい機体のひとつだったが、納入時期が合わなかったのだ（そして2010年1月、ＪＡＬは会社更生法をもって倒産し、再生の道を歩むことになる。負債総額は2兆3200億円超だった）。

「いますぐにでも小型機に入れ替えていきたいが、ＭＲＪは開発が順調にいったとしても3年先。たとえ国交省からの申し入れだとしてもとても受け入れられない」

松田はこう回答し、ＭＲＪの強力なライバルとなるブラジル・エンブラエル社の旅客機を購入する道を選び契約。納入機を受け取る式典に出席するためブラジルへ飛んだ（選択肢として、同じくＭＲＪの競合となるカナダ・ボンバルディア社の機体もあったが、エンブラエル社の機体は脚が長く、「ボーディング・ブリッジ」と言われる空港ビルから直接、蛇腹を機体にくっつけて乗ることができるため、松田はこれを選んだ。逆にボンバルディアの機体の場合《当時》、ボーディング・ブリッジへの接続ができず、乗客は徒歩かバスで乗り込まなければならないため、ホスピタリティに欠けるうえ、使用する空港も限られることになる）。

こうした経緯でＪＡＬからお断りされた国交省は、即座にＡＮＡと交渉に入る。しかし、ここでも否定的な回答が返ってくる。理由は二つあった。

ひとつはちょうどこの時期、ローンチカスタマーとして米ボーイング社の最新鋭次世代機７８７の開発に参画していたため。名機ジャンボジェット７４７に次ぐ大型機の開発構想を練っていたボーイングに対し、中型機７６７を多く保有するＡＮＡは、「大都市のドル箱空港へ大量輸送する時代は終わった。これからは多様化しつつある客のニーズに応じたより多くの地域へ路線を張れる小回りのきく中型機こそ、航空会社が最も欲する機材（機体）になる」と、２００５年から新型機開発の方向転換を迫り、ようやく説き伏せることができたのだ。そうして誕生したのが次世代中型機、７８７だった。日本の航空会社が初めてローンチカスタマーとなる、実は華々しいデビューを飾る納入も北京オリンピックに間に合う「２００８年上半期」という約束も取り付けていた。航空会社にとってパイロットやＣＡ、整備、業務などの人員（担当者）を割かなければならないローンチカスタマーは、実はメリットの享受を超える負担となる。「二つも抱えられない」というのが本音だ。

あとひとつは新しいメーカーの機体であるということだ。航空会社にとって、違うメーカーの機体を導入すれば、その分だけ専門の整備士やパイロット、パイロットを育成する訓練用フライト・シミュレーターの用意・設置、部品在庫が必要となり、非効率的な経営となってしまう。ANAも長距離の国際線と至近の国内線の両方を運航しているが、なるべくアメリカのボーイングか欧州のエアバスの機体に統一しようと努めている。ちなみに格安航空会社＝LCCは、ほとんどの国でエアバスA320を採用している。一メーカーの一機種に集中することで、大量生産による低価格が望めるからだ。YS－11以来の国産旅客機の誕生は、日本の航空会社ANAにとっても心情的にはでき得る限りの応援はしたいところなのだが、経営の効率化の観点から断念せざるを得なかった。

二社からの肩透かしの回答に、国交省と経産省、そして三菱は焦った。

「日本の航空会社でさえ買わないMade in Japanを一体、他国の誰が買ってくれるというのか」と。結局、債務超過状態にあるJALにとてもゴリ押しできないことから、渋々ANAがローンチの役目を引き受けることになったのである。

旅客機は必ずしも、良い物が売れるわけではない。安心と実績、そして何より経営に寄与する機体かどうか――これがすべてなのだ。生まれたての航空機メーカーが初めて作るMRJは、エビデンスのない〝絵に描いた餅〟に過ぎない。いくら国家〝的〟プロジェクトとはいえ、経営状況の芳しくないJAL、ANAにとってはリスクが大き過ぎる買い物だった。

命をかけてＭＲＪ開発に挑む！

事業化決定の記者会見でＭＲＪプロジェクトの概要が初めて公表された。費用は総開発費１８００億円、このうち国が三分の一を支援する。開発スケジュールは「２０１１年に初飛行」、「２０１３年に初号機をＡＮＡに納入」。機種は「90席と70席の2種類」。ＭＲＪのセールスポイントは「画期的な技術が投入された最新エンジンの搭載と、機体の軽量化、さらに最新の設計技術を駆使した機体により、２割の燃費向上を実現した次世代旅客機」というもの。平たく言えば、航空会社が儲かる、売れる旅客機だ。搭載するだけで燃費が一割以上向上するという、画期的な開発となる低燃費エンジンを他社に先駆けて真っ先に搭載。ボーイングの最新鋭機７８７の翼や胴体にも採用された炭素繊維複合材（ＣＦＲＰ）を主翼と尾翼に使用して機体を軽量化。それに最先端のコンピューター技術を駆使し、空気抵抗を極限まで減らした機体の設計。これらの革新的技術を結集し、燃費2割向上を謳った『超低燃費旅客機』、それがＭＲＪなのである。飛ばす費用の４割が燃料費と言われる航空会社にとっては、まさに喉から手が出るほど欲しい旅客機であり、三菱にとっては世界に打って出る切り札の誕生となった。

この会見で三菱は「１０００機の受注は欲しい」と強気の発言をした。自信はあった。２００４年から、ＭＲＪに投入する数多の最新技術についての基礎研究をＪＡＸＡや東北大学などと4年もかけて行い、前年の8月にようやくＭＲＪの全体基礎設計ができ上がった。燃費が2割も向上する『超低燃費旅客機』の目論みは技術的に十分可能であると判断されたのだ。

他方で、国産小型旅客機開発に名乗りを上げて以降の4年間は、投入する技術の基礎研究に邁進していたため、三菱が対外的に発表する内容は何もなかった。この沈黙の期間はメディアを含めた各方面にネガティブな憶測を呼んだ。〝三菱は失敗を恐れて本気でMRJに取り組まないのではないか〟〝実証試験機の開発に終わって、国産旅客機はきっと誕生しないだろう〟と揶揄され続けてきたのだ。「これを機に完成機メーカーになりましょう!」と経営陣を突き動かした村山は、それが悔しかった。屋台骨が揺らぐことになるかもしれない。だけれども三菱は、日本国において「航空機」に責任を持ち続けている会社なんだ。だから我々はMRJに命をかけて挑む! 村山を始めとする重工のトップたちはずっとそれを伝えたかったのだ。

実はこの日を迎えるまでの間に「環境適応型高性能小型航空機開発」計画は紆余曲折を辿った。経産省が打ち出した2003年当初は「70~90席」ではなく「30~50席クラスの旅客機」を目指していた。エンジンは10席以下のビジネスジェットに多い機体の後方に取り付ける仕様で、主翼の先も真っ直ぐに伸びたままの形状だ。後の2004年に「50席クラス案」が浮上した際には、エンジンはよく見かける旅客機と同じ主翼に取り付けるデザインに変更され、それに伴って後部の垂直尾翼の形状も変えられた。三菱や経産省が30~50席クラスで世界に打って出ようと狙いを定めたのには理由がある。強力なライバルがいないため、比較的安易に参入できるからだ。130~450席の小・中・大型機の市場は、米ボーイング社と欧州エアバス社が寡占しており、60~100席未満のリージョナル・ジェット機の市場は、ブラジル・エンブラエル社とカナダ・ボンバルディア社の二社が9割超のシェアを占める。こうした中で、50席以下のクラスは需要数がそれほど大きくないものの、プロペラ機が主流を占めていたため、もし低燃費のジェット機を投入すれば、機体の入れ替えに伴う需要を総ナメにできるチャンスが転がっていた。プロペラ機はジェット機に比べ燃費がいいため、既存のジェット機より燃費効率を向上させるのは大命題だった。

ところが2005年、この計画は大きく変更されることになる。『環境適応型高性能小型航空機研究開発』の研究評価委員会や日本航空機開発協会などからの意見、また三菱が、最もリージョナルジェット機が普及しているアメリカと欧州の航空会社で行った調査から、「今後の展望は100席前後の需要が高い」という声が寄せられたため、座席数がほぼ倍になる「70～90席クラスの旅客機」計画へと規模が拡大されることになったのだ。しかしこのクラスの市場は強豪ひしめく激戦区。特にブラジル・エンブラエルとカナダ・ボンバルディアが世界中の航空会社から揺るぎない信頼を勝ち得ており、〝針さえ通せない盤石な市場〟と言われていた。一定の成果を出すには長期戦を耐え抜く資金体力と相当の覚悟が必要となる。さらにそれ以前の問題として、実績のないニューカマー（新参者）が切り込んでいくために、二者を頭抜ける画期的な旅客機をまず開発する必要があった。

「燃費を格段に向上させる秘密兵器を見つけ出せ！」

開発部隊から営業まで一枚岩となって三菱はありとあらゆる情報をかき集め、世界中を飛び回った。

切り札となる新型エンジン

そしてついに2006年秋、三菱は運命の女神と出会う。それは従来よりも燃費効率を10～15％も向上させることができるという新開発のジェットエンジンだった。

航空エンジンの世界三大メーカーのひとつ、米プラット&ホイットニー社（以下P&W）が常識を打ち破る次世代型のエンジンとして開発を進めていた。それに出会ったのだ。日本にもIHIや川崎重工などの航空機エンジンメーカーはあるが、欧米のライセンス生産やメンテナンスと官需（防衛省）が主体のため、事業規模は限られている。それに比べ、世界の軍・民のあらゆる航空機を牽引してきた三大メーカーの事業規模はとてつもなくデカい。敷地ひとつとっても、徒歩や自転車で回れる日本に比べ、車がなければおいそれと移動できない建屋の数と広さなのだ。さらに彼らは自社でジャンボジェット機まで保有し、専用の滑走路まで持っている。派生型や新型エンジンを開発する度に、このジャンボジェット機に取り付け、実際の飛行高度で燃焼の稼働状況や騒音、出力などの詳しいデータを取って、細かな解析と改修を繰り返していきながら完成させるのだ。

三菱が運命的な出会いをしたP&Wの新型エンジン。一体どこが画期的なのか……。時速800〜1000kmで飛ぶ旅客機のエンジンは、圧縮・燃焼して噴射するためにエンジン中央に吸い込まれる空気の他に、ファンを回して吸い込んだ外側の空気も機体後方に送り出し、前に進む力（推力）を生み出している。燃費効率を上げるために考えられたものだ。この空気はエンジン内部を通らないことから「バイパス」と呼ばれる。これまでエンジンメーカー三社は、圧縮・燃焼のために吸い込む空気でなく、バイパスの量を増やす努力を長年してきた。

つまりエンジン前方のファンを大きくしていったのだ。ところがファンを大きくし過ぎると、外周部分の回転速度が上がり過ぎて音速に達し、大きな空気抵抗が生まれ、推力を損なうことになる。これを避けようとファンの回転を抑えれば、ファンの回転軸と内部の圧縮・燃焼を行う装置の回転軸は同じなことから、圧縮・燃焼装置の回転も落ち、噴射する力が下がってしまう。ジェットエンジンが50年超の歴史があるにもかかわらず、著しい進化を遂げられない理由はここにあった。

そうした中でP＆Wは、タービンを高速で回しつつ、ファンを低速で回転させるよう、回転軸に特殊な技術を施す開発を行ってきた。こうすることで、燃料消費を抑えられるうえに、騒音も静かになることが科学的にわかっていたからだ。当然、三大メーカーの米GE社や英ロールス・ロイス社もこれに挑んだ。しかし、理論上は可能であっても、実際に技術を確立するとなるとその壁はとてつもなく高く、皆、暗礁に乗り上げ、GEとロールスの二社は早々と開発からの撤退を決めた。なんとか二社を出し抜いてトップの座に躍り出たかったP＆Wは最後まで食い下がっていた。もしこれが完成すれば、燃費が10％以上も向上する〝モンスター・エンジン〟になるのだ。

しかし、設計の手応えとは裏腹に、製造技術の確立はなかなか進展を見せなかった。技術開発の難しさはここにある。理論や設計は間違いないのだが、実際にモノを作って動かしてみると計算した通りに動いてくれないのだ。

開発着手から17年、いよいよ開発に投じた金は1150億円を超え、「これ以上、続けると会社が危うくなる」とついにP＆Wは開発を断念する日が訪れた。

三菱との出会いはまさにその時だった。他社がどこも使っていない新型エンジンを搭載するのは航空機開発にとって大きなリスク。しかも障壁をなかなか乗り越えられず、開発を諦めようとしている技術だ。しかし、三菱のエンジニアたちから報告を受けた村山に、一切の迷いはなかった。

「それで行こう」

これは地球温暖化ガスの削減にも大きく貢献する画期的なエンジンだ。航空業界に風穴を開ける大きな武器になる。向こう20年間はトップをひた走るだろう——橘ら経営陣に説明し、了承を取り付けた村山はP&Wの経営陣にこう切り出した。

「我々の旅客機が最初に御社のエンジンを搭載する。開発を続け、ぜひとも完成させて欲しい」

こうしてP&Wのエンジン開発は息を吹き返した。三菱は早速、このエンジンの性能を最大限発揮できる機体の設計に改めて着手した。日本とアメリカの行き来を幾度となく繰り返し、2007年、この最新次世代エンジンと空気抵抗の削減を極限まで追求した機体設計により、燃費を20%削減させる基本設計を完成させたのである。

この時点で国産機開発計画は『MRJ (Mitsubishi Regional Jet) プロジェクト』と初めて名付けられた。

零戦設計と同じ場所からのリベンジ

そして2008年、本格始動したMRJプロジェクト。開発の心臓部となる舞台、三菱航空機の設計部隊は名古屋市の三菱重工大江工場にある通称「時計台」と呼ばれる建物の3階に置かれた。かつて堀越二郎らが零式艦上戦闘機〝零戦〟の設計を手掛けるため、陣取った場所だ。三菱の航空機に対する背水の覚悟がひしひしと伝わってくる。

時計台のある社屋は昭和12年の建造で4階建て、第二次世界大戦の戦火を逃れた貴重な建物だ。エレベーターは一基、階数などを示す表示は、半円の時計を模した大きな飾りがドア上部にあり、この針が階数を指す。三越デパートでも開業から実に長い間使われていた、当時、最も洒落たデザインだったものだ（さすがに2013年には最新型の三菱製エレベーターに変えられた）。

軍需産業が集う名古屋は集中的にアメリカの大空襲に見舞われたが、バリバリの軍需拠点とも言える時計台が無傷で生き残ったのは、米軍機が伊勢湾から名古屋上空に入る際の目印にしていたからだという。

かくして1938年から実に70年の歳月を経て、零戦が設計された同じ場所で、まるでリベンジを遂げるかの如く、MRJの設計が行われることになった。

MRJの設計部隊として名航から招集されたエンジニアは70名（後に設計が佳境に入ると700名超に上った）。3階フロアの設計部屋の入り口には社員証をかざさないと入れない電子ロックが取り付けられ、中にはカメラ付き携帯も持ち込めない。情報の漏洩を防ぐためだ。一歩室内に入ると夏場はムワッとした熱気が襲ってくる。戦前の建物のため、天井は不必要に高く壁は断熱材もないコンクリートの打ちっ放し。窓の大きさも大きく、エアコンの効きがすこぶる悪いのだ。これに70名の男たちが放つ汗や息、さらに全員のデスクでフル稼働している設計用コンピューターが吐き出す熱が暑さに追い打ちをかける。

この、むさ苦しい部屋で設計の陣頭指揮を執ることになったのは山根芳明。細身の身体に幅が薄い四角い黒眼鏡をかけた出立ちは、設計エンジニアというより、美容師かメイクアップアーティストに見える。笑顔がとても似合う38歳の若きエンジニアである山根は大阪府立大学の大学院を卒業後、名航に設計エンジニアとして入社、F－2戦闘機の改造など航空畑一筋を歩いてきた生え抜きだ。その山根がこの開発の途中で予期しない壮絶な顚末を迎えることになろうとは、誰ひとり微塵も及びも付かなかった。

三菱が丸ごと一機作るのはこのMRJが事実上初めて。当然、山根にとっても設計全体を取りまとめるのは初めての経験だ。既にでき上がっている基本設計は、言わば外観構造を表したデザインに過ぎない。これから始まるのは、どういった部品や配線を使い、それらをどう配置していくのかという緻密な設計作業となる。10年かかると言われる新造機の開発の実に6割がこの設計作業になると言われるほどの開発の肝なのである。

MRJクラスの小型旅客機で部品の数は100万点近くに上る。3万点前後と言われる自動車の実に30倍以上だ。開発経験は50年も前のプロペラ旅客機YS－11と、その後の三菱独自開発の9人乗りのビジネスジェットMUシリーズ。アナログのYS－11とコンピューターの塊となった現代旅客機のMRJでは、自転車を作るのとバイクを作るほどの違いがあり、MU－300にしても、バイクと車を作るほどの違いがある。そのため当時のノウハウはMRJの開発にはほとんど役に立たない。詰まるところ、ゼロから手探りでやっていく他ない。

設計部隊は、機体の骨子（骨組み）を担当する構造設計と、飛行機を動かしていくための設備・機器を担当する装備設計に分けられた。装備設計だけでも、動力、エンジン関係、燃料系等、客室系等、油圧、操縦、装備系統の7チームに分かれる。

ほとんど知られていない話だが、「設計作業」はこれら7チーム同士、さらに装備と構造の闘いとなる。旅客機の設計は他の飛行機と違い、客室や荷物スペースなど、空間をいかに広く作り出せるかが、設計者の腕の見せ所のひとつとなる。しかも配線や配管といった部品は隠さなければならない。必然的に、胴体の外板（機体のボディー）と内壁材の内側の数センチの隙間や、客室の床下10㎝程度の隙間といった限られたスペースに、先の装備設計7チームが担当する部品や配線・配管を納めなければならない。特に翼を動かしたりする操縦系で使われるグラスファイバーや電気系の配線は、隣り合ったり重なり合ったりする他の部材や配線との干渉や熱の発生などの影響が起こりやすいため、最初の設計段階で緻密な計算が求められる。つまり、干渉・影響を受けやすいクリティカルな部品（安全性に関わる重要な部品）の配置が狭い空間の中でまず決められ、余ったスペースに影響がないように他の部材を配置していかなければならない。

他の乗り物の場合、こうしたクリティカルな部品の周りは、干渉や影響を受けにくくするためのシールド（絶縁や断熱、防磁などの措置）で覆ったり、それが施された部材を使用するのだが、飛行機の場合そうはいかない。機体を少しでも軽くしてムダな燃料の消費を抑えなければならないからだ。1gでも機体の重量を軽くすることが山根ら設計の腕の見せ所となる。かつて堀越二郎ら名設計者が驚異的な飛行性能を生み出した零戦で徹底的な軽量化が図られたことに端を発する。機体の骨組みにいくつもの丸い穴を開ける「肉抜き」や、パイロット座席の後部にあった、敵機から放たれる銃弾を防御するための鋼鉄製の板を撤去するなどして1g単位で軽量化を図った。

ＭＲＪにも、名航で脈々と受け継がれてきたこの〝ゼロの精神〟が山根らによって活かされた。重量が重くなる措置は、配置などの工夫でもどうにも安全性が保てないと判断した場合のみ、限られた箇所にだけ施す。同じ理由で、配線はつなぎ目のない一本ものとされ、長さについても〝遊び〟は許されない。接続器具の発生や配線の遊びは、塵《ちり》も積もれば山となるで、機体を重くしてしまうことになるからだ（配線でつなぎ目をなるべく作らない理由としては、もうひとつ、トラブルの防止もある。機器のトラブルは接続部で発生することが多いためだ）。そして製造段階へ入る頃には、配線や部品を固定するネジやボルトについても、材質選びから取り付ける数に至るまで、ひとつひとつ安全性と重量の精査が行われる。

山根の元には、７チームそれぞれから「ここのスペースが欲しい。この配管は他に外《さ》けられないのか」「すぐ隣にこの配線があると熱の影響を受けやすくなる。なんとか離せないのか」など自分たちに都合の良い要望が次々に飛んでくる。しかし、「邪魔だ」と指摘されたチームの装備と、要望してきたチームの装備の二つだけを精査し直せばいいというわけではなく、その狭いスペースにギッチリ肩を寄せ合っている他のチームの装備も、根っこのところまで辿って、見直さなければならない。こっちを立てればあっちが立たなくなることの連続で遅々として進まなかった。

「ライバルのエンブラエルやボンバルディアなら経験を積んでるから、もうこんな苦労はしないんだろうな……」

何しろ三菱自体が完成機メーカーとして全体をマネージメントするのが事実上初めてなのだ。山根は、生みの苦しみを味わっていた。

8月。設計部隊はほぼ倍となる130名に増員された。猛暑が続く中、最初の佳境が訪れた。旅客機の心臓部「コックピット」の詳細設計だ。飛行・操縦システムの他、空調や非常用酸素マスク、照明、GPS、無線システムなど、様々な装置のスイッチ類が100以上もズラリと並ぶコックピット。裏を返せば、旅客機に備わったすべての操作がコックピットに集中していることになる。つまり、胴体などとは比較にならない狭い隙間に、すべての装置をコントロールするための配線や配管を配置しなければならないのだ。さらにいまの旅客機はすべてがコンピューター制御となっているため、最も神経を削る作業となる。

これに先立つ、およそ1年前のパリの航空ショーで、MRJの客室モックアップが公開された。モックアップとは実物を同じ大きさで模した展示品のことだ。この航空ショーはフランスとイギリスで隔年ずつ行われ、7日間の開催中、およそ50カ国が参加し、来場者数も延べ50万人に上る世界最大のものだ。軍用機や旅客機などの航空機メーカーを始めとし、エンジンや装備品（部品）メーカーも、新製品の発表や大型契約などをこの場で発表する。特に旅客機メーカーにとっては、新型機を世界の航空会社と何機契約することができるか世界の注目が集まるだけに、各社入り乱れての激しい商談合戦が繰り広げられる場となっている。開発の初期段階で、まだ〝ペーパー・プレーン〟（完成図など紙上でしか示すことのできない飛行機をこう呼ぶ）しか見せられないメーカーは、この客室モックアップを早く作って公開することで、開発機に対する真剣度〝やる気〟を訴えている。この客室モックアップも山根らが設計を手掛けた。

このパリ航空ショーの場にコックピットのモックアップはない。窓の大きさから座席に使用する材質に至るまで、航空法によって一定のレギュレーション（安全性の観点から定められた規則）が決まっており、そのためどこのメーカーが作っても大きな差異がないものになる（逆《ウラ》を返せば、旅客機は斬新なデザインや部材を投入するといった大きな冒険ができない）ため、客室モックアップは比較的容易に作ることができる。ただし、コックピットはそうはいかない。当然、計器や配線、部品、電子機器や制御システムなど、使用する部品は、当局によって安全性が証明されるものだけを使うことができるのだが、それぞれ相当な数に上る。計器や情報を表示する液晶画面はどれを使い、そこに表示しない計器はどれにし、それに使う機器や配線、制御装置やスイッチはそれぞれどのメーカーのものを使って、どこに配置するか——。飛行・操縦についてのひとつだけをとっても、これだけの手間がかかる。

さらに、設計↓製造↓地上試験↓飛行試験と開発が進んでいく過程で、機器同士の相性が悪いといった不具合やトラブルが見つかったり、使い勝手が悪いため改善が必要となったりした場合には、機器や配置を変えるといった改修・改善が行われることになる。そのため、コックピットのモックアップが作られることはほとんどない。

設計部隊にとって最初の難関となるコックピットの詳細設計。これには重要な目的が二つある。ひとつは当然ながら実機の開発のため。そしてもうひとつは、アイアン・バードを作るためだ。アイアン・バードとは、ＭＲＪ実機と同じシステム機器やコンピューターを搭載した実物大のコックピットのことで、操縦・飛行系統の機能試験を行う装置のこと。いわゆる開発のための『フライト・シミュレーター』のことで、これが後にＭＲＪの購入を決めた各航空会社へ、パイロットの育成・訓練用として提供される『フライト・シミュレーター』に発展する。

飛行機の開発は、実機の〝ものづくり〟以上に、飛行操縦系統のプログラム作りが重要となる。たとえば操縦桿。これを引けば機体は上昇し、押せば下降する。右に回せば右に旋回し、左に回せば左に旋回する。メーカーや機種によって違いはある。エアバスの旅客機や戦闘機には操縦桿がない。ゲームで使う「ジョイスティック」が座席の前方横に設置されていて、それが操縦桿となっている。操作の要領は従来の操縦桿と同じだ。

もうおわかりかと思うが、この操縦桿がワイヤーなどで翼の舵につながっているわけではない。ゲームと同じで、パイロットが操縦桿を回した方向・力の強弱が電気信号に変えられ、グラスファイバーや電線を通って、最後に舵を直接動かす油圧装置に、上昇や下降、旋回などの情報が、どの程度の角度なのか、また、急ぐのかゆっくりなのか、まで含めた指示として伝えられているのだ。力を信号に変換するコックピットと、信号を力に変換する油圧装置に制御コンピューターが使われている。もっと言えば、この操縦系システムに「操縦支援装置」なるものもつながれている。何を支援するのかと言えば、たとえば、時速800㎞で高度1万mを飛行している時（羽田－伊丹の路線で言えばちょうど富士山を通過する辺り）、角度が5度を超える方向に操縦桿を切るという状況はまずない（車が時速80㎞で高速道路を走行している時に、ハンドル角を7度以上切ることは緊急回避以外にありえないのと同じ）。

ところが、たとえば制服の袖が操縦桿に引っかかったり、操縦士が急に倒れて操縦桿にあたったりした場合に、こうしたことが起きる可能性がある。しかし、この時、操縦支援装置が判断して、〝あり得ない〟場面の指示は、そのまま直接受け取って舵に伝えるのではなく、勘案した緩やかな指示として伝えるのだ。離着陸についても同じで（この際には別の制御システムが加わることになる）、異常な操作をした際に、いわばブレーキ役として機能する。この支援装置が働くおかげで、操縦が荒かったり、雑だったとしても、乗客からすると、あたかもベテランパイロットの操縦テクニックと見紛うかの印象を受けるほどの効果も発揮する。

もちろん、こうしたトラブルはほとんど皆無に近いもので、映画くらいでしかお目にかからないことだが、空中衝突を避けようとした場合などの際には、最初の操作で思いっきり切っても、映画などのように、即座にその通りには利かないため、そのままの角度を維持するなどしていれば、支援装置が〝これは緊急操作だ〟と瞬時に判断し、操縦した通りの指示に切り替える。

過去に実際に起きた有名な事故としては、前方を飛ぶ旅客機が後方に作り出すジェット乱気流によって、後方を飛ぶ旅客機がかなりグラつく状態に陥り、パイロットがこれを回避しようと慌てて何度も操縦桿を大きく切ったことから、墜落してしまった例がある。1990年代に起きた。後方乱気流に巻き込まれること自体、非常に希なケースだが、この時のパイロットが飛行経験が比較的浅かったこと、パニックに陥って、操縦支援装置などの〝特性〟が頭からすっ飛んでしまったことが原因であると、事故調査委員会から指摘された。これを契機に、フライト・シミュレーターや実機を使ったテストフライトで、操縦支援装置などの特性を十分習熟するよう、改めて航空会社に求められることとなった。

実はこの操縦支援装置は「Digital Fly by Wire（FBW）」と呼ばれ、F－2戦闘機を自力で開発しようとしていた三菱が独自に考え出した画期的なシステムだ。戦闘機はマッハ2・0（およそ時速2

450km）で飛行するため、ほんのわずかな操縦ミスが失速を招き、墜落してしまう。力が入って操縦桿の角度を急激に切り過ぎた操作ミスが、そのまま伝達され、飛行に異常を来すことがないよう開発された操縦支援システムがFBWなのだ。当然ながら、ありとあらゆる飛行・操縦状況が解析されたプログラムがインプットされているため、適切な対応が可能となっている。

現在、この操縦支援システムは、飛行中に突然、片方のエンジンが止まっても機体はその瞬間、ビクとも揺れず、その後も安定した飛行を継続させられるまでに進化を遂げている（映画のシーンのような状況は残念ながらいまでは現実にはあり得ない）。F－2開発では、結局、この技術をアメリカに無償で供与させられる悔しい顚末となったが、いまや全世界を運航する旅客機の安全を支える要の技術となっている。

過去のノウハウは役に立たない

コックピットの詳細設計は急がれた。開発スケジュールでは初飛行は2011年。わずか3年しかない。前年の2007年9月に基本設計を終えてはいたが、それはあくまで〝叩き台〟のようなものだった。各種計器や飛行・気象情報などを表示する液晶画面の大きさや設置する枚数など、部品のメーカーや種類に至るまで具体的に決定していかなければ、限られたスペースに100を超える膨大なスイッチ類を配置することすらできない。ただ、これには、制御装置やコントロールシステムなど、どこ製の何の機器を導入するかを決めるプログラムの開発チームと、実際に操縦するパイロットチームの意見も聞き入れながら進めなければならない。山根ら設計チームは、日中はこれらチームとの打ち合わせと設計部内の詰めの検討会議を行い、設計は夜を徹して行う激務を日々こなしていった。

そして数ヵ月後、紆余曲折を経てコックピットの詳細設計はようやく完成した。待望のアイアン・バード（開発用フライト・シミュレーター）が作られた。このアイアン・バード、巷のゲームセンターにある、ハンドルを握って運転するレーシングゲーム機のようなマシンを想像しているとしたら、それとはまったく違う。

操縦の際に実際に稼働する油圧・制御システムや翼の舵、脚（車輪）など実機と同様の装置がつながっていて、実際の操縦感覚や飛行状態がそのまま再現できるというもの。伝達信号の速さや正確性、舵などの反応具合や動きのガタつきなどを見つけ出しながら修正を図っていくのだ。さらにこのアイアン・バードの重要な目的は、完成機を実際に飛ばして行う「飛行試験」では決して行えない、意図的に危険な故障を発生させる操縦試験を行うことにある。操縦支援システムと同様に、異常事態のパターンやその際起こり得る様々な動きなどを解析して、飛行プログラムにフィードバックし、安全性を追求していく。「旅客機は〝故障しても飛ぶ〟ほど安全性が高い」と言われるのは、先にも述べたが、このようなありとあらゆるネガティブな事態を想定して、その問題をひとつひとつ潰していき、最終的に各トラブルに対し、二重の防止策と、三重もの回復措置（専門用語で「リカバリー」という）が確立されるためだ。

ただ、この進め方には航空専門誌や専門家、三菱のOBなどから異論も上がった。その多くは「こうした飛行機の基本的な動作とそれを支える基本プログラムはある程度公開されていたり、防衛省向けの機体の開発などを通じて会得しているはず。まずは機体全体の詳細設計を早期に完成させ、使用する100万点に及ぶ部品を確定して、型式証明の取得（あらゆる安全基準に適合したことを国が審査して認定する〝お墨付き〟）を急ぐべきだ」という声だ。確かに一理ある。MRJの部品はおよそ100万点に及び、機体やエンジンや各システムといった機構だけでなく、部品単位で安全性を証明する必要があるからだ。この安全基準は、旅客機がハイテク化するに伴い、年々厳しさを増しているため、YS－11やMUなど過去のノウハウは役に立たない。さらにMRJがまったく新しく造られる新造機となると、そのすべてがゼロから行われることになるのだ。

専門家などからの指摘との間に生じた齟齬は三菱の社風から生まれたと言っても過言ではない。ジェット旅客機の丸ごと一機の開発は三菱にとって初めての経験。胴体や翼などの製造技術はボーイングの下請けや官需の仕事で十分に積んできたが、90人乗りという規模のジェット機の操縦・飛行システムや制御プログラムの開発は手掛けたことがない。そのため三菱としてはこの未経験のハードルを先に乗り越えておきたかったのだ。この設備の建造とこれを使った操縦・飛行系統の開発、機能試験はどのみち通らなければならない重要な工程のひとつである。確かに専門家らの指摘通り、もう少し先に着手しても支障はない。開発が初期段階で資材（人員）が限られている時期に行うと、早く取りかからなければならない他の工程がその分遅れることも予想されるからだ。

しかし、過去のYS－11といいMU－300といい、三菱に開発経験のない技術、または不得手な部分について、的確に、しかも容赦なくアメリカの航空当局がやり直しを命じてきた。ウィークポイントをまずクリアしないと前には進めないと改めて感じた。

過去のトラウマというより、三菱の社風とも言える開発のプロとしての生真面目な職人気質が先に立ったのだ。「三菱は昔から完成度にこだわって石橋を叩き過ぎる。壊すことはないが、その分開発のスピードが遅い」と揶揄される所以でもある。

しかし運命の神は三菱に味方しなかった。「型式証明の取得」を甘く見ていたのだ。これを最優先にしなかったばかりに、専門家らの危惧した通り、この4年後、MRJ開発は最大のピンチを迎えることになった。

年が明けた2009年2月。三菱航空機は取締役会で、社長の村山茂雄を副会長にする人事を決めた。会長は橋恭輔が続行。「MRJプロジェクトがまだ緒に就いていない」それが理由だ。そして後任の社長として迎え入れられたのは、三菱重工副社長の盛本勇一だった。冒頭でも触れたが、盛本は三菱重工入社後、社是である「国家とともに歩む」を地で行く人生をひた走ってきた。独学で身につけた英語と持ち前の勘の鋭さで、日本の次期主力戦闘機の生産を巡る対米交渉を切り拓いた実績を持つ敏腕ネゴシエーター（交渉人）であり、営業のプロでもある。スピーチ原稿は英語でも日本語でも必ず自分で考え、随所に忌憚のない自分の考えとユーモアを盛り込む。子どものような笑顔と相まって、直ぐさま相手の懐に入り込む不思議な力を持つ。だが、シビアな場面になると一転し、眼鏡の奥の目に鋭い光が宿る。対米交渉では、この盛本が持つ〝二極の術〟が功を奏したとも伝えられる。そんな盛本の座右の銘は「逆境は良薬。順境は凶器」。逆境にある時は、身の回りのものすべてが良薬となり、節操も行動も、知らぬ間に磨かれていく。順境の時には目の前のものすべてが凶器となり、体中骨抜きにされても気付かない、というたとえだ。

世界に売るために何ができるのか?

実は盛本、肝煎りで〝親〟である重工から〝子〟の三菱航空機へ送り込まれたひとりである。背負った大命題はズバリ「世界の航空会社から受注を獲る」。MRJの事業化を社内で決定した2007年10月、当時の重工社長の梶がぶち上げた目標数は1000機。盛本にはその半分となる500機を獲るコミットメントが責務として課せられた。これには確たる理由がある。盛本が社長の座に就いた2009年2月までの間に、世界の旅客機市場の展望が海外の複数の調査機関から発表され、MRJクラスのリージョナル・ジェット旅客機は「向こう20年間で5000機の需要がある」と具体的数字が挙がったからだ。強豪ひしめく激戦区とはいえ、実情はブラジルのエンブラエル社とカナダのボンバルディア社の寡占である。高い品質のMade in Japanが切り込んでいけば五分の一の1000機は十分に獲れるだろう。交渉と営業に抜きん出た盛本であれば、まだモノができ上がらないペーパー・プレーン(紙上の飛行機)の段階でその半分は達成できるはず。いや、この開発中の段階で半分を獲れなければ、ライバルが猛追してきて価格競争を余儀なくされる事態に陥り、勝負は難しくなる。こう判断されたのだ。500機が盛本のコミットとされた理由は他にもあった。それは、開発費の三分の一を国が支援するMRJの場合、この時点では500機が採算の取れる最低ラインと見積もられたからだ。

旅客機の販売価格は公表される「カタログ価格」なるものが存在するが、実際の販売形態や実売の値段については各メーカーがひた隠す〝マル秘の営業戦略〟のため決して表に出ることはない。たとえば2014年8月28日、JALがMRJを32機導入する発表を行った。経営破綻後、身軽になったことで、ようやく国家的プロジェクトに貢献できることになった。会見の席でパイロット出身のJAL杉下徹男社長は購入金額を聞かれこう答えた。「守秘義務がありますからお答えできませんが〝大変良い条件〟を三菱航空機から頂いたということです」。JALが導入を決めたMRJ90（90席）の当時のカタログ価格は一機47億円、32機で1500億円となるが、杉下社長が示唆したように実態は違う。

旅客機の販売価格についてはここでしか触れる機会がないので説明すると……。

まず旅客機が売られる主な形としては、航空会社が金を出して自社で保有する「直接購入」と、航空会社が金の搬出も保有もしない「リース」の二形態がある。

ほとんど知られていないことだが、日本のJALやANAが保有する旅客機の大半は、実はJALやANAが買ったものではなく、リース会社のORIX《オリックス》などが旅客機メーカーから購入したものを、リース契約で航空会社が使用している。そしてこの「リース」には大きく分けて「ドライリース」と「ウェットリース」という形式がある。

ドライリースとは、旅客機を単体でリース契約することで、ウェットリースとは、その機材（機種）の訓練を受け、資格を取得したパイロットや整備士など専門人員も旅客機と一緒にリースする形態のことだ（ちなみにパイロットは操作ミスを防止する観点から、複数の機種のライセンスを持つことはできず、一機種のライセンスしか取得できない規定となっている）。既に世界中を飛んでいるエンブラエルやボンバルディアの機体は、それらの資格を取得しているパイロットも整備士も数多く存在し、訓練するフライト・シミュレーターも世界に行き届いているため、旅客機単体でのドライリースが販売形態の主流を占めるが、初めて開発されるMRJの場合、資格を持つパイロットも整備士も存在せず、訓練するシミュレーターすら出回っていないため、とても旅客機単体で売ろうにも売りようがない。必然的に新参者はウェットリースでの販売形態しか取れないのだ。機体の価格は2015年秋の時点では、エンブラエルは一機「48～60億円」、ボンバルディアは「46～53億円」、MRJは「48～58億円」。一般的には購入数に応じた「値引き」があるが、これも契約内容によって違ってくる。契約には、キャンセルすると違約金が生じる「確定」と言われるものと、キャンセルが可能な「オプション」が存在する(オプションには有効期限がある)。たとえば50機発注して、その内容が「確定30機・オプション20機」と「確定15機・オプション35機」であれば、前者の値引率が高いことは説明するまでもないだろう。こうした実態に加え、販売形態がパイロットなどの人員が〝込み〟になるウェットリースとなると、値段は単純に計算できるものではなく、交渉で値段が成立する、言うなれば「時価」のようなものだ。もちろんその時の為替相場に大きく左右されるため、ライバル同士の「これまでの受注数×カタログ価格」といった単純比較はできない上、ましてやMRJのようなウェットリースにおいて「採算ラインは何機になるか?」は、当のメーカーの一握りしか知り得ない企業秘密になるのである。

ただ、2015年11月時点でMRJは4回で4年を超える開発遅延(=初号機納入時期)を起こしており、それに伴ってかさむ費用は、三菱航空機の人件費だけでも1400人×4年間となり、これに遅延による航空会社への補償や、製造を請け負う重工本体の遅延による損失も含めると、過去に公表されたⅠ800億円はゆうに超え、3000億円程度にまで膨らんでいるとの指摘もある。このことからもいまや500機程度では到底及ばず、最低でも800機以上売れなければ採算ラインを切ってしまう恐れがある。

「一機約160億円のボーイング787が1400機以上の受注を獲得する好調を見せているものの、2000機売っても投じた金は回収できない」とする米アナリストが試算したリポートを先にも伝えたが、これは新造機の787だけを見た数字で、ボーイングにはベストセラー旅客機となっている大型機B777と小型機B737があるため経営を直撃することはない。B777は、驚異のベストセラー旅客機となったジャンボジェットB747を上回る1300機以上を売り上げており、B737に至っては8300機以上を記録するモンスターぶりを発揮している。一旦新造機を開発してしまえば、座席数だけを増やしたりする派生型（車でいえばマイナーチェンジ）を投入することができる。派生型は新造機のように、膨大な資源を投入しなければならないフルセットでの型式証明の取得は必要ないため、事実上、売れた分だけ金になる「ドル箱」となるのだ。B777は6回派生型を出した上、貨物機の王座に君臨している。B737に至っては9回だ。

MRJの成否も、いま開発している最初の新造機の売り上げ機数にとどまらず、その次の派生型や第二のMRJが生み出せるかどうかにかかっている。いまつまずけば後はない。まさに試金石なのだ。

母屋の屋台骨が揺らぐかどうか、盛本の手腕に社運が賭けられた。

盛本には、ある戦略があった。

世界で1日におよそ10万便も飛んでいる旅客機だが、その運航はアメリカと欧州に集中している。もちろん日本製の旅客機は飛んでいない。欧米の航空需要は「国際線4：国内線6」だとされている。盛本はここに目を付けていた。MRJの航続距離は約1530～3380㎞。東京から国内全域に飛ばせる他、上海や北京、グアムも能力的にカバーできる。しかし、欧米の旅客機の運航数は日本とは比べものにならないほど多い。しかも、MRJのような近距離を飛ぶリージョナルジェットが機体選びの対象となる国内線がその半数を超える。しかも欧米の航空会社・リース会社が一回に発注する数は50機や100機とケタが違う。盛本は営業展開を欧米に絞って行おうと考えていた。当然、このマーケットは、ライバルであるエンブラエルやボンバルディアも参入しているし、LCCを中心に爆発的に売れているボーイングやエアバス150席クラスの牙城でもある。価格競争になればやられる。武器は他を圧倒する性能の低燃費旅客機だけ。正直、勝算はまったくの白紙。むしろ恐怖のほうが強かった。というのも、三菱は長らくボーイングの下請けをすることで、航空の面では手厚い庇護の下育てられてきた。座席クラスで競合する機種はないものの、もし「お膝元のマーケットが荒らされた」と受け止められることにもなれば、現在のボーイング向け部品製造の仕事が失われかねない。盛本が投入されるまで、営業部隊はただ手をこまねいていたわけではなく、この抜き差しならない関係を気に揉んで、はばかっていたのだ。

この口にしにくい社内の空気を感じ取っていた盛本だが、「荒波を恐れて何もしないのであれば、座して死を待つのと同じことだ。必ず大きな禍根を残すことになる」と思い至った。そして腹をくくり、欧米の荒波に打って出る決意を固めたのだ。

そして盛本は迷うことなく欧米に営業拠点を作った。後にこの営業拠点が、YS－11が失敗に終わった要因のひとつ、「アフターサービス」を提供する拠点にもなるという先を見据えた戦略でもあった。盛本の大号令の元、猛烈な販売活動が始まった。

コックピット開発「アイアン・バード」の製作は完成し、山根ら設計の手を離れた。基本の動作検証も無事終え、ローンチカスタマーであるANAにも参画してもらい、より使いやすくて安全な、言ってみれば世界中の航空会社が欲しがるものに研ぎ澄ませていく作業に入った。

開発の中心は三菱とANAのパイロットたち。スイッチの形状や設置された位置に始まり、操縦桿を始めとする装置の使い勝手や操縦システムの反応まで細部にわたって検証が行われる。そしてそこから出てきた要望や意見がひとつひとつ、プログラム開発チームや装備設計にフィードバックされ、改修や改善が施されていく。この繰り返しが、機体が完成するまでの長期にわたり、延々と繰り返されていくのだ。

三菱の担当はチーフパイロットの国岡功補だった。航空自衛隊のテストパイロットを経て三菱重工に入社、MRJの基本設計ができ上がった2007年から開発担当パイロットとしてプロジェクトに参画している。温和な性格で、酒は飲めないものの同僚や後輩たちの面倒見がすこぶるいい国岡。その反面、空自のテストパイロット出身ということも手伝ってか、問題に対する対応などにおいて様々な角度から検討された結論でないと感じれば、それがたとえトップダウンの指示であっても堂々と異を唱えるほどの度胸も持ち合わせている。

300名ほどいる空自のパイロットの中でテストパイロットは30数名しかいない。F－2やF－15、F－16戦闘機など様々な航空機を操縦するテストパイロットの主たる任務は、新造機の問題を見つけ出したり、機体の限界点を実際に身を以て探ることだ。飛行中、体重の9倍ものGがかかって視界が真っ暗になるブラックアウトも経験し、常に危険と向き合ってきた。だからこそ、甘い見通しから執られた指示や対応に対しては厳しくなる。他にもテストパイロットの仕事としては、マッハ2・0で飛行していた際に機体に振動が走ったという報告が上がれば、その機体に乗って、同じ速度で飛行しながらあれこれ原因を探ったり、空自が保有する同じ機種で原因不明の事故が起きれば、それに至った飛行を身を以て再現し、固有の問題か否かを突き止めたりしなければならない。いま目の前にあることが危険なのか安全なのか——様々な経験に基づいた、研ぎ澄まされた肌感覚を持ち合わせているのがテストパイロットなのだ。

一方のANAのMRJ開発担当パイロットは、本多俊哉技術部長。入社後、初めてライセンスを取ったのがYS－11という大ベテランで、ボーイングの最新鋭旅客機787のライセンスもいち早く取得した、ANAの新造機担当といった立場だ。航空大学校を出てANAなどの自社養成パイロットになるのは60倍を超える難関を突破したエリートと呼ばれ、航空学や語学の習得はもちろん、視力や健康体の維持などの管理も厳しく問われる。そのため、最近ではもっぱら酒もたばこも呑まない「草食系男子」が多くなった。そんな中、本多は整った顔立ちとバスの効いた美声の持ち主なのだが、容姿が昭和世代に多い濃いタイプのため異色を放っている。酒もたばこも大いにやる、いわゆる職人肌。

昔から航空会社のパイロットと自衛隊のパイロットは相容れない。航空会社と自衛隊にはいつしかでき上がった〝割愛《かつあい》〟なる制度が存在する。これは自衛隊パイロットの再就職・転職を促すもので、少し前までは廃止されていたが、LCCの台頭によるパイロット不足を補うためと、高齢で給与が高い自衛隊のパイロットを民間へ再就職させることで防衛費の削減を図るという二つの目的から、2014年に再開された。しかし〝出自〟の違いはどの社会でも暗黙のうちに派閥が生まれる。パイロットの世界の場合、上や下などといった身分を照らすのではなく、職に対する考え方と心構えに埋めようもないほど乖離した色に互いが染まりきっていることが原因となる。

それもそのはず、民間航空会社のパイロットは操作ミスを起こさないよう一機種に精通することが求められる世界。ライセンスの保有も一機種しか認められていない。そのうえ、多くの乗客の命を預かる〝客商売〟のため、医師や弁護士にも見られない厳しい規定にがんじがらめにされた環境下に置かれる。

一方の自衛隊は危険と隣り合わせの作戦や職務を指令通りに遂行するのが任務である。中でも国岡のような「テストパイロット」は、一期に最大6名しか採用されない狭き門で、選抜されるには中堅以上の経歴に加え理系大卒の学歴が求められる。選抜後は1年間のテストパイロットコース（TPC）に入る。空自が保有する航空機がほとんど配備されている岐阜基地の飛行開発実験団で、それらの機体をすべて使った厳しい教官の指導と特別な座学を受けることになる。飛行訓練では「今日は戦闘機、明日は輸送機」と、どんな航空機でも乗りこなせなければならない。しかも自分が過去に操縦経験のない機種でも操縦方法は誰も教えてくれない。自分でマニュアルなどを見て研究し、一発勝負で離陸するのだ。これらに加え、機体設計者の意図を論理的に理解する能力、試験飛行の結果を的確に説明できる能力も必要とされる。

両者ともパイロットの世界の頂点を射止めたトップエリートなのだが、それぞれが身を置いて育った環境が思考の仕方から一挙手一投足までを形成していくため、両極にあるとも言える。両者が合わないのは当然と言えば当然である。

かくして、そんな両者の協働によるコックピット開発が始まった。

三菱の職人気質

なんだ!? これは……。アイアン・バードを一目見た本多は愕然とした。

黒い鉄の骨組みをベースに作られたコックピットは、その周りに木とベニアが貼り付けられていたからだ。資金が潤沢にある巨艦ボーイングの787の開発を知る本多にとって、それは「ホームセンターで買ってきた材料を使って日曜大工で作りましたっ!」と言わんばかりの出来映えであまりに衝撃的だった。思わずたばこを吸いに出たい衝動に駆られた。

コックピットの中を見た。座席、フライトデッキ(計器類がまとめられたパネル)、操縦桿、スロットルレバー(エンジン出力の調整レバー)……どれひとつとっても残念なセンスのものばかりだ。〝おいおい、本気で開発する気があるのか!?〟それが第一印象だった。ANAの相棒パイロットや技術者に視線を投げかけながら本多は独りごちた。

日本を代表する航空会社ＡＮＡ・ＪＡＬは歴史的にも政治的にもアメリカのボーイング社との関係が深く、機体も大半がボーイング製だ。ボーイングは形（見た目）にこだわる。それも開発の初期段階からだ。他方、欧州のエアバス社は多国籍連合のため、コスト意識が高く、目的と役割に応じた臨機応変さを備えている。その違いは完成機へのポリシーとなって明確に現れる。

ボーイングは新技術を新造機に投入する毎に、コックピットも大幅な進化を遂げる。最新鋭機Ｂ７８７は開発に初めて日本の航空会社（ＡＮＡ）が関わったこともあり、従前モデルのＢ７６７に比べ飛躍的に洗練された仕上がりとなった。７８７のウリを紹介するボーイングのＨＰでもコックピットの紹介画像に「Art Flight Deck」とデザイン性の高さを強調しているほどだ。

一方、エアバスも当然、新造機を打ち出す毎に進化を遂げているものの、さほどの大きな変化は見られない。というより、大前提のポリシーがあるため、著しい変化をさせないようにしている。それは徹底した操作ミスの排除と不慮の事故の防止だ。ボーイングには操縦桿が正面にドーンとあるが、エアバスにはない。なため横前に戦闘機のジョイスティックを配置したのだ。こうすることで、前方の計器や各飛行データが表示される画面が見やすくなる（視認性が高くなる）と同時に、確認操作する際、手や袖がハンドルに当たったり、引っかかったりすることもない。さらに同社のミス防止の追求は続く。小型機・中型機・大型機ともに同じコックピット仕様に統一したのだ。先にも紹介したが、パイロットは一機種のライセンスしか取得できない国際規定がある。これは操作ミス防止のために作られた。エアバスは旅客機メーカーの立場から、ミスを排除する知恵を絞ったのである。同時にこれは航空会社に福音を呼び込むことにつながる。パイロットが違う機種のライセンスを取得して職務に就くまでには、最低でも3～4ヵ月かかる。ANAには約1800人のパイロットが在籍しているが、ライセンスの切り替えは随時一定量の数に上るため、〝戦力の空白〟が招く損失は無視できない額となる。ところがエアバス方式だと、機種が違ってもコックピットがほぼ同じなため、習熟にさほど時間を要さず、切り替えが2ヵ月前後に圧縮される。航空会社にとっては実に有り難い方針なのだ。

ただANA・JALのパイロットたちは操縦桿を握って飛行するなど、ボーイングの機体で育ったという〝慣れ〟もある。また、機能や目的重視のエアバスと違った、見た目や手触りにもこだわってコックピット全体に磨きをかけるボーイング流は、緻密なものづくりを得意としてきた日本人には肌が合うのも否めない。

アイアン・バードはプログラムの開発やその修正を行うことが主たる目的だ。座席や操縦桿、スイッチ類をどんな形状にし、また配置をどのように換えて使い勝手を良くしていくかは二の次のステップだと国岡らは踏んでいた。ましては外観などは問題外で、正直どうでもよかった。それにしても、ものには程度がある……と本多はボヤく。座席は軍用機で使うようなペタペタで、ガッチャンガッチャンいわせながら動かす代物。確かに丈夫だろう。操縦桿も色気も素っ気もない、一体どこから手に入れてきたのか？　と訝《いぶか》るほど握る気がしない。フライトデッキや上部に取り付けられたスイッチ類も秋葉原で見繕ってきたようなものばかりだった。しかも色は工場でよく見かける類いと同じ。

「国家と共に歩む」が社是の三菱重工はそもそも自衛隊向け防衛装備品など官需主体のメーカー。〝見た目は三の次。一にも二にも性能（品質）と頑丈さ〟という考えが隅々まで浸透している。初っ端から互いに覚えが悪かった。ところが本多はそんな三菱に度肝を抜かれる。機器類や操作方法については、その後、山ほど注文を付けたが、操縦システムや支援システムのプログラムは、「まだまだ基本設計の段階ですが……」と言われながら試しに動かしてみると、787とまでは言えないものの、本多がこれまで乗ってきた現行機と優劣がそれほどなかったからだ。三菱の底力を思い知った。

〝初めての挑戦にしてここまでやったか……。ここに我々の要望を注ぎ込めば皆が欲しがる名機になるかもしれない〟。全身に震えが走った。

そもそもかつてYS－11にも乗り、昔気質《かたぎ》の本多は、国産旅客機への思いが強くあった。だから、MRJ開発をやってみないかと打診があった時には二つ返事で引き受けた。メディアは「三菱はやる気があるのか」「リスクを恐れて結局撤退するのではないか」といった論調で書き立て、ANA社内でも冷ややかな目でMRJプロジェクトを見ていた、そんな時だった。

本多が国産機に思いを馳せるようになったきっかけは50年前の〝ある出来事〟だった。まだ小学生だった頃だ。昭和41年。ビートルズが夏に来日した年である。その11月、大阪・伊丹空港から愛媛・松山空港へ向かっていた旅客定期便YS－11（通称：オリンピア）が着陸に失敗し、松山空港沖の海に墜落、乗客・乗員の50人全員が死亡する事故が起きた。国産旅客機YS－11の事故は昭和37年8月の初飛行以来初めてで、連日ニュースで取り上げられた。本多には、我が家にやってきたばかりの白黒テレビで、食い入るようにこのニュースを見た記憶が鮮烈に残っている。〝国産旅客機の夢はこれで潰えた〟という無念が胸中にずっと刻まれていた本多にとって、リベンジ戦となるMRJプロジェクトとの出会いは、まさに運命に感じられた。

操縦性や支援プログラムは、本多らANAサイドが1ヵ月に一〜二回訪れて操縦検証を行い、国岡ら三菱サイドに細かな要望を、宿題として伝えた。三菱も細やかにそれに応えた。そして改善されたものがアイアン・バードへ次々と注入され、どんどん良くなっていった。他方で、山のように注文を付けた操縦桿の形状やスイッチ類の種類や配置などは一向に改善されていく気配がなかった。苛立った本多は、下戸の国岡を横に置き、他の三菱のメンバーに声をかけて居酒屋に誘い、民間旅客機の世界を延々と説いた。機を操るパイロットにとって、操縦桿やスロットルレバー、スイッチ類など機器が、手で触った時の感触や形状に至るまでいかに重要であるかを。もちろん〝見た目の美しさ〟も忘れない。

しかし、いくら言葉を重ねても彼らの誰とも相容れることはなかった。虚しさを覚えるまでに、時間はそうかからなかった。だが本多は諦めなかった。コックピット開発のため名古屋へ訪れる度、居酒屋へ誘うようになった。

「もっとさぁ、操縦桿とか、この787の写真のような感じのポルシェの流線型のようなグリップにできないかなぁ。いくらいまの開発初期の段階であっても、俺たちにとっては操縦に影響する重要な要素のひとつなんだよね。そういうのも含めて機体を感じるというか……」

「ご指摘頂いた箇所については上に報告して、順次、改善してもらう手筈になっていますので、もう少しの間、我慢してください」

「あと、グリップに付いてるボタンの位置もパイロットの身になって考えて欲しいんだよね。あと座席。欧米の旅客機なら『仕方ないか…』だけど、MRJはMade in Japanなんだから、随所に心配りというか、きめ細やかさがないとウリにならないと思うんだよね。最後発で切り込んでいくんだから」

「はい」

「787にはその辺、ボーイングの連中に相当口うるさく言って聞かせて、ようやくこんな感じに仕上がったんだよ。可能な限り、MRJも787も同じ感覚で操縦できれば飛ぶように売れると思うよ。何しろ（787は）世界中からもの凄い受注が舞い込んでるからね」

パイロットの本多が販売にまで踏み込んで説くのには、ANAが抱える抜き差しならない理由もあった。

B787とMRJの両機を世界で最初に受け取ることになったANAは「MRJとB787に可能な限り共通性を持たせたい」と三菱に要請していたからだ。操縦装置や計器類を統一できれば、B787のために養成したパイロットが短い訓練期間でMRJに対応できるようになる。コスト面でもそうだが、何より世界的に問題視され始めたパイロット不足へ対応する布石になるからだ。これを三菱サイドも快諾した。利害が一致する算段があったからだ。日本やアメリカではパイロットたちはボーイング機の扱いに慣れている。コックピットの操縦装置や計器類を共通にすることで〝新参者〟のMRJへの抵抗感は薄らぐうえに信頼も得やすくなる。さらに言えば、交換部品の在庫であったり整備であったり、様々な点においてメリットが出てくるからだ。かくして三菱はMRJのコクピットをB787と同じ米ロックウェル・コリンズ社にシステムごと発注したのだった。

だが現実のコックピットの開発現場は違った。こうした〝上〟の取り決めに反発するかの如く、あらゆる面において三菱本来のこだわりを見せたのだった。ただ、元来、ＡＮＡも三菱も〝無いもの〟を作っていくことが大好きな者の集まりであり、それが得意でもある。当初は渋々付き合っていた三菱の連中も、回を重ねる度に意見をするようになり、やがては侃々諤々の議論を展開するようになった。

国岡はその時に出た話の内容について、都度報告を受けていた。それでもやはり本多たちＡＮＡの訴える意味が〝開眼するような納得〟として入ってこなかった。ただ、居酒屋で意見を応酬するまでになったメンバーたちは、徐々に何かが変わろうとしていることは明らかだった。そして国岡はこんなことを思うようになった。

我々三菱は、戦前から官需主体できたメーカーだからＡＮＡのように頭を下げる商売というものをしてこなかった。防衛省であれボーイングであれ、向こうから渡された設計要求を満たした物を確実に作り上げて納品する。完成品の開発物であれば、こちらで考えて作り上げた物を納品し、「この順序で操作して使ってください。注意事項はですね…」と、作ったこちら側に合わせさせる商売のやり方に、三菱百年の歴史を経る中でいつしか当たり前のように染まっていき、民間の商売からかけ離れてしまったのではないか……。

確かに名航は日本における航空機製造のプロだ。しかし、同じ官需も事業の大きな柱とし、頂点に立っている巨艦ボーイングでさえも、顧客《カスタマー》の声を積極的に拾い集め、それを反映させることで成長を遂げてきた。もとより、ボーイングのように「これを買ってください」「ぜひ導入を検討してみてください。使い勝手の悪いところがあれば言ってください。なんとかお客様のご意向の沿えるよう努力致しますから」などと頭を下げて売り歩く商売を三菱はする必要がないと思ってきたし、実際やってこなかった。だからこそ、航空産業においては部品を供給する「サプライヤー」の立場に留まっていた。日本の旅客機メーカーとして名乗りを挙げたからには、MRJプロジェクトに参画するANAやおよそ100万点に及ぶ部品を提供してくれるサプライヤーを取りまとめるマネージメント能力「インテグレーション（統合力）」が不可欠。YS－11はその欠落が〝自爆〟する引き金を引くことになった。

〝ここはひとつ、自ら民間航空の世界を覗いてきてみよう〟噛み合わない齟齬を埋められるかも知れないと考えた国岡は、早速、上層部に理由《わけ》を話した。そして了承を得るとともに必要な手筈を整えてもらった。それは「ANAでパイロットの訓練を受ける」というものだった。訓練で、三菱や自分たち空自出身のパイロットには必要のなかった、だけれども民間航空の世界では非常に大事な〝何か〟が見つかるはず。国岡を突き動かしたのはただひとつだった。

「MRJを売れる旅客機にしたい！」

アメリカで本格交渉へ

2009年春。三菱航空機社長・盛本勇一はアメリカのダラス郊外にいた。新しく構えた販売拠点だ。MRJの売り込み先をまずアメリカに決めた三菱は、メインターゲットを北米・南米市場に絞った。

世界を飛ぶ旅客機の実に4割近くが集中していると言われるとてつもない市場を持つアメリカ。日本の25倍もの広さとなる国土を持つアメリカの国内線は世界一のマーケット規模を誇り、世界の航空需要の三分の一に上るとされる。中米は大都市にある拠点（ハブ）空港間で大型機を使って大量の乗客が運ばれ、そのハブ空港を乗り継ぎポイントとして、ボーイングの150人乗り小型機などを使って最終的な目的地となる各地方都市へ向かうシステム「ハブ・アンド・スポークス」がきっかりでき上がっている（自転車の車輪のように、中心の拠点空港から外の各ローカル空港へ放射状に路線が張られていることからこう呼ばれている）。

MRJのような100席未満のリージョナルジェットが最も活躍しているのは、主にこのハブ空港間の大量輸送方式が需給の関係から成り立たない、地方都市の空港間を少人数で直接運ぶことが必要とされる北米・南米となっている。リージョナルジェットが「地域間航空」と呼ばれる所以である。

そんな巨大マーケットの中でダラスは、東に行くにも西へ行くにも等距離で行ける、非常にフットワークのいい場所なのである。

航空先進国アメリカは需要の拡大に伴い、航空会社も乱立してきた。そうした中で、特に国際線を中心に激しい戦いが繰り広げられ、多くの航空会社が消えていった。1970年代初めまで航空業界は、世界のナショナル・フラッグ・キャリア（国営航空）を中心に加盟する団体「IATA」(International Air Transportation Association: 国際航空運送協会）が、カルテル（平たく言うと談合）の上、各路線の運賃を決めており、運賃は考えられないほど高かった（日本で旅客機が国民の足となり始めた昭和30年頃、国家公務員上級職の初任給が約7800円だったのに対し、東京−福岡間の航空運賃は約12000円もした。現在の給与水準に換算すると30万円ほどもする〝供給側が強い時代〟だった）。新規参入の航空会社には「定期便」の運航は認められず「チャーター便」の運航しか認められなかった。チャーターとは旅行会社や団体が航空機を貸し切る単発の形態のことで、飛行する2ヵ月ほど前に当局へ申請しなければならない。こうした中、航空会社にさらなる追い風が吹く。それまでの2〜3倍のキャパシティーを持つ最大級の旅客機（ジャンボジェット）が開発されたのだ。世界中のフラッグ・キャリアがこぞって、この400人を超える客を乗せられる〝ドル箱機〟を導入し、空前のバブル期へ突入する。

ところが、大量輸送によってもたらされるはずの顧客へ還元する動きは一向に現れることはなく、高額な運賃に対する人々の不満は高まっていった。

1977年、こうした状況に風穴が空いた。イギリスの航空会社「レイカー航空」がロンドン−ニューヨーク間で格安料金を打ち出したのだ。これはいまの「LCC（格安航空）の原型」と言われ、無料だった手荷物預けを有料にし、その分、基本料金を安く設定したり、機体が飛行する時間を長くするなど、IATA加盟の各社が行わなかった様々なコスト削減の努力を行うことで低価格化を実現したのだった（旅客機は地上に駐機している間はお金を生まない。一機一機の飛行時間を長くし、地上にいる時間が短くなるよう、路線や機材回しをいかに効率良くできるかが、安い運賃を実現できるLCCのポイントとなる）。

このレイカーの格安料金構想は1970年代初めに発表されたが、高い運賃を維持したい大手航空会社や既得権益を持つ政界から妨害を受け実現できないでいた。英国航空、パンナム、TWAなどと法廷抗争を経た後、イギリス、アメリカ両国政府の認可も下りたことで1977年に運航が開始されることになった。

この直後からアメリカは航空戦国時代に突入する。パンナムやTWAなど大手は、レイカーに対抗する低価格航空券の販売を開始、他方では次々とレイカーを表面だけ模擬《まね》た「安かろう、悪かろう」の典型であるLCCが乱立。これら両者が激しい過当競争を繰り広げた末、脆弱な財政基盤の新興航空会社は消え去っていき、対する大手も著しい疲弊に陥った。

この仁義なき戦いは実はその後の展開が興味深い。競合が敗退し、一社の独占となった路線や大手二社だけが勝ち残った路線では、まるでそれまでの損を埋めるかの如くバカ高い運賃に引き上げ、その後、長らくかつての談合状態に戻ってしまったのだ。

これと同様のことはつい最近、日本でも起きた。債務超過に陥り、経営難に陥ったJALはなりふり構わず不採算路線から撤退した。国交省のお膝元の国内線ではアメリカのような露骨な例は見受けられなかったが、国際線で同様のことが起きた。日本‐中国間でJAL・ANAの二社が運航していた路線でJALが撤退した。すると即座にANAはそれまでかなり安くしていた運賃をいわゆる〝定価〟に大幅値上げを行った。与り知らない理由で利用者が運賃の乱高下というとばっちりを食らう……日本企業の現地駐在などからすれば、ある日突然、想像もしない値段に上がるなど、たまったものではないだろう。しかし、こうした新たなドル箱路線が、増便や新たな路線就航といった〝利用者益〟を生み出していることも事実で、これは航空業が成り立つ仕組みのひとつでもある。

話をアメリカに戻すと、過当競争に生き残った航空会社はかなり深い傷を負っていた。2000年代に入るとそれが一気に顕在化し、いよいよ大手航空会社は〝大淘汰の時代〟を迎える。搭乗率の大幅な低下を引き起こす「イベントリスク」が次々と発生し、価格競争で疲弊した大手航空会社を襲ったのだ。2001年の米国同時多発テロに始まり、2003年のSARS発生、ITバブル崩壊による全世界的な景気低迷、イラク戦争による原油価格の高騰、そして2008年のリーマンショックから始まった世界金融危機と、経営を立て直す間もなく直撃し続けた。

この過程で、TWAはアメリカン航空に、ノースウエスト航空はデルタに、コンチネンタル航空はユナイテッド航空に吸収合併されていった。

このアメリカの航空業界大変革は自然淘汰に任せたものではない。アメリカ国家の意向が大きく働き、関与もしている。航空産業は、自動車、ITと並ぶ国家財政を支える基幹産業である。これまで自動車産業にせよ、戦闘機など軍需産業にせよ、国際競争力を強めようと、アメリカは国策で大・中・小企業が跋扈《ばっこ》するメーカーの統合を推し進めてきた。海外輸出ドル箱と言われる戦闘機の開発ですら、10社ほどあったメーカーを現在のロッキード・マーチン社とボーイング社に絞り込んでいった。非情とも思える措置を断行したのも〝強いアメリカ〟を維持し続けるためだ。

「日本が旅客機開発に挑むなら、航空機産業を日本の基幹産業にするという信念の下、ピンチを耐え切る国を挙げた体制が必須だ」

MRJ開発着手に際し、三菱重工の社長・会長を歴任した橘恭輔がこう訴えたのは、民間の覚悟だけではなく、まさにアメリカのような国家としての強い意志の必要性も指しているに他ならない。

見た目が美しければ正しく飛ぶ

盛本が自らダラスへ出向いたのには理由がある。靴底を減らし、必死の思いで売り込みに駆け回った営業部隊の粘り強い努力が実を結ぼうとしていたからだ。相手はアメリカで三つの航空会社を傘下に納める、米最大手の個人リージョナル航空ホールディング会社「トランス・ステーツHD」(通称TSH)。創業は1998年と若い会社ながら、現在、毎日500便を93都市間で運航し、乗客数は年間800万人以上と、生き馬の目を抜くアメリカで急成長を遂げている。世界中のメーカーの旅客機が飛び交うアメリカで〝ないもの〟を売るのは並大抵のことではない。これは「実際の機体をまだ持っていない」ことだけを指しているのではない。買う側からすれば、信頼の置けるメーカーなのかどうかを測る「サービス体制の充実」も重要なポイントなのだ。機体の性能はもちろんだが、TSHは特に〝自分たちの意見にいかに応えてくれるか〟〝購入後のケアは充実しているか〟といったサービス体制を重視していた。

このTSHとの道を切り拓いたのは、MRJプロジェクトの始動にあたり、三井物産から営業部門のトップとして招聘された高木正隆だ。

2008年4月、三菱航空機が設立される際、出資者として・三菱重工業(出資比率64%)・トヨタ自動車(10%)・三菱商事(10%)・住友商事(5%)・三井物産(5%)・東京海上日動火災保険(1・5%)・日揮(1・5%)・三菱電機(1・0%)・三菱レイヨン(1・0%)・日本政策投資銀行(1・0%)が参画、MRJプロジェクトはまさにオールジャパン体制でスタートした。

そして三菱航空機の営業部門には、三菱商事、三井物産、住友商事といった大手商社から精鋭たちがかき集められた。各界の期待が集まって始動したものの、最初の頃は、年代層の違いやそれぞれが社内で使っている言葉が違う、物事の進め方や考え方まで違う、といった各社のカルチャーの違いから、刺々《とげとげ》しい、喧喧諤々な議論になることも連日のように繰り広げられた。〝出自〟の違う者たちを束ねる大変さは本当に想像を超えるものがあった。

しかし、高木の「二度と失敗は許されない。日の丸旅客機を何としてでも成功させたい」というまるで血判のような共通する意志・意欲が最後には勝った。

三井物産入社後すぐに、YS－11の部品の輸出を担当した高木は、その後も世界を相手に航空機リースや中古機の売買など、飛行機畑一筋で生きてきた人物。アメリカでリース事業を立ち上げた経験もある。そうしたかつてのツテを辿り、直接面会の機会をひとつひとつこじ開けていったのだった。その中で高木自身も驚いたことがある。メーカーとしては〝赤ん坊〟なんだ、冷たい反応は当たり前のことだ――と刻み、商社の1年生社員の気持ちで門を叩いていったのだが、相手の反応は意外なものだった。アメリカで三菱（MITSUBISHI）の名前は強かった。「ミチュビシ」と言われることもない。さらに驚かされたのは、高木すら忘れそうになっていた〝ある事〟だった。それはニッポンの「技術」「品質」「実行力」だ。

日本から生産拠点や技術が流れ、ものづくり立国の座を奪われてしまった中国に〝場外〟へ追いやられたことで、この「ニッポンの誇り」は日本人の心から消えかけようとしていた。しかし、かつて世界を席巻したMade in Japanはいまでもアメリカ人にとっては深く染み込んだ安全・安心の代名詞として生き続けていた。裏を返せばそれはいまでもアメリカにとって脅威でもあるのだが、座席数70～90というMRJ計画は闇雲にアメリカの市場を荒らさない姿勢にも映り、それは杞憂でしかなかった。

ドブ板選挙のように駆けずり回り、早々と実のならない結果に終わった商談の中にも逆に得るものも多かった。〝できるものならやってごらん〟と言わんばかりに無理難題を言われたものでも、持ち帰って設計部門にも打診しながら討議をするものの、やはり無駄骨で終わることも少なくなかった。しかしその嫌がらせとしか思えない思いも寄らない要望の数々は、三菱サイドに発想の転換が必要な箇所を気付かせたり、実に示唆に富んだ改善検討のオンパレードでもあったのだ。こうして自らの足で稼いだ経験が高木ら営業部隊だけでなく、フィードバックされた設計部門にとっても血肉となった。こうしてペーパー・プレーンのMRJは徐々に進化していった。そしてついにTSHで〝本格交渉〟というカードとして花開いたのだった。

TSHでの商談は具体的、かつ詳細だった。MRJが次世代エンジンの搭載と最新設計技術によって生み出される驚異の燃費性能を謳ったことに他ならない。TSHのように事業規模が大きくなるほど燃料費はとてつもない額に上り、運航経済性に優れた低燃費旅客機は喉から手が出るほど欲しい〝魔法の杖〟なのだ。「特にリージョナルジェット機はこの10年以上、画期的な進化がない」TSHの営業担当はそう嘆き、MRJの売り込みに食いついた。ガチガチに固まった寡占にあるリージョナル旅客機市場で、いかにメーカーが守られ、自助努力を必要としなかったかがわかる。三社の航空会社を持つTSHは、一度に発注する機数も規模が大きい。大量発注になればナンバー2のローンチカスタマーとして、様々なリクエストをＭＲＪに注ぎ込むこともできる。営業部隊は足繁くＴＳＨへ出向き、そこでの担当者レベルの会話に出てきた要望の前段階のような内容をも拾い、次回出向いた時にはそれらを反映させるというレスポンスの速さを見せた。

今回、盛本が高木とともに渡米した理由は、ＴＳＨの声に応えた〝お土産〟を渡すためだった。そのひとつが客室上部にある「オーバーヘッド・ビン」（機内持ち込み手荷物の収納スペース）。地域間航空のリージョナルジェット機は、そもそも手荷物預かりをしない、ショルダーバッグやボストンバッグひとつといった少ない手荷物の利用者が多い。しかし近年、キャリーバッグの日常利用が世界的に増え、機内に持ち込んでくるケースも多くなってきた。ライバルのエンブラエル機なども多く保有するＴＳＨは、長い間変わらずにいる既存メーカーにも疑問を持っていた。ＴＳＨの希望を営業部隊から打診された三菱の設計部門は早速、決まっている機体胴体の直径の中でオーバーヘッド・ビンの容量を大きくできる秘策はないか、知恵を捻った。同じ要望は実はＡＮＡからもあった。そして2ヵ月後、ライバル機よりも容量を拡大することになんとか成功。そして盛本と高木は直ぐさま設計変更した青図を手にＴＳＨへ駆け付けたのだ。こうした三菱の反応の良さはＴＳＨの関心を確実に惹き付けていった。

他方でＴＳＨトップのリチャード・ペレス社長（通称リック）はＭＲＪをまったく違った視点で評価していた。身長１８５㎝、恰幅のいい身体。鼻の下に立派な髭をたくわえ、ソンブレロでも冠《かぶ》ればメキシコ人さながらのリックは、ビジネスにおける〝信頼〟をとても重視にする。先述のような日本ならではのきめ細かな対応とレスポンスの速さはリックの心に響いた。

そのリックには座右の銘とも言える格言がある。

「見た目が美しければ正しく飛ぶ」

これは航空業界のパイオニア「ジェフリー・デ・ハビランド」の名言だ。

高度な機体設計の技術を持っていることで名を馳せていたイギリスの航空機メーカーの創立者デ・ハビランドは、第二次世界大戦時下のアルミニウムが不足している時、木で爆撃機を製造し、世界中をアッと驚かせた。空力特性に優れ、かつレーダー波を反射しにくくした流線型の美しいフォルムに、爆弾の収容スペースを機体の重心においた画期的な設計で「戦闘機より速い爆撃機」となった。『デ・ハビランド DH・98 モスキート』と名付けられたこの高速双発機は、天才的な空力設計と造形技術が生み出した最高傑作と評され「The Wooden Wonder（木造機の奇跡）」という異名で呼ばれた。1946年に製作されたイギリス映画『天国への階段』（A Matter of Life and Death）では主人公の頭上を低空の高速で飛び越えていくクライマックスの実写シーンで登場し、一躍有名になった。デ・ハビランドの発明は木工産業を軍需に転換し、現有の航空機工場を混乱させずに戦時増産を行う鍵にもなった。

三菱の営業担当が最初に訪れた日、リックはMRJの完成予想図を一目見て、即座にデ・ハビランドが遺した名言が甦った。そして思わずこう漏らした。

「美しい。もしこれが実現すればベストセラー機になるのは間違いない」

そしていま――盛本と高木から〝お土産〟を受け取ったリックに確信にも似た思いが湧き上がった。

〝三菱とだったら信頼関係が築けるだろう〟

ハドソン川の奇跡は奇跡ではない

三菱でMRJの開発を担うチーフパイロットの国岡は、東京・糀谷にあるANA訓練センターへ通い詰めた。期間は1ヵ月半。今日で既に1ヵ月過ぎた。

「MRJを嫌々買わされた」と噂に聞いていて、当初はANAへ顔を出すのはおっかなびっくりだったが、出会った人たちは（社交辞令もあるかもしれないが）皆、「開発頑張ってください」と労《ねぎら》いの声をかけてくれた。ANAでかつて活躍した国産機YS－11への思いもあるのだろう、MRJに対する期待がひしひしと伝わってきた。

これまでANAで国岡は、国際民間航空条約の規定やIATAなどで取り決められた規則、国内で運用されている運航のルールなどを説く座学に始まり、ボーイング737やエアバス320といった小型旅客機、また最新鋭中型旅客機787のフライト・シミュレーターによる操縦訓練を、実際に訓練を受けるコー・パイロット（副操縦士）たちに交じって受けてきた。時には「オブザーブ」という、実際に路線を飛ぶ定期便のコックピットの後部座席に乗って、旅客運航の様子を見学した。出発前のパイロットたちが詰める乗員本部で行われるブリーフィング（機長と副操縦士が行う飛行ルートや気象情報、搭載燃料などの確認）や、飛行を終えた後で行うデブリーフィング（乗務報告と反省会）に立ち会う貴重な機会も与えてもらった。

また昼食時には、様々なパイロットたちと話す機会があった。最初は互いの経歴など他愛ない雑談から始まるのだが、いつも決まって10分もすれば仕事の話ばかりになる。話題は決まって機材のトラブルや〝ヒヤッ〟としたり〝ハッ〟とした安全に関わる体験談。どこもパイロットというのは根が真面目なWorkaholic（仕事中毒）なのだ。

こうして民間旅客のパイロットたちの実際の業務を見学したり、いろいろな人たちと話をして、国岡は自分の経験則を超える凄まじい環境下にパイロットが置かれていることに気付かされた。たとえば飲酒。国岡は酒は飲まないが、ANAでは乗務12時間前までに飲酒していいアルコール摂取量を40グラムまでに制限する社内規定を作っていた。「ビール中瓶で2本程度、日本酒なら2合、焼酎なら0・7合程度」だ。乗務前の検査に通らず、遅延を出した時の処罰も運航規定に追加し、解雇も含めた厳罰まで盛り込んだ。もとよりパイロットには制約が多い。健康管理が最たるものだ。定期的に行われる身体検査では、視力に聴力、平衡感覚の検査、またフライト中に突然病気を発症してしまうような持病があれば大変な事態を招くため循環器系統の検査まで行われる。さらに一切の薬は飲めないため、風邪ひとつひけない。体が命なのである。乗客・乗員すべての命を守らなければならない最高責任者のパイロットだからこそ、パイロット個人の健康上の問題から事故につながるようなことは万が一にも起こしてはならないのだ。

当然ながら国岡自身も危険と隣り合わせなだけでなく、空自の厳しい規則や管理下に身を置いており、また民間旅客の世界特有の厳しさも話では聞いていて頭でわかってはいたのだが、これほどまでに安全を追求する、いや、もはや執念とも言える安全の確立に向けた律し方に驚かされた。

中でも脳裏にこびりついているのが、国岡がここへ来て一週間ほど経った時に目の当たりにした、実際の運航に立ち会うコックピット・オブザーブでの出来事だ。民間旅客機のパイロットの仕事は、話にも聞き、頭では理解していたつもりではあったが、空自のテストパイロット出身の国岡にとってはそのひとつひとつが驚きに満ちた世界だった。

出発前のブリーフィングでは、まずフライトプランを見ながら、飛行ルートと高度、搭載燃料、貨物・乗客を含めた離陸重量と重心位置を機長と副操縦士とで確認する。次に出発空港と到着空港上空の気象状況に加え、フライトプランに記載したルートのポイントを通過する予定時刻の予報などもチェックする。最後に航法ログを使った詳細な飛行ルートの確認を行う。これに国岡は最も驚かされた。航法ログにはフライトプランに記載したルートのすべての航空路のポイントが書かれているのだが、各ポイントには「緯度・経度」「対地速度」「計算上の残燃料」「予想気温」「風速／風向」など10項目以上の数字が並ぶ。ログさえ見れば飛行情報のほとんどがわかるようになっている。さらに驚かされるのは、運航（飛行）中に実際の通過時間や各データを副操縦士が記録していくのだ。国際線になると運航管理デスクの担当者も加わって、より多くの眼で緻密な確認を行うと聞かされた。たとえば成田－ニューヨーク間では航空路のポイントだけでも40ヵ所を超え、航法ログの長さはA４用紙3枚になる。長距離になれば航空路のそれぞれのポイントにおける気象も目まぐるしく変わる。さらに昼夜をまたいだり日付変更線も超えたりする。確認・記載事項は国内線の比ではない。着陸地の空港毎にアプローチや着陸のルールが違うのはもちろんだが、それらがある時から変更になったりもするため、そうした確認も重要になる。このようにブリーフィングで細かく記載された航法ログは、複写の控えのほうを運航管理担当者が保管することになっている。不測の事態が起きた際、すぐに必要な指示をカンパニー無線で与えられるようにするためだ。

さらに驚かされたのが、パイロットには技能以外に〝神経を遣う〟局面が離陸直後から加わることだった。国岡がオブザーブで搭乗した便には、タクシー（地上走行）中に国岡たちの便と同方面へ向かった機から「上空24000フィート前後から揺れが始まる」との連絡がカンパニー無線から入ってきた。気を抜けない操作と極度の緊張が襲う離陸操作を終えた後にはそうした情報を忘れてしまうところだが、フラップ（高揚力装置）を上げ切ったところでオートパイロットに入れた機長は、即座にコーパイ（副操縦士）へシートベルトサインをオフするよう指示した。続けて「キャビンに、この先24000フィート前後から揺れが始まるとの情報があるので機内サービスはこちらから指示があるまで控えるように伝えてください」と告げた。一見、なんでもないような指示に聞こえるが、実は旅客便にとって非常に重要な気遣い（伝達事項）であると同時に、シートベルトサインは機長にとって最大の悩みと言ってもいいものなのだ。

機内サービスを始めた後に揺れによるシートベルト着用のサインが点くと、ギャレー内で封を開けたり注いでしまった飲み物はすべて捨て、その他の物は再び元のコンテナーに戻してロックを掛け、容器なども元の場所に仕舞い込まなければならない。シートベルトサインひとつでも大変な騒ぎを引き起こすことになる。

このシートベルトサイン、オペレーションマニュアルには『離着陸時、ならびに大気の擾乱《じょうらん》がある時に機長はベルト着用のサインを点灯させなければならない』と記載（規定）があるものの、「〇〇の場合にはベルトサインを消せ」という文言はどこにも書いていない。つまりベルト着用サインをオフにする判断は機長の裁量にかかっている。言い換えれば、乗客が怪我でもしようものなら全ての責任は機長にかかってくることになるのだ。

シートベルトサインのオン・オフの判断が機長にとって最大の悩みと言えるのは、上空を飛行中に遭遇する揺れは、察知する計器があるわけでも、空気の乱れが目で見えるものではないからだ。天気図や風、気温などのデータから予測する経験則でしかなく、他の便から情報が入った時でさえ、自分たちの機が揺れが起きるとされるポイントを通過するのは最低でも30分は経過することになり、目まぐるしく変わる気象の下ではアテになるものではない。

〝どうも揺れそうだ〟と判断して、コーパイにベルト着用サインの点灯を指示したものの、いくら経っても揺れるどころか微動だにしない。コックピット内はもちろんのこと、キャビンとの間にも気まずい雰囲気が流れる。いよいよ重圧に耐えきれなくなった機長が「サインオフ」をコーパイに告げたとたん、今度は〝待ってました！〟とばかりに揺れが始まったりする。これほど心臓に悪いものもないだろう。

国岡が搭乗した際、離陸後に一旦ベルトサイン・オフを機長が決めたのも、ベルトサインをオンすることになるであろう揺れ情報のあったポイントに到達するまでの短い間ではあるが、トイレを我慢していた乗客に対応するための措置だった。

このような旅客機特有のパイロットが背負う任務以外の〝技能〟については、国岡が歩んできた戦闘機の世界にも共通する所もあるにはあった。しかし、一人で判断して実行する自己完結が基本中の基本だったため、身体で覚えて磨きをかけていく職人の勘の部分が圧倒的に多かった。やはり多くの命を預かる旅客機の世界は、二重にも三重にもセーフティーネットを用意するのが当たり前なんだと痛感させられた。

そう納得した時、ふと〝ある出来事〟が国岡の脳裏を過《よ》ぎった。それはANAに来た最初の頃に案内された安全教育センターの展示物の数々だ。ここの展示ブースには、過去に起きた旅客機事故を当時の記事や写真で解説したパネル、墜落して激しく破損した機体の一部、事故の衝撃で空中分解し引きちぎられた機体、折れ曲がった座席などが並ぶ。「過去の教訓を風化させてはいけない。事故を語り継ぐ場が必要なのではないか」と、事故を知らない若手社員からの提案で実現した。事故の現物が訴える力は大きい。パイロットの国岡にとっては震えが走るほどの衝撃だ。体験研修の最後には「安全こそ社会への責務」と題されたブースで、〝人間は誰もがエラーを起こすもの〟ということを身を持って体験させるパソコンを使ったテストが行われる。

空自を去って10年、国岡は「誰でも起こし得る小さなエラー。それが少しずつ重なると大事故へつながりかねない」。そうMRJ開発担当チーフパイロットとして改めて肝に銘じるとともに、民間旅客であるANAのパイロットたちが頑ななまでに安全を追求する礎《いしずえ》が理解できた気がした。

旅客機の事故は部品やシステムが原因となって起きることは実は少なくない。これまで事故が起きる毎に、製造の基準や審査が厳しくなってきたからだ。いまの事故の大半は「ヒューマン・エラー」という人の判断や動作ミスで起きている。

逆に過去の事故を教訓として活かしたり、技能の研鑽を積めば〝絶体絶命〟という事態に面しても、乗員・乗客すべての命をパイロット一人が救うことも現実にできる。その最たる例が世界中を感動の渦に巻き込んだ『ハドソン川の奇跡』だ。

2009年1月15日、USエアウェイズ1549便が離陸直後、雁《がん》の群れに衝突し、二つのエンジンが同時にバードストライク（エンジンに鳥を吸い込んでしまうこと）を起こしてエンジンが二基とも停止する事態に陥り、飛行高度の維持と加速ができなくなった。両エンジンの同時バードストライクは航空史上極めて希なケースだ。機長から異常事態を宣言された空港管制は10キロ先の小型飛行機の飛行場に着陸するよう指示を出す。しかし機長は「高度が低く速度も遅過ぎるため困難」と判断、機体のすぐ左手に広がるハドソン川へ緊急着水をすることを管制に告げる。

水平に着水できない場合、機体が真っ二つになる可能性も充分あった。そして15時30分、同機はニューヨーク市マンハッタン区付近のハドソン川に無事に不時着水し、乗員・乗客の全員が助かった。同機を操縦していた機長のチェズレイ・サレンバーガーは、明敏な判断と並外れた操縦能力を称えられ様々な表彰を受け、オバマ大統領の就任式にも招待された。メディアから受けた「危機的状況の時にとっさの意思決定をできた理由は?」との質問に、「いつも訓練していることをやっただけ」と淡々と答えた機長に再び賞賛の声が挙がった。

国岡はANAに来て自らの目で見てきたことを振り返った。

するど、会話する言語でも違ってるんじゃないかと理解に苦しんだ本多たちのコックピットへの細部にわたるこだわりがだんだんとわかる気がしてきた。まるでジグソーパズルのピースがカタカタとはまっていくように。飛行機を操る実務や技術的なものは自分が体験してきたこととそれほど大きな変わりはない。ただ、実際の運航便にオブザーブとして乗り込んだ時、パイロットの仕事量の多さと〝後ろに目でもあるんじゃないか？〟と思うほどの多岐にわたる目配りを素早く正確にこなしていく姿は尋常ではなかった。国岡には必要のなかった業務も旅客機にはある。到着予定時刻や飛行高度、この先の気流の様子、搭乗への感謝を伝える機内アナウンス、またCAには気流の状況からはじき出した機内サービスが可能な時間帯を伝え、さらに到着空港が混雑空港であれば通常より早い段階から先方の管制と交信しなければならない。これに加え、客室内で急病人が出たり騒ぎが起きたりすれば、最高責任者として判断を下し、内容によっては終始、対応に追われることにもなる。パイロットには背負った命の数だけのとてつもないプレッシャーがそのままストレスになって襲いかかる。乗客にとっては当たり前の、安全で快適な飛行を遂げるためには並大抵ではない頭の回転と精神力の維持が求められるのだ。

裏を返せば、限られた時間の中であらゆる方面に神経を削らなければならないため、機材（機体）は信頼が置けて、さらに言えば扱いに慣れているものが一番ということになる。プロゴルファーやプロテニスプレーヤーが、普段試合で使わない予備の2番手、3番手のクラブやラケットで試合をするのと同じで、もしそんなことがあった時には、試合に集中できるはずもなく、ミスを連発するだろう。だからこそ、多く出回っている既存機のコックピットと大差がなく、クラブやラケットで言えば「グリップ」にもこだわりが出てくるのだろう。国岡は目から鱗が落ちる思いだった。ひたすら安全で快適な操縦に徹したいと願うパイロットたちに、ともすれば妨げにもなる要らぬ斬新さや、ストレスを増やしてしまうことにもつながる新しい装置等は必要ない。ややもすれば三菱方式で「便利なものを開発しました。これはこういうふうに使ってください」と、ニーズを取り込むやり方でなく、半ば一方的に押しつけるやり方で事を運びかねなかった。ましてや操縦桿やスロットルレバー、スイッチ類を固めていく作業が、いくら操縦・飛行ソフトなどの開発より後だとしても、彼ら旅客機パイロットが操縦してそれらの開発を進めていくのだから、出来の悪い暫定の操縦桿などを使わされてはストレスのあまり集中などできようはずもない。もとより、売れる旅客機にしたいと願う気持ちは同じなのだ。目指すのは物としての〝素晴らしいマシーン〟ではない。ものの考え方や発想のすべてが安全と乗客に始まり、またそこへ収斂《しゅうれん》するANAのような思考を、我々三菱も持たなければ、世界中の航空会社から欲しいと言われる旅客機はきっと作り上げられないだろう。

国岡は決めた。「三菱や我々が大切にしてきた〝誇り〟はかなぐり捨てることだ。日本で民間航空のトップを走るANAの意見に積極的に耳を傾けてとにかく前へ前へ進もう。そこで得た我々にない見知を血肉に変えてMRJに注ぎ込んでいこう！」

第3章

予想だにしなかった試練

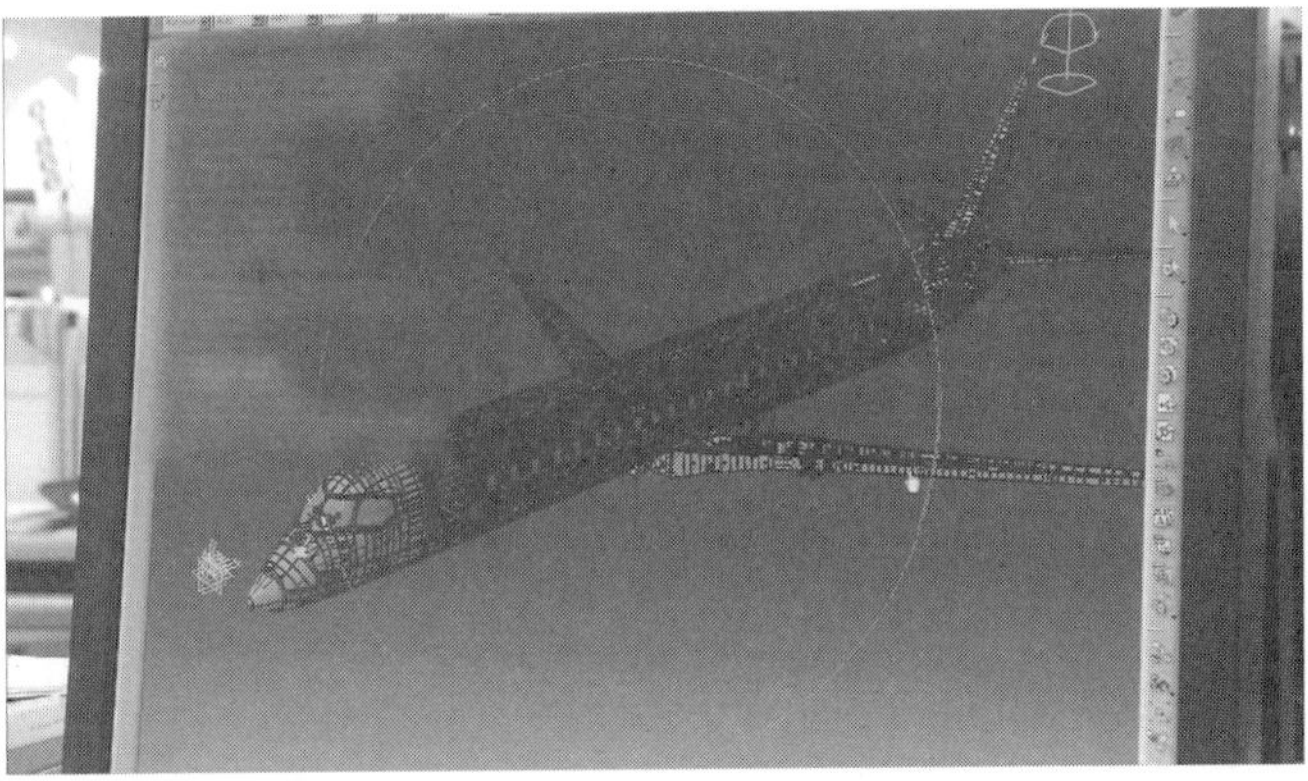

パリ国際航空ショー

2009年6月15日。三菱航空機は世界最大規模を誇るパリ国際航空ショーにMRJの客室モックアップ（実物大の模型）を出展した。場所はパリ中心部から電車とバスを乗り継いで1時間半ほどかかるル・ブールジュ国際空港。これが二度目の出展である。2月から社長に就いた盛本は今回が初めての経験だ。パリ航空ショーは、東京ドームおよそ7個分となる広大な敷地に、旅客機から戦闘機に至る航空機が140機ほど展示され、空中では歴史的な名機や現代機による曲技飛行などが繰り広げられる。しかしなんと言っても目玉はやはり世界中のメーカーが開発した最新型機のお披露目。実際にデモンストレーション飛行も行われる。最新鋭のステルス戦闘機や無人機、2階建ての空飛ぶ豪華ホテルの異名を持つエアバスの旅客機A380やボーイングの最新旅客機B787もこの航空ショーでお披露目のデビューを飾った。7日間の会期中、世界中から航空ファンなどの一般来場者がおよそ16万人、さらに一般来場者と同じ数のおよそ16万人のメディアと航空関係者が集う。まさに〝世界随一の航空の祭典〟と言える航空ショーは、各メーカーにとって最新商品をアピールする格好の舞台なのである。華やかなイベントが人々を魅了する一方で、航空ショーは水面下で激しい顧客の争奪戦が繰り広げられる。出展企業は実に2000社を超え、場内に建造される360を超える「シャレー」と呼ばれるコテージで、旅客機メーカーや、エンジン、電子システム、部品などを手掛けるメーカーが〝大切な顧客〟を招いて、個別の商談が繰り広げられるのだ。

三菱は、初めての出展となった前回、あるミスを犯していた。

「日本が航空機製造に再チャレンジする」という話題性に加え、引っ提げてきたのが「世界最高レベルの経済性と快適性を備えた次世代機」という代物だったため、各国のメディアの前評判はまずまずだった。取材依頼は、日本のテレビ各局・新聞・専門誌などはもちろんのこと、英BBCや米CNN、海外の専門紙・専門誌に至る盛況ぶりだった。これにより三菱は対応を誤ってしまったのだ。実物大模型のモックアップ（実物大模型）とはいえ、座席の座り心地から、広さ、テーブルや手荷物入れに至るまで、実際に使われるそのままの材質で、作りや動きまでもそっくり模しているため、体験したいという要望はMRJに限らず後を絶たない。まさに〝百聞は一見にしかず〟である。かくして三菱などメーカーにとっては絶好のアピールの場となるのだが、如何《いかん》せん場所を取る実物大のモックアップとなると、どこもひとつしか持ち込めない。出展する最大の目的は、先にも触れたが、将来、顧客となる世界中の航空会社を招き、実際にモックアップ客室の作りや材質を手で触れてもらったり、座席の座り心地や広さを体感してもらいながら商談を進めることが第一義である。会期は7日間、1日8時間しかない中で、世界中から訪れるメディアの対応もしなければアピールにも欠けてしまう……三菱は考えた末に、インパクトの強い大手メディアや〝大御所〟と呼ばれる航空ジャーナリストの取材対応を優先し、それ以外にはモックアップの取材を断わることにした。当然、外された記者やジャーナリストたちの不満は噴出した。こうした対応はそのまま記事にもなった。「三菱は親方日の丸体質から脱却できていない」「本気で航空産業を日本に根付かせたいと思っているのか」と。三菱がこのことを大いに反省したのは言うまでもない。

今回が初めての航空ショーとなる盛本。開催の2日前にパリへ到着した。12時間の往路の機内では到着してすぐ用意されているミーティングがあるため、少しでも寝ておこうと考えていたのだが、妙に頭が冴えてしまいうとうともしなかった。営業部が新しく作ったMRJをPRするパワーポイントを確認しながら、商談のアポイントを事前にもらっている顧客（航空会社やリース会社）がMRJのシャレーに訪れた際、営業トークをどう展開していくかを練っていた。もちろん英語だ。また、航空ショーにはMRJの存在を未だ知らない世界の航空会社のトップや機材調達担当が突如訪れてくることもあると聞いていた。そのため、会場に持ち込んだモックアップをどのように使いながら「MRJのウリ」と「開発が順調にんでいること」をアピールするのが効果的なのか、策を巡らせていた。なんと盛本は突然の訪問顧客に対しても自らトップセールスを行う気でいたのだ。通常、社長はアポイントのある顧客が訪れた際、商談の最初だけ挨拶に現れる。しかし盛本は三菱、そしてMRJが新参者であることを自覚していたため、こうした殿様商売をしていたのでは受注は獲れないと踏んでいた。トップから一丸となった気概を見せることで初めて商談の緒に就ける――そう考えていた。

盛本が航空ショーの開催2日前にパリ入りしたのは、営業部隊が開拓した新たな顧客との商談がセッティングされていたからだ。実は航空会社にとって「飛行機の選定」は重要な戦略のひとつ。よって商談は水面下で行われる。ひとつはフランスの航空会社、もうひとつはイギリスだった。それぞれ13日の夜と14日の夜に、四つ星ホテルのレストランの個室で行われた。

国境の垣根を無くした欧州は日本と比較してみると、各国への移動は日本の国内線と変わらない。

パリ－スペイン、イタリアは、羽田－福岡、パリ－イギリスは羽田－広島、パリ－ドイツ、オランダに至っては羽田－伊丹とほぼ同じ距離だ。

日本は飛行機以外の、新幹線や在来線、私鉄、地下鉄、路線バス、高速バス、そして高速道路が網の目のように張り巡らされている。東海道新幹線を例に取れば、運転本数は1時間あたりおよそ15本、臨時も併せた1日の本数は340を超える。そうしたインフラが充実した中で飛行機は、大都市間を中・大型機で一度に大勢の客を運ぶ大量輸送方式が定着した。一方、日本の国土の長さに5カ国も入る欧州は、フランスやイギリスの都市部以外は日本ほどにインフラが充実していないこともあって、飛行機利用が日常的な移動手段として定着している。LCCの先駆けもこの欧州（イギリス）から誕生した。バスや鉄道の代わりを担うこともあって、路線数や1日の本数も日本の比でないほど多い。日本のような大型機を使った大量輸送方式は、アメリカやアジア、オーストラリア線といった長距離の国際線にほぼ限られている。欧州内はLCCが使う150人乗りの小型機やMRJのような70・90人乗りのリージョナル機による運航が主流となっている。この理由は小型化（ダウンサイジング）することで運航にかかるコストが下がるうえ、一便一便の搭乗率も上がる（採算が取れる）ことから、便数を増やすことも可能になるためだ。

本来、100もの空港がある日本こそ、少人数をニーズに応じた場所へ運ぶリージョナル機が最も適しているのだが、過剰な東京への一極集中による二極化と、これに伴って採られた国の航空政策から大量輸送方式が定着してしまった。航空政策の例を挙げれば、羽田空港は近年まで100席未満の旅客機の乗り入れが禁止されてきた。離発着数に限りがあるため、東京への一極集中に対応すべく採られてきた措置だ。騒音問題から24時間稼働する空港にできないことも離発着数が限られる要因のひとつとなっている。ただ、これ以上にリージョナル機が広がってこなかった大きな理由がある。日本特有とも言える地方自治と市民意識の問題だ。かつて羽田－伊丹間などで500人乗りのジャンボジェットが鳴り物入りで就航し、注目を集めた時代がある。やっきになって地方に空港が建設され始めた時でもあり、そうした空港への就航が相次いだ、航空右肩上がりの時代である。各地方の需要に見合った席数の機材で飛ばしたいANA・JALなどに対し、地元は「もっと大きなジェット旅客機で乗り入れて欲しい」と要望した。航空会社が難色を示すと、地元選出の国政議員に陳情を行うなど政治を使って圧力をかけ、結果、需要に見合わない大きな機材を飛ばさなければならない例がまかり通るようになった。そして驚くべきことに、これを逆手にとった空港誘致まで起き始めたのだ。「他県に負けない長い滑走路の空港にしよう！　そうすれば大きなジェット旅客機も来てくれるだろう」――空港の整備費は第一種・第二種空港は全額国費で賄われ、第三種空港でも国費が5割投入される。身の丈に合わないものを求めた結果、国費（空港整備費）は膨れ上がっていった。〝空港を作れば「人・金・モノ」を運んできてくれる〟確かにその一面はあるものの、地方が求めたのは東京との路線。当然と言えば当然なのだが、こうした欲望が羽田空港に制限施策を強いることになり、皮肉なことに二極化も生み出す結果となったのである。

欧米では先に説明したように、空港大淘汰の時代の洗礼を受けて現在に至っている。培われたのは採算＝コスト意識だ。航空会社はもちろん、市民意識も変えた。日本の国土の長さに5ヵ国がひしめき合い、国境もなく、各国に航空会社があり、膨大な便数を有する欧州は、MRJにとって格好の売り込み先なのである。

盛本が商談したフランスとイギリスの航空会社は、会って話を聞いてみると両者の事業戦略はまったく違っていた。片方はハブ空港から各地方空港へ利用者を運ぶため、片方は拠点とする空港から欧州の各国間を運航するため、ＭＲＪの導入を視野に入れていた。低燃費で航続距離が長いこと、ライバルに比べて客室の床から天井までが高いところが評価のポイントだった。食事をしながら、およそ1時間近く顧客の意向を聞いた盛本は、「ぜひ航空ショーのＭＲＪシャレーに用意したモックアップをその目で確かめて欲しい。お待ちしています」と握手し、商談を締めくくった。


6月15日、パリ国際航空ショーが開幕した。澄み切った青空に編隊を組んだセスナ機がブ～ンと音を立てながらカラー煙幕を描いていく。曲芸飛行を解説するラップのような場内アナウンスが目一杯のボリュームで流され、会場はお祭り気分一色に染まっていた。

これに先立つ開幕2時間前の朝7時過ぎ、早くも会場に盛本の姿があった。航空ショー開催の期間中は、パリの宿泊ホテルを6時には出発しなければ、通勤など通常のラッシュに加え、航空ショー関係者らの車で高速道路や一般道が大渋滞するため、出展する企業は皆、この時間の到着になるのだ。

航空ショー最後の3日間（金・土・日）は一般にも公開されるが、最初の4日間は「トレード・デイ」と言って、出展する企業の社員やスタッフ以外には、出展企業から招待された航空関係者と事前に登録した取材メディアしか会場に入ることはできない。売り込みをかける盛本ら航空機メーカーにとってはこの4日間が勝負となる。

会場に到着し、7～8分も奥へ歩いて行くと、各社のシャレーと呼ばれるコテージがズラリと並ぶ。いずれの会社も、最大の目的が商談となるため、この中にメディアが入って取材するには事前の申し込みが必要となる。モックアップも重要な営業ツールとなるため、この撮影も企業側が日時を指定するなどして、出入り自由の開放はしていない。

出展企業は広大な会場の移動に主催者から有料で借りた6人乗りのゴルフカートを使う。盛本はMRJのシャレーへ向かう途中、ライバルのエンブラエル社とボンバルディア社のシャレーに目が止まった。

〝必ずこの二社に伍して世界の空にMRJを羽ばたかせよう〟

まるで宣戦布告するかのような眼差しで盛本はロゴマークを見つめた。

この他にも会場では、メディアが「MRJのライバル」と呼ぶ、ロシアと中国も既存の実機を展示したり、スケールモデルとPRビデオでアピールすると聞いていた。

ロシアのライバル機は、「スホーイ・スーパージェット100」（SSJ100）と名付けられた、ロシアのスホーイ社とイタリアの航空機メーカーが共同開発・製造している旅客機だ。実はこのパリ航空ショーが開催されるわずか1ヵ月前、初飛行に成功しており、「会場に実機を飛来させ、展示するらしい」という噂が飛び交っていた。スホーイ社は戦闘機開発で名を馳せ、アメリカに次いで2番目となるステルス戦闘機の製造を手掛けるなど、開発技術力だけで言えば三菱の上をいく存在だ。2020年までにSSJ100を600機、最終的に800機の販売を目標にしており、そのうちの5

00機をロシア国外で販売する計画を打ち出した。
一方の中国のライバル機はCOMAC（中国商用飛機有限公司）が手掛ける「ARJ21」。中国の第5次五ヵ年計画（2002年）で開発が開始された。ところが設計の遅延や製造段階に入って様々な問題が浮上、当初計画で2005年だった初飛行は三回延期され、2008年11月にようやく初飛行を遂げることができた。

盛本は過去にメディアの取材で「日本のMRJより開発が後発だったロシアと中国のライバル機が先に納入される見込みである。焦りはないか？　価格競争になれば太刀打ちできないと思うがどう戦っていくのか？」と容赦ない質問を浴びせられたこともある。返答に窮したがMRJのウリや優位性を挙げて濁した。盛本からすれば、ロシアと中国は限られた親交国間での取引しか行われないクローズされたものとなるため、正直、ライバルとして眼中になかったからだ。世界の空を牛耳っているアメリカと欧州の、航空当局の厳しい「型式証明」（安全性の審査証明）を取得してこそ、初めてライバルとして同じ土俵に立つ――そう考えていた（※SSJ100はイタリアの航空機メーカーとの共同開発・製造だったこともあり、この後2012年2月に欧州の航空当局EASAから型式証明を取得している）。

「現在、MRJの受注はANAさんからの25機のみです。このエアショーには我々が有望視している大切な顧客も招きました。今回、アポイントメントを取っている他の顧客さんとの商談も含め、エアショー開催中に念願の新たな受注を発表できるよう皆で頑張りましょう！」

朝9時、盛本はシャレーの一室に集まった20人を超える営業部隊を激励した。その中にはもちろん営業部隊の陣頭指揮を執る高木の姿もあった。男性も女性も、黒のスーツで固めている。襟には今年作ったばかりのＭＲＪのピンバッジが輝いている。全員が起立して輪になった様子は戦《いくさ》の出陣式を思わせる。ピーンと緊張が張り詰めた部屋に居並ぶ皆の表情は必要以上に硬いように見える。それもそのはず、ＡＮＡからの受注から1年3ヵ月も新たな受注を獲れないでいたからだ。ニッポンの技術力を大いに期待していた日本のメディアからは「三菱を買いかぶっていた。本当に期待外れ」「中国のような初飛行すらできずに撤退するんじゃないか」といった辛辣な声が挙がっていて、それは紙面にも嫌というほど現れていた。営業部隊の耳にも当然届いていただけに、盛本はどこか意気消沈しているように見え、音頭取りを買って出たのだ。かくしてこの1時間後、戦いの火蓋は切られた。

今朝の重苦しい空気が杞憂だったかのように、ＭＲＪのシャレーには次から次に訪問客が押し寄せた。ここから先は水面下で行われる極秘の商談となり、企業秘密の塊となっている。まだ実機を持っていない新参者の三菱は、こんな形で売り込みを進めた。担当毎に分かれた営業は、それぞれの顧客が訪れると係になって出迎え、まず個室でＭＲＪの優位性をデータなどで示しながら30分ほど説明。その後、モックアップが置かれている場所へ案内して、実際に客室を触れたり座ったりしてもらいながら、ライバル機に比べていかに快適な設計になっているか身を以て体験してもらう。顧客が鉢合わせないように、モックアップの見学は時間をずらして行われるため、盛本も可能な限りこれに加わった。ここまでの間で、真剣にＭＲＪを機材選定の候補として考えていると思われる、いわゆる食いつきのいい顧客は、最初のシャレー2階に用意した特別ルームへと案内し、軽い食事を取りながら、金額や導入時期、機数などといった具体的な話に入っていくことになる。シャレーで〝軽い食事〟としてよく出てくるのは立食パーティーのメニューが多いが、盛本らは日本を印象付けるため鮨を選んだ。もちろん、その場で板前が握ったものを提供する。「日本式のおもてなしは海外でウケがいいんです。そして覚えもよくなる」。一回目から航空ショーに来ている高木や他の営業部員らの勧めもあった。実際、商談で鮨を振る舞うと、国籍を問わず顧客は皆、それまでの硬い表情を崩して喜んだ。本当は鮨を食べに来たんじゃないかと言いたくなるほどだ。

初めての航空ショーで初日の商談はアッという間に終わった。盛本の気持ちは高ぶったままだった。合間に行われたメディアの取材も高揚を掻き立てたようだ。

そして夜のスケジュールを確認しようと営業チーフを探している時、営業と広報スタッフら数人がちょっと離れた隅で立ち話をしているのが耳に入ってきた。

「今年はやっぱ少ないですね」

「日本からわざわざ取材に来るメディアも一回目に比べると半数以下ですしね」

「顧客のアポイントも今回は本当に取りづらかったんですよ」

「それはやはり前回から目新しい報告事が何もないからだよ。メディアの連中も〝ストレートニュースでも取り上げられない〟ってボヤいてたし」

「これじゃ新規の獲得はキツイかもしれないなぁ」

盛本は色をなした。

〝そうか、皆は一回目の航空ショーの出展から来ていたんだ。最初の時は世界中のメディアにも取り上げられたし、顧客も皆、モックアップを見るのは初めてだったし、話題性は抜群だった。それから何も進化が見られないんじゃ、確かにメディアからも顧客からも注目されるはずもないよなぁ……〃盛本は商談や会食のスケジュール、そして引きも切らないシャレーの訪問客の様子から、「MRJは注目を浴びている」と推していた。

〃今年は海外へのアピールに欠けるかもしれない。今回、初めて招待したあの有望顧客との商談が、契約とまでいかなくとも、なんとか覚え書きや合意に至らなければ士気が下がるな〃——盛本は腹をくくった。

アメリカで三つの航空会社を持つTSH（トランス・ステーツHD）の社長、リチャード・ペレス（リック）はパリの玄関口「シャルル・ド・ゴール国際空港」行きの機中で思いを馳せていた。パリ国際航空ショーに出展されているMRJの客室モックアップについてだ。リックはまだ紙上のイラストでしか見たことがない。「ご招待しますから一度見に来ませんか？」と盛本や高木から誘われたのが3月末のことだった。日本を訪れたい気持ちもあって、「4月の終わりに視察したい」と伝えたのだが、「パリの航空ショーに出展するため、その時にモックアップは日本にないんです。モノが大きいため船便で輸送するので2ヵ月はかかるんです」と言われた。しかしすぐに「先になりますがパリの航空ショーへいらっしゃいませんか？　日本へ来るよりは近いですし、ご招待しますので。その時にじっくりリックさんの目で確かめてください」と招待を受けたのだ。二つ返事で引き受けた。

しかしながら、それからずっとリックには迷いが生じていた。カタログ上、MRJの性能は問題ない。むしろ画期的な喉から手が出るほど上出来だった。三菱も信頼が置ける。購入後のアフターサービスも心配は要らなさそうだ。

しかし——。

旅客機開発は必ず遅延が生じる。エアバスやボーイングでさえも、3~5回の開発遅延を起こし、当初計画より4年前後は初号機の納入が遅れてきた。ニューカマー（新参者）のMRJは少なくともそれよりも2年のバッファ（余裕）は見ておかなければならない。全く新しい概念のP&Wの新型次世代エンジンも型式証明の取得に予想以上の時間がかかるという〝読み〟もあった。この「当初計画+遅延6年」がリックを悩ませていた。機材（機体）の更新計画があるからだ。

旅客機の耐用年数は20年と言われる。

期限を丸々使い切るのは主に大手のフルサービス・キャリアとなる。保守・点検を行う整備体制が十分に整っているからだ。この一方、LCCやリックの事業形態（ポイント・トゥー・ポイントという「大都市↕地方都市」「地方都市↕都市」を直接結ぶ方式で、少人数乗りの小型機を使い、バスや電車のように便数を増やす）のような航空会社は、10年前後使用した後に売却する方針を採っていることが多い。ボロ雑巾のように使い切って〝さぁ売却だ！〟と思っても、売値は二束三文、場合によっては足が出ることもある。車の中古車と同じで、年数が若いと高く売ることができるのだ。その最たる航空会社は「エア・アジア」。現CEOのトニー・フェルナンデスが破綻した航空会社をわずか1リンギット（約30円）で買い取って始めたマレーシアのLCCだ。2001年の創立からわずか3年で黒字化を遂げて以降、飛ぶ鳥を落とす勢いで成長し続けている航空界の風雲児である。トニーはエアバス機しか購入しない。そのうち9割がA320という小型機だ。購入先を一社にすることで破格の値段が可能になり、尚かつ機種を絞り込めば、整備の負担も大幅に削減されることになる。そしてここからが業界に風穴を開けた頭抜けた才能なのだが、その購入した機体を7~10年で売却し、次の新しい機体をエアバスから購入している。トニーはそのメリットをこう説明している。「まず二つ目は、常に新しいキレイな機体に客が乗ることができる。古くて汚ないのは誰でも嫌だろう？　そしてひとつ目はなんだと思う？　整備が要らないからさ」ジョーク好きなトニーならではの言い方だが、的確な説明をするとこうなる。今は旅客機が大事故を起こす理由は、部品やシステムのトラブルよりも人為的ミスが圧倒的だ。ちなみに部品やシステムに起因するトラブルの多くは「経年劣化」である（交換の時期などがメーカーや国際規定などによって決められているにもかかわらず、交換しなかったりする整備不良や手抜きもある）。初期トラブルはどんな製品でも返品の対象となるため省くが、いまの旅客機は機体が新品に近ければ近いほどトラブルは起きにくい。7~10年が経過した後に、部品交換や頻繁な点検や修理が必要となってくる。トニーが「新品の機体は整備が要らない」と言う理由《わけ》は、年数が若い機体は格納庫へ2週間~1ヵ月入れて大手術（修理）しなければならない整備はまず起こり得ないため、そうした対応を行う大がかりな設備や人員を余分に用意する必要がなく、日常的に行う点検などの運航前後の軽い整備（ライン整備と呼ぶ）だけで済むということだ。確かにビルやマンションのエレベーターを見てもこの考えは合点がいく。

トニーは10年を過ぎて様々な経費がかさんでくるのであれば、その分と売却益で新しい機体を購入したほうが事故が起きる確率は少なくなり、経営的にも、乗客的にもメリットが大きいと説く。さらにトニーは7・8・9・10年の違いを科学的に明確にしている。各機体の「延べの飛行時間（距離）」と「離発着回数」の相関関係から傷み具合を算出して、度合いが大きいものは7年で、少ないものは概ね10年で手放していく。旅客機に固定資産税がかけられる日本では特にだが、数十〜数百億円もする、ある意味〝一生モノ〟の財産とも言える旅客機に、こうした車のような考え方を持ったのは、おそらく彼が最初だろう。その後、この考え方がLCCのスタンダードとなり浸透していった。LCCは「機体は空を飛んで初めて金を生み出す」という理念の元、機体を酷使するから尚更だ。

着陸態勢に入った。リックは倒していたシートを戻した。TSHのヘッドオフィス（本社）があるセントルイスの国際空港を発って7時間。未だ考えあぐねていた。いまTSHの航空会社三社で保有している機材はエンブラエル社とボンバルディア社の二社。両社との関係は良好で、機材にもアフターサービスにも不満はない。事業も順調に伸びている。ただ〝これでいいのか？〟という、「何が？」と問われると答えられない、言いようのない悶々とした何かが自分の頭の中をずっと駆け巡っているのは事実だ。そもそもTSHはアメリカのリゾート路線の運航からスタートした。まだ、飛行機に乗るなんて高嶺の花だった時代、飛行機に乗って空を飛んで憧れのリゾート地へ誰もが行ける日が来ることを夢見ながら突き進んだ。リスクを恐れるより、新たなものに挑戦するワクワク感があった。今欠けているものはそれなのか……。

キュキュッと車輪が鳴った。リックの乗った旅客機はシャルル・ド・ゴール国際空港へ滑り込んだ。

リックにはMRJモックアップの視察の他に、この航空ショーでもうひとつ重要な目的があった。

「How are you? Mr.Egawa! Mr.Morimoto!」

「Hi there, Mr. Rick! Nice to see you again.」

翌日の正午、リックはMRJのシャレーで盛本や高木と再会した。3ヵ月ぶりだ。

リックはホテルから三菱が用意してくれた車で航空ショーの会場へ着いた。三菱の通訳スタッフも一緒に同乗してくれ、到着までの1時間、暇をもてあますことはなかった。フランスとイギリスで隔年毎に開催されているこの航空ショーには、リックはもう何年も来ていなかった。以前来た時の記憶では、航空関係のメーカーと航空ファンだけのマニアックで地味なものだった気がしたが、万国博覧会のような華やかな変貌ぶりに目を奪われた。

挨拶もそこそこに盛本と高木がシャレーの2階にあるブッフェスタイルの広間に案内してくれた。階段を上がった壁にはMRJの完成イラストが描かれた大きなポスターが客を出迎えていた。広間の手前のスペースには胸元ほどの高さになるMRJのスケールモデルが展示されていた。どこかイルカを連想させるライバル機と違って、鶴のようにシャープな出で立ちが美しい。スラッとした容姿にもかかわらず、客室空間はライバル機よりも広いというから驚きだ。モックアップを早く見たい衝動を抑え、中に入る。六つある丸いテーブルにオードブルがズラリと並んでいた。右手のほうに目をやると、朱色の衝立のようなもので装飾された和風のカウンターが飛び込んできた。高木が英語で説明する。

「リックさん、これは日本の鮨カウンターです。ここでお好きな〝ネタ〟を頼んでください。隣のミーティングルームへお持ちしますから」

すかさず盛本が重ねた。

「ここの色使いはMRJのキャビンで使われる和のイメージをそのまま模しています。赤と黒、金色はMRJのシンボルカラーのようでしょう？　キャビンではニッポンの伝統工芸の漆塗りをこれに施します」

ホテルからの道中の社内で通訳から聞いていた鮨だった。しかも目の前で握ってくれるという。粋な和のもてなしだ。オススメだという〝ツナ〟に、白身の魚やノルウェー産のサーモン、〝手巻き〟を頼んだ。日本人の板前からウニとイクラも勧められたが、肩をすくめて遠慮した。あの独特の食感が苦手だった。

隣室でのランチミーティングには6名ほどが集まった。福山と名乗る40代前半くらいの男性がOHP（プロジェクター）を使いながら、ライバルと比較したMRJの優位性を流暢な英語で事細かく説明した。

営業の福山はこうした国際航空ショーの場や、海外の航空会社やリース会社を集めた説明会でMRJの基本情報や優位性、導入した際の各メリットを解説する担当だ。海外留学や赴任の経験がないにもかかわらず、独学で英会話をマスターした福山の、専門用語を含めたボキャブラリーや説明の正確性、訴求力は三菱の中でも群を抜いていた。これが買われ、社運がかかったMRJプロジェクトに抜擢された。

リックが最も気がかりだったことについても福山が最新報告として述べた。「スケジュールは当初計画から変更はなく、開発は順調に進んでいる」という内容だった。しかしこの時、リックの心の中で遅延の心配は既に大きな問題になっていなかった。それよりも新たなものへチャレンジすることのほうが勝っていたのだ。〝日本国外のローンチカスタマーとなれば世界中の注目が集まる。TSHのような地域航空にとってはまさに千載一遇のチャンスとなる〟――そんな下心もあった。もちろん、実現すれば世界を変える旅客機になるという考えは一貫してあった。

1時間を超えるランチミーティングが終わり、一同はモックアップのある場所へ向かった。

ちょうどその頃、パリから9700km離れた名古屋市の三菱航空機本社では大変な事態が起きていた。

「大変です！　問題が発生しました」

MRJプロジェクトマネージャー（PM）の小川のデスクに、三菱重工工作部の技術者たちが駆け込んできた。

プロジェクトマネージャーとは、開発プロジェクト全体の進捗を統括・管理する重職で、重工各社で使われている役職だ。大体、部長職以上がこれにあたり、小川和宏は三菱重工の常務である。

小川はMU－300の陣頭指揮を執ったあの橋より20歳ほど下になる。〝いつか三菱独自で民間機開発を成功させたい！〟――そう思い続けてきた一人だ。経産省が打ち出した国産旅客機開発計画が決まった時、小川は30人ほどのスターティングメンバーを統率する立場に就いた。そして開発する小型旅客機を自ら「MJ（三菱ジェット）」と名付けたのだった。

ところが――。

開発はそう簡単には進まなかった。MJの計画案が固まりつつあった2004年4月、ボーイングが新型機787の開発を正式に発表したのだ。日本が世界に先駆けて開発した最先端技術「炭素繊維複合材（CFRP）」を機体の筐体《きょうたい》に全面的に導入するという内容だった。世界初の試みとなることの挑戦の成否を分けるポイントは主翼にあった。ボーイングは門外不出だった主翼設計と生産を三菱重工に依頼した。三菱社内は蜂の巣をつついたような騒ぎとなった。MJとB787の開発スケジュールがもろにバッティングしたからだ。果たして、「三菱の意地がかかったMJを優先するか、莫大な利益が見込めるB787を優先するか」……圧倒的に後者の意見が多かった。成功するかどうかもわからない博打のような挑戦よりも、勝手に転がり込んできた夢のような手堅い事業のほうが勝ったのだ。「夢よりも現実」を取るいまの時代、当然のことだった。そしてB787プロジェクトの統括として白羽の矢が立ったのが他でもない、MJチームを率いていた小川だったのだ。人生最大の試練だった。迷いに迷った挙げ句、最後に小川は決心した。MJ開発に後ろ髪を引かれる思いでB787プロジェクトへ移ることを選んだのだ。〝もうMJ開発に戻ってくることはないだろう〟――そう自らに言い聞かせ、片道切符を受け取った。

しかし小川が自らを納得させた理由は実はMJ計画の成功のために他ならなかった。B787は前評判がとてつもなく良かった。史上最強の名機ジャンボジェットB747を超えるという呼び声も高かった。小川は思った。

「三菱はB787の主翼を任されたことで実績が二階級飛びにもハネ上がる上、巨額の売り上げを得ることができる。5000億円はかかるとされる新造機開発『MJプロジェクト』にはB787で稼ぎ出す利益が不可欠となるはずだ」

B787プロジェクトが軌道に乗り始めた2009年4月、期せずして小川はMRJのプロジェクトマネージャーとして返り咲いたのである。

三菱重工大江工場の時計台の建物に入る三菱航空機は手狭で、個室を持っているのは盛本のみ。常務の高木も小川も皆が詰める大部屋のデスクで執務していた。

「何があった？　一体」

「ひび割れです」

「えっ！　ひび割れ!?　どういうことなんだ、それは。詳しく説明してくれ!!」

MRJ開発がスタートして初めての試練だった。しかも鳴り物入りで投入された日本の最先端技術で起きたのだ。まさに生みの苦しみだった。

スケジュールどころか、開発概要そのものが根底から覆されるほどの大問題ではあったが、それはボーイング787にも投入されたはずの確立された技術だっただけに、小川には考えられないことだった。どこかの段階で手違いなどの単純ミスがあった可能性も否定できない。〝まずは事態を究明しないと……〟小川は部屋を飛び出し、工場へ向かった（出張中の盛本ら経営トップにこのことが報告されたのは、原因が明らかになった帰国後であった)。

「Fantastic! Excellent!」

リックはMRJの客室モックアップを一目見るや、こう叫んだ。どうやらリックの心にグッときたようだ。盛本は高木に目をやる。穏やかな笑顔を浮かべた高木が頷く。〝やりましたね〟と目が言っている。他の営業担当らに目線をやると、皆、目配せで喜びを返してきた。「受注」というゴールに一番近い顧客にこれほど喜んでもらえると営業のメンバーたちも力が湧いてくる。

ただ盛本は先ほどのランチミーティングで見せたリックの表情を忘れていなかった。

開発スケジュールの話になったとたん、鮨をつまむ手を止め、福山をずっと凝視していた。結局、質問はなかったのだが、何か言いたげなその時の表情を盛本は見逃さなかった。高木も福山もそれに気付いたようだった。ミーティングルームを出て歩いている時「リックさん、開発スケジュールが心配なんですかね?」と話しかけてきたからだ。〝杞憂かもしれない。とにかくいまはMRJの素晴らしさを体感してもらおう〟盛本は我に返った。

高木がリックをモックアップの客室内へ案内する。盛本はこういう時にはフォローに徹する。モックアップの中へ入ったとたんリックが発した。

「これは凄い! エンブラエルやボンバルディアより(床から天井までの)高さが数cm高いだけでこんなに余裕があるよ」

自分の頭と天井の隙間に手を入れて、ひらひらさせながらリックがおどけてみせる。

ＭＲＪの最も天井高のある客室通路の高さは80in（２０３㎝）。これに対し、ボンバルディアの競合機は胴体直径がＭＲＪよりおよそ10in（25・４㎝）小さいため、74・７in（１８９・７㎝）となっている。米国人男性の97・５％が占める74in（１８８㎝）では歩くと天井に当たってしまう高さだ。１８５㎝のリックもよくぶつけるので「なんとかならないのか」とボヤいていた。

一方のエンブラエルの競合機は「ダブル・バルブ」という構造で胴体を作り、客室の高さ79in（２００・６㎝）を確保している。飛行機の胴体を輪切りにすると円形だが、ダブル・バルブは二つの円を重ね合わせた縦長の楕円状となっている。従来の小型ジェット機ではできなかった胴体の下部に荷物用スペースを確保できる上、客室では頭上の窮屈感を低減することが可能になる革新的な技術だ。ただ、垂直方向に長くなるため、対照群の同型機に比べると、その分だけ機体の重量が増加してしまうデメリットがある。

これに対しＭＲＪは、従来、客室下にもある荷物スペースを機体後部にある荷物スペースに一元化して無くし、客室高をかせいだ。低燃費がＭＲＪ最大のウリのため、１gでも軽くしたいことから捻り出された知恵だ。

「座っていいかい？」

子どものように目をキラキラさせながら、リックがシートへ腰をかけた。モックアップにはプレミアムクラス用の大きめシートを２列、エコノミークラスのシートを４列配置してある。シートの幅はあのＢ７８７（エコノミークラス）と同じだ。恰幅のいい大柄なリックではエコノミーのシートは特にピッチ（前の座席との間）が窮屈かと思われたが心配は要らなかった。

「いかがですか？」

「とても快適、申し分ないよ。ピッチもエンブラエルやボンバルディアよりも長いみたいだね？　前の座席の下が大きく空いてるから、さらに広く感じるよ」

「座席の下の大きな空間がポイントなんですね。リックさんでも足を思いっきり伸ばせますし、大きめのアタッシュケースなんか置いてもいいですしね」

大柄なリックでも膝と前の座席との間に5㎝程度の空間ができた。大型機のぎっしりと詰まったエコノミーシートよりも広い。すかさず盛本がフォローに入る。

「シートが他よりも薄いでしょう？　これで前の座席との間隔が31inピッチ＋2～3㎝となって、さらに広くなっているんです」

このMRJのシートはF1カーのシートを製造している日本のメーカーが手掛けた。汚れが目立たないくすんだ色や黒が多い中、MRJのシートは上品な白。座り心地は、高級デスクチェアーでも使われている3次元立体編み構造を採用しているため、沈み込まない適度な弾力があり、長時間座っていても疲れにくい快適な仕上がりとなっている（この翌年のことになるが、このシートを手掛けたメーカーは型式証明の取得の手続きに関する齟齬が三菱との間で生じる一悶着が起き、参画は取りやめになった）。

そもそも旅客機のシートも機体メーカー同様に2強の寡占となっている。仏ゾディアックと米B／Eエアロスペースで、この欧米2強の売上高は3000～5000億円規模に上る。日本にもジャムコや小糸製作所などがあるものの、ファーストクラスやビジネスクラスの高級シートを手掛けるジャムコでさえ650億円程度（2014年3月期）に留まっている。

シートメーカーは、エコノミーシートにおいてもMRJのように革新的な開発を行いたいのは山々なのだが、リクエストを出す航空会社がファーストクラスやビジネスクラスのシート以外でデザイン等を競い合う気がないため、従前のデザインが長らく踏襲されてきているというのが実情だ。特にMRJクラスでは動こうともしてこなかった。これに最近、さらに悪い傾向が起き始めている。エコノミーシートに限ってだが、デルタやユナイテッド、アメリカン、サウスウエストをはじめとする世界中の大手航空会社が収益の向上をねらい、極薄クッションのシートを導入し、座席の間隔を狭めて搭乗者を増やす方向へ走り始めたのだ。

三菱はMRJ開発に乗り出す前のマーケティング調査で、特に身体の大きい欧米において〝シートの窮屈さに不満を挙げる声が多くある〟ことをつかんでいたため、基本設計の段階からこの解消を「MRJのウリのひとつ」に定め、尽力してきた。かくして狙い澄ました「客室の快適性」はリックの心を一瞬でつかんだように、ライバルを凌ぐ大きなセールスポイントとなった。

リックを感動させたものは他に二つあった。ひとつがシートの背にある機内テーブル。プッシュ式で、ワンタッチで開いていき、最後はダンパー（振動を吸収する装置）が効いてゆっくりと止まる。高級キッチンや家具の引き出しなどでしか見ない細工のため感動を覚えるが、真骨頂は閉じる時だ。片手の指でテーブルの手前端を上へ弾いただけで元のシートの背にキレイにパタンと納まるのだ。このからくりを初めて見たリックは「WOW！　まるで手品みたいだ」と大喜びした。

もうひとつは説明されなければ誰も気付きもしない地味なアイデアで、三菱の中にも知らない者がいたほどだったが、「安全運航に貢献する素晴らしい発想。日本人ならではの気遣いだ」とリックが賞賛を惜しまなかったものだ。それは転倒やよろけ防止の〝ツメ〟。日本でリージョナルジェット機はあまり使われていないため、ピンとくる人は少ないと思うが、リージョナルジェット機は中・大型機に比べ、気流の影響を受けやすい。機体が小さく、重量も軽いためだ。もし通路を歩いている時に大きな揺れが発生した場合、客であればその辺の座席の背もたれをとっさにつかんでよろけを防ぐだろうが、CA（客室乗務員）はそういうわけにはいかない。いかなる理由であろうと、乗客に失礼となるため避けたい行為となる。そうしたCAたちの悩みも三菱は事前の調査で拾っていたため、解決策をずっと検討していたのだ。そして行き着いたアイデアが指を裏側に引っ掛けて身体を安定させられるようにした、裏側がへこんだカーテンレール状のものを手荷物入れの下端に取り付けることだった。

おわかりかと思うが、中・大型機ならとっさの時にここへ手を伸ばせない高い位置となってしまうが、リージョナルジェット機の場合、ちょうど目線程度の高さになるため、非常に都合のいい位置となっている。また、小さな揺れが続く中でも、緊急時にはこれをつかみながら移動できるというメリットも大きい。

〝一体、何がひっかかったんだろう……〟

盛本はホテルの部屋で一人思案にふけっていた。結局この日、MRJの受注を獲ることはできなかった。モックアップを視察した反応は上々だった。先ほどホテルのレストランの個室で食事を摂りながら行った商談では、入れ替えと新規導入で100機をゆうに超える旅客機を求めていることも新たにわかった。しかし、それ以上話は進展しなかった。やはり、我々が新参者が故に、開発が遅れることを恐れているのだろうか？　いろいろな憶測が頭の中を駆け巡り、とても眠れそうになかった。

翌日。航空ショーの会場に再びリックが姿を見せた。昨日と打って変わってどんよりした曇り空。風もあって少し肌寒かった。もともとスーツは着ないリックは、ニットのサマーセーターの上に、薄手のジャンパーを引っ掛けていた。今日は三菱の迎えの車ではなく、ＴＳＨのヘッドオフィスにいる秘書が手配したハイヤーで乗り付けてきた。

リックがパリ航空ショーを訪れるもうひとつの目的は、ある意味でＭＲＪよりも大きな関心事だった。いよいよ今日はそこへ向かう。リックは場内を歩き始めた。

バリバリバリバリ……。

突然頭上で爆音が響いた。見上げると、戦闘機が回転しながら急角度で上空の遥か彼方へ消えていった。場内アナウンスが、いまフライトを行っているのはアメリカのＦ－22ラプター戦闘機であると告げる。

Ｆ－22はロッキード・マーティンとボーイングが共同開発した史上最強のステルス戦闘機。2004年に行われたＦ－15との戦闘訓練で104機を（仮想）撃墜し、2006年の「ノーザン・エッジ演習」では144機を（仮想）撃墜、Ｆ－22は一機の損害も出さなかった。日本の第4次次期主力戦闘機選定で防衛省はこのＦ－22を喉から手が出るほど欲したが、軍事機密の塊であるＦ－22の技術漏洩の懸念を理由に合衆国議会で輸出禁止とされ、希望は打ち砕かれた。ちなみにアメリカの軍事費の削減により生産は2011年で打ち切られた。一機250億円とB787とほぼ同じ金額となるF－22は、当初750機の発注を見込んでいたが、生産機数は195で幕を引いた。

世界の注目を集めるF－22をこの目で見るのはリックは初めてだった。周りの来場者同様、立ち止まってF－22を探す。すると左手の彼方からアッという間に会場上空に現れた。そして次の瞬間、目を疑った。通常なら失速して墜落してしまう高迎角（上向き）の姿勢になり、ゆっくりゆっくり前へ進んでいくのだ。「ワァ〜」という歓声が上がる。後ろにいた誰かが「コブラ（航空機の動きのひとつ）だ」と興奮気味に発した。「立っている」と言ったほうが正しい異常な姿勢を続けていた30秒間ほどは、耳をつんざくような爆音が視覚より明らかに遅れて届いてきた。戦闘機が凄いのか、パイロットが凄いのかリックにはわからなかったが、とてつもない世界があることを知った。

ライバル出現

リックが目的の場所に着いた。幸いなことに、そこのシャレーはMRJのシャレーより離れたところにあった。三大エンジンメーカーのひとつで、MRJに新型低燃費エンジンを供給する米P&W社だ。リックは新型エンジンの情報を三菱からしか得ていなかった。従来とは違った、既存概念を覆す構造であれば当然、型式証明の取得も難しいものとなり年数がかかるのではないか。三菱が手を出さなければ開発は中止になっていただろうとも聞いた。アメリカの本社を訪れて、開発状況を聞く手もあったのだが、上級職のアポイントを取るのが面倒なうえ、恐らく通り一辺倒の話しか得られないと判断したリックは、メーカーのアピールの場でもある航空ショーの会場でなら、そうした懸念は払拭されるに違いないと踏んだのだ。担当役員にパリ航空ショーの会場で会うアポイントを取ってもらったところ、思った通り、すんなり快諾を得られたのだった。しかも相手は副社長だという。胸が躍《おど》った。

1階ロビーの受付前で10分ほど待たされた。すると、アメリカではやや小柄なほうに入る男性が2階から階段を下りて近付いてくる。パッと見でも高そうなスーツを着こなしているから、彼が副社長なのだろう。

「TSH社のリック社長ですね？　お待たせしてすみません。ロバート・ゲイツです。はじめまして」

差し出された名刺には〝副社長〟と記されている。

案内され、階段を上がって2階へ向かう。歩きながら話が始まった。10分待たされたことを考えても、ゲイツは相当忙しいのだろう。

「御社のことは秘書から伺いました。5年続けてBest Regional賞を獲ったとか。素晴らしいですね。ヘッド・オフィスのあるセントルイスからいらしたんですか？」

「そうです。一昨日パリに入りました」

「今日のお話はGTFエンジン（新型低燃費エンジンの正式名称）についてということでよろしいですか？」

「ええ。開発状況などを伺えればと」

「現段階で搭載が決まっているのはローンチカスタマーのMITSUBISHIのMRJですが、この導入を検討されているんですか?」

ミーティングルームに着いたようだ。時間は30分もらってある。席についてゆっくり聞こう——リックは勧められた窓側に座った。

午後3時過ぎ。予定の30分を10分オーバーして話は終わり、リックは〝心ここにあらず〟といった、呆然とした表情をしていた。ゲイツの話は衝撃的だった。〝Water sleeps, the enemy wakes.〟(生き馬の目を抜く)とはまさにこれを言うのだろう。「セントルイスに住んだことがある」というゲイツの話が飛び出してから二人は急に打ち解けた。だからなのか、こちらが「MRJを検討中だ」という手の内を明かしたからなのかはわからないが、度肝を抜かれる情報を話してくれた。それはMRJのライバルから「GTFエンジンを搭載したい」という申し出があった——というものだった。

話の内容からすると、きっと新型機の開発に入ったボンバルディアのほうだろう。そう、確かに噂は耳にしたことがあった。その時には「新型エンジンなんて出来上がってみなければ、実際に謳い文句通りなのかどうか、海のものとも山のものともわからないから、そんなリスクは負わないだろう。経営難でもないわけだし。通常、型式証明の取得が見えてくるまでは追従した動きは見せないはずだ」とあっけなく雲散霧消した記憶がある。

ゲイツが「ただし」と話を続けた。ローンチカスタマーはあくまでMRJである、と。その後すぐに再び「ただし」と切り出して話は続いた。その内容は、三菱はジェット旅客機製造の実績が事実上ないので、新造機開発にはよくあることだが、スケジュールが延びる可能性も否定できない。我々も三菱にはローンチカスタマーになってもらった恩義があるので、決してそう願ってはいないことなのだが、万が一遅延が発生し、それが大幅な遅れであるとするならば、ローンチカスタマーよりも先にGTFエンジンが搭載される航空機が出てくる可能性もまた否定できない——という驚くべきものだった。ゲイツはメーカーや可能性の根拠のいずれも明確に話さず、通常のビジネスでは話さない〝たられば話〟を持ち出してきた。

これはこちらがどう考えるか、まったく推測するしかないのだが、同じGTFエンジンを搭載するメーカーが現れたのは間違いない。P&Wもローンチカスタマーへの仁義は重んじるが、慈善事業をやっているわけではないから、ビジネスとして割り切る分岐点が出てくる日があるかもしれない、そう伝えたかったに違いない。こんなことはたとえ思っていたとしても、とても三菱には言えないことだろうから……リックはそう解釈した。けれども「万が一」と「ライバル」については、せっかく示唆してくれたからにはもう少し掘り下げてみなければ、と刻んだ。

18日（木）トレード・デイ最終日。出展メーカーの商談は事実上この日が最終日となる。翌（金）〜（日）までに3日間は一般来場者にも開放されるためだ。ただ、一般来場者の中には、航空産業への参入を狙って各国のベンチャー企業が、直接新技術を売り込みに来ることもあるため気は抜けない。実際に日本の中小企業が新技術のすごさが一目でわかるサンプル部品を手に、直接エアバス社のシャレーを訪れてそれを披露し、その後、発注に結びついた例もある。平時にはそうした新規商談の門戸はコネや推薦でもない限り固く閉ざされているため、名もないベンチャー企業にとって航空ショーは格好の売り込みの場ともなっている。

三菱はこの日、午後2時からメディア向けの記者会見を行った。会場は80人ほどが入れる部屋が用意されたが半分程度の埋まりようだった。まず盛本と高木が英語で簡単な挨拶をし、その後、福山がライバル機と比べたMRJの優位性と開発スケジュールを英語で20分ほど説明した。この間、盛本は針のむしろに座った思いだった。今回の航空ショーではこれといった目新しい発表がなかったため、メディアの注目を集めるには「受注が獲れるかどうか」、これにかかっていた。

しかしゼロに終わった。

力のなさを思い知った。特に今回〝TSHは最低でも契約の覚え書きには至るだろう〟と淡い期待を抱いていたし、欧州の大手傘下にあるLCC系航空会社も〝ひょっとすると……〟といった状況まで辿り着いていただけに盛本は打ちひしがれた。

航空ショーでは受注のNEWSは驚くほど速く発信され、瞬く間に世界中を駆け巡る。水面下で極秘に行われるため、契約が合意に至ったことは当事者である企業のごく一部しか知り得ないはずなのに、わずかその30分後にはウェブのニュースで速報が流れるのだ。会場内の喫煙所で航空機メーカーの営業がメディアと話し込んでいる時、自社の受注契約ニュースが流れたことをその場にいた別のメディアから携帯で見せられ、血相を変えて自社のシャレーに走り出していく——そんな笑えない光景も実際に繰り広げられる。

記者会見では開発スケジュールに関するいくつかの確認の質問があった程度で、これといった質疑もなく20分程度で終わった。MRJ計画を打ち出した最初の航空ショーでは質問が引きも切らず、1

時間近くに及んだことも盛本は聞いていたため、落ち込みようは半端ではなかった。

その後、一同はモックアップのある場所へ移動した。1時間のフォトセッション（撮影会）を用意していたからだ。良い知らせであれ悪い知らせであれ、特段発信することがなくても、モックアップの写真はNEWSとして流されるだけに、メーカーも力を入れている。盛本は営業におけるトップセールスに限らず、広報的なメディア取材も積極的に受け入れてきた。これは三菱百年の歴史の中でも極めて異色なことだ。

防衛事業など官需主体できた重工メーカーということもあって、「何か発表するようなことでもあればプレスリリースを出します」というのが広報対応であることを是としてきた。MRJの事業化を発表した後、TVや新聞、雑誌から「特集を組みたいので独自の取材をさせて欲しい」と取材依頼が殺到したが、すべて断り続けていた。「これからどんどん売っていかなきゃいけないのにアピールする気がないのか！」とメディアの怒りを買ったほどだが、まるで意に介さなかった。それは〝本業でもない煩わしい対応に先例を作るんじゃない〟と言わんばかりの姿勢だった。当然のことながら、入り口の段階で拒否する門前払いだったため、それ以上の役職には取材依頼があったことなど知る由もない（仮に伝わっていたとしても親方日の丸体質が染み込んだ組織風土だったため、実現したかどうかも疑わしいのだが）。

しかし〝民間機事業を展開していくのにそれはないんじゃないか？〟と疑問を抱いていた人物がただ一人だけいた。当時の重工社長、梶とともに種子島でロケット打ち上げ事業に従事してきた総務課の若手社員、川田博史だった。地元名古屋の出身で、大学の同期が皆、『就職したいランキング・ベスト30社』の就職を目指す中、川田一人だけ「国家と共に歩む三菱重工」への入社を望み、見事その夢を手にした。その割に通勤で使おうと購入したマイカーは三菱自動車のものではなく、すかしたBMW。しかも5年型落ちの中古だ。そんな川田が就職後に配属された『ロケット打ち上げ事業』は、いまでは想像もつかないが、ことごとく失敗に終わっていた。莫大な国費が注ぎ込まれ、日本の威信がかかった挑戦だっただけにメディアから散々叩かれた。その都度、矢面に立って対応してきた〝戦友〟が梶と川田だった。川田は辛酸をなめる嫌な役回りを経験し続けてきただけに、事業にプラスになる取材を断る神経がまったく以て理解できなかった。当初は立場がぺーぺーだったため、上に意見することもままならなかった。そうした中で状況が一変する時期が訪れる。

それは三菱航空機のトップに異色の盛本が就いたことだった。川田はこの時から社長秘書のような役回りもすすんで担うようになったことから、これ幸いに盛本に取材の重要性を直訴した。

盛本の理解は早かった。アピールの重要性にも増して、日本のリベンジ戦とも言える国家的プロジェクトだったからだ。しかもガチガチに固められたシェアに切り込んでいくにはこれが「ラストチャンス」という思いも強かった。それ故、成功を収めるためにはメディアの協力は不可欠であるという考えが盛本にもあった。そして川田は各社の取材依頼を入り口で拾い上げると、盛本へ直にそれを伝え、可能な限り応えていった。

ただ困ったこともあった。時に盛本は古くさい言葉が飛び出すこと、あとリップサービスが過ぎてしまい、そのままの言葉が記事になったり、放送されてしまうことだった。たとえば、あるインタビューで社内の営業部隊を鼓舞していることを伝えようとして「皆には〝各位一層、奮励《ふんれい》努力せよ〟って発破をかけています」と答えた。〝なんだか戦時中みたいだな……〟と相手に思われたことは言うまでもない。〝make strenuous efforts〟（奮励努力する）と英語にもあるものの、「各位一層」とか「せよ」など、古めかしい言葉がついつい口をついて出てしまうのだ。また、社長に就いた時の挨拶や、メディアが押し寄せた式典の挨拶で「皆でMRJを玉成《ぎょくせい》しましょう！」と発して締めくくったこともある。もちろん50代以上にしか意味は伝わらなかった。30～40代などは「玉砕」と勘違いし、別の緊張を漂わせることとなった。兎にも角にも、盛本と川田は旧態依然の体質を打ち破り、普通の企業に近い広報対応を築き上げていった。

そしてこのパリ航空ショーではアピールに磨きをかけた。これまでと違って今年はモックアップと一緒に写るモデルの女性まで用意していた。いるといないのとでは華やかさが断然違って見え、扱いの大きさにまで影響するからだ。この辺りはモーターショーとなんら変わりがないが、航空ショーではカスタマーは若い個人ではなく、それぞれの国でそれなりのイメージブランドを築いている航空会社のため、モーターショーのような派手な衣装を着せることはない。

広報や営業担当者が各社のリクエストに応じた画柄《えがら》作りに奔走していた。ちょうどその時、順番待ちをしているメディア同士の小声の会話が盛本の耳に入ってきた。

「受注がないと本社も取り上げないだろうなぁ」

「それにしても今回は特に海外メディアの数が少ないね」

「そもそも（航空先進国である）欧米は『ロールアウト（完成披露）して実際に飛んだところを見ないとわからない』っていうスタンスだから……」

盛本にはこれがピンときた。この航空ショーでは新たな海外の航空会社数社と商談したが、彼らは口には出さなかったものの、（発注に）背中を押されるかどうかは、飛行試験に入ってからどんな問題が出てくるかそれ次第だという姿勢を持っていることをひしひしと感じていたからだ。〝やはりペーパー・プレーンだと話にもならないということか……〟無いものを売る苦労が骨の髄まで染みた。

しかし――と盛本は思い至る。YS－11もMUも同じ壁にぶち当たり、それを超えてきたのだ。況《いわ》んやボーイングだってエアバスだって最初から実績があったわけじゃない。切り拓く鍵はきっとあるはずだ。まるで乾いた雑巾から水滴を振り絞るように、盛本は消えかけていた気力を奮い立たせた。

建屋の外に出るとザーザー降りの雨だった。まるで盛本の行く手を阻むように。傘を2本手にした社員が入り口で立ちすくんでいる盛本のほうに向かってくるのが見えた。その時、盛本の心に走るものがあった。雨を傘で避けるか、それとも打たれながらシャレーに向かうか……なぜか打たれたほうがいいと瞬時に決断した。盛本はスタッフに手を振り、雨の中へ突っ走っていった。〝立ち止まるわけにはいかない〟――幾筋《いくすじ》もの雨が盛本に突き刺さる。それはまるで襲いかかる試練のように見えた。

覆った〝絶対条件〟

「これを見てください！」

工場へ駆け付けた小川ＰＭ（プロジェクトマネージャー）はその光景に呆然と立ち尽くした。ＭＲＪプロジェクト全体の進捗を管理・監督する三菱航空機のＰＭが、三菱重工の工作部（三菱重工の製造担当部門）の牙城である工場へ足を運ぶことなどまずない。メーカーの立場である三菱航空機の上級職幹部たちが、皆パリ航空ショーへ出向いているため、考えあぐねた工作部のトップがまずは国内にいる最高責任者へ知らせて、その目で状況を見てもらおうとなったのだった。

問題の〝それ〟は、工作部の作業者たち10人ほどが取り囲む床に置かれてあった。一辺が２ｍほどの黒色の金属で作られたような緩やかなカーブを描いた板が2枚。「試供体」と呼ばれる試験用の工作部材だ。１枚だった板の内部変化を確認するため、真っ二つに切断したものなのだとすぐにわかった。指差したのは断面だったからだ。

〝なんでここにひびが入るんだ……〟小川は言葉を失っていた。

「小川さん、ここを見てください……」その声にハッと我に返り、小川はおそるおそる近付きながら目を凝らした。別の作業者が重ねた。

「ここにひびが入っているの、わかりますか？」断面の中央部分には、カーテンのドレープのような〝うねり〟が何層も発生していた。湾曲とは逆の方向へ圧を加えたりする強度試験をしたのだろう、その部分の拡大写真を差し出された。あちこちに「クラック」（ひび割れ）が発生しているのが確認できた。それに伴ってうねりが起きた部分の隣接部は浮き上がっているように見えた。〝剝離《はくり》が起きたのかっ！〟――開発計画がひっくり返るほどの大事だった。

ＭＲＪは機体の軽量化を図り、ボーイングの最新鋭機７８７の翼や胴体でも採用された、「重さはアルミの三分の一、強さは3倍」という魔法のような素材を主翼と尾翼に使うことを絶対条件として開発がスタートした。素材の名前は「ＣＦＲＰ」（炭素繊維強化複合材料）、東レと共同開発した「Ａ－VaRTM《バータム》」と呼ぶ最先端の技術で成形される。ＣＦＲＰは幾層にも重なって織られた炭素（カーボン）の細かな隙間に特殊な樹脂を含浸させ、真空状態の中で加熱・硬化してでき上がる。Ｂ７８７の開発初期の頃には、アメリカで開発された巨大な釜のようなオートクレーブ（複合材硬化炉）を使う成形技術「プリプレグ製法」しかなく、この設備を築くだけで巨費と大きな施設がかかる上に――・成形に時間がかかる・強度が出ない・シワが発生しやすい・計算した厚みに仕上げられない・成形に用いる高価な樹脂が大量に必要となる――といった数々の弱点があった。

その後、日本企業のＢ７８７開発への参画が正式に決まったことで、三菱と東レの共同開発によってＡ－VaRTM製法が確立され、Ｂ７８７の胴体と翼のＣＦＲＰはこの製法で製造されるようになった。従来法よりも生産コストが抑えられ、望んだ厚みに加工でき、シワができにくく、強度も増した。ＭＲＪはこの手法を使って、主翼と尾翼をＣＦＲＰで製造し、機体を軽くしようと考えたのだ。旗振り役の経産省としては、日本が誇る最先端技術を国産機に投入することが開発の絶対条件でもあった。

ＭＲＪでは翼に用いるＣＦＲＰは、骨組みとなる構造体と外板がＡ－VaRTM法でそれぞれ一体成形される計画だ。ＣＦＲＰを使ったＢ７８７は片翼が30ｍもあるため強度不足が心配されていた。というのも、飛行機は飛んでいない状態では主翼は真っ直ぐ横に伸びたままなのだが、飛行すると下から揚力が発生し、緩やかなＶ字型を描くようにしなっていく。それ故、運航中に想定される最大限となる重力の2倍の負荷がかけられる機体構造の強度を検証する試験が行われるほどだ。写真の通り、ポキッと折れてしまわないのが不思議なくらい、翼にハードなストレスを与える過酷な試験だ。

離着陸や飛行が数千回、数万回におよび、衝撃としなりが繰り返される中で、B787では主翼のCFRP内部にクラック（ひび割れ）が発生し、強度が不足する恐れが事前の試供体を使った試験で出てきた。そのため、補強材を組み込んで強度を補うこととなったのだった。そして「静強度試験機」と「疲労強度試験機」の二機が作られ、各試験を行ったところ、この対応によって強度の問題は無事にクリアされたことが証明された。これに対し、片翼13mのMRJでは補強材なしで十分な強度が得られることがコンピューター解析でも弾き出されていた。ただ、CFRPを製造する技術は既に確立されてはいたものの、旅客機の主翼への実用化はまだ緒に就いたばかりだったため、工作部が念には念を入れて……と重力の2倍の負荷をかける試験を行ったところ、内部にひび割れ（剥離）が見つかったのだった。強度が最も必要とされるのは前述の試験からもわかる通り、翼の根元からエンジンが取り付けられる辺りまでの部分となる。MRJはP&Wの低燃費エンジンの搭載が大前提の旅客機。燃費効率を上げようとすればするほどエンジン前部の口径がかなり大きなものとなっていく。通常の真っ直ぐな主翼の設計をすれば、かなり長い脚にする必要が出てくる。何トンもの衝撃を受ける脚は最も頑丈さを要するため、そもそも結構な重量となるのだが、それが長くなると機体重量を増してしまうことになる。当然、燃費が悪くなるためこれは避けたい。そこでMRJの設計チームは、ライバルのエンブラエル機と変わらない長さを維持すべく、主翼の根元からエンジンが装着される位置にかけて内側にカーブさせる画期的なアイデアを見出した。試供体が緩やかなカーブを描いていたのは、設計で弾き出されたこのカーブを模したからだ。

小川が受けた工作部からの報告では、今回の試作・検証で手違いやミスはなかったということだった。

B787の翼にはできて、MRJにできないこと自体がキツネにつままれた感じだった。なぜ起きたのか……原因は皆目見当も付かなかった。

小川は「社長ら幹部が航空ショーから戻ってきたら自分のほうで話をあげる」と工作部へ伝えるとともに、詳細な報告にしたいため、さらに実証試験を重ねて欲しい旨を残し、工場を出た。

〝3日後には帰国して、翌日には出社となる。さてどうしたものか……〟どう報告すべきか、まるで未解明の現段階での報告をすべきかどうかも含め、小川は頭を抱えた。


7月1日。名古屋はこの数年に比べ2℃も高い31・5℃の真夏日を記録した。連日うだるような暑さが続き、テレビの天気予報は記録的な夏になると伝えていた。

パリから帰国して1週間経った2日前の月曜、盛本は「いい話」と「悪い話」の二つの報告を受けた。できれば「いい話と悪い話、どちらが先がいいですか?」と選択権ぐらいは欲しかったのだが、いかんせん別々の担当からの報告だったのでそれは叶わなかった。悪い話とはもちろんCFRPのひび割れ問題だ。出社と同時に報告を受けた盛本は腰が抜けそうになった。〝目の前が真っ暗になるとはまさにこのことだ〟——さすがの盛本も運命の神を呪った。受注が獲れないだけでも針のむしろなのに、とも思ったが、ことこの問題は「日本の最先端技術を投入した機体の軽量化」と大々的にぶち上げた柱のひとつ。裏を返せば、機体の3割にCFRPを用いて機体を大幅に軽量化し、燃費効率を向上させることがウリであり、絶対条件でスタートした国産機開発プロジェクトなのだ。

〝大前提が覆ることなどあってはならない〟——盛本は早速その日の午後、緊急会議を開くことを決めた。

内容が内容だけに、ちんたら対応していたら致命傷になると踏んだ盛本は、三菱航空機の設計部門と重工の工作部の面々にも招集をかけた。ただ秘匿性の高い内容のため、人数は最小限に止《とど》めた。総勢30人、クーラーはまったく効かない。激震が走ったように空気が張り詰める中、会議は始まった。

PMの小川が司会進行する形で、工作部から30分に及ぶ詳しい報告が為された。次は誰に発言を求めるか小川が悩む。沈黙が流れる。

手元の資料にある経緯と対応を照らし合わせても〝工作部は実証試験に4日は夜を徹したな〟と、盛本が感じるほどの詳細な内容だった。ただし、原因を示唆する報告も記述もまったくなかった。一方、共同開発相手の東レに相談するのも、まだこの〝雲を摑むような段階〟でははばかれた。

沈黙を破るように盛本が発した。

「結局、打つ手はないということ？」

「やはり787の翼にできてこれはできないっていうところが、どうしても腑に落ちなくてですね……」

製造技術者にありがちな落とし穴だった。自分たちで思いついた発案であれば闇雲に突っ走り、これがまた突破もできてしまうから至って不思議なことなのだが、確立され、先例も既にあって、それをなぞってみてできないとなると、思考回路がメルトダウンを引き起こすのだ。そこが大学などの研究者たちと違うところでもある。経験や知見が豊富になればなるほど、既存の概念にとらわれ過ぎて、白紙のガラガラポンにしてゼロから考えることができにくくなる。

再び沈黙が流れ、時間が過ぎていく……。

小川は後悔していた。この段階での報告はやはり時期尚早だったのではないかと。ただ、トラブルへの対応は遅くなればなるほど選択肢が限られてくる。しかも、この重要な問題については報告をするか否かは自分の立場で判断すべきでない、とも思い至ったからこそそうしたのだ。いまはもうそんなことを考えてみても仕方のないことなのだが、後悔の念がふつふつと湧き起こる。

そして苛立った盛本が再び切り出す。

「設計ではこれをどう見る？」

陣頭指揮を執る山根が立ち上がり、答える。

「午前にこの話を伺い、構造など関係チームで海外も含めた資料を漁るなどしながら検討したんですが、なにぶん時間がなかったのと、モノを見ていないこともあって、我々のほうでは推測も含め、建設的な意見は出ませんでした」

落胆したような表情を浮かべた盛本に山根は少し落ち込んだ。

沈黙が再び会議室を包み込む。

遅々として進まない状況を見かねた営業トップの高木が助け船を出す。

「どうでしょう、工作部と設計部のほうで７８７とＭＲＪとでは何が違うのか、技術的にもう少し掘り下げてもらうということで。いまは気が付かない〝見落とし〟が何かあるはずなんですよね、きっと。話を聞いていて私が思い付くのは大きさくらいしかないんですが……。何しろこれはMRJの大きなセールスポイントなので、これができないとなると、三菱や日本にとっても信用を失うことになりますから、皆で限りを尽くして乗り越えていきましょう」

資料に目を落としていた盛本が顔を上げ、頷く。

「期限は2週間にしましょう。その間にもし必要な報告事が出てくるようであれば随時知らせてください」

ふと外を見ると真っ暗だった。時計に目をやると、なんと会議が始まって3時間も経っていた。こんなにただ時間だけが流れる会議は金輪際ごめんだ。

盛本には会議中、思い立ったことがあった。工作部の面々や他の幹部が席を立ち、会議室を後にしていくのを横目で確認しながら、山根を目配せで呼んだ。そして周りに聞こえないような小声で盛本が何か伝えると、山根の表情が一変した。

「……わかりました」

状況を察し、蚊の鳴くような声で答えた山根は、山のような資料を抱え、会議室を出た。

盛本はそれを見届け、ひとり会議室に残った。もうひとつのいい話について考えていた。実は「悪い話（ひび割れ）」についての次回報告がある時期と「いい話」が皮肉なことにちょうど時期が重なるのだ。報告の内容如何では、いい話がブッ飛んでしまうため、山根に告げて布石を打ったのだった。

〝考えられる手は打った。後は運命の神が味方してくれることを祈ろう〟……いや、待てよ。そう言えば運命の神を今朝呪ったばかりだった。盛本は鼻を鳴らした。

「それでは皆さん、疲れもピークに達していることと思いますが、なんとかこの正念場を乗り切りましょう！　乾杯～」

突然の主翼変更計画

夜8時。設計には珍しい〝紅一点〟の発声で宴が始まった。この日、山根は名古屋市・金山《かなやま》駅近くの居酒屋にいた。あまり酒は飲まないほうなのだが、部下を慰労するため月に二～三度は三菱・大江工場から近鉄線に乗って15分ほどの距離にある大きな繁華街「金山」へ足を運ぶ。JRもある金山駅前は北側も南側も飲食店の激戦区だ。しかし値段が安く美味しい店はどこも予約が取りにくい。相場は飲み放題付きのコースで3500～4000円。

三菱航空機の実に8割は設計部の社員である。航空機開発メーカーのため、当たり前の比率なのだが、MRJの詳細設計を作り上げる真っ只中なだけに、毎日のように設計技術者が増員され、この時400人を超える大所帯となっていた。全員を引き連れるわけにもいかず、普段ミーティングを行うチームの代表格だけを慰労することになるのが山根の悩みだ。そのため、「ぜひ参加させたいと思う〝頑張り屋〟がいれば連れて来てもいい」と各チームには伝えてある。これが増える一方だった。人手が全く足りない中で、皆コンピューターゲームのプログラマーと伍するほどの働きぶりを見せていた。〝彼らに足を向けて寝られないな〟と思いつつ、〝400人もいると寝られる方向もないな〟と、独りごちたりするこの頃でもある。

職場では一切見せない皆の笑顔をぼんやりと眺めながら、山根は1週間前に社長の盛本から直々に言い渡されたことを思い出していた。その時話を交わしたのが初めてだった。

〝布石を打っておきたい。主翼にカーボン（CFRP／炭素繊維複合材）を使わない場合の設計案を2週間で可能な限り詳細に仕上げてくれ〟——山根がその時、表情を変えたのはその内容に驚いたからではない。トップ直々の指示だったからでもなかった。〝なんて意志決定が早い人なんだろう〟それに驚いたのだ。

重厚長大な重工メーカーの中でも、世間で俗に言われる〝親方日の丸体質〟の急先鋒が三菱だ。派閥もあれば学閥もどこよりも強い。社内で〝天皇〟と呼ばれるような社長・会長を歴任してきた、出世のレールに乗るべくして乗った生え抜きのトップたちと、そうした下支えのないサラリーマン社長とでは、社内の影響力も発言力もまったく違う。それが故に、天皇以外は、何か物事を決断したり実行したりする時には要らぬハレーションが起きないよう、社内調整（政治）を時間をかけて用意周到に進めるのが常なのだ。主翼のCFRPをやめる可能性が出てきたなら、まずそれを手掛ける親の重工の重鎮たちに話を通してお伺いを立てるのが〝常識〟だった。名航トップを務め、三菱航空機初代社長に就いた村山でも恐らくそうしたであろう。ただそれは社内の常識であって、外に通用するものでもない。現にこの頃から、「開発を手掛ける責任主体は旅客機メーカーである三菱航空機のはずなのに、製造を委託された親の重工がのさばってきてるのではないか」と専門紙や専門誌、果てはOBまでもが陰口を叩き始めていた。YS-11も組織したメーカーが役人や重工各社に食い物にされ、挙げ句の果てにプロジェクトは空中分解した。特にビジネスに厳しい海外から見れば、「国家的プロジェクト」ではなく「国家プロジェクト」と日本のメディアが報じ続けているだけに、開発の責任主体が曖昧に映るだけでなく、疑義さえ抱きかねないのだ（後の2011年2月にこの危惧は表面化した。国際市場の競争の公正さを保つため1995年に発足されたWTO《世界貿易機関》のSCM《補助金および相殺関税措置》協定では、「国の支援に関し、輸出補助金を禁止し、研究開発、設備投資、企業誘致などに対する支援策も他国の輸出に損害を与える場合に規制する」としており、エンブラエルを擁するブラジル政府は、日本政府による手厚いMRJ支援策はSCM協定に抵触する可能性があるとし、国の支援に疑義を示すとともに、日本政府に対する情報開示を要請した。航空機産業の支援策は、公的支援によって一方の生産国メーカーの航空機価格が低下したり、性能が向上したりすれば、ライバルの生産国メーカーの売り上げ減に直結する可能性が大きいため、WTO規律に抵触しやすい側面があり、過去に欧米などで起きた大型紛争も少なくない）。

帝国・三菱重工で綿々と受け継がれてきた不文律の中で、盛本は異色の存在だった。経産省が打ち出した国産機開発計画も、それに付随した国の支援策も、盛本の与《あずか》り知らない段階からスタートしている。それだけに盛本は、与えられた天命を自らの責任と実行に於いて全うしようと誓ったのだった。「MRJを生み出す航空機メーカーの総責任者として、直面する試練はなんとしても自力で乗り越えよう」と——。

盛本と初めて対峙した山根は、盛本の底知れぬ覚悟にも似た、強い意志を感じ取った。それはそうだろう、自分も最初に聞かされた時は、危機を知らせる警報が体中に鳴り響いたほどだった。MRJプロジェクトがこれで終わる、とも思った。盛本は強かった。計画の大前提が覆ろうとしていても、途方に暮れたり放り投げたりしないで策を練る、そしてすぐに手を打つ。山根の琴線をかき鳴らすには十分すぎるほどだった。詳細設計の作業が佳境に入った猫の手も借りたい中、「CFRPで主翼を作らないバージョンの設計を2週間でやってくれと言い渡された」なんてとても職場に戻って言えないなと、普通ならそう思うのだが、「2週間と言わずやってみますよ」と心の中でなぜかほくそ笑んだ自分がいた。設計技術者はもともと時間が不規則なうえ、多忙極まりないことから外部との接触は少なく、秘匿事項の漏洩の心配は少ないが、事が事だけに最低限の人数で推し進めなければ……と思った。いまこの居酒屋に声をかけるべき人間は揃っている。構造設計のメンバーだ。〝散会後の次の店で打ち明けよう〟——山根は残ったビールを飲み干すと、皆の輪の中へ入った。

「えっ！　来週にですか？」

三菱重工大江工場の一角にある建物1階のコックピット開発室で作業をしていたチーフパイロットの国岡は耳を疑った。〝それはどこなんですか!?〟つい聞き返しそうになったが言葉を呑んだ。

国岡はANAでの2ヵ月間にわたる訓練を1ヵ月半前に終え、操縦系統やコックピット開発に復帰していた。アイアン・バードを使った操縦や支援システムのプログラム開発は驚くほど順調に進んでいた。そもそも三菱が得意とする分野でもある。ANAと協働で進めているコックピット開発も、その後に良好な関係を築くことができたことで着々と進んでいる。

そんな中、先ほど国岡の上司がアイアン・バードのあるコックピット開発室を訪れ、プログラムの開発スタッフたちと操縦検証を行っていた国岡に近づき、申し訳なさそうに小声で囁いた。

「来週、ここへ見学が入るから。顧客が一度見てみたいと言っているらしい」

ＡＮＡは開発に携わってるから、それ以外のどこかの航空会社から新規の受注が舞い込んできそうなんだとピンときた。

もう1年4ヵ月ほど受注がない。パリの航空ショーでも受注は獲れず、社内でもプロジェクトを危ぶむ声が挙がっていた。メディアに取り上げられる機会もめっきり減った。国岡はメディアの取材など鬱陶しいと思っていたが、いくら目新しい発表ものがないとはいえ、こうもパッタリ露出がなくなるとそれはそれで寂しい思いも沸いてくる。開発パイロットとして2007年に参画して以来、地元名古屋ではＭＲＪの話題が途切れることはなかった。息子にもそろそろ「パパはこの飛行機を作ってるんだよ」と話す機会を様子見していたのだが機を逸した感は否めない。ついこの間、妻から「パパは何やってるの？　って息子が聞いてきたわ」と告げられた国岡は〝しまった！　さんざん取り上げられている時に話しておくべきだった〟と反省したばかりだった。後悔先に立たずだ。

いまＭＲＪで出せる話題があるとすればこのアイアン・バードなのだが、アイアン・バード自体が外部に見せるためのものではない。あくまで操縦系システムやコックピットの開発用なのだ。それ故、必要なところ以外にはお金をかけないため、ＡＮＡの本多パイロットが目を剥いたようにとても残念な見栄えとなっている。操縦や支援システムは逆に見て欲しいほど出来上がってはいたが、このアイアン・バード自体は人様にとても見せられる代物ではない。先ほど告げられた航空会社への見学も然りだ。

ただ……と国岡は思い直す。上のほうで既に決まったことなんだろうから何を言っても覆ることはないだろう。いや、というよりもうまくいけばMRJに再び注目が集まって、息子にもようやく胸を張って言える。そう考えると少し力が漲ってきた。国岡は少しでも見栄えが良くなるよう、早速明日からダンボールや工具などの片付けや、周りに雑然と置いてある様々な計測機器や制御装置の配置をキレイに整えようと決めた。

〝それにしてもどこの航空会社なんだろう〟頭の中はそのことでいっぱいになった。

旅客機開発はスポーティー・ゲーム

TSH社長のリックは米セントルイスのヘッドオフィスで秘書からチケットを受け取った。日本へ行くのはずいぶん久しぶりのことだった。〝TSUKIJI（築地）〟で美味しい鮨を食べた記憶が甦る。セントルイスにも鮨を振る舞う店はあったが、ロサンゼルスやサンディエゴのように海に面していないせいもあってか、日本のそれとは比較にならない（くらい美味しくなかった）。パリ航空ショーのMRJシャレーで食べた鮨も同じようなものだった。〝日本に着いたら何はともあれ鮨を食べよう！〟そう思っていると、秘書がプリントアウトを差し出してきた。見ると〝NAGOYA－MESHI（名古屋メシ）〟と書いてあり、〝SPICY－TEBASAKI（鶏の手羽先）〟〝MISO－KUSHIKATSU（味噌串カツ）〟〝TENMUSU（天むす）〟といった食べ物の名前が写真と一緒に載っていた。〝これも美味しそうだな〟と見入っていると、秘書が「これが人気なんですって♪」と1オクターブ高い声を発しながら指差してきた。〝OGURA－TOAST（小倉トースト）〟と書いてある。上に乗っかってる黒い粒は何だ？と思いながら、お勧めなのだから食べてみようと決め、プリントアウトをゼロハリバートンのアタッシュに突っ込んだ。

三菱航空機へはリックから連絡を入れた。パリ航空ショーの翌週すぐのことだった。実は航空ショーでP&Wのシャレーを後にしたリックが会場をぶらついているとボンバルディア社の知り合いに出くわし、モックアップのある展示会場へ招かれたのだ。出くわした知り合いは北米の営業担当役員、ガイだった。ボンバルディアの航空機部門トップの親戚筋にあたり、〝エリート〟という言葉がピッタリくる男だ。付き合いはTSH設立の2年前からだから6年になる。「すぐそこにモックアップのあるシャレーがあるから」と言われるがままに一緒に歩いた。「はるばるパリまでいらっしゃるとは珍しいですね。どこへ立ち寄っていたんですか?」と聞かれ、ドキリとした。当然だろう。これほどの規模ではないが、アメリカでもこの手の航空ショーは各所で開催されているのだ。「まったく別のビジネスでパリへ来たんだ。そしたら航空ショーをやってるって聞いたものでね……」と濁した。ものの1分もしないうちにシャレーに着いた。ブランドカラーの薄いブルーのロゴ看板にいくつもの旗がたなびいてやたら派手に見える。MRJのモックアップの入った建物に比べると、かなりお金をかけた建物だった。中に入るとボンバルディアが手掛けた最新機がドデカい画面に次々と映し出されるその真下に、まるで旅客機がそのまま置かれたのではないかと見紛うほどキレイで精巧なモックアップがドーンと置かれてあった。どうやらリックが航空会社三社で展開している70〜90席の機体より若干大きい100席クラスのCRJ1000NextGenという最新型らしい。初飛行は来月だという話だ。盛んに中を見学するよう言われたが4〜5人の団体が機体の入り口で並んでいたので遠慮した。

機体の前に八つほど並んだ白い丸テーブルのひとつに腰掛けると、おもむろにガイが顔を近付け「これはまだ極秘なんですが……」と辺りを見回しながらヒソヒソ声で話しかけてきた。

「110～150席クラスは興味ありませんか?」

リックは先を続けるよう目で促す。

「実はいま、Cシリーズという最新型機を開発中なんです。翼にカーボン（CFRP／炭素複合材）、胴体にアルミニウム合金を使って、このクラスで最も軽い機体に出来上がる計画です。40億ドル（約3925億円）かけた渾身の傑作機になると思います」

ガイの話は5分くらい続いた。2011年中の初飛行を目指していること、エンジンはP&WのMRJに搭載する型の次の新作になること――リックが気になった他の目玉はこの二つだった。それよりも驚いたのがさらりと発した極秘のリークだった。

「エンブラエルは次の新型機にカーボンは使わないそうです」

リックは思わず目を細め、ガイの目の奥を見据えた。〝旅客機も車の世界と同じなんだ〟――そう思いながら。

ベンツにBMW、アウディー、ポルシェなどの新型車は、開発途上のテストコースを走る姿が隠し撮りされ、ニュースとして流れる。もちろん、ボディーのラインなどをわかりにくくするため、渦巻きの塗装を施したり、カッティングシートを貼ったりしているのだが、常々〝よくもまぁ情報が漏れるもんだな〟と感じていた。話によると、情報漏れはそんなレベルではなく、内部の開発チームの一握りしか知らない詳しい仕様までもが、開発段階でそっくりライバルの手元に流れるのだという。それぞれにスパイがいるとしか考えられないのだが、相手の情報を入手するためには〝魔女狩りは暗黙の御法度〟なのだろうと勝手に納得していた。リックはガイの話から旅客機においても開発競争には必要悪が暗躍しているんだと知った。

実はリックが有益な情報を得たと喜んだのはこの話ではない。ガイが何気なく話した内容にそれはあった。ひとつは、70～90席クラスの頂点に立つエンブラエルがカーボンを使用しないのは、曲面などに用いると強度の関係から金属の補強材が必要となり、航空当局の審査をクリアできるよう設計をシミュレーションしてみると100席以下の旅客機では結果として重たくなることが判明したのだという話だ。これにはガイが「まだ不確かな情報だけれど……」としながら、ボンバルディアでも試算をし、恐らく120席以上の機体にしかカーボンは使用せず、それ未満の機体には従来通りのアルミで製造する方向のようだ、と付け加えた。一方、カーボンを胴体に使用する分には、胴体が丸い筒状のため、内部の圧力が外側へ均一に働くため何も問題は起きていないのだという。要は流線形の起伏や丸みが意外に多く、複雑な構造で成り立っている「主翼」には向かないということなのだろう。二つ目は、ボンバルディアのCシリーズはP&Wの低燃費エンジンの搭載を考えているものの、機体そのものの設計デザインは既存機を踏襲する、と話した内容だった。機体そのものの形状については、ボーイングにせよ、エアバスにせよ、この二社にせよ「巨費を投じて開発するほどの追求すべきメリットはない」と結論づけられ、完成されたものと見なされているということなのだろう。

しかし――と疑問を持ったリックは、帰りの米セントルイス行きの機内で反芻した。

それなら「なぜMRJはカーボンの翼を採用するのか？」疑問はその1点だった。エンブラエルやボンバルディアのように旅客機製造の実績がないからとは思えなかった。なぜならB787のカーボン製の主翼は三菱の設計で作られているからだ。

リックは座席から立ち上がって、手荷物入れに入れてあるゼロハリバートンのアタッシュを取り出した。中にはパリの航空ショーで三菱航空機からもらったばかりの新しいカスタマー向けのMRJのパンフレットが入っている。航空会社特有の〝微笑み〟を浮かべながら、いささか薹《とう》が立ったCAが近付いてきた。ジン・リッキーを頼むと座席に座り、パンフレットをめくった。

Cクラス（ビジネスクラス）は何かとCAに監視されているようで、いつまで経っても好きになれなかった。パンナムが世界中を席巻していた時代には、スチュワーデスはお高くとまった高嶺の花で、どこでも制服を着て、ツンと上を向いてモデルのように闊歩していた（それはそれでムカつくのだが）。それがいつの間にかアメリカでは、客室乗務員は制服を着ているだけで、フツーの女性従業員と変わらなくなってしまった。大手系の定年間近のCAなどは片手に黒いゴミ袋を提げて、もう片方の手で乗客へパンを投げる姿をよく見かけたものだ。「ホラ、餌だよ」と言わんばかりに（これはパンナム以上に腸《はらわた》が煮えくりかえるのだが）。そもそもCAの職務は「保安要員」だ。笑顔もサービスも要らないって言われればその通りなのだ。ただ、それを文字通りに実践して血祭りに上げられた航空会社の話題が世界を駆け巡った。あのワシントンポスト紙も取り上げたほどだ。今度はその会社はCAにミニスカートをはかせて議論を巻き起こした。結局その航空会社は潰れてしまったのだが、「やはり飛行機は市民にとってはいつまでもちょっと〝特別な乗り物〟であるということを忘れてしまうといけないのだ」と思う。そうした中で機内サービスは欠かすことができない。飛行時間が12時間前後の太平洋路線では、チーフパーサーは機内を1万3000歩も歩くと聞いた。レスト（仮眠）があるにもかかわらずだ。

SQ（シンガポール航空）などはCAのホスピタリティー《おもてなし》を高めてウリにすることでナンバー1エアラインにのし上がった。日本のJAL・ANAもエミレーツ航空もアシアナ航空も、そうした頭角をメキメキ現している。

〝一度は乗ってみたいものだ〟――そんな取り留めのない思いを巡らせながら、リックはページをめくっていた。

「これだ！」

「お待たせしました」

パンフレットにカーボンの答えを見つけ出すのと、CAからジン・リッキーを渡されるタイミングが同時だった。CAがジン・リッキーをこぼしかける。

これまで説明を聞きながら、何気にしか目に止まっていなかったが、MRJが主翼にカーボンを使う理由がちゃんと載っているではないか！ まるでロースクールの卒業式の日に、皆で将来の自分に宛てた手紙を入れて校庭に埋めたタイムカプセルを40年ぶりに掘り当てたような気分だった。それはMRJとライバル機を比較した図面だった。何度も何度も目にしたはずなのに、〝そこ〟へ思いが行き当たることなどなかった。なるほど、同じ90席で機体の長さはほとんど同じにもかかわらず、MRJの主翼はとてつもなく大きかった。さらに次のページには、一回り大きいエアバス社の150人乗りのA320との比較もあった。MRJの主翼はA320に比べ、若干小さいだけだ。これならガイが話した設計シミュレーションにも合致する。しかも――MRJの主翼の幅はいずれと比べても細いことにも初めて気付いた。機体の空力流体を突き詰めた結果なのだろうと察した。MRJ開発陣の飽くなき追究心、零戦を開発したニッポンの、三菱の底力をまざまざと思い知った。それはまるで欧米に対し、「ものづくりの道に100点満点などない。追究に終わりはないんだよ」と説いているようにも見えた。

『低燃費エンジンの性能を最大限引き出すため、最新のコンピューター解析技術を使って弾き出した機体設計』とはこういうことだったのか――目からウロコが落ちる思いだった。そしてリックの心深くから熱い闘志が湧き上がってきた。

〝よし！　MRJに賭けてみよう‼〟

リスクは十分に承知していた。しかしそれ以上に、いまここで未開の地を目指して出航するMRJ丸に乗らないと後悔する日が必ずや来るに違いないという、ざわめき立つ気持ちのほうが勝った。確信にも似た奮い立つ何かが込み上げてくるのをリックは感じていた。

旅客機メーカーの世界は勝つか負けるかを競い合う「スポーティー・ゲーム」と言われる。中・大型機ではボーイングとエアバスが勝ち残ったように、結局はゲームに耐えられる体力を持った者が試合に出続けることができる。しかし進む道は過酷だ。巨費を投じ新造機を開発し続けなければ即ノックダウンされることになる。マグロのように泳ぎ続けなければ死んでしまうのである。ただ、闇雲に新造機を打ち出せばいいというものでもない。将来のニーズを読み取る眼力が、耐え切れる体力以上に重要となってくるのだ。前述の通り、中型機のB787計画に変更される前は超音速機やA380

のような超大型機が開発されようとしていた。そこにはカスタマーである航空会社のニーズや潮流は存在しない。もし推し進めていたら、ボーイングとエアバスの二社で無用な消耗戦を繰り広げていたか、虚しい一人相撲を取って大火傷を負っていた可能性が大きい。航空会社も同じような理屈が当てはまる。路線の張り合いや機材選定が勝負を〝ほぼ〟左右するが、機内食や客室シート、エンターテイメントの充実、Ｗｉ－Ｆｉの導入など、機内サービスや客室サービスを、ニーズを見据えて打ち出していかなければ、やがて飽きられ、チャレンジし続ける魅力的な者のほうへ人は流れていくのだ。リックが航空会社の経営者としてチャレンジ（＝ＭＲＪ）を選んだのはまさにその理由だった。機種が増えればそれだけ整備やパイロット、交換部品の在庫など様々な経営的な問題も付随して発生してくる。しかしそれ以上に（もしＭＲＪが謳い文句通りに完成すればの話だが）他社を抜きん出る「客室空間の快適性」であるとか、低燃費によってもたらされる利益を運賃に還元したり、新たな客室サービスの導入に投入したりできるメリットが上回ると考えた。

「従前通りでいい。問題なくやってこられたのだから」と安パイ（安全牌）を切っていたら、これまでのような成長は5年先、10年先はきっと続かないだろう――そう踏んだのだった。

三菱重工・飛島《とびしま》工場。伊勢湾道の飛島ＩＣから車で5分、名古屋港の埋め立て地にあり、ボーイングＢ７７７の胴体やＢ７８７の主翼などの製造・組み立てを行う基幹工場だ。正門を抜けると、まず正面に「三菱重工飛島工場」と壁に大きく書かれた建屋が飛び込んでくる。右手にはマンションが1棟建てられるほどの一面に芝生が敷かれた庭のような敷地があり、そこに三菱最後の開発となった飛行機（MU－300）が展示されている。この飛島工場は時計台のある大江工場とともに航空機製造の拠点となっている。MRJの尾翼など比較的小さい部位は大江工場で製造され、胴体製造と主翼の組み立てはこの飛島工場で行われる予定だ。

昼食後の12時40分、飛島工場内の喫煙スペースに7人の男たちが集まっていた。喫煙スペースと言っても、掃除道具やらを入れるボロいプレハブで、まるで掘っ建て小屋のようにみすぼらしい。昔は建屋内の作業場の片隅にペンキで白い四角を描いただけの喫煙スペースを作って、そこに四角い赤い缶を置いて、皆スパスパと吸っていたのだが、喫煙者の待遇は（当然なのだが）どんどん悪くなりついに建屋外の懺悔をしなければいけない気にさせるような場所へ追いやられたのだった。プレハブ小屋の真ん中にはストーブが置いてある。灰皿はその上にドンと乗っかっていた。7月なのでもうストーブに火はついていない。一年中置きっ放しの万年ストーブだ。男たちはそれを取り囲み、タバコをくゆらせながら真剣な面持ちで話し込んでいた。

「それじゃ主翼はCFRP（炭素複合材）じゃなくなる可能性もあるってことか……」

田口潔は三菱重工の工作部で主翼の製造・組み立てを行うチームの係長だ。肌の黒さと恰幅の良さ、金のブレスレットといった風貌は、ブルーの作業服を着ていなければ、マチ金融の方かアッチの世界の人にしか見えない。実は田口、ボーイングのB767やB777の胴体、そしてまだ試験機の段階だがCFRPを使ったB787の主翼の製造にも携わってきた、旅客機のボディーづくりを極めた大ベテラン。99・999％完成していても0・001％を見逃さない。その腕と読みの力は誰もが認める。その能力が培われたのも、かつてもがき苦しんだ時代があったからだ。いつか自力で丸ごと一機造りたいと念じ、下請けの業を血肉に変えてきた〝修行期間〟だ。

飛行機の構造のひとつ「胴体」は専門紙・専門誌などは〝どんがら〟と呼び、「高度な技術は要らない」と揶揄する声もある。ところが意外にそうでもない。リベットを打ち込んでつなぎ合わされた胴体パネル（アルミの外板）を、鉄の骨組みの外側に巻き付けるように、0・1mの隙間もなくネジで貼り合わせて胴体を作り上げるのだが、リベットやネジを差し込む「穴開け」は手作業で行われるため、これだけでも相当の熟練が要求される。開ける穴は緩みがないようリベットやネジの直径よりわずか0・1㎜だけ大きいため、面に対して垂直に穴を開けるのに失敗し、わずかにナナメに開いたとすると、打ち込むリベットやネジの角度が曲がってしまい、外板からわずかに頭が飛び出してしまうことになる。そうすると機体が空を飛んだ時、そこに空気抵抗が生じてしまい、燃費が悪くなってしまうのだ。このため許される誤差（凹凸）は0・2㎜以内と厳格に定められている。〝そんなわずかなことで燃費にまで……〟と思うかもしれないが、MRJクラスで機体表面に打ち込まれるリベット・ネジは軽く1000個を超える。大型機のB777だと数千にも上る。リベットひとつの重さが1円玉と同じ1gだと計算しても「塵《ちり》も積もれば山となる」のだ。

自動車ではこうした作業は工業用ロボットがすべてこなしてくれる。ところが飛行機はオートメーション化できず、すべて手作業となる。理由は二つ。ひとつは飛行機が大きいこと。とてつもない大きさの工業用ロボットとその数が必要になるからだ。二つ目は航空機と自動車の販売数の違いだ。一車種で数万台も作る自動車は高価な工業用ロボットを導入しても元は取れるが、一機種せいぜい10

00機の航空機に自動車の数十倍はかかるであろう工業用ロボットを導入しようと考える者など誰もいないだろう。

ＭＲＪの製造が始まれば主翼は田口のチームが手掛けることが決まっていた。三菱が詳細設計を手掛けたＢ７８７の主翼では製造手法の確立に田口のチームが尽力した。Ｂ７８７は片翼の長さが30ｍにもなるため、移動や運び出しには天井からクレーンで吊り上げて行わなければならない。炭鉱や採掘現場でダイナマイトの爆破が実施される時に注意を喚起するサイレンが現場に鳴り響くが、同じような警報がクレーンを使った大型部品の移動の間中流される。作業者数人が前後左右に張り付いて、安全を確認しながらゆっくりゆっくり一緒に移動する様はまるで大名行列のように見える。もちろん大名は翼などの部品だ。

設計ではＭＲＪの片翼の長さはＢ７８７の半分以下となる13ｍ。ＭＲＪの時にもこの方式が採られるかどうかは、この時点ではまだ決まっていなかった。実はＭＲＪなど100席未満の小型旅客機の主翼は10年程前から片翼の長さが13ｍ以下に決まっている。理由は明快だ。材料となるアルミの塊の長さが13ｍだからだ。前述の通り、翼を作るのに外板をつなぎ合わせるとリベットやネジが膨大に必要になってくる。その分、機体の重さが増すことになり、燃費が悪くなってしまう。中型旅客機のＢ787では三菱の独自開発技術が機体の軽量化に貢献した。片翼が30ｍにもなるにもかかわらず、つなぎ目のない一体成形を可能にしたのだ。それもＣＦＲＰ（炭素繊維複合材）を使っての話だ。これにより従来の主翼に比べ20％もの軽量化に成功した。

話を小型旅客機に戻すと、従来は鉄とアルミを組み（貼り）合わせて13ｍの翼を作っていたが、リベットやネジをできる限り少なくするため一体成形の技術が早くから模索されていた。そして辿り着いたのが「アルミ削り出し一体成形」製法だ。長さ13ｍ、厚み15㎝の一本ものの分厚いアルミの塊を、コンピューター制御の削り出し機（ＮＣマシーン／数値制御工作機械）一体で削り出す手法だ。軽量化を可能にする以外にもメリットは数限りなくある。何百というリベットを手作業で一本ずつ打つより、一気に一体で削ったほうが速い。また人為的なミスが入り込む可能性も少ないうえ、コスト削減にもなる。さらに航空機にとって大きなメリットとなるのが「表面を滑らかに仕上げられる」ことだ。貼り合わせのラインやリベット穴は、それだけで空気抵抗を生み出し、燃費を悪くしてしまう。それがなくなる一体成形は、誕生した当初は「魔法のような製法」とも呼ばれた。ＮＣマシーンの技術は日進月歩で、いまや平らな面に複雑な凹凸が散りばめられた形状の一体削り出しでさえも可能となった。

ただ、「ＭＲＪの主翼はＣＦＲＰでいく」と当初計画から大々的に打ち出されていたため、当然Ｂ787のやり方を踏襲するのだろうと田口は思っていた。

ところが――。

飛び込んできたのは「ＣＦＲＰで試作検証したところひび割れが発生し、ひょっとしたら主翼は従来のアルミでいく可能性があるみたいです」という信じ難い話だった。これまで噂でさえ耳にしたことがない。「本当なのか？」と思わず聞き返したのだが、アキラに肩をすくめて否定されたのだった。

アキラは飛島工場きっての事情通だ。名航内での情報網はやたら広く、遠く離れた小牧南工場で行われている防衛省マターの開発状況なども時に把握していることもあるほどだ。

B787の主翼は「静強度試験機」と「疲労強度試験機」の他に、飛行試験機の1号機と2号機分が既に米ボーイング・エバレット工場へ納品されていた。この8月中に予定されていた初飛行になんとか間に合わせた。CFRPの製造方法は、この数年、旅客機の製造部材として使うことができるよう、三菱や東レなどで暗中模索が続けられ、ようやく昨年、品質の確保にたどり着くことができた。しかし長さが片翼で30mもある主翼への運用など初めてのことで、実用化は緒に就いたばかり。

というのも、昨年2008年の4月にはCFRPで加工した787の構造セクション区分「Sec11」のセンター・ウイングボックスで強度不足が見つかり、三回目の開発遅延を招いていた。このセンター・ウイングボックスは左右の主翼を繋ぎ、胴体に接続させる極めて重要な構造部材で、基本設計はボーイング、詳細設計と製造は富士重工が担当していた。幅5・8m、高さ1・2mの主桁（Spar）が数本あるが、重量を軽減するため設計段階で上下部分の幅を狭くしたため、認証試験で強度不足が露呈したのだった。Sec11の設計と製造は振り出しに戻され、結局、補強材を入れて強度を増すこととなった。

CFRPを使った部位の設計・製造の変更はこれに留まらない。パリの航空ショー直後となる2009年6月25日には、今度は「Sec12」の主翼構造部位で構造上の欠陥（強度不足）が新たに見つかったのだ。「Sec12」も機体と主翼を固定する重要な構造部材で、これは三菱重工が詳細設計と製造を担当していた。主翼構造を支える梁（stringer）が主翼の先端から付け根まで通じ、機体と主翼を接合しているのだが、規定値の120〜130％の負荷をかけたストレステストの結果、これも強度不足が判明した。初飛行を2〜3ヵ月後に予定していただけにここにきての設計・製造変更は1年前のセンター・ウイングボックス問題の時の比ではない大きな影響を及ぼすこととなった。既に完成した飛行試験二機は再び製造工程に戻して主翼部分の接合をし直すことになるうえ、主翼のストレステストなど品質検査をやり直さなければならないからだ。ボーイングも三菱を始めとする日本の重工各社も、世界で初めて挑むCFRPの導入に際し、生みの苦しみを経験したのだった。

開発スケジュールの延期要因にはなっていないため、さほど注目を集めることはなかったが、1年半前には主翼に強度不足が認められ、結局、補強材で補う措置が取られていた。

巨大なオーブン窯・オートクレーブ製法で作ったCFRPの主翼の強度不足については田口も長年の経験から培われた現場の勘で、なんとなく察してはいた。だからさしたる驚きもなかった。ただ、その製法による強度の問題などウィークポイントを解決したA－VaRTM製法で作られ、しかも長さが半分にも満たないMRJの主翼について今回浮上した問題は勘が働かなかったどころか、話を聞かされても疑問は募るばかりだった。〝まったく別次元の新たな問題が発覚したんだ……〟

田口の脳裏に不安が過ぎる。〝たとえ主翼だけだとしても、もし設計が振り出しに戻ることになればその分開発が遅れる。いや、それ以上に三菱の信用は失墜することになる。これは大変なことになるぞ〟――田口は既にフィルター近くまで減っていたタバコを揉み消した。

日本流おもてなしでプレゼンを

7月17日（金）朝9時50分。三菱航空機本社が入る時計台の正面玄関前に黒っぽいスーツ姿の男たちがズラリと居並んでいた。皆、表情は朗らかだ。設計部隊も入る開発の心臓部だけにいつもはステンレスパイプの防犯回転扉が設置されている横の通用口から磁気カードをかざして建物に出入りするのだが、この日は珍しく、いつも固く閉ざされたままの玄関扉が開放されていた。重要な訪問客を迎える時の習慣なのだ。

10時5分前、玄関前の道路に黒のアルファードが滑り込んできた。グリーンナンバーだ。スーツ姿の男たちが近付いていく。助手席の後ろのスライドドアが自動で開き、中から恰幅のいいメキシコ人のような顔立ちの男が降りてきた。米TSH社長のリックだ。

「How are you? Mr.Morimoto! Mr.Takagi!」

リックが満面の笑みを浮かべ、盛本に握手を求めた。

盛本が両手でリックの手をギュッと握りしめながら笑顔で迎えた。

「Hi there, Mr. Leach! Thank you very much for coming all this way.」（やぁリックさん！　遠路はるばるお越し頂き、ありがとうございます）

高木が知己に出会ったような笑顔でリックに近付いた。

「I've been expecting you. I'll show you around our office later.」（お待ちしていました。後で弊社をご案内しましょう）

「Thank you ! I was really looking forward to this day.」（ありがとう！この日を心待ちにしていたよ）

リックは前日の夕方に名古屋のヒルトンホテルへ到着した。朝7時30分にセントルイスを発ってシカゴまで1時間30分のフライトの後、シカゴ⇓成田⇓セントレアと計18時間を機内で過ごす長旅だった。シカゴから成田の便は日本の航空会社を使った。15時間過ごした機内でCAから「来年には羽田空港国際線ターミナルが開業するんです。ずいぶん便利になると思います」と聞いた。確かに成田・東京間は狭い国土の日本にしては遠い印象がある。東京都内から韓国へ行くにも、成田へ行くまでの時間で、成田から韓国へ着いてしまうと、成田の遠さを揶揄する話も聞いた覚えがある。そんなことより、セントルイス－名古屋の直行便が就航しないものか……などと昨夜ホテルでたわいないことを考えながら、うっかりベッドへ仰向けになったリックは、全米ナンバー1マットレスブランドのサータ社の包み込むような心地よさに、泥のように眠りこけてしまった。やはり西回りの長距離移動は想像以上に疲れるものだ。

9時間はゆうに寝ただろうか。朝7時30分にフロントへ頼んでおいたウェイクアップコールを前にリックは目を覚ました。頭の中はスッキリしていた。客室は23階。窓外を見ると眼下には朝日を浴びてキラキラ輝く名古屋市街が一面に広がっている。金箔が貼られた魚のような〝Shachihoko（シャチホコ）〟を探したが見つけられなかった。何しろヘリコプターから眺めるような高さなのだから仕方ない。

ふいに秘書がくれたプリントアウトを思い出す。〝NAGOYA－MESHI（名古屋メシ）〟が載っているヤツだ。「〝OGURA－TOAST（小倉トースト）〟が人気ですって♪」と秘書が言っていたのを思い出す。

〝よしアレを食べよう！〟リックは急いでシャワーを浴び、2階のブッフェレストランへ向かった。

「Do you have〝OGURA－TOAST〟?」（小倉トーストありますか？）「I'm very sorry. There is no

Ogura – toast here.」（大変申し訳ございません。ここでは取り扱っていません）

リックは肩をすくめた。時間もないし、知らない外国の街中をさまよう気もなかった。仕方なくテーブルについてコーヒーを頼んだ。すぐさまiPhoneでメールアプリを開くと秘書にメールを送った。

「ホテルのレストランには小倉トーストがなかった。どこで食べられるか調べてくれ」

セントルイスは午後5時だ。すぐに返事がくるだろう。食べずに帰国なんてできるか。人は一度〝カレーが食べたい！〟と思うと、食べずにはいられない動物なのだ。

三菱に着く9時55分まで秘書からうんもすんもなかった。


この日は先日のパリ航空ショーでランチミーティングした営業のメンバーが総出で出迎えていた。MRJのスペックとセールスポイントを流暢な英語を使ってリックに説明した福山の顔もあった。

盛本が上のほうを指差しながらリックに話しかけた。

「リックさん、あれが私たちのシンボルですよ」

リックが盛本が指した方向を見上げると、建物の一番上に大きな時計があった。

「第二次世界大戦で戦火を逃れたこの建物のシンボルです。『三菱の時計台』と言われ、名が通っています。ここの3階にゼロ・ファイター（零戦）を手がけた設計者たちが陣取っていたんです」

「おぉ、これがそうなんですね。時計台」

青空に映える白い時計台に見入りながら、リックの頭の中には少しばかり勉強してきた三菱の歴史が走馬燈のように巡っていた。航空機生産の取り組みが1916年に始まり、およそ百年を迎えること。優秀な設計者・堀越二郎が艦戦や零戦などの名機を生み出し、日本の航空史を飾ったこと。敗戦により7年間におよぶ「航空禁止」を強いられ、そのリベンジとして国産初の旅客機YS－11が開発されたこと。そうした歴史の中で、リックが三菱の技術力を高く評価した理由は、小さな戦闘機から大型の爆撃機や偵察機などを幅広く手がけてきたからだった。

〝このことだけは忘れずに盛本や高木にキチンと伝えておこう！〟そう刻んだ。

リックが三菱航空機を訪れるのは初めてのこと。最初に1階奥の社長室の横にある大きな会議室に案内された。玄関以外にも磁気カードをかざさないと入れない扉があった。その時「この先、カメラ付き携帯は社員の我々でも持ち込み禁止なんです。後で社内を案内する際、申し訳ないんですがリックさんの携帯も預からせてください」と説明された。

会議室では互いの近況を15分程度交わし合った。その後「早速ですが社内を案内しましょう」と高木が発し、まず3階の設計部へ向かった。驚いたことに設計部に入る時にも磁気カードをかざさなければドアが開かない仕組みになっていた。iPhoneは1階の会議室を出る際に社員へ渡した。

設計部には高木と通訳スタッフだけが一緒に入ってきた。案内役が別にいるのだろう。そう思っていたところへ、眼鏡をかけた40代くらいの男が近付いてきた。高木が英語で説明した。

「彼が設計部隊の指揮を執っている山根です。このフロアは艤装《ぎそう》の設計担当が集っています。詳しくは彼が説明します」そう言って山根に引き継いだ。

山根はリックの訪問が決まった2週間前から緊張が張り詰めていた。

英語は旅行に不自由しない程度ならできるが、専門用語を交えながらの設計の説明など、とうてい無理だからだ。しかもいまは詳細設計の最終段階の詰めの作業と、盛本から直々に言い渡された主翼の設計変更プランも内密に進めている真っ只中、ろくろく家にも帰れない日が続いていたのだ。幸い、通訳スタッフがリックと行動を共にすることが決まったため肩の荷はずいぶん軽くなった。山根はリックの来訪について詳しい内容までは知らされていなかった。ただ、ここ開発の心臓部を見せるというのは〝恐らく顧客になる可能性が大きい〟と察しが付いていたので、重責を背負うプレッシャーはのしかかったままだった。設計に関する話は理路整然とできるほうだと思っているのだが、いかんせん営業のように気の利いた話や、機転がそれほど利くわけではない。

〝プレゼンのような仕事に向かないと思うから設計を選んだのに……〟と恨み節が思わず口を衝いて出そうになるのを堪えた。おかげでこの数日はせっかく寝る時間があったものの、なかなか寝付けずにいた。

ともあれ山根は、なんとか無事にリックへの説明（山根にとっては大役）を終えた。「3Dキャティア」という、三次元のカラー設計図を様々な角度に動かして見せながら説明を添えるという丁寧なやり方を取ったために予定時間を30分あまりオーバーしてしまった。というのも、設計者ではない人にとっては能書きをたらたら聞かされるだけだとちんぷんかんぷんで、苦痛にしかならないだろうと思ったからだ。もちろん〝機密〟にあたる所は見せなかった。山根が返答に窮するようなリックの質問はなかったことは幸いだった。おそらくその辺りの機微は感じ取っていたに違いない。何しろ航空会社を三社所有するホールディングカンパニーのトップなのだから。他方で、フロアに200人以上はいる艤装担当の設計者たちは皆、部外者（特にライバルのエンブラエルとボンバルディアの機材を中心に展開しているアメリカの航空会社の人間）を心臓部に入れることに不安を抱いていた。そうした複雑な空気が漂う中で、まるでプレゼンのように解説するのは入社以来初めてのことなので、終わったとたん疲れがどっと押し寄せた。リックを連れて高木が部屋を出る時にこちらに向けて見せた労《ねぎら》うような笑顔を目にし、ようやくホッと胸をなで下ろした。

リックは山根の丁寧な対応に満足していた。機体の構造だけでなく、様々な装備品や配線・配管などが色分けされて、いろいろな角度とズームアップして見ることのできる3Dキャティアはとてもわかりやすかった。同時に〝ここまで詳細設計が進んでいるのか……〟と安心もした。「コックピット周りであるとか、客室の床下などはスペースが限られていることから、動力やエンジン関係、燃料系等、客系等、油圧、操縦、装備系統担当チームの場所の取り合いとなり、それをまとめ上げるのが大変なんです」という苦労話を漏らしたが、確かにいろんな色の配線や配管やらがギッシリ詰まっていて、〝これはケンカになるだろうな〟と、妙な共感も覚えた。設計画面を指し示しながら熱心に説明してくれる山根の人柄にも好感が持てた。事実上、これが初めてとなる旅客機製造への挑戦ということもあるのだろうが、アメリカの旅客機メーカーでありがちなビジネスライクなそれとは違って、こういうのを〝血の通った設計〟と言うのだろう、熱い情熱が漲っているのがひしひしと伝わってきた。それにしても、200人以上はいるのだろうか、エンジニアたちが机を並べ、肩を寄せ合いながら黙々と設計に邁進している中、あちらこちらで2〜4人が立ったまま身振り手振りを交えながら議論している姿はグッとくるものがあった。アメリカでも目にする開発のワンシーンではあるのだが、つい先ほど見た『時計台』が焼き付いていることもあって、日本の航空機開発を牽引してきた三菱の心髄を垣間見たような感慨が込み上げてきたのだ。〝こうして名機が生み出されてきたに違いない〟――そう確信した。

「10分後ですね……はい、わかりました」

社内PHSを胸ポケットにしまった国岡は周りを見回した。〝よし、大丈夫。来客が来ても恥ずかしくない〟――結局、整理整頓に2日かかった。というより、総務に理由《わけ》を話し、ホワイトボードのような白いパーティションを持ってきてもらい、ダンボールに台車、工具類、滅多に使用しない機器類、散乱していた山のような資料を、部屋の片隅に置いたパーティションの向こう側に追いやって目に触れないよう隠したのだった。いずれもまだ頻繁に使う物ばかりで、今後もこういう機会が増えることを考えると、我ながら良いアイデアを思い付いたと思う。

国岡は6名ほど揃ったコックピットと操縦系の開発スタッフに告げた。

「皆さん、リックさんは約10分後にお見えになるそうです」

アイアン・バード（MRJ開発専用のコックピット）が置かれているコックピット開発室のドアが開き、盛本や高木、そしてリックら8人ほどが入ってきた。

「リックさん、これがお話したアイアン・バードです。そして彼がここの開発を指揮しているチーフパイロットの国岡です」高木が紹介した。

「初めまして。ＴＳＨのリックと申します」

「お待ちしておりました、国岡と申します。遠路ご足労頂き、ありがとうございます」

〝少し厳《いか》つい感じはあるが、親しみの持てそうな人だな〟国岡の率直な第一印象だった。それにしても――いくらなんでも大勢で来過ぎやしないか？　営業のメンバーを始め、ここをじっくり見学する機会はそうあるものではないから仕方ないのだが、やりにくくてしょうがない。国岡は早速、開発スタッフを順次紹介していき、アイアン・バードの説明、というよりＭＲＪのコックピットと操縦系プログラム開発の進捗状況の説明に入った。


国岡がアイアン・バードの機長席に座ると、リックに振り返ってこう告げた。

「これからご覧頂くのは、弊社が独自で開発した操縦支援装置「Digital Fly by Wire（ＦＢＷ）システム」の性能になります」


リックは思わず前へ乗り出した。アイアン・バード自体、見るのが初めてだった。黒い鉄組と木でできたみすぼらしい外観と違い、中は完全なコックピットだった。先ほど盛本が「操縦桿や出力レバー、各種スイッチ、シートなどはいまはまだ既存の物を応用している」と補足説明してくれた。窓外にはどこかの空港の滑走路が映し出されていた。国岡の話だとこれから行われるのは、高度４０００フィートで巡航飛行している時に片方のエンジンが停止したEmergency（緊急事態）の再現で、支援装置ＦＢＷが働かない場合と働く場合の二通りを比較して見せてくれるらしい。片方のエンジンが停止してもＦＢＷが働き、即座に墜落する事態に陥らないことはリックも知識として知ってはいるが、その瞬間にどんなことが起きるのか、いやそれよりもＦＢＷが働かない場合、一体どうなるかは体験したこともなければ、考えたこともない。〝映画やＴＶの再現ドラマのように大変な状況になるのだろうか……〟とそうしたシーンを思い浮かべながら、国岡に「働かない場合は落ちちゃうのかい？」と聞くと、「それは見てのお楽しみということで……」とニヤッと笑い返された。思わずフッと笑って頷いてしまった。

「それではよろしいでしょうか？　では行きます。Operation, Ready Now!」

機体が滑走路を駆け離陸した。「いま見えている景色は我々の航空部門の前線基地が置かれている名古屋空港です。ここから初飛行を行うことになると思います」と横にいる高木が解説する。

このアイアン・バードもパイロット訓練用のフライト・シミュレーターもそうだが、その機体のスペック（仕様）やパフォーマンス（性能）が盛り込まれた専用の飛行操縦システムとなっていて、これに飛行高度や速度、天気、風速などを入力し、限りなく実機の飛行に近い条件を再現することができる。また、実際の飛行では（訓練といえども）行えない、エンジン停止トラブルなども再現することが可能なため、開発や訓練には必須のアイテムなのだ。

景色がわずかに下の方に遙か遠くの山々しか見えなくなった。恐らく４０００フィートに達したのだろう……そう思った矢先、国岡が発した。

「The engine will stop.」

リックがゴクリとつばを飲み込む。最初が支援装置ＦＢＷが働かないケースだ。

「Now!!」

「Left engine stop!」（左エンジン停止！）

「Maneuver!」（機動開始！）
すぐさま機体が揺れた。国岡が左エンジン停止を告げる警告ランプを見てすぐにエルロン（補助翼）とラダー（方向舵）を使って対応したため、大きくグラつくことはなかった。機体はバックグラウンドで計器を監視していたスタッフの「ＯＫです！」という合図が発せられるまで何事も起きていないような安定さを保ちながら飛行を続けた。映画などのように国岡やコーパイ（右側に座る副操縦士）がもう少し慌てる姿を想像していたリックはそっと肩を落とした。高木に感想を聞かれたが、まさか「想像したのとちょっと違ったので残念でした」とは答えられず、手でＧＯＯＤ！を出して笑顔で応えておいた。

現代の旅客機は二基のうち片方のエンジンが故障（停止）しても安全に飛び続けられるよう設計されている。国際民間航空機関（ＩＣＡＯ）が取り決めた規定でもＥＴＯＰＳ（Extended – range Twin – engine Operational Performance Standards）という、双発（二基）エンジン飛行機の洋上飛行を制限する法律があり、「一基が停止した場合でも一定時間以上飛べる性能を維持すること」と条件付けられている。ボーイング７８７は２０１４年5月にＦＡＡ（米国連邦航空局）から〝３３０時間の飛行が可能〟という認定「ＥＴＯＰＳ－３３０」を受けており、２０１４年10月にはエアバス３５０－９００がＥＡＳＡ（欧州航空安全機関）からＥＴＯＰＳ－３００と３７０の認定を受けている。

現実に片方のエンジンが飛行中に停止すると機体には強烈なＹａｗ《ヤウ》（偏揺《かた》れ）が発生する。具体的には停止したエンジンは大きな空気抵抗を生み出すため、推力のないエンジンのほうに回転力が働き、機首がそちら側へ強烈な力で持って行かれてしまう。パイロットはこうした不測の事態や強い横風の対応などの訓練を受けているため、操縦桿よりも無意識にラダーを使う対処が身に付いている。こうした手動での対応が必要ないように、コンピューターが瞬時に自動的に判断し、機体が真っ直ぐ飛べるよう修正してくれる操縦支援装置「Digital Fly by Wire（ＦＢＷ）システム」が開発された。いまから20数年前のＦ－２開発でアメリカの度肝を抜いた三菱のＦＢＷ技術は、その後民間機へ転用されて技術が研ぎ澄まされていった。そして今や旅客機の安全を確保する、なくてはならない重要なシステムとなった。

国岡が後ろを振り返りながら発した。

「次はFly by Wireを効かせたパターンを行います」

リックはハッと我に返り姿勢を正した。今度は離陸を省略して、高度４０００フィートの巡航飛行から始まった。

「The engine will stop.」

国岡が操縦桿を握る手をギリギリ触れる程度にまで緩めたのがわかった。築き上げたＦＢＷシステムによほど自信があるのだろうと思った。

「Now!!」

「Left engine stop!」（左エンジン停止！）

……〝アレレ？〟リックは何がどう変化したのかまったくわからなかった。ひょっとしてバックグラウンドで設定を行うスタッフが操作に失敗し、エンジンが停止しなかったのかとも思った。いや、アラームはＯＦＦにされているが、エンジン停止を告げる警告ランプは激しく点滅している。ということは……。

「ＯＫです！」バックグラウンドのスタッフが終了の合図を発した。

国岡がこちらを振り返った。

「リックさん、Fly by Wireの効果はいかがでしたか？」

リックは声も出なかった。〝その時〟に機体はたぶん1㎜も動いていない。〝You knocked my socks off!!〟（度肝を抜かれる）とはこのことだろう。思わず聞いた。

「本当にエンジンが停止したの？」

すかさず国岡が「えっ!? 気が付きませんでしたか？」とまたまたニヤッとしながら返してきた。ということは操作を失敗したのではない。国岡はその時も至って淡々としていた。〝これはとてつもないシステムだ〟――思わず両手を広げ、のけぞった。

「ソックスが脱げてしまったよ（笑）」

リックはこう感嘆したのだが、誰も笑ってくれなかった…… つくづく諺は難しい。

この日、プロジェクトマネージャー（ＰＭ）の小川は朝から飛島工場にいた。昨日の夕方、工作部から「ＣＦＲＰ（炭素繊維複合材）について報告したい」と連絡があったためだ。〝ひび割れ〟の対応会議から間もなく期限を切られた2週間になる。事実上これが最終報告になるのだろう。〝ひび割れの原因が究明できたとしても、そうでないにしても、明日から連休だというのに報告書を作成しなければならないのか……〟そう思うと気が滅入った。

工作部の報告は作業現場の工場ではなく、OHP（プロジェクター）が用意された、20人ほどが座れる会議室で行われた。小川の他に工作部のメンバー4人がいた。「こちらへどうぞ」と部屋に案内された時の表情から〝これはいい報告ではないな〟と感じていた。

「では課長から説明します」と部長が口火を切る。OHPがスクリーンを照らした。

昼食後の12時40分、飛島工場内のボロいプレハブ小屋に、主翼の製造を担当する工作部の係長・田口を始めとする7人の男たちが集まっていた。万年ストーブが真ん中に置いてある6畳ほどのこの場所は数少ない喫煙スペースで、田口らの〝会議室〟でもあった。今日は情報通の部下から田口に重要な報告が成されたのである。

「……そうか。言われてみれば、確かに理屈で考えるとその通りかもしれないな」

ストーブの上にある灰皿をぼんやり見つめていた田口が紫煙を吐きながら呟いた。

CFRPのひび割れ（炭素繊維の剥離）は強い負荷がかかると起こり得る。ただそれは、重力の2倍以上の衝撃を一部分に集中的に与え続けるとか、張力や圧力が全体の一部分にのみ何万回と繰り返されてかかったりした時である。ところが、目から鱗が落ちるような話なのだが、カーブになっている場所にこうした負荷が繰り返されてかかると、先日の試作検証の時のクラックがカーブの内側から生じていくことが判明した。特にカーブがキツい部分ではより顕著になることも解ったのだった。

「リベットが必要なくなる軽量化のメリット以外に強度が保てるから一体成形にしてあるはずなんだがな」田口が誰にともなく口にする。

「B787のような30mもあるような翼なら、揚力がかかって上にしなったり、離着陸時の衝撃なども、全体で緩やかに負荷を吸収できるので問題ないそうなんです。ただ、787の時にはCFRPの製造がを初めて旅客機に導入することから、念には念を入れて強度を補強する策を採ったんです。ただMRJの場合は……」

「なんだ?」田口が先を促す。

「主翼は13mと小さいですよね? そうすると緩やかなしなりで負荷を全体で吸収することが難しくなると。さらにネックなのは、787に比べてキツいカーブとなってしまうところが多々あるんですね。大きいとその分カーブは緩やかになるんですが。MRJの場合はスラットのある主翼の前方部分とか、キツいカーブのところがあってその問題もあるんですが、どうやら特に問題視されているのが、口径の大きなエンジンを積むため、主翼の付け根からエンジン装着部分にかけてカーブさせた中心辺りに負荷が集中するようなんです」

「一体成形でもダメなのか……」田口が引き取る。

「いや、逆にスキン(外板)を一体成形するから起きるのか? ……いずれにしても、いままで通りのやり方で部分部分貼り合わせるんだったらリベットが大量に必要になるからCFRPでやる意味はなくなるよな。逆に素材が高価な分だけ高い飛行機になる」田口はタバコを揉み消した。

実はこの時点で、実際に基本設計通りにMRJを造った場合、実際に「一体いくらかかるのか」、「重量はどの程度になるのか」といった精査を行っていなかった。というより、MRJの場合、開発段階で詳細に弾いてもあまり意味をなさない理由があった。

ひとつは旅客機製造の世界がスポーティー・ゲームだからだ。ライバルに勝つか負けるかで会社存続の命運が分かれる、しのぎを削る過酷な商売。新参者でもあるMRJは、ゼロから始まった開発費にいくらかかろうが、優れた最新技術を投入してライバル機を凌駕するほどの性能に仕上がろうが、ライバルよりも値段が高ければ勝ち目がない。エンブラエルは一機「48～60億円」、ボンバルディアは「46～53億円」、おのずとMRJは50億円前後で売ることになる。多くの受注が舞い込めば値段を下げることも可能だが、型式証明を取得する（飛行や販売引き渡しが可能になる航空局の認可）までの数年の間に実績豊富なライバルがMRJと同等以上の性能を持った新造機を打ち出してくればキャンセルもあり得る。そうすると値引分の損失を背負い込むことになる。目論見通りに行かないシーソーゲーム、まさに賭博と同じなのである。

もうひとつは開発費の三分の一を国が負担することだ。MRJは国が手厚く支援するオールジャパン体制の国家的プロジェクト。トラブルが生じ開発に遅れが出て、開発費が当初見込みよりも大幅に膨れ上がったとしても、三菱が差損分を全額被るリスクはない。走り出したら止まらない原発やダム建設などの公共事業と同じような構図である。もっと言えば、国の威信がかかった海外相手の商売が計画の基本のため、三菱側によるよほどの自爆行為が起きない限りは、有識者委員会などで「一定の成功を収めた」と評価されるまで推し進めていくことになる。

いずれにせよ、万が一主翼がCFRPではなくアルミになった場合、価格を抑えられるメリットは出てくるが、それ以上に計画の甘さが取り沙汰され、信用を失墜してしまうデメリットのほうが遙かに大きいことになる。

〝これが日本の「OYASHIKI（お屋敷）」か…〟

夜7時、リックは名古屋市内にある料亭にいた。盛本・高木とトップ会談を行うためだ。ゆうに300坪は超える由緒あるお屋敷で、立派な庭園と池が華を添える。正座の習慣のないリックに配慮したのだろう、30㎡（16畳）ほどの個室は掘りごたつ式となっていた。リックの左手には障子があり、下半分がガラスになっていてそこから庭園が臨めるようになっていた。外を見ていたリックに盛本が語りかける。

「クーラーを効かせているので締め切っていますが、秋や春の過ごしやすい季節だとここを全開にすると爽快ですよ」

そうだ、日本は四季があるのだ。高木が昼間の蒸し暑さを労ってくれた。日本はアメリカと違って湿度が高い。今日も日中の移動はあまりの蒸し暑さに正直参ってしまった。庭園とは反対側の障子がスッと開いて、着物姿の女性が二人、ビールと小さなお皿の料理、そして細長い木の皿の上に乗った白い発煙筒のようなものを持ってきた。テーブルに置かれて思い出した。シカゴから日本へ来る機内でCAが渡してくれた暖かい……そうだ！　OSHIBORI（おしぼり）だ。確かそう言って差し出した。リックは日本の航空会社のビジネスクラスに乗ってきた。通路を挟んだ日本人男性がそれで顔をごしごし拭いていた。リックも手にとって一日の暑さですっかり脂ぎってしまった顔と首を拭いた。なんて気持ちが良いんだ。中華レストランやイタリアンレストランでも、紙製ではないタオルの手巻きのOSHIBORIが出されるんだろうか……そう思っていると、盛本がビールを差し出してきた。

3人はビールで乾杯した。

「お疲れ様でした。今日はありがとうございました」

「こちらこそ。丁寧な対応に感謝します。日本へ来た甲斐がありました」

喉をゴクゴクと鳴らし冷たいビールを流し込むと、乾き切った身体を突き抜けた。一気に疲れが吹っ飛ぶ。リックは一呼吸置いて居住まいを正すと切り出した。

「今日の皆さんの丁寧な対応には感動しました。部外者が立ち入り禁止の開発の様子を見たのは初めてです。スケジュール通りに開発が進んでいること、そして三菱の技術力の高さがよくわかりました。そこで……」

リックが一呼吸置いた。顔は真剣なままだ。

盛本が姿勢を正した。リックが盛本と高木に視線を流しながらゆっくりと丁寧に語り始めた。まず挙げたのは、TSH傘下のトランス・ステーツ・エアラインズ、ゴージェット・エアラインズ、コンパス・エアラインズの三社で70〜90席のリージョナル機の導入を予定していることだった。盛本は続きを促すようにリックの目を見つめながら頷いた。リックが先を続ける。機材数は既存機の更新と新規導入を合わせて200機程度になること、さらに機材更新分があることから、発注は向こう3年の間に確定50機・オプション50機といった分割になると告げた。盛本の胸が高鳴った。リックの目が盛本をとらえる。

「MRJをその最優先候補として考えています」

口から心臓が飛び出しそうな衝撃だった。盛本の脳裏につい先日のパリ航空ショーでの商談シーンが走馬燈のように駆け巡る。わずか1ヵ月前のことだ。〝この1ヵ月の間で何が……〟と聞きたい衝動を辛うじて堪えた。

三井の眼鏡の奥にある目はいまにもポロリと落ちてきそうなほど涙で潤んでいた。熱いものが火山の噴火のように込み上げてきて止まらなかった。アメリカで航空リース会社に携わっていたこともあり、アメリカの営業は高木マターだった。昔のツテを辿りに辿った。行き着いたひとつがTSHだ。2007年の秋に三井物産から三菱に招聘されて以降、日本のセールスマンになった気概で腐心してきた。しかし、生まれたての赤ん坊を誰も相手にはしてくれなかった。まるで砂漠に水を蒔くようなものだと焦燥感に駆られた時期もあった。が、そうではなかった。堅く巨大な岩に水滴がポタリポタリと長い年月をかけて落ちていき、やがては岩が二つに割れるような、そんな思いで高木はいた。小さな拠点を置いたダラス郊外の営業部隊のメンバーが何度も何度もTSHのヘッドオフィスがあるセントルイスに出向き、靴底を減らした。三河屋が御用聞きに伺うように。〝日本式の営業も捨てたもんじゃない〟――そう思った。

料亭に着いて1時間半が経った。先ほどHitsumabushi（ひつまぶし）を持ってきた女将の話では料理はこれで最後だと高木がリックに説明した。酒はとうにBEERからSAKE（冷酒）に変わっていて、テーブルには品のいいガラス製の容器が5本空けられていた。三人は英語でまるで旧知の仲のように、とにかくよくしゃべった。特にリックは話が止まらなかった。「オーバーヘッド・ビンは機内持ち込み最大サイズのローラーバッグが入る容量だと有り難いですね」と部下が一言言っただけで、「日本に相談してみましょう」と言って、2週間後には設計変更の仕様書を持ってきた俊敏さに信頼関係が築けそうだと感じた最初の出会いの話に始まり、MRJの完成予想イラストを一目見て、「見た目が美しければ正しく飛ぶ」という航空業界のパイオニア「ジェフリー・デ・ハビランド」の名言を瞬時に思い浮かべたこと、低燃費エンジンだけに依存するのではなく、機体の空力を突き詰めてさらなる燃費の向上を目指したMRJ開発陣の飽くなき追究心に三菱の底力をまざまざと思い知らされたことなどだ。もちろん、三菱の航空機生産の取り組みが百年になる中で、小さな戦闘機から大型の爆撃機や偵察機など幅広く手がける技術力の高さを評価し、〝MRJに賭けてみよう!〟と決意したことを伝えるのも忘れなかった。リスクに挑む同士となった三人はその後1時間近くにわたり夢を語り合った。満面の笑みとキラキラ輝く瞳は遠足前の子どものようだ。スポーティー・ゲームも悪くない——そう思えるひとときだった。発注契約の覚え書きを交わす日は2ヵ月後、詳細設計が終わった直後に行うことになった。

やってやれないことはない!　やらずにできるわけがない!

資料から顔を上げると、右目の入っていないだるまが目に入った。社長室を入ったすぐ左手、グレーのロッカーの上に置かれている。年の初めの先勝の日、左目に墨を入れて願掛けした。満願成就の暁《あかつき》にはもう一方の目を入れるつもりだ。

だるまの目入れは開眼することで魂を迎え入れる意味があるのと、願いが叶って両眼を入れるのは

「願」と「眼」をかける意味もある。悪い風習ではないと思うのだが、先週テレビ局の取材を受けた時、このダルマを撮影していたカメラマンと記者の間で〝何それ!?〟と思うような会話があった。記者が「ダルマの目入れは『両目があって完全』という偏見意識を育てることにつながると先日の選挙の時、視覚障害者団体からクレームがあったため放送で使えない」と取りなしていた。カメラマンは〝これが一番気概のほどがわかりやすいのに……〟といった表情で肩をすくめると、『飛び立とう！世界の空へ』という壁に貼られたスローガンを撮り始めた。そんな意は昔からないのに……と思いながら聞いていた。そう言えば似たような事がパリ航空ショーであった。開幕初日の出陣式で営業を鼓舞する挨拶の中で「この航空ショーを皮切りに鋭意努力して……」と発したら、後で広報の川田から「盛本さん、〝皮切り〟はテレビでは差別用語らしいですよ」と窘《たしな》められた。なんとも世知辛い世の中になったものだ、と鼻を鳴らしたことを思い出した。

盛本は182機で製造が中止されたYS－11の2倍を超えた400機の受注を獲得したら、このだるまに目を入れようと考えていた。

リックと会ったのが先週。9月中旬～下旬頃には右目に三日月ほどの墨を入れられるかもしれない。いや、「捕らぬ狸のなんとやら……」をしていると、嬉しくない誤算を呼び込むからやめておこう。高木にも口外しないよう釘を刺した。

大々的に発表する前に話が漏れて、どこかの一社だけが報じることになればこれほどつまらないことはない。後追いの各社は〝それなり〟の扱いしかしなくなるからだ。メディアは彼女や妻よりも嫉妬深い輩なのだ。このところ社内で噂にも上っていない。

昨日の報告書に目を戻した。ひび割れの検証を命じて、最初の期限となる2週間が一昨日、そして昨日の朝イチから報告と対応会議を開いた。メンバーは一回目と同じ限られた30人ほど。この日は朝10時には既に夏日の30℃に達していた。

報告は三菱航空機の構造設計の担当者が行った。検証作業の主体は名航・工作部だ。その内容は唸らせるものがあった。

「CFRPはご存じのように何層にも重なった炭素繊維に樹脂を染み込ませて硬化させます。ただ炭素繊維が生地と違う点は繊維が一方向の筋となっていることです。主翼に加工する際は〝しなり〟を考慮すると繊維の方向が翼の長辺となります」

工作部の課長と係長が頷くのを確認して話を一旦切り、片手を顔の位置まで上げて先を続けた。

「MRJの場合、主翼構造をボックス型の一体成形にし、B787に比べ強度を増すことを考えています。このように主翼が胴体付け根から先端にかけてほぼ真っ直ぐであれば、離着陸時にかかる衝撃や飛行時にかかる張力・圧力などの負荷を全体で吸収し和らげる効果がCFRPにはあります。A－VaRTM（製法）になってからの耐久性などは十分ご承知かと思いますので省きます。しかし……」

手の甲を上にし、水平に伸ばしていた手を、手首だけ下げて緩やかなカーブを手で作る。

「MRJは口径の大きいGTFエンジンを搭載することから、付け根からエンジン取り付け部分まで大きく湾曲させる設計となっています。飛行の際には下から揚力がかかってきますので上へしなることになりますが、この力は湾曲とは逆方向にかかることになります。何層にも重なった下側のほうの繊維は引っ張られてもある程度伸びますが、内側の繊維は……樹脂で硬化された炭素繊維は収縮できないわけです。行き場がなくなった力はどこへいくかというと、うねって短くなるしかないと。これに加え離着陸の衝撃圧が繰り返しかかるとクラックが発生する原因となります。高度４０００フィートのマイナス50℃の環境下で、飛行が何万回にもなるとすると繊維層の剝離（ひび割れ）による強度不足が起きる可能性は無視できなくなるのではないか——というのが検証の結果です」

報告は説得力があった。皆、押し黙ったままだった。盛本が沈黙を破る。

「疑義や意見はありますか？」

皆一瞬、盛本の方を向けたが再び手元の資料に顔を落とした。

盛本は腹が立った。どこか他人事《ひとごと》なのだ。

なるほど、とは思う報告だが、国家的プロジェクト・ＭＲＪ開発の根幹に関わる事態なのに、「なんとかならないのか？」といった声がメーカーの三菱航空機サイドから誰一人として挙がらないこと事態がどうかしている！　ＹＳ－11の開発の時にも、こうしたどうにもならないような苦境に直面した時があった。その時、東條輝雄や堀越二郎らは諦めることなく侃々諤々の議論をぶつけ合っていたことだろう。国の威信や三菱の誇りにかけて。

腹の虫が治まらなかった。〝よし！　今日は誰か建設的な意見を出すまでこちらから切り出すのをやめよう〟——そう決めた。

次回の主翼問題の全体検討会議は１ヵ月後の８月19日に決めた。これが最後だ。その間、個別でのミーティングや部署毎の個別報告は随時行うこととした。なぜならその日にはＭＲＪの詳細設計を小川から上げさせるからだ。これで設計は大きな山を超えることになる。いよいよＭＲＪ開発は次のステージ「ものづくり」へ移行するのだ。万が一、主翼が従来通りのアルミになったとしても、リックには覚え書きを締結する前に設計の変更を伝えることができ、礼を尽くせる。この２週間のあいだに盛本は腹をくくった。

会議後に社長室で山根と構造設計担当者からアルミ主翼の場合の設計プランについて説明を受けた。こちらのほうは自社開発機や自衛隊機などノウハウが豊富なため、それほど苦にはならなかったようだった。ただ、ＣＦＲＰの場合に比べ重量がかさむのが問題として残った。逆に機体価格は抑えられるようだ。でも盛本は納得していない。ニッポンの最先端技術を投入したセールスポイントを失うことになるからだ。名航や構造設計には〝やってやれないことはない！　やらずにできるわけがない！〟の精神を持ってギリギリまで挑んで欲しい――そう祈った。

山根が「パートナーからの話や調査でわかったことですが……」と前置きして話を付け足した。開発協力パートナーのボーイングから派遣されてきている技術者の話と調査した内容だった。ひとつはリージョナル機の雄エンブラエルがＣＦＲＰを採用しない考えを持っていること、二つ目はボンバルディアは採用する方向ではあるものの、ＭＲＪクラスの90席以下の機体には取り入れない状況であること――だった。山根はさらに設計部の推論も付け加えた。両社はおそらく技術的な問題ではなく、90席以下の旅客機の主翼にＣＦＲＰを使用するのは費用的なスケールメリットがないと判断したのではないか、と言う。

つまり技術面の問題はさておき、Ｂ７８７は主翼や胴体にもＣＦＲＰを採用するなど全体面積が大きいため使用する意味（スケールメリット）が出てくるが、100～150席の小型機で主翼だけに採用しようとした場合、ライバルに太刀打ちできる機体価格を考慮したメリットはほぼ無いに等しいのではないか、と。さらにこれが90席以下の小さな機体であればデメリットしか生じないのではないかと補足することも山根は忘れなかった。

一回目の報告会議の時には技術的な理解に苦しんだ盛本も、既にいまは航空専門家としてペラペラ語れるほどの知識を得ていた。MRJの主翼は150人乗りのエアバス320よりも若干短いだけなのだが幅がスリムだ。スケールメリットで言えば判断が難しい100人乗りに該当するのだろう。

一方、技術的な面で言えば、先ほどの会議で報告された課題が残る。MRJの胴体と主翼の関係はバッサバッサと飛ぶ鳥ではなく、細くスラッとした鶴やカモメのイメージに近い。飛行機にたとえるならグライダーだ。翼を押し上げる揚力に対する〝しなり〟と、懸念される強度の問題を考えると湾曲したカーブはB787のような直進性のあるフォルムにしなければならないだろう。そうすると脚が長くなり、1gでも減らそうと皆でしのぎを削っている機体重量が大幅に増えることになる。脚なんて、飛行機にとっては言い方は悪いが、地上走行と離着陸以外は燃費を悪くするだけの存在である。

「燃費2割削減」を謳ったMRJにとってあり得ない選択肢だ。

盛本は会議が終わった直後、その場で小川には「各部署と十分精査を重ねて詳細設計を仕上げてください」とだけ告げた。自分（トップ）の指示で動いていたこの事も、早晩小川が山根に接触して自《おの》ずと伝わることだろう。小川も平《ひら》ではあるが責任ある常務なのだ。出過ぎたマネはしたくない。盛本は山根と構造設計担当に「何かあれば直に報告してもらって結構です。その時には悪い話だけでなく、必ずいい話も一緒に持ってきてください」と笑いながら話し、二人を解放した。眼鏡の奥の目は笑っていなかった。——できれば悪い話など聞きたくない。

第4章

下町工場の挑戦

時代の荒波に耐えて生き残った下町鉄工所

大阪・門真市の一角にある工業団地。大阪の町工場《まちこうば》といえば小型人工衛星「まいど1号」を打ち上げた東大阪が有名だが、ここ門真も松下電器の企業城下町とあって、昔から中小零細の製造業が多い街だ。碁盤の目に区画整理されたこの工業団地には20ほどの小さな町工場がひしめき合う。金属を切削する音があちらこちらから鳴り響く。東山陽子は団地の奥の一角を陣取る「古谷鉄工所」を切り盛りする女社長だ。

11年前に亡くなった父の後を継ぐ二代目である。鉄工所で作業着を羽織っていなければ、どこか大手企業の秘書室のお局で通るような美形の顔立ちだ。昼食後のコーヒーと晩酌の赤ワインは欠かしたことがない。

古谷鉄工所の従業員数は7名で息子の博信《ひろのぶ》が専務を努めている。色白のぽっちゃり系で眼鏡をかけていて、これはこれで鉄工所が似つかわしくないタイプだ。

就業は朝8時から基本夕方5時まで。6時~7時程度の残業はザラだ。お昼ご飯は切削や加工を行う作業場の2階にある四畳半ほどの会議室のテーブルで配達弁当を皆で囲んで食べるのが昔からの習慣となっている。ほとんどの工場が、同じ赤いプラスティック容器に入った1食400円ほどの弁当を取っている。そのお昼の時間、博信が箸で突いた里芋の煮物を口に放り込みながら陽子に話を切り出した。

「この前の出展の話、受けてみようかと思うんやけど。どうかなぁ」

「あの航空産業の話?」

この工場で最も古株となった井川が聞き返す。井川はマシニングセンターやNCフライスなど金属を切削・加工するコンピューター制御の大型機械から熟練の手作業による高精度な仕上げまで、すべての作業をこなせる古谷鉄工所きっての職人だ。

「近畿経済局の〝おエラいさん〟が直々に誘ってくれはったんやからなぁ。場所も(展示会場の)真ん中やし。でも何を出すのん?」

陽子は近畿経済局(各地にある経済産業省の出先機関で地域産業の発展を支援する目的の組織)が主催する初めての航空部品製造展――国産旅客機MRJの開発がスタートしたのを契機に100万点近くに上る部品の製造を近畿の町工場で受注しようと打ち出した企画――に一体どんなサンプル品を出せばいいのかが不安だったのだ。

「ウチは比較的大きいもんが多いんやけど、これぐらいの大きさで複雑な加工を施したもんを何か考えて作ってみるわ」

両手で20㎝くらいの大きさをつくりながら博信が返す。

「せっかくやし、加工が難しいアルミとステン(レス)でいきましょう」

井川が提案した。

古谷鉄工所は昔から松下電器や松下電工を主な得意先とし、鉄やアルミ、ステンレスの塊を切削・加工して部品を製造し、堅調に業績を上げてきた。先代の自慢は「無借金経営」だった。

ところが（これは古谷鉄工所に限った話ではないが）1985年に先進諸国が協調的にドル安を図ることで合意した「プラザ合意」により円高が急激に進み、輸出品は価格競争力を失った。日本の国産戦闘機F－2開発問題の記述でも触れたが、日本にとって不利になるこの合意がなされた背景には、1982年頃からアメリカなどで加熱していた「黄禍論《おうか》（黄色人種脅威論）」や「日米貿易摩擦」があった。日本製品の不買運動が各地で勃発し、これを免れたのは当時世界的大ヒットとなったソニーのウォークマンくらいであると報じられたほどだ。プラザ合意によって1ドル240円だった為替相場は1年後には150円台に突入し、体力が尽き果て始めた大手企業はこぞって中国での現地生産に走った。国内の中小零細製造業が次々と消えていった第一次産業空洞化だ。中でも繊維・服飾関係の凋落、ナイフやフォーク、フライパン、鍋の製造で日本一を誇る新潟・燕三条の惨状は壊滅的だった。

それからわずか5年後にはバブル経済が崩壊した。金融機関に躍らされて身の丈に余る融資を受けていた企業はアッという間に倒産に追いやられた。同時に、製造業の海外生産が一気に加速した。この荒波にもなんとか耐えて生き残った古谷鉄工所だったが、請け負っていた仕事の多くは価格競争で中国に負け、軒並み持って行かれた。気が付いてみると、残った受注は中国にできないクリティカルな部品（その商品の心臓部とも言える部品で加工も難しいもの）が大半を占めていた。そのひとつが国内随一の技術を誇るアルミの切削だ。

実はアルミは、削る時に生じる熱で「膨張・変形」し易く、加工が難しい。小物程度の大きさの部品ならどこでもできるが、一辺が50㎝もあるような産業機械の大型モーターを保護するカバーなどはおいそれとはできない。古谷鉄工所は、アルミの塊を深さ50㎝以上、真っ直ぐに穴をくり抜ける技術を持っている。切削の際に熱が生じ、アルミは膨張するため、真っ直ぐにくり抜いたつもりでも、アルミの熱が冷めると何㎜か曲がっているのだ。これを一〇分の一㎜の誤差でやってのける技術は国内でもなかなかお目にかかることはできない。こうしたクリティカルな部品は技術的に難しいだけでなく、実は圧倒的な手間暇がかかる。つまり効率や生産性が悪いのだ。そのため、たとえできる技術があったとしてもどこもやりたがらない。そうした中で陽子と博信は嫌がりもしないどころか、〝いつか鉄工所の血肉になる〟との思いで仕事を引き受け、あーでもない、こーでもない、と毎回違う知恵を絞り出しながら挑んできた。そして超一流の腕を手に入れたのだ。だからといって、こちらの言い値がまかり通らないのが製造下請けの弱さであり、難しさでもある。

金融機関が続々破綻した1998年の金融危機を過ぎた2000年に入ると、海外現地生産の流れが底を打った。幾分かの仕事は国内の町工場へ戻っては来始めたものの、中国などの現地生産と変わらない価格で請け負うよう求められた。断れば発注元の企業はまた別の町工場へ話を持って行くだけだ。

幸いなことに古谷鉄工所はそうしたどこでもできる価格勝負の商談が舞い込むことはなかった。とはいうものの、1年先が読めなくなった製造業の不透明感と〝現況を堅持するだけでいいのだろうか……〟という不安は募る一方だった。そんな中で博信は陽子に「ウチにしかできない技術をウリにするオンリーワン企業になろう！」と提案したのだった。いまのところ抜きん出た技術はアルミの切削と高精度の加工だが、これを中堅の製造業でも切削・加工が難しい高硬度のステンレスや超合金にまで広めていければ、時流に翻弄されることもなく、成長企業へのし上がっていける——そう目論んだのだ。当然、これまでのように店を開けて客を待つ飲食店のような〝待ち〟の姿勢ではなく、積極的に売り込みに回らなければならない。博信がそれを請け負った。営業回り以外の時間は夜も含め従来通り製造も手がける二足のわらじを履くことになる。構わなかった。そうでもしなければ、まるで煮こごりの中に固められた穴子のような閉塞感からいつまで経っても抜け出せないのではないかと感じたからだ。

博信はサンプル品とパンフレットを抱え、一心不乱にあちらこちらを駆けずり回った。もちろんすぐに仕事に結びつくとは思ってもいない。そのため、母・陽子が「今日はどうだった？」と聞いてくることもなかった。〝石の上にも三年や。種まき種まき〟と博信は自身を鼓舞しながら靴底を減らした。そして半年が過ぎた頃、営業で訪れた先のひとつである近畿経済局から航空部品製造展への出展の話が舞い込んだ。しかもサンプルを見せながら説明した、古谷鉄工所が得意とする切削・加工技術を覚えていてくれたのだ。しかも今回頂いた話は「参考出品という招待扱いなのでブース開設などの出展費用はかからない」というありがたい話だった。ただ、陽子も博信も航空部品製造についてはそれほどの興味を持っていなかった。もったいない話ではあるのだが、それには関西特有の致し方ない理由もある。大阪の製造業は古くから松下電器やシャープといった家電製造で繁栄してきた。自動車メーカーもなく、航空製造産業に至っては愛知と岐阜の独壇場だ。鉄工所の外に出て、天気の良い日に陽子や博信が空を見上げると、青い空に飛行機雲を残しながら旅客機が飛んでいるのを見かける程度の遠い存在だった。家電製造業が既に斜陽なのはわかり切ってはいたが、航空部品製造にピンとくるものがなかったため、出展の話に二つ返事で乗らずにいたのだ。ただ、陽子と博信の脳裏には近畿経済局おエラいさんが発した言葉が脳裏に焼き付いていた。ひとつは航空産業が向こう数十年間右肩上がりの成長産業であること。もうひとつは一旦取引が始まれば20～30年はその仕事が続くこと。三つ目は安全性の品質規格が厳しく、誰でも参入できるわけではない世界であることだった。陽子と博信は三つ目に興味を抱いていた。

「大変そうやけど面白そうやね」

「やり甲斐はあるんちゃうかな」

職人の琴線がかき鳴らされたのだ。

女社長の決断

航空部品製造展が5日間の日程で幕を開けた。製造業関連で「○○展」と銘打たれた催しは数限りなくあるが、初日からそのどれとも比較にならないほどの大勢の人で賑わった。MRJ効果は十分にあった。

古谷鉄工所のブースは、別館「特別展示場」の入り口一番手前のエリアにあった。博信はアルミの四角い塊をくり抜いて加工した50㎝四方、縦80㎝のサンプルと、円柱や四角の突起と穴や溝を施した見るからに複雑そうな30㎝ほどの長さのサンプル品を展示していた。これらの特殊加工の説明書きがその後ろに立てられてデカパネルに記載されている。

小さなサンプルのほうは「S13－8MO」というステンレス鋼の中で最も硬度が高く、耐摩耗性にすぐれている材料を使った「削り出し一体加工」だ。高さや先端の丸め加工の具合がそれぞれ異なる円柱や四角柱は、一見すると土台のステン板に溶接されているように見えるが、ステンレスの塊を掘削して残すという加工で匠の技を要する。最高の強度を得られる加工となるため、半永久的な耐久性が求められる心臓部には引っ張りだこの技術となる。同業者でなくとも加工の難しさが瞬時にわかる一品だ。当初、博信は航空部品でよく使われている耐蝕性を増したステンレス鋼でいこうかと考えたが、同業者が集う場でのアピールには欠けると判断し、高硬度のものにした。

工業用大型モーターのケースに使われるアルミのくり抜きのほうはパッと見はシンプルで地味なのだが、これもアルミを扱うメーカーや同業者ならおいそれと切削できないことは一目瞭然のものだ。

参考出展ブースということもあって、ターゲットが特定されている他のブースより多くの人が連日詰めかけた。陽子と博信の二人でゆうに200枚を超える名刺交換をした。仕事の仲介を行う商社系の数人しか知り合いには出会わなかった。「たまにはこういう場に出てくるのもええもんやねぇ」と頷き合った。これまでは〝仕事を奪い合う〟ような感覚があって、こうした場があまり好きではなかった博信も、実はそうではなく、欲しい技術のところに仕事が集まることを今回の出展で初めて知った。そのためのアピールの場なのである。

最終日は夕方5時に閉展した。6時30分から近所のホテルの宴会場で打ち上げがあった。1人5000円の会費制だ。片付けに時間がかかり、陽子と博信が少し遅れて会場に入るとスーツ姿や作業着の男たちが既に200人以上は集まっていた。

「凄い数やな。これ、300人くらいにはなるんちゃうか……」博信が目を剝く。作業着を羽織っていない陽子はこうした雰囲気の場がよく似合っていた。

主催者や協賛者の面々の長々とした挨拶と乾杯が終わり、歓談に移ると、皆が我先に特定の企業の元へ名刺交換に繰り出した。向かう先は仕事を振り分ける中堅の商社と、日本で唯一、航空機の脚部を製造する住友精密工業だ。アッという間にいずれも30人ほどの行列ができた。それを目にした博信は、なぜかグリム童話の「ハーメルンの笛吹き男」を思い出した。ネズミの大群が退治された後の〝約束を破って報酬を払わなかった〟という内容のほうを彷彿としたわけではない。行列を見てのことだ。

「あんたは行かへんの？」と陽子。

「50人も100人も名刺交換して、そんなん向こうが覚えてるはずないやん。それやったらアポを取って話を聞いてもらいに行ったほうがよっぽどええよ」

つい〝報酬を貰われへんかったらどないすんの？〟って答えてしまいそうになった。どっちが笛吹き男でどっちが退治をお願いした村人なのかは、もうどうでもよかった。

5日後。博信は兵庫・尼崎市にある住友精密工業の2階にある応接室にいた。有言実行だった。というよりタイミングが良かった。実は住友精密では、およそ1000点以上に上る航空機の脚部の部品を製造業者のネットワークを組織して作っていこうと考えていたところだったのだ。自衛隊機に始まり、MRJのライバル、ボンバルディア社の脚部を手がけるなど実績豊富な同社は、脚部製造で日本唯一の存在だ。「まだ正式な話はない」としながらも、「国内で脚部が作れるのはウチしかないからMRJもウチへ発注してくるだろう」と面会に応じた担当者が話してくれた。

「そのネットワークってどんな感じで展開するんですか？」博信が訊ねた。

担当者がおもむろに紙を広げた。A3の大きさのそれにはネットワークの概念図が描かれてあった。

「たとえば脚部の軸となる部品は、原材料から形成された後に、強度を増すための熱処理が加えられるんです。次に研磨やメッキ処理が施されて、初めて完成した部品になります。こうした一連の加工ができる中小企業は当然ながらほとんどありません」

〝確かにそうだろう。これだけの設備を持てるのは中堅・大手くらいだ〟

担当者が続ける。

「これは2mもある大きな構造部品になりますが、我々がネットワークで作り出したい部品はもう少し小さな部品で一般的な工場でできるものを……と考えています。それでも、『ウチは切削は得意やけど研磨加工がね……』とか、『ウチはメッキならできますけど……』、もっと言えば『ステンレスのこの加工だけ得意なんです』という具合に、皆さん、得意・不得意分野があります。設備の有無もありますしね。そうした専門特化したそれぞれの〝一流の腕〟を、発注する我々が中心となって結びつけていく——そういう計画なんです」

住友精密の正門を入ってすぐ左手にある「お客様用」の駐車場に駐めたグレーのエスティマに乗り込んだ博信は先ほど聞いた話のポイントを思い出しながらメモした。初めて聞かされ、驚いた話もあった。どうりで参入が難しいはずだ――と。

要は発注側となるTier1サプライヤー（航空機メーカーに直接納入を担う部品製造会社）の住友精密からすれば、自分の所の高い人件費の社員だけを使って部品を生産するより、外注できるものはそうしていきたいということなのだろう。1機3本がワンセットとなる脚部だが、MRJは当初は月産5～7機程度ではないかと見られているため、機体の製造数を超えるセット数を要求されることはない。特に脚部の場合、耐久性などについて厳しい審査に晒されるため、1000点の部品のうち6～7割を実績のある海外メーカーの部品にする必要が出てくる。だが、いくら国内製造の部品点数が3～4割とはいえ、MRJの生産機数が月産10を超えていくとなれば、ボンバルディアの納品分もあって外注ネットワークは不可欠となる。

ただし――。

そこには〝大きな壁〟があった。高い技術力だけでは参入はできない大きな障壁だ。安全性が最優先される航空部品の製造では正確で安定した供給体制が求められる。そのため、製造プロセスに細かな管理規定を設けた規格「JISQ9100」の取得が不可欠なのだ。これは万が一航空事故が起きた場合、原因となった部品が「どこの会社で」「いつ」「どのような工程で」「どこから仕入れた材料を使って」「誰の手によって作られたか」をさかのぼれるようにするためだと言う。自動車製造にはない安全性への厳しさが窺われる。中堅企業でさえ取得が難しいと言われる9100の取得には、費用だけで700万円以上かかる。とても零細企業の町工場には無理な話だ。それ以外にも製造委託する条件として「Nadcap」と言われる航空宇宙産業の部品製造に関する国際的な認証を取得する義務があると話していたが、これは機体メーカー（ボーイング、エアバス、三菱重工など）やエンジンメーカー、脚部製造メーカーなどのプライムメーカーが取得していればＯＫという話だった。これも初めて聞く話だった。ただし、航空宇宙産業の部品に関しては〝特殊加工の技のデパート〟と言っていいほど、知られざるノウハウが山のようにあり、これの習得にはＯＢなどの人材を派遣する用意があるとも言われた。いずれにせよ、製造業の二次下請け・三次下請けは、これまで資源を投じるリスクを背負い込むことなく仕事をもらってきた。言い換えれば甘やかされて育てられた側面も否定できない。それだけに「ＪＩＳＱ９１００を自力で取得してください。そうすれば商談の道が開けます」と言われれば、皆ドン引きするであろうことは博信には容易に想像がついた。事実、「現在までに『やります！』と即答したところは一社もない」と話した。

博信はエスティマのイグニッションキーを回してエンジンをかけ、車を走らせた。腹は決まっていた。挑戦してみよう！　と。そんなにハードルが高いのなら望むところだ。〝古谷鉄工所《ウチ》の将来が変わる大きなターニングポイントになる〟と、なぜか確信めいたものが体中を走り抜けた。あの天下の三菱だって屋台骨が揺らぐことになるかもしれない挑戦に踏み出したのだ。それに比べれば〝屁〟のようなリスクに思えた。右折の信号待ちをしている時、カチカチと鳴るウィンカーの音が何かを警告しているように感じた。そうだ！　〝７００万もの先行投資と認証を取得せなあかんどエラい苦労が必要になりました〟ってオカンに話さなければ……急に憂鬱になった。

博信が鉄工所に戻った時、ちょうどお昼だった。赤い弁当箱の蓋を開くと煮物が目に飛び込んできた。〝また里芋の煮付けかよ。かなわんな〟と鼻を鳴らした。煮物は好きになれない。里芋は必ずコンニャクと一緒だった。特にこの二つが醸《かも》し出す究極の地味な色合いが食欲を削いだ。博信は大事な客が来た時だけ繰り出す近所の「真打」のカレーうどんが大好きだ。大きさは小さな洗面器くらいもあり、いつもはそれにとり天をトッピングする。これで1000円は安い。遠くからわざわざ車で食べに来るほどここのカレーうどんは美味しいと有名で、昼食時の11時30分～2時くらいまでは常時20人ほどが行列を作る。博信はしばらく真打に行っていなかった。〝明日はゼッタイ真打や〟そう思いながら、箸でググッと里芋の煮物を突き刺した博信は、母・陽子に切り出した。

「ええよ」間髪入れずに出たOKに拍子抜けした。なんて話のわかる母だろう。

「ただな、JISQ9100の認証取得って中堅でもまだ取ってないところが多いらしい。ましてやウチみたいな小さなトコはひとつもないらしいわ」

JISQ9100は品質マネジメントシステム（QMS）の国際規格ISO9001をベースに航空宇宙産業特有の要求事項を織り込んだ規格で、欧米では1998年から、日本では2001年から発行が開始されている。品質マニュアルや細部規程などQMSの構築と厳しい審査をクリアしていくのはかなりのハードルで、大半の企業はコンサルタントに支援を依頼している。それでも取得までに10ヵ月～1年はかかるとされる。

この時にはまだ、博信も陽子も取得までに強いられるとてつもない苦労を知る由もなかった。何しろここは「関西」で、航空宇宙産業のメッカ「中部」ではないからだ。

陽子が返す。

「何しろこれを取っとかんとできひん言うんやったら取らな仕方ないやんか。そういえばさっき見学の人が来て言うてたんやけど、三菱にぎょうさん売り込みに行ってるらしいわ」

参考出展して以来、古谷鉄工所には工場見学の依頼が相次いでいた。博信が尼崎に行っている間にも金属加工を行う堺の工業団地から視察団が訪れていた。技術はいくら見せてもおいそれと真似できないから構わないのだが、やっかいなことがひとつあった。それは『治具《じぐ》』だった。治具とは工具の位置合せに加え、工作物の位置決めと締め付け固定する装置のことで、工場独自の手作りである。この治具ひとつで加工や組み立ての精度や生産性の高さが大きく変わってくるため、製造業者にとって最も重要な企業秘密であり、命ともいえるものなのだ。視察の度にいちいち治具を隠さなければならないことが大きな悩みだった。その間、作業を止めるしかないからだ。

この一方で博信は先ほどの陽子の話がひっかかった。ＭＲＪの詳細設計はまだでき上がっていないと先ほど行った住友精密で聞いた。そうすると１００万点とも言われる部品のうち、どれを海外製にするか、どれを国産で作るかはまだ決まっていないはずだ。それなのにもう売り込みに行っているんだと驚いてしまった。

事実、この時期、三菱重工の部品調達を行う部署には中小の製造業者から問い合わせが殺到していた。地元の経済局や商工会などからの要望もあったため、時期尚早ではあったが三菱はこれに対応すべく個別相談を行い始めたのだった。その実態はまさに玉石混淆で、もっと言えば〝石〟のほうが9

割以上という惨状だった。その大半が、自社の得意技術と実績を鑑みても〝どうして航空機部品製造に結び付けられるんだ!?〟と首を捻らざるを得ないケースや、〝何かウチにできる仕事はありませんか?〟といった御用聞きそのものであった。さすがにこれに辟易とした三菱は早々とこの対応を取りやめ、役所の建築局などの受付にあるような営業に来た人のための「名刺入れ」を設置するやり方に変えた。これには「なんだ、エラそうに！　親方日の丸体質が抜けていないじゃないか!!」と批判する輩もいたが、先のような抜き差しならない事情があった。

そもそもこうした事態を招くことになったのは、日本が旅客機製造の表舞台から半世紀近く去っていたことに因る。航空機のトラブルや事故が起きる毎に、FAA（米連邦航空局）は旅客機製造の安全性に関する審査や規定をより厳しいものに変えていった。最後に日本（三菱）がそれに接したのはMU-300の時だ。これ以降は航空機メーカーとしても、国産機を世界に送り出す国としても当事者となったことがないため、どんどん高くなったハードルの内容について知る術がなかった。が故に、三菱は当初記者会見で「国産部品の比率について5割の目標を掲げている」と答えた。旅客機製造から退いてさえいなければ、ルールが年々厳しく変わっていることを知り得たため、いくら優秀な技術があるにせよ、ぽっと出の日本製の部品が実績を重視する型式証明など「安全性の審査」に通るわけがないことくらいは承知していたはずなのである。

本来、こうした〝空白を埋める〟のは国産旅客機計画を打ち出した経産省が、国交省などと連携を密にし、FAAなどから直近の情報を得る必要があったのだが、そこをあっけなく素通りしてしまった感は否めない。鼓舞する気概が先立ったのだろうが、経産省は「MRJの波及効果」、「航空製造産業の将来展望」などと題し、日本がいかにこの成長分野で取り残されているか、ニッポンの優れた技術であれば世界で十分戦える、自動車産業に続く基幹産業になる金の卵である、といった内容の分析リポートの発表に力を注いだ。ところがこれが、航空宇宙産業のものづくりと自動車産業のものづくりを同レベルでとらえる考え方を根付かせることになり、あたかも努力すれば成長産業の航空機部品製造に新規参入できるかのような誤解を生む〝ミスリード〟を犯すことにつながっていった。

アメリカやヨーロッパでさえ、身を切った航空産業生き残りのための大ナタを振るったからこそ、ボーイングとエアバスが二代巨頭として君臨しているのだ。Made in Japanが世界を席巻し、「製造立国・ニッポン」と謳われた時代もあるが、過去の成功体験が通じるほど甘い世界ではない。

ＭＲＪ開発の道を拓いた三菱の橘が自らの苦い経験から「自分たちの考える理屈がまかり通らないことが旅客機開発の世界ではガンガン起こる」とＭＲＪ開発スタッフに釘を刺した理由のひとつでもあるのだ。

製造業者がこぞって三菱へ売り込みにいっているという話に愕然とし、里芋の煮っころがしを箸で突き刺したまま固まっている博信に陽子が話しかけた。

「それよりさっきの航空部品特有の特殊な加工があるっていう話やけど、誰かが来て教えてくれんの？」

「そうそう、住友精密さんのＯＢとかを派遣してくれるとか言うとったから、それもお願いしようかと思うとったんや」

「それこそ何人もおらんやろうから早いとこお願いしといたほうがええんちゃう？」

「せやな。早速、頼んでみるわ」

　この加工技術が実はＪＩＳＱ９１００の認証取得と変わらないほど大変なことになるとは、博信も陽子も想像だにしなかった。

　翌週、住友精密のＯＢがやってきた。

第5章

敗れざる不屈の男たち

イエローカード

機体の詳細設計を上げる社長報告まで1週間を切ったこの日、時計台の建物1階の会議室にMRJ設計部の課長、係長、チーフクラスが集まっていた。精査に見落としがないか、複数の目で最終確認を行うためだ。この会議を以て会社側（小川PM）に設計部の結論を伝えることになる。

山根が司会役としてセンターに座っていた。向かって左の窓側に構造設計グループ、右に装備設計グループが陣取った。総勢12人がコの字型で居並んだ。

「それでは皆さん、よろしいでしょうか？ 資料に沿って説明をして参りたいと思います」山根が口火を切る。

「設計変更は大きく三点となります。ひとつ目が主翼の使用材料の変更。二つ目は前胴・中胴の胴体に関する設計変更。最後はオーバーヘッドビンの変更です」

主翼は、工作部から提供された工作試験用のCFRP製の主翼を使って「張力・圧力・曲げを加える」「集中的に衝撃（打力）を加える」等の強度検査を行ったデータをコンピューターに入力し、安全性審査で義務づけられている強度に達するかどうかをシミュレーションした結果、CFRPでは局面部分にシワ（炭素繊維層の剝離）が発生するなど強度不足が認められたため、アルミニウム合金でいくことが決まったのだった。やはりB787で指摘があったようにFAA（米連邦航空局）やEASA（欧州安全航空局）の審査をクリアするためには補強を加える必要があった。当然、その分機体は重くなり燃費効率が削がれることになる。それ以上に設計部としては不安が残ることがあった。補強を加えた場合、B787の片翼30mではなく、13mのMRJでは飛行中の〝しなり〟が出てこないのではないかというものだ。もしそうであれば流体力学のシミュレーションに入力して弾かれた速度や計算上の燃費効率がかせげないことになる。さらに悪いことが想定された。翼全体で揺れや衝撃を吸収して緩和できないとなれば、乗客を運ぶ旅客機として重要な要素となる快適性が悪くなるのだ。

山根は、今回つくづく、〝生みの苦しみ〟を身につまされた。旅客機製造の実績がないために蓄積したデータを持っていない。そのため今回の主翼もそうだが、たとえ工作試験用の試作であったとしても、実際に作って検証してみないとわからないことが山のようにあるのだ。もっと言えば、世界で初めてとなる13mのCFRP製主翼で飛んだ場合、どんな修正が必要になるのか想像すらできないのだった。これには三菱の設計エンジニアに脈々と引き継がれている特有のトラウマがある。CFRPの主翼一体成形を導入したF－2戦闘機だ。試験飛行の段階になって主翼構造部位に微小なひびが見つかったうえ、強度不足がわかったのだ。翼幅（片翼ではなく翼部分の横幅）10m、MRJと比較にならないほど〝小さな飛行機の翼〟でだ。

飛行機の開発はまさしく、飛んでみなければわからないことだらけなのだが、二度と失敗が許されない国産機計画「MRJ」でそのリスクを負うことは到底できなかった。1年以上前に「基本設計を終了した」と発表したことを考えても既にイエローカードを1枚もらったも同然の不手際と言えた。もしこのまま設計のほうで〝これはマズイぞ〟と思いながらCFRPで突き進んでいって、飛行試験の段階になって様々な問題や修正が生じれば、おそらく型式証明の取得や初号機の納入は軽く2年は遅れることになる。それは2枚目のイエローカードをもらうことになり、新参者のＭＲＪにとっては市場からの「退場」を突きつけられたも同然のことになるのだ。

「設計変更に踏み切るとしたらいましかないでしょう」それが設計部の総意だった。

「……主翼の設計変更についての説明は以上になります。よろしいでしょうか？」

山根が見回す。皆頷いている。

「それでは次の前胴・中胴の変更についてですが、これはその次のオーバーヘッドビンにも関わりますので二つ続けて説明します」

皆、山根から資料に視線を落とすとページをめくり始めた。

胴体の設計変更はＡＮＡやＴＳＨからの要望を反映してのことだった。実はこの設計の見直しでＭＲＪに新たな強力な武器が生まれた。設計としても主翼のマイナス分を十分カバーできるほど鼻の高い成果となったのだが、これが後に開かれる記者会見の主旨を大きく勘違いさせてしまうことになる。

変更の内容はこうだ。胴体の縦径を2・5in（6・35㎝）拡大し、客室の天井高を1・5in（3・81㎝）高くした。これで客室幅・客室高ともにライバル機を上回ることになった。これに伴ってオーバーヘッド・ビンの容積を12％も広くすることが可能になった。新たに引き直した設計で、ＡＮＡやＴＳＨから強い要望があった機内持ち込み最大サイズのローラーバッグの収納を実現させたのだ。

他にも、2ヵ所に分かれていた貨物スペースを1ヵ所にする設計変更があった。詳しくは後述するが、これも新たな武器が二つ生まれる要素となった。ひとつは変更前には大型のスーツケース（53×

79×28㎝）が95個しか積めなかったが、変更後には106個も積めるようになったこと。二つ目は1ヵ所に集約したことでウエ・バラ（機体の重心位置の調整）が行いやすくなったことだ。

これら新たに生み出されたウリは些細なことと思うかもしれないが、購入する航空会社にとってはサービスに直結するため、機材選定の大きなポイントとなるのだ。

山根が説明を終えた。資料にも間違いはなく、メンバーから異論も出なかった。これをそのまま小川PMに引き継げば、とりあえずは設計部の大役は一旦終わることになる。山根の口から思わずため息がこぼれた。

〝それにしても……〟と思う。1年以上前の全体設計ができ上がるまでにもマーケティングリサーチや各航空会社のヒアリングから、「こうして欲しい」などといった要望はあったんだろうが、設計への検討要求という形で個別具体的に上がってきたことがなかった。今回のようにライバル機を意識した細かな部分は言うまでもない。面倒臭さは重々承知なのだが、もっと早くボーイングのようにローンチの航空会社や部品を供給してもらうパートナー企業と協働できていれば、開発スピードも完成精度も格段に上がっていたのではないかと、今回の成果をつかんで初めて身に染みたのだった。CFRPについても然りだ。そうすることで後になってわかる問題を先取りできることもあるし、我々だけでは予期し得ない、思わぬ拾いものだって出てくるはずなのだ。

官需の世界（防衛省の発注もの）では「設計要求」なるものが防衛省技術研究本部（2015年10月1日に防衛装備庁へ集約・統合された）等から細かく指示されるため、言われたこと以外の発展的努力を行う必要はない。それ故に、三菱は（発注元も組織内も含めた）上から指示があるまで動かない、なんとも腰の重い組織体質になっていった。今回の設計変更で山根は、三菱が企画・製造して売り込む民間事業の必要性をまざまざと感じさせられた。

「本日は非常に重要なご報告をして参りたいと思います」

三菱航空機本社1階の大会議室。社長の盛本を始め、ずらりと並んだ経営陣を前に設計の最終報告に立った小川が口火を切った。小川の横には各課の課長たち、後ろには係長ら総勢30人が肩を並べる。8月19日、MRJプロジェクトが大きな節目を迎える「詳細設計」発表の日だ。午後2時、気温は32℃。セミの声はまだ煩かった。今日で真夏日は16日を記録した。

皆に配られた資料のど真ん中に『社長報告』と記されている。その下には『機体設計部』『装備設計部』の文字が並ぶ。そしてその表紙の一番上には「社外秘」の印が押されていた。

この日の報告の場にはテレビ朝日のカメラが入っていた。MRJ特集を放送すべく、6月から密着取材を受けていた。広報の川田が「会議の冒頭5分間だけカメラを入れさせてください」と言ってきたため、盛本が許可を出したのだった。主翼がアルミに設計変更される重要な報告がある可能性が濃厚だったため、盛本が一言、「大丈夫なのか？」と質すと、「もし懸念通りの報告内容だった場合、放送は設計変更の発表後という約束をしています。手元の資料も撮影はしない条件ですし、冒頭5分だとそこに踏み込んだ内容にはならないはずですから」と川田が話したので了承した。

小川はやりにくかった。事前に聞かされてはいたものの、冒頭5分の撮影を甘く見ていた。そもそも今日の報告はMRJ開発の大きなマイルストーンでもあり、この2週間、夜を徹してようやく昨夜でき上がった。今朝は誤字・脱字や数字の間違いがないかチェックするのに手一杯で、報告書の流れ全体を復習する暇はなかった。報告自体は普段からしゃべり慣れているため心配はなかったのだが、問題は発表する内容、その持って行き方だった。子どもが母親に叱られるようなことをした時、いかに怒られることを最小限に食い止められるように話すかを悩む、そんな感じだ。

これ以上ない硬い表情をした経営陣と射貫くようなTVカメラ……ダブルのプレッシャーで喉はカラカラに渇き、首筋には汗が滝のように流れた。それでも第一声を発するとス～ッと気持ちが落ち着いて、次の言葉を考えるだけの余裕が生まれた。

「まず、①が主翼についてのご報告になります。②③が機体の重量とコスト、④がスケジュール、⑤が検討事項ということでお示しして参りたいと思います」

そこで一旦言葉を区切った小川は手元の資料から顔を上げた。すると盛本の顔が目に入りギクリとした。苦虫を噛み潰したような顔とは、こういうことを言うのだろう。それしか形容が浮かばなかった。

固く閉ざしていた盛本が言い放った。

「今日の会議は三つがポイントになるんで……じっくり聞かせてもらうつもりでいますから」

ここでTVカメラが会議室から出された。ただ、ピンと張り詰めた重苦しい空気は1ミリも変わることはなかった。

小川はまず、主翼の素材をＣＦＲＰ（炭素繊維複合材）からアルミへ変更することに決めたことを告げた。次いでそこに至った経緯とそう決めた理由についてまとめた資料に則して説明していった。

「ＣＦＲＰ複合材がＭＲＪに適さない最大の原因は、主翼の形状。具体的には、曲率にあります。Ｂ７８７、Ｂ７７７などの中・大型機の主翼のスキン（筐体《きょうたい》）は曲率がＲ２０００（半径２０００ｍで弧を描いたカーブの状態）とほぼ平らな非常に緩やかなものとなっています」

小川は一旦区切って顔を上げ、盛本や他の役員に目をやった。皆、手元の資料に釘付けだった。小川が続ける。

「これに対しＭＲＪの主翼構造はＲ８００と比較にならないほどカーブが大きくなっています。胴体根元からエンジン取り付け部にかけた湾曲部分がそうで、ここは離着陸や飛行中に発生する振動や張力・圧力が集中し、強度を最も必要とする部分でもあります。このような強いカーブをＣＦＲＰで作ろうとすると，炭素繊維のシートにいわゆる「しわ」ができやすくなります。これを避けるための手段としては、現時点の技術では――①「シートを分割して積層する」②「積層する枚数を増やす」③「Ｂ７８７のように補強材を追加する」などの追加処置を講じて対処はできます。ただそうしますと、機体の質量が増える他にコストがかさむ問題が出て参ります。スケールメリット＝費用対効果で考えますと小型旅客機であるＭＲＪ主翼にＣＦＲＰを使うメリットはなく、逆にマイナスになる――というのが結論でございます」

ここで小川が再び区切った。喉がカラカラだったからだ。手元のエビアンを一口だけゴクッと飲むと一呼吸置いて続けた。

「ただCFRPの成形技術はまだ緒に就いたばかりで、強度や積層手法、流し込む樹脂などの研究や進化は日進月歩の状況です。来年には追加処置が必要ないレベルにまで向上している可能性もございますが、それも希望的観測の域を出ませんから現時点の判断はCFRPではなくアルミにすることが賢明だと判断した次第です」

主翼の設計変更についての説明が一旦終わった。

苦虫を噛み潰したような盛本の顔は幾分か和らいでいた。前回の検討会議からは多角的な検討が為されており、しかもかなり深掘りした内容となっていたからだ。〝現時点の判断〟ということであればCFRP案は捨てるべきなのだが、CFRPの成形技術はまさに日進月歩で、ものづくりに着手する来年にはおそらく剝離（ひび割れ）の問題も強度の問題も解決する可能性もある――と、最新の取り組みについての進捗状況の説明まであった。まさにCFRPは航空の分野だけでなく、あらゆる産業の戦略の要となる素材で、日本が世界に誇る『魔法の杖』である。とてつもない成長が見込まれるだけに、ウィークポイントを攻略していく研究は目覚ましいものがあった。予め説明を聞いていた盛本は〝主翼をCFRPで作る現状の計画でいいのではないか〟と感じたほどだった。

「続けまして――」と小川の主翼の設計変更に関する説明がいよいよ最後に入ってから盛本の考え方の雲行きが変わった。それは「スケールメリット」だ。取りも直さずコスト＝「機体価格」の件だった。実は小川から「詳細設計が上がった時点で一機あたりのコストを詳細に弾き出してみます」と先週報告があった。大まかな概算はプロジェクトを立ち上げる時に小川が既に弾き出してはいたが、かなり大雑把なものだった。当時はまだ「ＭＲＪ」ではなく「ＭＪ」と呼んでいた頃で、機体規模も40～50席から70～90席に変更されたばかりだったからだ。小川がＭＪの立ち上げやＢ７８７プロジェクトに抜擢されて尽力したことは当然盛本も知っていたが、仕事に対する気概、零戦やＹＳ、Ｆ－２開発で粉骨砕身して当たった先輩たちの心に秘められた矜持とはほど遠いのではないかと踏んでいた。いつしか三菱は保守的なサラリーマン社会と化していたからだった。こうした時間のない中、詳細な積算をやってのけるという、いまの三菱の人間らしからぬ熱い思いが込もった発言に盛本はビックリした。剛《はがね》の矜持を感じた。同時に、組織風土が民間意識へ変わりつつある現れかもしれないと微笑ましくも感じた。なので盛本は「そうしてくれ」とだけ告げたのだった。

小川が弾き出した試算は部品ひとつひとつの細部にまでとはいかないまでも、システムや装置といった部類々々に分けて6ページにわたって綴られていた。主翼をＣＦＲＰにした場合とアルミの場合の比較も次ページに載っていた。桁が違っていた。

わかりやすく言うとこうだ。一般的に材料は需要が多くなればなるほど単価が下がってくる。仕入れた材料をほぼそのまま使うのであれば、それが最も安くなる。カットしたり、商品仕様に合わせたラインに切断したりすれば、そうした加工の手間と、生じる端材で値段がハネ上がるのだ。ところが時代の花形である最先端のＣＦＲＰは需要が多くなればなるほど値段が上がっていた。生産が追いつかないためだ。もはや素材の納品先は三菱だけに限らない超売れっ子の素材と化していた。ＣＦＲＰを筐体《きょうたい》に使ったノートパソコンがバカ高いのはそのためだ。特にＣＦＲＰ素材を提供するメーカーの動向を推測すると、大きさが均一化していて圧倒的な使用量となる自動車にターゲットを絞ったほうが、生産拡大に投じた設備投資の回収もしやすいことが挙げられる。月産10機のB787にしてもスケールメリットで言えば自動車に太刀打ちできる比ではないのだ。もっとも、そんな御託をいくら並べようと、アルミと比較すれば価格差は歴然だ。MRJ専用となるA－VaRTM装置の開発費用だって無視できない金額となってのしかかるのである。

もはや軍配が挙がったのも同然だった。製造において値段を持ち出されることほど窮することもないが、それを凌駕するだけの説得力のある材料でもあれば別だ。しかし盛本を始め、他の誰にも返す刀がなかった。盛本は忸怩たる思いでいっぱいだった。誰ひとり異を唱えられる者がいなかった。ニッポンの航空機製造のパイオニアであるこの三菱で。恥ずべき醜態を世に晒すことになるよりも、情けなさが先立った。

〝ふんどしを引き締め直すぞ！〟そう刻んだ。

盛本が忸怩たる思いを抱くに至った十分な理由が三菱内部にあった。

独自開発の9人乗り高級ビジネスジェット機MU－300を手がけ、ボーイングの最新鋭中型旅客機787の主翼設計・製造も受注し、腕に覚えがある飛行機製造のプロ集団として勘違いし始めた三菱・名航内には〝おごり〟が蔓延し始めていた。250人乗りの中型機B787だけでなく、400人乗りの大型機B777の胴体の委託製造も長らく手がけていた名航は、150人乗りの小型旅客機よりも小さなMRJの製造を甘く見ていたのだ。小型旅客機は、主翼と胴体の接合部が小さいことから飛行中の振動などを吸収する余地も小さい。そうした影響を分析するシミュレーション計算や実験、さらに設計をより緻密に行う必要があり、旅客機製造の経験が豊富な欧米では、実は小型機は中・大型機よりも膨大な手間がかかるともっぱらの評判だった。中でも最先端素材のＣＦＲＰをアルミ合金の替わりとして機体材料に使用するのは小型機のほうがより難しいと、エンブラエルやボンバルディアでは早くから踏んでいた。旅客機メーカーとしての経験と実績のないニューカマー・三菱にしてみれば、これも生みの苦しみと言えるのだが、甘く見過ぎたツケと言ったほうが的確だった。

「次にスケジュール全体の説明を致します」

小川が最も重要な「④開発スケジュールの引き直し」の説明に入った。先ほどはＴＶカメラがあったため「スケジュール」としか言わなかったが。

白いブラインドを照りつける日差しが少しオレンジ色に染まって見えたのでチラッと時計に目をやると既に2時間が経過していた。手元に置いたエビアンは空っぽだ。〝もう2本は持ってきておくべきだった〟――反省した。

さらに1時間が経過し、小川のリスケ（スケジュール変更）の説明が終わった。会議室はシーンと静まり返り、全員手元の資料に顔を落としたままだ。その資料にはこう記されてある。

初飛行　２０１１年↓２０１２年４－６月
初納入　２０１３年↓２０１４年１－３月

ＭＲＪ開発は主翼材料の変更により初飛行が半年間、ＡＮＡへの初号機納入が1年間遅延することになるということだ。

やはり旅客機の新造機開発は10年はかかるんだな——盛本はごちた。2004年から要素研究（個々の技術を精査する研究作業）と全体設計が始まった。そこから顧客への引き渡しがちょうど10年かかる計算になる。しかし旅客機開発は初飛行後に必ずトラブルが発生して1〜2年の遅延を生んでしまう。YSもMU－300も、ボーイング機であっても然りだ。願わくば、初飛行前にそれを前倒すような形の貯金の食い潰しはしたくない。信用の失墜もあるが、この時点での遅延の発表は一体どれほどの風評となって影響を及ぼすのか、計算は難しかった。いずれにせよ、大々的に打ち上げたウリのひとつがなくなってしまううえ、それに伴い機体重量が増してしまうマイナス要因が発生してしまうことを、国と顧客のANA、さらにはTSHなど顧客候補へ大急ぎで伝えなければならない。同時にこの設計変更を理解を示してもらうための苦しい対応を迫られることになる。厳しい叱責はマスコミからも当然上がるだろう。

ただ希望もあった。一番は機体価格を抑えられることだ。次に（喜べる話でもないことだが）経験が豊富なアルミによる主翼製造はスケジュールの前倒しを生み出す可能性もあり、いまの時点で1年の遅延を打ち出せば、その1年をバッファ（余裕）として蓄えられることになる。

盛本が気が付いた時には、小川は「⑤検討事項」の説明に入っていた。TVカメラの前ではそう言ったが、資料には「⑤その他の設計変更について」と書かれてある。従前よりANAから要望の強かった「客室空間の拡大」だった。これには構造設計チームと山根ら装備設計が知恵を絞った。

旅客機は座席の床下となる飛行機のお腹にあたる部分に荷物・貨物を積む。専門用語で「ベリー（スペース）」と呼ばれている。リージョナル旅客機の場合、このベリーの大きさを決めるのが一苦労となる。客室内にあるオーバーヘッド・ビン（機内持ち込み手荷物の収納スペース）には容量に限りがあるため、どうしてもベリーが必要になるのだが、人が中に入って仕分けできる大きさにすると、その分客室の床が上へあがることになり、客室空間は狭くなってしまう。これについては前述したが、MRJは通常、客席下にあるベリーの位置を後方へひとまとめにすることで床下を下げ、客室空間をライバル機より広くすると同時に、客室内のオーバーヘッド・ビンの容量も大きくすることができたのだ。この要望はANAだけでなくTSHや他の航空会社からも出されていた。裏を返せば、リージョナル機の世界を牛耳るエンブラエルとボンバルディアが、長らく顧客に耳を傾けてこなかった証左とも言える。

いかにニーズを拾い上げ、それに迅速に応えることができるか——ゼロから開発に入るMRJだから痒いところに手が届く対応が可能なのではない。寡占状態は競争を生み出しはするものの、一方では硬直化を招いてしまうデメリットもある。いい喩えが、楽天とヤフーだ。お互いに客の囲い込みこそ猛烈に行うものの、カスタマーが大喜びするような（＝互いにやられるととっても嫌な）頭抜けた戦術だけは長らく取らずにきた。消耗戦になるからではなく結構な人と金の投入が必要になるからだ。互いにビジネスがうまく運んでいれば手を付ける必要はない——と寡占の当事者は（一般的に）そう考える。ところがその寡占状態を打ち破るべくして、アマゾンが2強が行わないできた驚異（2強にとっては脅威）のカスタマーサービスを次々打ち出すと、状況はガラリと一変した。これと同じ構図だ。エンブラエルとボンバルディアは、機体構造の設計に関わる根幹をなす部分（＝手間暇と金がかかる面倒な嫌なこと）に手を付けてまで進化する必要がないような非常にいい関係を保ちつつ、盤石な君臨体制を維持してきたのだ。かくして三菱はアマゾンと同じく、長らく変わらずにいたリージョナル旅客機製造の世界に一石を投じる役目を担い、カスタマーから大きな期待を集めることとなったのだ。

時計台の建物は大会議室の窓だけ煌々と灯りがともっている。詳細設計の発表が終わったのは午後8時半。なんと6時間半も続いた。その間、15分間ほどの休憩が4時過ぎと6時過ぎに二回あっただけだ。6時間半の中で小川は三分の二の4時間ほどしゃべり続けた。終わった時には、深酒をした翌朝のように喉がヒリヒリと痛むほどだった。エビアンは6本も飲み干した。

盛本の眼鏡奥にある目は赤く充血していた。憔悴し切っていた。今日ほど目まぐるしく頭を回転させた日もないと思うほど脳を使った。またかなりの発言もした。詳細設計については再精査を要する細かな点がいくつかあり、今月末までの10日間で確認・修正作業を行い、再提出することになった。これより先に、この数日中で顧客への説明資料を作成するよう命じた。1年間の遅延となる開発スケジュールの変更は9月9日に記者会見を開くことに決まった。もちろん、開発が1年遅れる理由——主翼に使う素材をCFRPからアルミに変えることで設計変更が生じたことなど——も併せて発表する。批判の嵐に晒されることになるだろう。でもそんなことよりも、いま盛本の頭の中は、顧客へどのように伝えれば理解を得られるか、そのことで一杯だった。先ほど経営トップとして「設計変更」という苦渋の決断を下したばかりだ。しかし未だ完全には納得していなかった。〃これでいいんだろうか？　もっと皆で考え抜けばCFRPで行ける道が拓けるのではないか〃そんな思いが交錯していた。そんな状況の中で説得する理論武装など組み立てようもない。

兎にも角にも来週の初めから経産省などステークホルダー（株主や取引先などの利害関係人）への説明まわりをしなければならない。さらにTSHを筆頭に欧米の顧客候補＝航空会社の元へ皆で手分けして渡航し、説明に出向かなければならない。

〃まずは今週中に自分の頭の中をキチンと整理しよう〃——盛本はロッカーから上着を取り出して袖を通すと帰宅準備を始めた。今日は一旦眠りに就くと、二度と目覚められないのではないか——なぜかそう思った。

ピンチをチャンスに変えろ！

8月末、盛本と高木は米シカゴのホテルにいた。TSHのリックに主翼の設計とスケジュールの変更が出たことを伝えに来たのだ。リックが代表を務めるTSHのヘッドオフィス（本社）はシカゴから飛行機で1時間半のところにあるミズーリ州セントルイスにあるのだが、リックは所用でシカゴに滞在していたため、ここで落ち合うことになった。リックが宿泊していたのは「ザ・ランガム シカゴ」。近代建築の巨匠ミース・ファン・デル・ローエが建てたIBMのビルをホテルに改装してオープンし、床から天井までの大きな窓が特徴だ。Traveler's Choice Award でナンバー1を受賞するなど人気を集めている。複数の地下鉄が乗り入れるステート・レイク駅から徒歩約5分、シカゴ市内中心部に位置し、何をするにも便利な場所にある。地中海建築の52階建て高層ビルの〝12階までがホテルフロア〟という少し残念なところもあるのだが、従業員のホスピタリティーは素晴らしく、モダンな客室からは素敵な川の眺めとミシガン湖やGrant Parkを見渡すことができる。

盛本と高木は一旦ロビーで待ち合わせた後、歩いて2分ほどのところの予約したレストランに移動して話をする旨をリックに伝えていた。今回の訪問についてリックにアポイントを取る際、設計の変更とそれに伴い生じることになったスケジュールの遅延については既に話してある。高木が日本から電話したのだが、リックはさして驚いた様子を見せなかったと盛本は聞いていた。ただそれがどちらを意味するものかはまったくわからなかった。名古屋でのあの晩、一応の〝契り〟は交わしたものの、機材導入の候補としてMRJを考えてはいるが真剣に契約までは考えていなかったか、あの時話してくれたとおり三菱を信用してくれていて信頼関係が築かれているのかのいずれかだ。前者にせよ後者にせよ、今回のことはカスタマーにとっては悪い知らせ以外の何物でもない。できることは事実を詳《つまび》らかにして誠心誠意務めるしかない。

リックがエレベーターから姿を現した。盛本と高木はサッと立ち上がると、いつものフレンドリーな挨拶ではなく、やや深く一礼してから歩み寄った。

「……話はよくわかったよ。ありがとう」リックが盛本と高木を見つめながら答えた。表情は険しくもなく穏やかなものでもなく、淡々としていた。

「まずはこれを食べないか?」とリックが声をかけ、三人は既に配膳されていたAppetizer（前菜）

のBlue Crab Fingers（渡り蟹の爪）とシーザーサラダ、そしてフィッシュ・タコスをそれぞれ取り始めた。三人が懇談したのは「Shaw's Crab House」という人気のシーフードレストラン。ザ・ランガム シカゴから徒歩2分、1940年代スタイルの店内はシックな雰囲気で、メインダイニングルームとオイスターバーに分かれている。2階にはパーティールームとプライベートルームがあり、盛本と高木はプライベートルームを予約したのだった。

Blue Crab Fingersはクラッシュされた氷の上にカニの爪がギッシリ並べられていて、ひとつひとつはそれほど大きくないが新鮮でプリプリした身がギュッと詰まっている。ほのかにツーンとくるホースラディッシュ・ソースをつけて食べる人気の一品だ。シーザーサラダもアンチョビを効かせた逸品で他では味わえない。意外なのがフィッシュ・タコス。柔らかいコーン・トルティーヤに、ティラピア・イエローツナ・メキシカンシュリンプの三種類を食べられるコンビネーションで、三人が店に入った1階ではほとんどの客がこれを注文していた。

三人は「うまい、うまい」と舌鼓を打つと、あっという間に平らげた。フィンガーボールで指を洗ったリックが切り出す。

「旅客機の開発はエンブラエルでもボンバルディアでも1～2年の遅延はザラ。まったくのゼロベースから開発する新造機であれば、あのボーイングやエアバスでさえ2～3年は遅れるから、三菱がこの段階で1年の遅延を出すのは当たり前だと思うし、織り込み済みだから心配はしていないよ。ただ……」

リックが一旦話を区切り、表情を変えた。盛本と高木がゴクリと喉を鳴らす。

「主翼がCFRPでなくなってしまうのはちょっと痛いね。ウリのひとつだったから。ただ、いま実に細かな部分まで説明してくれたのでよくわかった。アルミの場合と比較した場合の優位性をトータルで考えるとそんなに差がないのであれば仕方のないことだと思う。CFRPにこだわり続け、開発の最後のステージ「Type – Certification」（型式証明の取得作業）で思わぬ設計修正が出たりすると我々も事業計画に大きな影響が出てしまう。だからその懸念が少しでも生じた段階で排除した今回の決断は素晴らしい判断だと思うよ」

リックはそう言うと二人に笑顔を向けた。

CFRPの主翼は巡航飛行に入らずとも〝しなり〟がいいことがわかっていた。先進技術を駆使した空力シミュレーション上でもその効果による燃費の向上が弾き出されていた。ただ強度の面では不安が残った。型式証明取得の段階で強度不足を指摘され、補強する必要が生じれば、機体重量が増す上にしなりが弱くなって、アルミの場合と燃費効率が大差なくなる。さらに悪いことに価格も高くついてしまう。今回の設計変更では当初謳い上げた燃費20％向上を維持すべく、客室下部の貨物室を機体後部に集約して前部胴体をスリムにし、空気抵抗を小さくする設計の底力が光った。盛本と高木がこうした問題への対応と改善のアイデアを丁寧に説明すると、リックは「GOOD!」と言って親指を立てて見せた。リックには『ピンチをチャンスに変えられるメーカー』、もっと的確にわかりやすく諺でたとえるなら「All is fish that comes to the net」（転んでもただでは起きない）と映ったのだった。

ただし（これはリックには話していないことなのだが）、今回の機体の詳細設計ができ上がったことによって、すべてが精査されたわけではない。主翼構造自体が変わることによる強度の精査――主翼と胴体を接続する部分の再検証や構造材のつなぎ合わせ方、それに伴うリベットの量、それらによって重さが変わってくる等――は、この時まだ開発途上にあり、紆余曲折の最中にあったボーイングからの委託生産である787を除き、三菱がこれまで手がけたことのない大きさのため、設計の細かな修正作業がこれから生じたり、エンジンに次いで重量がある脚部についても強度と重さのギリギリの線を求めるせめぎ合いを残したままだった。実はこれが後に「見通しが甘かった」と猛省する、相次ぐ遅延の要因につながっていった。よもやそうなるなどとは、この時盛本も高木も夢にも思わなかった。

「OK！　それでは結論に入ろう」

サブメインとして頼んだお店のお薦めのひとつ「Avocado & eel MAKI」（アボカドとうなぎの巻き寿司）の配膳が終わり、ホールスタッフが部屋を出るとリックは人差し指を立てながら発した。

「100機。確定50機、オプション50機の100機を発注したいと思う。これまでも十分話し合ってきてはいるけれども、初めて世に出る旅客機だから、パイロットや整備に関する条件も文書化してまずは覚え書きを交わそう。おそらく1ヵ月あれば合意に至る内容にすることができるだろう。会見を9月9日に考えているなら、ちょうどその後になるからタイミング的にはいいんじゃないかな」

リックは9月9日のネガティブな会見にまで配慮して考えていたのだ。盛本と高木は感極まった。

感激で言葉もなかった。

「本当に勇気の要る決断だったと思う。それをいち早く駆け付け、本当によく話してくれた。ありがとう。国内ではＡＮＡがローンチ（カスタマー）、海外ではうちがローンチになる。一緒に世界をアッと言わせる飛行機にしていこう！」

リックはそう言うと立ち上がって、盛本、そして高木に握手を求めた。二人は「Thank you so much!」と躍るような声で感謝を示しながら、リックの手を両手で力強く握りしめた。

隣のプライベートルーム（個室）から「♪Happy Birthday to ……」と誕生日を祝う歌声が流れてきた。盛本と高木にはそれがまるで同士の誕生を祝うかのような祝福の音色に聞こえた。

〝なんなんだ！　この会見は……〟漫画の吹き出しでもあればきっと、１００人近くが詰めかけたマスコミの全員の頭の上に、そう浮き上がっていたに違いない。呆れ返る記者会見だった。

9月9日、品川・三菱重工東京本社。主翼の設計変更に伴うＭＲＪ開発スケジュールの見直しを発表する記者会見が開かれた。ＭＲＪにとっては実に２００8年3月28日以来、いや、同年6月の英ファンボロー国際航空ショー以来、日の丸ジェットＭＲＪの久々の発表ものとあってＣＮＮやブルームバーグ、ウォール・ストリート・ジャーナルなど海外メディアも詰めかけていた。〝詳細設計を終了したらしい〟という情報だけは9月に入ってから一部のメディアの間には駆け巡っていたため、その発表といよいよ部品製造に入るという記者会見だろうと予測していた。

開始直前、この日の会見内容が記された資料が配付され、席を埋め尽くした記者に行き渡ったのが確認されると司会役の広報担当が切り出した。

「三菱航空機では昨年4月の営業開始以降、世界市場で積極的な販売活動を展開して参りました。航空会社各社からは日本が造る航空機ということで極めて高い関心と期待を頂いており、大きな手応えを感じております。三菱航空機ではお客様から頂いたご意見を検討するとともに、先進技術に関する最新の知見を踏まえ、ＭＲＪをベストセラー機にするための機体仕様をこの度確定致しました。設計作業の追加により、初飛行を２０１２年第２四半期に、初号機納入を２０１４年第１四半期に見直しますが、今回の仕様確定により、ＭＲＪのセールスポイントである『高い環境性能』『快適な客室』『優れた運航経済性』という3点が更に強固になり、世界市場での販売拡大につながることを確信しております。皆様の変わらぬご支援をよろしくお願い申し上げます」

マスコミが色をなしたのは冒頭のこの発言からだった。

素直に「主翼設計に思わぬ問題が生じたため開発スケジュールを1年遅らせます」とすればよかったものを、あたかも自分たちに非のない、積極的自発性を持ってレベルアップしたように見せる〝世間をバカにした会見〟をやってしまった。実につまらぬ意地を張ったのだ。設計変更の具体説明は小川ＰＭが行ったが、①客室空間の拡大②貨物スペースの統合③主翼の材料変更という順番で、まさに開いた口がふさがらない惨状だった。

質疑応答に入ったとたん記者たちは一斉に手を挙げ、次々と容赦ない質問を浴びせた。

「いつ頃、炭素複合材（ＣＦＲＰ）ではできないとわかったのか？　当初計画の段階でそれがわからなかったのか？」

「軽量化できなくなり、燃費2割向上を謳ったMRJのウリがなくなる。どう売っていくのか？」「初飛行と初号機納入がほぼ1年ズレ込むことになってしまったわけだが、そもそも論で計画が甘かったという認識はないか？」

発せられる質問は主翼の設計変更と開発スケジュールの遅延についてばかり。会見中に早々と「MRJ1年の開発遅れ　原因は主翼の設計変更」などの見出しでウェブに速報が流された。普通は会見直後に流すものだが、あまりの往生際の悪さに我慢ならなかったのだろう、リアルタイムで質疑が進んでいる会見場から直に写真とともに発信されたのだった。

盛本はずっと針のむしろに座った思いでいた。

「この内容で会見したいと思います」と広報から見せられた時、思わず眉を顰《ひそ》めた。虫が良すぎると思ったのだ。親である三菱重工サイドと摺り合わせをして落着した内容なのだろうが、〝三菱の常識〟が世間に、ましてやマスコミにまかり通るとは到底思えなかった。しかし親の頑なな姿勢は想像もついていたし、こうした〝重要なお知らせ〟に値するリリースものは一人だけ異を唱えてもひっくり返るものではないこともわかっていたため、「そうですか」と一言返しただけで済ませたのだった。

しかし発表のやり方はやり方として、盛本は腐ることはせず、今回の決断を下したトップとして質疑には自分の言葉で返した。

この会見に先立って行ったステークホルダーへの報告の際には興味が機体重量と燃費にフォーカスされたため、ひとまず弾き出していた数字を伝えた。だが、主翼と脚については設計の精査が十分とは言えないため、この会見については「機体重量の質問が出た際には〝今回の設計変更によって詳細設計ができ上がるのが来夏頃になる見込みとなったため、それまではわからない〟と答えよう」と盛本は小川らと打ち合わせして決めていた。幸いなことに重量についてはそれ以上、深掘りされることはなかった。

ある意味、批判の矢面に立たされた盛本だが、図らずも心を痛めた質問があった。それは受注がないことに関してだった。昨年の3月から1年半近くゼロのまま。当たり前のことなのだがそれを最も気に病んでいた。力不足は認めざるを得ないところなのだが、あからさまに第三者からズケズケと言われるとさすがに傷口に塩を塗られる思いで不快だった。ゴール目前のTSHの発注契約のことが喉から出そうになるのを必死に堪えた。

〝あと2週間の我慢だ。これを乗り切れば追い風が吹く〟——そう自分を鼓舞した。

開発スケジュール延期の波紋

一方、小川は〝難しいな〟と感じていた。対外的に露出するのは今日が初めてだ。自分の役割である技術的な説明には自信を持って臨んだのだが、質疑の間中、専門家ではない記者たちとの間に生じる齟齬と乖離は、まるで言語が違う人種間に生じるそれに匹敵するほどに思えた。そもそもCFRPは進化の真っ只中にある先進技術であり、それを機体に投入するB787とMRJが旅客機史上最初となるのである。防衛省発注もので言えば「先進技術実証機」のような大いなる挑戦だ。ついこの間まで自分もB787プロジェクトを束ねていたが、MRJのような曲率の主翼にはひび割れが生じる可能性が大きく、向かないなんてことは知る術もなかった。念には念を入れてみようと、工作部が実際に試作して強度検査など検証してみて初めてわかったことなのだ。小川はそれを素人でもわかるように易しく丁寧に説明したのだが、記者の質問のいずれもがＣＦＲＰは万能な素材『魔法の杖』となって擦り込まれているため噛み合うことがなかった。しかもそのＣＦＲＰの素材も三菱が開発・製造していると思い込んでいるため余計に質《たち》が悪かった。

小川は経験・知見不足を指摘されても致し方ないと思っていた。けれども技術理解に齟齬が生じたままでは、機体の重さやコストも含めて判断を下したトータルメリットがすっ飛ばされて、ただ「三菱の甘さが遅延を招いた」とひび割れの可能性に今頃気付いたことだけがことさら強調されて書き立てられることになる——という危惧を抱いていた。もちろん、設計部が一流の腕を振るってライバルに勝る新たなウリを生み出したことは雲散霧消と化す。そんなネガティブな部分だけを切り取ったニュースが世界中を駆け巡ることになれば、一瞬にして三菱の信用を失墜させる風評を呼び起こし、受注に大きな影響を及ぼすことになるに違いない。そこに小川は苛立ちを覚えていた。

「それでは予定時間も過ぎていますのでこの辺で会見を終了したいと思います」

司会が会見を締めた。予定より10分押した1時間10分だった。記者たちはそのまま席に居残るとノートパソコンで速報の原稿を機関銃のように打ち込み、デスクに送信した。かくして各社の速報は小川の危惧した通りの見出しと内容とともにウェブを駆け巡った。マスコミはなぜか問題が起きた複数の〝要因〟をひとつだけの〝原因〟にしたがる。さらにネガティブなニュースほど尋常ではないスピードで拡散していくのだ。そして早くもその夜のうちに航空マニアたちのHPには「悲報」扱いで派手な文字が躍った。

『MRJ初飛行・納入が1年延期　設計変更で〝普通の旅客機〟に』

そしてMRJ開発の遅延発表は三菱サイドが予想した以上に波紋を広げていった。


朝7時、羽田空港。ANAパイロットの本多はステーション・コントロール・ルームでコーパイと一緒に、今日最初の飛行となるナビゲーション・ログ（航空路や高度などの飛行計画）の確認や気象・航空情報、燃料、ウエ・バラ（重心位置）、積載物のチェックなどを行っていた。搭乗前に六つの安全性を確認することは航空法で定められている。アルコール検査は到着して最初に済ませている。

今日のフライトは243便、8：20羽田空港発、福岡空港行きだ。機種は最も大きいB777。国内線では千歳、伊丹、福岡、沖縄など利用者が多いいわゆる〝ドル箱路線〟で使われる機材だ。

チェックを終えたとたん、すかさずコーパイが聞いてきた。

「本多さん、今朝の新聞見ました？」

むろんMRJの遅延のことだ。すぐにわかった。

「MRJだろ。先々週説明に来たらしい。俺は昨日の朝知らされたけど」

コーパイのほうを見もせず、本多はブスっとして答えた。

本多はコックピット開発の確認のため毎月二回、名古屋の三菱へ行っていた。この前行ったのがちょうど2週間前の27日だった。その時にはそんな話は微塵も出ていなかった。それもそのはず、三菱がローンチのANAに設計変更と納入延期の説明に訪れたのが翌28日だったからだ。その場に本多は居合わせなかった。役員クラスだけの極秘対談だったからだ。内容が内容だけに一種の箝口令が敷かれていたため、情報はその後、社内を駆け巡ることは一切なかった。

本多は昨日の朝10時、毎月一回行われるMRJ社内会議を終えた直後に整備部長の中谷から聞かされた。ANA整備センターの中谷拓郎はボーイング787の開発に際し、ボーイングと航空会社が協働して開発を進める「ワーキング・トゥギャザー」のチームメンバーとして、2004年から4年間、シアトルに駐在した。その間、機体の胴体や主翼、ランディングギアなど構造整備に携わり、開発の大変さを身を以て経験した。MRJ開発がいよいよ本格スタートを切ると、今度はMRJプロジェクトメンバーとして投入された。当然、住まいなど拠点は名古屋だ。ただ、本多と名古屋で会うことはほとんどない。小林は機体や構造設計との協働が主で、コックピット・操縦系はタッチしていないからだ。そうした理由から情報を共有する目的で月一回の社内会議が持たれることとなった。

「本多さん、今日記者会見を行うらしいんですが、MRJ、主翼に設計変更が出て納入が1年遅れるとのことです」

「本当かよ。何でまた……」本多が吐き捨てるように答えた。

歩きながらできる話ではないため、喫煙ルームに向かう本多に付き合う形になった。中谷はヘビースモーカーの本多とは真逆で大のタバコ嫌いだ。話しかけるタイミングを間違えたと後悔しながら、中谷は伝え聞いたことを話した。

「ふ〜ん。で、ウチの上のほうの反応は?」

「それがですね……」

実はANAはこの時、B787の初飛行が間近に迫っていて手一杯の状況だった。上層部の反応は「数年も先となるMRJは二の次!」という実に素っ気ないものだった。何しろ787はANAが767の後継として並々ならぬこだわりをボーイングに示した、まさに社運を賭けた事業戦略の柱。2007年4月、山元峯生社長(当時)が787を50機購入する費用6000億円を調達するため、国内13の直営ホテルを米証券大手のモルガン・スタンレーに総額2813億円で売却する大ナタを振るい、世間をアッと驚かせた力の入れようだった。いくら国策に与するMRJプロジェクトとはいえ、フルサービス・キャリアにとって本業の中核を為すのは国内・国際線ともに中・大型旅客機だ。プライオリティー(優先順位)は小型機MRJよりも中型機787が明らかに上。上層部の冷たい反応も当然と言えば当然だった。

「しばらく(我々は社内的に)蚊帳の外だろうな」

本多がボソッとそう言うと、中谷は肩を竦《すく》めて見せた。二人とも国産機に思い入れが強い分、面白くなかった。


ミーンミンミン……9月だというのにまだセミが鳴いていた。しかも朝8時だ。

古谷鉄工所の専務、博信は今朝は7時に工場へ出てきていた。加工したアルミの部品を7時45分に出荷しなければならなかったからだ。7時30分に来た2トントラックの荷台に博信はフォークリフトを器用に操り、次々と部品を載せていった。乗り物全般の運転が大好きな博信は昔からフォークリフトの運転を自ら買って出ていた。積み込みはわずか15分で終わった。

フォークリフトの座席に座ったまま博信は新聞を広げ、ずっと眺めていた。

〝参ったな……〟

「MRJの開発スケジュール延期」の記事の見出しを朝日が照りつけていた。鉄工所の社長であり、母でもある陽子に「MRJの部品製造に挑戦したい」と、航空機部品製造に不可欠なJISQ9100の認証取得を願い出たのがついこの間のことだ。航空機の部品は特殊な加工が多いことから、発注元となる（であろう）住友精密工業にOBを紹介してもらい、1週間前から技術指導に来てもらっていた。

「1年遅れ」「離陸なるか⁉」不安をかき立てる文字が躍る記事をぼんやり見つめながら、早まったかなと考え込んでいた。ニュースは昨日のテレビで知っていた。込み入った話になるのはわかっていたため母とは電話で話すのではなく、今日工場で話そうと決め込んだ。ただ目に飛び込んでくる新聞の記事は、サッと流れてしまうテレビと違うインパクトがあった。一文字一文字が頭に引っかかる。

OBは「旅客機製造は開発の遅延がつきものやから町工場にとってリスクは高いと思うよ。けどもな、一度（受注が）決まると20〜30年は続いてく手堅さがある上に、他の部品製造にも受注が広がる可能性も高いんや」と2週間前の来た初日に、まるで昨日のことを予言していたかのように話した。

博信はその言葉と将来の危惧を挙げた記事を反芻していた。

「どないしたん？」社長であり母でもある陽子が出勤してきた。

「MRJ、1年遅れるねんて」博信はそう言うと新聞を陽子に渡した。

「昨日、ニュースで見たよ。仕方ないやん。これぱっかりはどうにもならんことやから」

「先行投資して、このまま続けてもええんやろかって思うてな……」

「(工場を支える)柱の仕事がないんやったら考えるけど、それくらいの余裕はあるんやから、そのまま進めればええんちゃう？　認証も特殊加工の技術もその時になってやり始めたって遅いわけやし、持っといてもこの先損はないはずやろ？　初志貫徹!!」

古谷鉄工所の役員会議は2分で終わった。名付けるなら〝フォークリフト・ミーティング〟か……いや、こういうのをまさしく井戸端会議っちゅうんやろな。男の博信からすれば、母、陽子はつまらんことでくよくよ悩むくせに度胸が据わってる、つかみ所のない女《ひと》だった。けれども話はわかるし、何より大きなことの決断が早い、尊敬できる社長でもあった。

「なぁ、これは？」

陽子が紙をひらひらさせながら聞く。

〝あっ、しまった！　さっきの納品の伝票、渡すの忘れとった！〟

部品を積み込む間中、頭がすっかりMRJのほうに行っていたのだった。急いで博信はフォークリフトから飛び降りた。その時、近くにいたセミが急に鳴き止んだ。博信はふと思った。

〝9月のセミって本当は7月か8月の夏真っ盛りのぎょうさん仲間がおる時に地上へ出たかったのに、地中に7年も過ごす間に体内時計が壊れるか何かして遅れたんかなぁ。今頃遅れて出てきても嫁さん候補なんかおれへんのちゃうか？　なんかMRJもセミと一緒で、延期を繰り返してデビューしたと

きには、時すでに遅しってことにならへんかな……あ！　いけないいけない。こんなこと考えちゃアカン〃

博信は打ち消すように頭を振った。時折、パッと浮かぶ博信の考えは意外に当たることが多かったからだ。だからといって占い師になろうとは一度も思ったことはない。

悲願の大型受注契約

窓から見える庭園には手入れされた木々が10月に入ったと感じさせないほど青々と茂っている。その葉は霧のようにシトシトと降る雨で濡れ、時折滴を垂らしていた。

盛本はその様子を微笑ましく眺めていた。雨模様とは対照的に気持ちは実に晴れ晴れとしていた。つい先ほど悲願だったＭＲＪの受注を獲得したからだ。しかも１００機。大量だった。発注したのはＴＳＨ。リックが約束を果たしてくれたのだ。確定50機＋オプション50機。購入に関する覚え書きにサインした盛本の手は、感動と緊張で震えていた。これでＡＮＡからの受注25機（確定15、オプション10）を合わせ、ＭＲＪの合計受注機数は１２５機（確定65、オプション60）となった。１時間後には階下の大広間で受注の記者会見を開く。

覚え書きを締結した直後、リックと共にスタッフ皆でシャンパンで乾杯した。その時リックが言った「リージョナルの世界にとどまらない航空史を飾る素晴らしい旅客機だ」という言葉が盛本の耳に残る。盛本は事ある毎に「これが日本にとってラストチャンス」と言い続けてきた。2月、三菱航空機の社長に就く時、決して大袈裟でもなく、死力を尽くして闘おうと覚悟を決めた。この8ヵ月が長かったのか短かったのか、イバラの道だったのか、この後の会見で話すために思いを巡らせたのだが、本当にどれもピンと来なかった。1年半ぶりの、しかも100機もの大量受注に皆湧き立った。ただ盛本には諸手を挙げて喜べるほどの高揚はなかった。自身が背負《しょ》った目標500機にまだまだ遠く及ばず、今日の日はひとつのマイルストーンに過ぎないからだと気付いた。

勝って兜の緒を締めよ――ふと先人の言葉が脳裏を過ぎる。まさにいまの自分の心境をピッタリ現していた。浮かれた発言は会見では慎むべきだだろうと感じた。何しろ、つい3週間前に開発スケジュールを1年延期したばかりなのだ。そう思いを決めた時、ドアがノックされた。

「盛本社長、ぼちぼち会見です。準備はよろしいですか？」

広報の川田と部長の内藤だった。壁の時計に目をやると会見20分前だ。盛本は40分もあれやこれや思いを巡らせていたのだった。

「挨拶はまとまりましたか？　持ち時間は3分ほどですが」内藤が訊ねた。

広報部長の内藤はナイスミドルの言葉がピッタリくる男だ。会社にはシャレた自転車で通勤し、お昼の時間にはジョギングウェアに着替えて5km走るのが習慣となっている。東京・丸の内ではよく目にする光景だが、名古屋の大江ではかなり浮いてしまう。肌の色は日に焼けて真っ黒。身体は50歳前とは思えないくらい引き締まっている。ミラーレンズのスポーツサングラスをかけているため、ジョギングから帰ってくると協力パートナー会社のボーイングの社員とよく勘違いされるほどだ。こうしたライフスタイルと容貌から女性記者に人気があり、社内のファンも多い。

「(マスコミは) 結構集まってるの？」盛本が聞く。

「9日の（遅延発表）会見の半分程度ですかね……天気も悪いですし」川田が答える。

「やっぱり3週間前のスケジュール延期が響いてるのかな……」盛本がぼそっと呟く。その脳裏には先日の針のむしろのような記者会見が赤裸々に甦っていた。「こんなに応援してるのにだらしがない！」、「三菱のくせに甘いんだよ！」と100人から放たれるた射るような視線に体中が穴だらけになったようにたじろいだ。

それだけ国民の期待を背負っていたんだと、改めて身につまされた。川田から今日はマスコミの数が少ないと聞いた瞬間、内心では、愛想を尽かされたのではないかと不安になったのだ。

そうした表情を読み取ったのか、すかさず内藤がフォローを入れた。

「それはないと思いますが…… 今回100機と（契約は）大型ですが、相手のネームバリューもあるのかも知れませんね」

マスコミ各社には今日の会見の内容を数日前に伝えていた。もちろん「会見後に解禁」との条件付きだ。その際にも聞かれたのだが、今回発注したTSHという会社自体がどうも皆ピンときていない様子だった。「それは航空会社なんですか?」と。「傘下に航空会社三社を持つ北米のホールディングスです」と説明したのだが、ユナイテッドやアメリカンなど名が知れ渡った航空会社とは違い、説明を必要とする扱いにくい会社と受け取ったようだったのだ。さらに一般紙やテレビの記者はいくら国交省の記者クラブの人間であっても航空の専門家ではないため、受注に関する内容も伝わりづらいところがあった。ANAから25機受注した際にも、その内訳「確定15機、オプション10機」について各社から説明を求められた。「それじゃ正しくは15機なんですね？」と詰め寄ってきた記者もいたほどだ。あくまで『確定』が正式注文になるのだが、『オプション』は旅客機市場では非常に重要な〝約束〟となる。一機あたりの値段が高額でドルが基本であるため、為替相場の変動に大きく影響を受けるからだ。

旅客機は発注から納入までに何年も時間がかかる。そうするとその間に為替の相場が大きく変わる可能性がある。ある国の航空会社にとっては高くなったり、また旅客機製造国の物価が上昇し部品代が高騰して旅客機の価格が高くなったりすることが生じる。さらに「発注契約そのものを白紙に戻したい」となる内乱などの社会変動も発生する。過去の歴史が示しているように、世界同時不況など起きようものなら搭乗客が激減し、導入予定の旅客機そのものがその時にいらなくなったりもするのである。

そうしたイベントリスク（ネガティブな外部要因）に対応すべく、旅客機を購入契約する場合に発注のキャンセルができるオプション契約が存在するのだ。実際には確定の金額にいくらか上乗せしたお金を払うことになるのだが、上乗せした金額はオプションの機数分よりも遙かに安いものとなる。

さらにオプションには期限がある。たとえば期限内に発注者が「もう何機か欲しい」とオプションの機数内で確定発注した場合には、その時に物価が高くなっていて一機当たりの価格が凄く高くなったとしても、オプション機数分は最初に契約した価格で売らなくてはならない。当然「いらない」となった場合には上乗せした分をドブに捨てることになる。多少余分なお金を払ってでも将来の機体価格の上昇・下落のリスクを回避する契約――それがオプションなのだ。

「リックもいるけど、喜びは抑えたほうがいいかな？」盛本が聞く。

「ただ先日の発表を踏まえたうえでリックさんが決断した発注ですから、感謝を込める意味でも素直に喜びを表したほうがいいと思いますよ」内藤が答えた。

すかさず川田が笑いながら割って入った。

「間違っても〝勝って兜の緒を締めよ、といった気持ちです〟とか社内訓示のような四角四面なことは言わないでくださいよ。〝各位一層、奮励努力せよって発破をかけてます〟って言って記者に呆気にとられたこともあるんですから」

盛本が鼻を鳴らした。本当に可愛げのないヤツだ……心の底からそう思ったのだが、ここは従うことにした。

「さぁ、ぼちぼち下へ降りましょうか」三人は控え室を出て会見場へ向かった。

「リックさん、ＭＲＪのスポークスマンみたいでしたね。ライバル機に比べて客室が広いとか、低燃費で環境にも優しい優れた旅客機だとかセールスポイントをすべて言ってくれましたからね」

内藤が盛本に話しかける。

盛本が目を細めながら大きく頷く。ＭＲＪを賞賛してくれたリックのスピーチは盛本にとって本当にありがたい限りだった。

会見は盛況のうちに終わった。他の企業の発表会見とダブっていたこともあって、出だしこそ50人足らずだったが、最終的に70人ほどのマスコミが駆け付けた。リックは発注を決めた理由をまるで三菱航空機の社員の如くＭＲＪのウリをスラスラと並べ立てて答え、賞賛した。セールストークの内容は盛本のほうが見劣りしたほどだった。

つい先ほど、リックは高木のエスコートで一旦ホテルに戻った。残った盛本ら三菱航空機の社員は会見場とは別に用意してあった懇親会の会場で１００機受注発表の余韻に浸っていた。マスコミは20分ほど前に既に退散していた。

質疑に熱心だったのはロイターやAFPなど国際的な通信社だった。「旅客機の製造国」という航空の表舞台から長らく日本は遠ざかっていたこともあって、全国紙やテレビは１００機の意味合いがピンときていない様子だった。むろんＴＳＨにとっては社運を賭けて勝負に出たことになる。航空関連の取材に長けている海外メディアはリックにとって〝一体、何が大量発注を下す切り札になったか？〟を知りたかったようだ。いくら日本の三菱に技術力があるとはいえ、旅客機を丸ごと1機造って売ってきた実績があるわけではないからだ。1機60億円もするような巨額なものを生まれたての赤ん坊の会社に１００機発注するというのは、彼らから見れば相当常識から外れた行為、裏を返せば〝絶対に言えない何かがある〟と勘ぐる部分もあった。たとえば大幅なディスカウントであるとか、ＴＳＨにとって優位な契約内容であるとかだ。こうしたことは守秘義務契約もあり、絶対に表には出ることはないのだが、ヒントの一端をつかむのは取材慣れした彼らの得意とするところでもある。けれどもリックは先のようなＭＲＪがライバル機に比べて突出した部分について答えるなど実に巧妙にかわしたのだった。相手の懐にサッと入っていき徐々に信頼関係を築き上げていって〝落とす〟という日本独特の営業のやり方も功を奏した大きな要因であることをいくら口で説明しようとも、それを受けた当事者以外は理解できないものなのだ。もちろんリックにとって〝損はない契約〟なのは言うまでもない。

談笑する盛本の表情は久々に見る屈託のない笑顔だった。他の役員や社員も同じ、3週間前の暗い表情とは打って変わって、皆晴れ晴れとしていた。本音を言えば〝浮かれていないで次の受注に向けて、各位一層、奮励努力せよ！〟と言いたいところなのだが、今日一日は水を差すのはやめようと皆の笑顔を見て決めた。

ただ——と盛本は思っていた。9日に発表した開発スケジュールの延期が及ぼした影響は相当なものがあるはずだった。何しろニッポンが世界に誇る最先端技術「CFRP」を、その生みの親とも言える三菱が自身が開発する旅客機に導入できず、断念したのだから。辛うじてペッタンコの尾翼へはCFRPを導入することにはなったが意味がない。せいぜい加工されたCFRPへのリベット打ちの技術や穴開けなどの専用工具、設置する治具の開発といった、製造現場の知見や技術の向上・蓄積に貢献する程度に過ぎない。売るためのアピール材料はそこには鐚一文《びたいちもん》も存在しない。

「今回の設計変更でプラスの材料も生まれたから足し引きゼロですよ」という声が社内に多かったが、欧米の航空会社と商談を続けてきた高木など営業部隊は「MRJのセールスポイントを再構築する必要がある」とつい先日も会議の席で訴えてきた。これまで控えてきたが、盛本は、カスタマー（顧客）向けの営業パンフレットやプレゼン用ＯＨＰの内容を、ライバル機と比較したＭＲＪの優位性を前面に押し出すやり方に変えていこうと考えていた。

アメリカではコーラのＣＭから選挙に至るまで当たり前となっている、比較広告の手法だった。日本でも１９７１年に日産・サニーのＣＭで「隣りのクルマが小さく見えまーす」というキャッチコピーでトヨタ・カローラに対する優位性を主張した。ただ日本では正攻法の勝負を是とする風潮が浸透しているため、比較相手を名指しして劣位をあげつらうことは避けてきた。三菱もＭＲＪのＰＲではそれに習ってきた。というより、日本の産業全般に見受けられる「良い物をつくれば必ず売れる」という神話のような考え方が深く根付いていたため、やらなかったと言ったほうが的確なのかも知れない。いずれにせよ、海外市場へ切り込んでいくＭＲＪはそうしたことに支配される必然性などそもそもなかったのだ。

〝せっかくライバルに勝る新たな武器を手にしたのだから果敢に攻めていこう！〟――盛本は決意を新たにした。

川田が盛本にビールを注ぎに来た。

「受注の獲得って、やはり胸のすく思いがするもんですね」

川田は可愛げはないが、仕事はキッチリと仕切れる男だった。パリの航空ショーも、９日の遅延会見も、そして今日も、抜かりのない段取りと気配りで場を回していた。実は盛本、長らく三菱にいると広報なんてものは必要ないと思っていた。株総（株主総会。上場企業は年一回、概ね6月末に開く）での総会屋対策などを担当する総務が手がけるものだとばかり思い込んでいた。ところがMRJプロジェクトの陣頭指揮を執るようになってその考えが変わった。

9日の会見の時、川田はいかにも往生際の悪い言い訳めいた会見に難色を示し、「非は非として認めた後で言いたいことを伝えたほうがいいと思いますよ。でないとマスコミは『何様なんだ！』ってなりますよ。種子島（ロケット打ち上げ失敗時の会見のこと）の時もそうでしたから」と唯一言ってきた奴だ。さらに会見場へ向かう間、答えに窮するかもしれないQ&Aを耳打ちした。伝えたいことが歪められて捉えられるなど、不要なハレーションを呼び込まないようにするためだった。自分でもそう思っていたことを改めて人から言われると不快なものだ。しかし川田にはそれがなかった。批判の矢面にばかり立たされていたロケット打ち上げ事業で梶社長とともに辛酸をなめ続けてきたことが血肉になっていたのだろう。いまでこそ打ち上げ達成は24回連続、成功率も99・66％（2016年2月17日現在）を遂げているが、当時は呪われたかのように次々と失敗を重ねていた。JAXAやIHI、NECなどと協議をし、マスコミ対応を重ねる中で広報の手腕が磨かれていったに違いない。

9日の会見で盛本は地雷を踏まないよう誠意を尽くして挑んだ。その結果、会見は想定内に終わった。自分で思っていたことと川田が言うことが一致していたからそうしたのであって、もし川田が自分の尽力のお陰だと勘違いしているのならこんな癪なこともないのだが。

盛本は、余計なことは言わない・しない、保守的な組織風土で育った一方で、それだからなのかもしれないのだが、どこか性善説に立つ考えも自然と根付いていた。荒波に揉まれるネガティブな記者会見などを積極的に行ってこなかったこともあるのだろう。盛本は川田が小姑のように忠告してくることは、結局、言っていることは会社を思ってのことだとわかるから自然と聞く耳を持つようになっていた。ただ、手の平で泳がされてる気になる時がたまにあるのが癪に障るのだが。そう思うと今日もそうだったことに気が付いた。少し嫌みを込めて盛本が返す。

「今日（の私のスピーチ）はどうだった？」

「今日は大事なところで噛んじゃったのが頂けなかったですね」

いつものニコッとした笑顔で川田が即答した。

〝やはり可愛げのない奴だ。俺は役者じゃないぞ。少々噛んだくらいで扱《こ》き下ろすんじゃない！〟

そう思ったが、盛本は満面の笑顔を作ってなみなみとビールが注がれたグラスを川田のグラスにカチンと合わせた。少しこぼれたが気にしなかった。

第6章

三菱の常識の壁をぶち破れ！

ライバルに追いつくのではなく、一気に追い越せ！

「この治具《じぐ》なんだけど、もうちょっと工夫できへんかなぁ。せっかく『クレーンレス』（クレーンを使わない方式）を打ち出しても、「これじゃクレーン使ったほうが生産性が高いんちゃうか」ってきっとなるよ」

11月中旬。三菱重工大江工場の川沿いの隅っこにあるボロい倉庫で6人ほどの男たちが侃々諤々《かんかんがくがく》の議論を繰り広げていた。真ん中には木で作った80㎝ほどの長さの飛行機、その周りにはまるでジオラマのように大きめのミニカーサイズの台車のようなものがいくつか配置されていた。テニスコートが2面も取れるほどだだっ広い倉庫の中は薄暗く、その片隅に大の男たちが丸まって何やらやっている様子は、まるで悪ガキが集まってイタズラの相談でもしているかのようだ。男たちは皆、真冬に着る作業防寒着を着込んで軍手をはめていた。ここの倉庫には冷暖房装置など一切なく、夏は蒸し風呂、秋〜冬はとてつもない底冷え状態となる。今日は日中の最高気温は15℃ほどと少し肌寒くなってきた程度だったが、この倉庫は8℃ほどしかなかった。大昔には外国船から荷下ろしされたトウモロコシなどが一時保管されていた倉庫らしく、よく目を凝らして下を見てみると当時のトウモロコシの粒があちらこちらにコロコロ転がっている。もう何十年も補修も行われず使われていなかったため、朽ちた壁から隙間風がピューピュー入り込み、寒さに拍車をかける。こんなところを家族に「職場参観」と称して見られようものなら、きっと妻は離婚を考え始めるだろうし、子どもは幼いながらにパパは窓際族になったと心を痛めるに違いない。

「台車の上にバランサー付けるとどうやろ？」

男たちの中心になって議論を進めているのは三菱重工生産技術課の武雅治主席。ＭＲＪの製造を取り仕切る統括だ。人の心に溶け込むような関西弁が持ち味の武は、意見を取りまとめる能力に長けている。細身の身体に眼鏡という出で立ちは、スーツでも着ればキリッとした頼れる係長といった感じだ。幼い頃からプラモデルを作るのが好きな工作好きとあって、いろんな発想がバンバン飛び出す武は、三菱の現場ではアイデアマンとして名が通っていて、またその実現を遂げる実行力も広く認められる人物だった。


武たちが行っているのは、これから始まるＭＲＪの製造を一体どんな設備を使ってどのような工程で行っていけばいいかを決定する作業だ。小さな戦闘機から大型の爆撃機や偵察機などを幅広く手がけてきた三菱には飛行機製造にそれなりの蓄積はある。民間機もＹＳ－11やＭＵ－３００などを手がけてきた。しかしながら、官需の飛行機は一度に製造する機数自体が少なく、民間機は50人乗りまでしか作った経験がない。

ＭＲＪクラス以上の製造は、コックピットのある前胴、客席がある中胴と後胴、主翼、（水平・垂直）尾翼、脚部、エンジンのパートに分けて行われる。それらを最終的に組み立てて一機の飛行機が完成する。先の説明のように経験が生きるようで生きないというのは、たとえば爆撃機や偵察機は大型だからといっても客席もなければギャレー（調理室）も電気装備品も必要ないため、床下や胴体の隙間に配線・配管を張り巡らせる必要もない。大型クレーンを使ったり人手を多く必要とする以外は、製造時における作業手順や「人が中に入って作業できるか」などといった緻密な計算はほぼ無視できるほどの状況となる。一方、9人乗りのMU－300は胴体を3分割して製造する必要もないし、それぞれの部位が小さいためクレーンなどの大型装置を使う状況になく、1ヵ所の工場内で少人数で作り上げることができる。逆に細分化した分業システムにしてしまうとコストや生産性が悪くなってしまうのだ。

初めて丸ごと一機手がける（三菱にとって）大型の旅客機を、どのような生産システムで以て量産すれば費用対コストと生産性が最も良くなるか、ゼロから構築する必要があるのだ。

先日生じた設計変更によってMRJの生産は1年延びることになった。通常は変更点も含めた機体の詳細設計が製造を担う工作部に回されてきて、そこから一気呵成に製造体制を敷いて作り上げていく。そしてその中で設計上の問題が生じれば、その部分を設計部に差し戻して、修正案が上がってくるのを待つ。また製造のやり方に問題が出てくるようなら、その時点で臨機応変に修正作業を行っていく。

ところがMRJは違った。三菱重工の社長だった橘や名航の所長だった村山などが「ライバルに追いつくんじゃなくて一気に追い越せ！」と現場にハッパをかけていたのだ。その意味にピンと来たのは武を始め数人しかいなかった。それは〝三菱の常識を変えろ〟と言っているに他ならなかった。

開発・製造の現場では設計部門と製造部門の仲が往々にして悪い。特に百年の歴史を持つ三菱はその傾向が顕著で、ホワイトカラーの設計部が言う通りにブルーカラーの工作部が作るのが当たり前という構図がきっかりと築き上げられていた。これでうまく製造が進むのなら然したる問題にはならないが、現実のものづくりは絶対にこうはならない。なぜなら、設計は「電源やバッテリー、空調装置などの装備品がここに置けるか」や、「配線・配管がこのスペースに収まるか」を机上の数字上だけで決めるからだ。そしてでき上がった設計図面は「この通りに作りなさい」と工作部に投げられる。それを受け取った製造の現場では「一体どの順番で作ればこの図面通りにできると言うんだ！ 少しは実際の取り付け作業を考えてから図面を引けよ!!」という魔法でも使わない限りムリな問題が必ず発生するのだ。

よくあるわかりやすい例を挙げよう。「このスペースにこの電源装置は入る。けれども8ヵ所ネジで止めて据え付けなければならない。その装置を入れてしまうとここにはもう片手さえ入る隙間もない。一体誰がどうやってネジ止めして固定できるんですかね」といった具合だ。

こうした問題に直面する度に今度は工作部が設計部に図面を投げ返す。「やり直せ！」と。そしてその修正案が再び工作部に投げ返されるのだが、往々にしてそれをクリアするために、いじった別の所に新たな問題が起きてしまうのだ。エッ!?っと驚くかもしれないが、特に飛行機製造の世界は（ある意味で稚拙にも思える）そうした歴史を踏んできている。笑えない話なのだが、こうした意地を張り合った玉の投げ合いをした結果、完成が2〜3年延期されることになる。橘や村山がハッパをかけたのは「試験飛行で必ず問題が発覚し2年ほどの遅延が起きるのは目に見えてるんだから、いまの段階で既に見えているムダ（開発を延期させてしまう悪しき慣習）はいまのうちから叩き潰しておけ！」という、転ばぬ先の杖となる指示だったのだ。

百年近く続いた三菱の常識を俺が打ち破ろう——武はそう決めて動いた。

その手始めがいまチマチマとやっているジオラマ作りだった。まず、設計の3Dキャティア（設計図）からそのまま落とし込んだ精密なMRJを八〇分の一スケールで再現した。材料はホームセンターで買ってきた木とプラスティックの板、ダンボールに画用紙、木工用ボンド、粘着テープなどだ。ちゃんと上に予算申請して7万円ほどの予算が下りた。実際の製造を考えた作業工程表を作り、それに沿った段階を踏んでそれぞれの部位を作成して組み立てていった。もちろん、実際の各部位の重さを念頭に置きながら、人の手で動かしたり固定できない胴体や翼、脚の製造・組み立ては、専用の移動装置や固定器具まで発明し、それを使ってどうリベットを打つかや、配線・配管を固定していくかを想定しながら、物と作業手順書の両方を作り上げていったのだ。

最初、武からこの〝プロジェクト〟を聞かされたメンバーは耳を疑った。なんで天下の三菱の俺らがこんな模型を作んなきゃなんないんだと反発も覚えた。武は「新たなものづくりのモデルケースを俺らが示そう。製造期間は圧縮される、コストは下がる、MRJは売れる、給料が上がる（かも知れない）。いい連鎖が必ず生まれるから」と口説いた。けれどもそんな必要もなかった。やはりものづくりが好きで三菱に入った者ばかり。いざやり始めると武以上にのめり込んで次々にアイデアを出していった。特に生産性と正確さの成否を大きく左右することになる治具の発明には目を見張るものがあった。

一例は、翼や胴体にリベットやネジを止めていく作業。旅客機の世界では空気抵抗に影響を及ぼすため二五分の一～一〇〇分の一の精度が求められ、穴開けが命と言われる。これも作業者の熟練技術以上に部位を固定する治具がものをいう。たとえば梱包の際、紐を縛る時に何重にもキツくしてしまえば解く時に難儀する。つまり、ムダな時間を生んでしまうことになる。いかに解く時のことを考えたキッチリ縛れる技術を持っているかが重要なのだ。こうした知見と経験、実績を積み重ね、伝承していって初めて一人前の旅客機メーカーになれる。

「あっ！　治具が……」

「お前さぁ……」

せっかく完成間際まで苦労して作り上げた治具のひとつを若い作業者がボキッと壊した。ムリもない。ボトルの中に帆船を作り上げるような細かな作業を手がかじかむ環境下で必死に堪えながら拵《こしら》えていくのだから。当然こんな作業は軍手などはめてできやしない。

「武さん、ジェットエンジンのような強烈な暖房機とは言わないですから、石油ストーブくらいは購入申請してくださいよ」泣きが入った。

「どうやろ、ストーブは買えるかも知れんけど、総務がランニングコスト（灯油）のＯＫまで出すかなぁ」武が笑った。

「もしそれが却下されたら皆で募金して賄いましょう。これから厳寒の冬がくるんですよ」若手が涙目でマジに訴える。寒さで鼻が真っ赤だ。

『為せば成る。為さねば成らぬ何事も』と『欲しがりません。勝つまでは』という言葉が武は大好きだった。

申請などするつもりはこれっぽっちもなかった。ただ、来年の夏には工場でよく見かける大型扇風機はいるやろなと考えていた。武にはこんな程度に終わらない、工作部の意地に賭けても、製造に入って発生した問題で遅延など起こさせない、さらにコスト削減をも可能にする、次なる野望への挑戦があったからだ。それは三菱始まって以来の度肝を抜く戦略で、トップと直談判して既に内諾を取り付けてあった。予算規模も7万円などと言ったちっぽけな計画ではない。ボトルの帆船が1000個買えるほどのビッグプロジェクトだ。

〝早くいまの報告書を提出して次のステージに入りたい〟――寒さに震える他のメンバーとは違い、武の全身は熱い気持ちに満ちていた。

技術に成熟なし

翌2010年2月9日。センター試験が行われるこの時期は冬一番の寒さに見舞われ、大雪になることが多い。この日も朝方の気温は3℃しかなく、最高気温も9℃にしかならないと通勤途中の車中でラジオの天気予報が伝えていた。

午前11時、武はザクザクと雪を踏みしめながら、大江工場の端っこにある〝秘密基地〟へ向かっていた。湿った寒風が耳元に絡みつく。先週、名古屋では珍しく二度も雪が降った。日中ずっと日陰となる構内の歩道は雪が溶けずに残っていた。出勤してすぐの8時頃は凍っていて足下をよく見ながら歩かないと滑って転びそうになる。

朝8時に出勤してきた武は、いつしか秘密基地と呼ばれるようになったボロい倉庫で昨年暮れから12人に増えた工作部の従業員に作業指示を出した後、MRJ設計部に立ち寄っていた。武が発案したビッグプロジェクトが始動したのだ。


武が考え出したのはまさに三菱百年の歴史を打ち破る大いなる挑戦だった。

『製造に入る前段階の設計の時点から、設計部と製造を担う工作部が協働して開発にあたりましょう！』

それが武が上層部に提案したウルトラCだった。

新造機の開発は、実際の製造段階に入ってから様々な問題が発覚し、それらが再び設計に差し戻されることが多く、これだけで1〜2年の納入遅れが当たり前の世界となっている。さらに飛行試験に入ると〝実際に飛んでみなければわからない問題〟が数々浮上し、ここでまた1〜2年の遅れが生じてしまうのが常だ。当然、コストも跳ね上がり、価格にのしかかることになる。

最後発の新参者で国費も投入されたMRJは絶対に失敗が許されない。特に三菱にとっては〝二度と〟ではなく〝三度〟だった。「ライバルに追いつくんじゃなくて一気に追い越せ！」とトップから直に厳命されていた武は、納期遅れとムダを防ぐ秘策はないか思案した。行き着いたのが、設計段階で製造後にわかる問題を事前に洗い出す「設計部と工作部の協働」だった。とは言え、両者は自他共に認めるほどの犬猿の仲。たとえトップダウンで命令が下ったとしてもすんなり事が運ぶとは思えなかった。武は、根気強く設計部を説得していくしかないな……と腹を決めていた。

ところが――いざ話し合いに入ってみると、驚くほどスムーズに事は進んだ。この背景には飛行機製造のプロ集団「名航」の所長出身の橘と村山の尽力があった。いまは三菱航空機のトップに就いた二人だが、その前の三菱重工時代にMRJ開発に挑むにあたって製造部隊の面々に釘を刺した同じことを、MRJの設計部隊にも説いていたのだ。

「いよいよ飛行機ができ上がり始め、外部とのやり取りが始まれば、理屈の通らないことがガンガン起こる。スケジュールなど自分たちで管理できることさえ守れないのではMRJプロジェクトは成功などしない」

こうして設計と工作、両者の溝は埋まり一枚岩になったのだった。この時点では。


武と設計部との話し合いは今日で既に5回は超えていた。そしてこの日の午後、三菱の長い歴史が打ち破られる時が来る。武らの牙城である製造現場へ設計チームに来てもらい、実際の〝ブツ〟と作業の様子を見せながら設計の改善要求を行うのだ。その確認のため、つい先ほど設計部に立ち寄り、打ち合わせをしてきたのだった。

武は構内の歩道に残った雪を踏みしめながら、橘が現場に投じてきた数々の言葉を改めて思い出し、噛みしめていた。


橘恭輔は1936年東京都生まれ。59年東京大学工学部航空学科（当時）卒業、三菱重工業入社。

名航の所長などを経て1999年に三菱重工の社長となった。その後、2003年に会長職へ就くと、2008年4月には相談役へ退いた。そして三菱航空機の会長に就いた。三菱にとってラストチャンスになる国産機開発「MRJ」のプロジェクトに専念するためだ。ちなみに2010年のこの時には、その会長職を3月いっぱいで退任する意向を既に社内で表明していた。

その橘が内外に事ある毎に発してきたのが、「日本は技術立国で生きていかなければならない。技術に成熟なし」という言葉だ。MRJ開発に通ずる深い意味がある。

『国家とともに歩む』が社是の三菱重工は、国や社会が必要とする製品だけを作ってきた。幅広い技術や製品群を持つことから「機械のデパート」と言われ、「栄光のスリーダイヤ」というブランドを手に入れた。ただその奥底に知られざる矜持がある。単に数多くの技術や製品を持つデパートではなく、国家から「必要だ」と言われれば、飽くなき修練を重ね、大きなリスクを背負ってでも挑戦する姿勢がそれだ。

三菱航空機に移ってからも橘は、技術者たちにハッパをかけていた。鼓舞なんて生易しいもんじゃない。ぼろくそにだ。そして最後にこう説いた。

「MRJプロジェクトは国や会社の押しつけじゃない。これが失敗すれば三菱重工だって倒れかねない。採算分岐点に達するまではまさにイバラの道。戦闘機やロケットでは世界一にはなれない。だけどMRJには世界一になれるチャンスがある。本当に皆が粉骨砕身すれば40年後には必ずその時が訪れる」

橘が航空機の製造にこだわるのにはワケがある。それは、その時代時代に誕生したあらゆる先端技術が注ぎ込まれていくからだ。逆にスピンオフ（軍事分野等で開発された技術を民間に転用すること）的な要素も大きい。航空機用に開発されたボルト1本にしても、高精度で耐久性に優れたものが後に自動車製造で使われるようになったり、着陸時のアンチロック・ブレーキシステム（ABS：急ブレーキをかけた時にタイヤがロックして回転が止まることを防ぐことにより、車両の進行方向の安定性を保つ技術）も航空機から自動車へ転用された。日本の国力・国益から見て大変重大な産業で、即ちそれは〝三菱の責務〟と捉えていたからだった。

武は航空機製造にさしたるこだわりがあるわけではなかった。ただ、こうしたトップや先輩たちの心に燃えたぎる「大きなリスクを取ってでも挑戦する姿勢」、これが琴線に触れたのだった。お金のリスクのない官需の仕事が脈々と受け継がれ、粛々とこなしてきた中で、設計や製造のやり方についてはいつしか踏襲するクセが付いたのではないか——そいう疑問が武の奥底でふつふつと沸いていた。たとえばコストや納期の圧縮を図るため、ゼロベースで新たな有益な手法がないものか、一度探ってみたかったのだ。まさに橘の言う「技術に成熟なし」の精神だった。

武が秘密基地に足を踏み入れた時、中では11人の部下が立ったまま輪になって何やらミーティングを行っている最中だった。最年少の青木は武に気付くと意見を求めてきた。

「主翼と尾翼の製造に限っては、やはり天井クレーンを使うのが一番効率がいいんじゃないかと思うんですね」

「この話、また振り出しに戻しよったんですわ」最年長の松本がぼやく。

武ら12人のメンバーはこの二つ目となるステージへ入っていくにあたり、昨年12月、徹底して議論を重ねた。武がまず提案したのは「自動車産業に習って天井クレーンを使わないで製造をしたい」という驚くべきものだった。長さ36m、横幅30m、胴体径3mの飛行機を造るのに〝非常識極まりない〟と誰もが思った。〝ご安全に！〟と皆で大声で合唱してから作業に入るほど安全や生産管理が徹底されている三菱の現場ではまったく以てあり得ない発想だった。

ただ武には長年、製造現場に就いていて〝こうすれば生産性が上がるのになぁ……〟と思い続けていたことが二つあった。ひとつは天井クレーンを使う時間のムダと、隣り合う別の作業も止めてしまうムダだった。概ね天井クレーンを使えば、横のものを縦にするだけでチェーンフックに着脱や治具《じぐ》の入れ替えや設置などで一回につき1時間半ほどの時間を要していた。往々にして動かした後に、手が届かない箇所のビス留めなどの未作業に気付いたりするもので、このやり方はベストのものではないと考えていた。〝自動車のようにできないものか〟――考えた末に行き着いたのが、自動車でも使われる「バランサー」と呼ばれる高さ2〜3mの油圧昇降装置を使った部位の移動だった。武らはこれに『楽々ハンド』と名付けた。50kgほどの部位なら一人で作業でき、脚やフラップなど重くて大きなものでも4人程度でできる。実は武の中でこの方式を導入するメリットは他にあった。MRJが量産体制に入り、次の派生型が誕生するほどの人気を呼んだ際、海外で生産する可能性も出てくる。その場合、高額な天井クレーン付きの製造格納庫を造らなければならなくなる。武は天井クレーンが設置されていない既存の工場を利用しても製造できるよう考えたのだ。これは海外でトラブルや事故が起きた際の脚や翼の修理にしても然りだ。

もうひとつはものづくりのエキスパートたる武の信念でもある「作業は目線の高さで行う」という考えだ。ムリな姿勢はミスを起こしやすくなる。その弊害はリベットやネジが曲がったり、締め付けが弱くなったりと様々だ。一〇分の一～一〇〇分の一㎜の精度が求められる旅客機の製造では「目線で行う作業」が不可欠だった。

これら二つの導入は、ライバルのエンブラエルやボンバルディアでは経験を積み重ねる中で既に行われていたが、三菱にはそのノウハウがなかった。生産性を上げ、低コストを実現できる〝虎の子の手法〟を明かさないのは当然のことだ。武らは自動車製造をヒントにし、一から考え抜いていったのだ。

「ほんま何回も繰り返して言うてるけど、お前の言う従前の発想やと垂直尾翼ひとつとっても出荷までに最低でも4回はクレーン使わなアカンのやで。その都度、8～10人ほどの人手が必要になるし、作業も1時間半は止まるんやで。150機作ったら丸1ヵ月は損する計算になるんや。去年もあれだけ計算したやんか」

最年長の松本が怒りに震えながら言い放つ。青木が右頬をぴくりと動かし、武の顔色を窺うように切り返す。

「でもあの幅と高さになるんですよ。どうやっ……」

ドデカい垂直尾翼を指差して話し続けようとする青木の言葉を、武が遮《さえぎ》って割って入る。

「いややや、だからこれをどうやってクレーンレスで目線に近い作業にするかを皆で考えるんや。それより今日は昼の1時から設計に問題点を示すんやから、早いとこお昼食べとこか」

全員、手元の時計に目をやった。もう11時40分だった。

秘密基地は構内の外れにあるため、食堂まで歩いて5分はかかる。早く行かないと正午になれば正月の福袋目当てに並ぶ百貨店の大行列顔負けの惨状に呑み込まれてしまい、A定食・B定食を食べ損ねてしまう可能性が大きい。というのも、定食ははなっから数が限られていて、いずれかの〝定食のレーン〟に並んでいるうちから残数が表示される、バラエティー番組のようなある意味で大変酷なシステムとなっている。プレハブ建屋の2階にある食堂に入ってすぐの所に、A定食・B定食の見本があるのだが、こなれた者なら、15m先にある残数表示の少ないほうのレーンに並ぶ。早く無くなるのは人気がある証拠だからだ。両定食を逃してしまうと、定番の単品メニューであるカレーや麺類しか選択の道は残されていない。判断を誤れば午後の半日を悔しさで一杯の暗い気持ちで過ごすことになる。皆、急いで秘密基地を出た。耳がちぎれるような寒風が襲ってきたが、いまはそれどころではなかった。

青木が指差した垂直尾翼は根っこの底辺が5m、高さは6mもあった。スラッとした機体が特徴の鶴のようなMRJだが、スーパーコンピューターを使った最新のCFD（数値流体力学：機体の空力特性の解析技術）による空力解析から、主翼が一回り大きい150人乗りの旅客機に拮抗する長さとなったことから、とてつもない大きさの尾翼が必要になったのだった。驚くべきはそこではない。実はこの尾翼、なんと段ボールでできていた。尾翼だけではない。一分の一、つまり実機と同じ大きさの段ボールで作られた「前胴・中胴・後胴」、「コックピット」、「主翼」、「水平尾翼」、「垂直尾翼」、「脚部」が秘密基地に所狭しとかれていた。昨年12月、この次なるステージの移行にGOサインをもらった武は、早速材料の段ボールを大量発注した。4トントラック2台に満載された段ボールが秘密基地に搬入される時には、事情を知らない他の作業者たちが訝《いぶか》しげな目で遠巻きに眺めていた。まるで地下道を掘って銀行強盗をする怪盗ルパンの下準備を目の当たりにしたかのように。

それから武らは2ヵ月近くに及ぶ、1枚が3m×5mもある巨大段ボールとの格闘が始まった。最も強度のある段ボールだけに重さは半端ではない。特に3m径の胴体を8mずつ三つ作る作業は最も骨が折れた。この時ばかりは助っ人を8人ほど頼んだ。当然ながら、外板の内側には実物の設計と同じ骨組みをそっくり模して作り上げ、客室の床まで張った。客室の窓も設計通りにひとつひとつ糸ノコを使って丁寧にくり抜いていった。厳寒の真冬の作業にもかかわらず、皆汗だくになりながら切断と組み立て作業に没頭した。やはり皆、根っからの工作好きなのだ。

ようやく完成した時の爽快感はとても言い表せないものだった。何しろ段ボールとはいえ、自分たちの考えた工程で、自分たちの手によって丸ごと一機作り上げたのだから。嬉しさのあまり武は、旅客機の最重要部分「コックピット」のある胴体先端部の鼻先に『夢』と手書きした色紙を貼り付けた。まるで芸能人のサインのように。それは他でもない、武たちにとって堅い契りを交わした血判だった。

そうして苦労して作り上げた部位のすべてには実際の重量が書き込まれていた。それぞれの重量を念頭に置きながら、位置替えや移動に何人必要になるか、どんな大きさの『楽々アーム』ならいけるかを計算しながら、必要となる治具《じぐ》や製造手法、工程を弾き出していくためだ。今日、青木が改めて疑問をぶつけてきた底辺5m・高さ6m、重量600kgもある垂直尾翼をクレーンを使わずに製造する手法も既に武と松本で見当を付けていた。ダンボールで作り上げる時にその手法を考え付き、暮れの忘年会の席上でヒントを出したのだがズバリ正解を言わなければわからないのだろう。勘が鈍いと言い捨てるには、経験が武や松本と比べて天と地ほどの差があるため無理のある話ではあるのだが、だからといってそうやすやすと教えるわけにはいかなかった。毎晩夢でうなされて目が覚めるほど一度は自分で考え抜いてみないと〝自分のもの〟にならないからだ。

武らはこの実物大の〝紙ヒコーキ〟を使って、実際に自分たちが中に入ったり、脚立に乗ったりして、リベット打ちの作業やバッテリーなどの部品の取り付け、配電や配管作業を実践し、設計通りに製造作業が可能なのかどうかをひとつひとつ検証していった。従前なら製造段階に入って初めてわかる問題を事前に把握して、設計段階で修正できる画期的なアイデアだった。この新たな手法がもたらす費用対効果は計りしれない。三菱百年の歴史の中で初めて行われた壮大な実験とも言えた。この〝紙ヒコーキ〟を博物館に展示でもすれば、武らの名前と紙ヒコーキは社史やウィキペディアとともに後世まで語り継がれる逸話になったのだろうが、武にはそうした発想や欲がこれっぽっちもなかった。「現場にカメラを持ち込まない。撮影しない」という規則を生真面目に守り、記念撮影すら行わないでいたのだった。

「お疲れ様です。ご安全に！」

「ご安全に!!」

午後1時ちょうど、設計部の面々が秘密基地へ足を踏み入れてきた。構造設計チーム、艤装設計チーム、合わせて8人。皆の手にはノートパソコンや透明のビニール手提げ袋に入った資料などがあった。最近、大手企業では、資料や私物をこうした透明ビニール袋を入れて移動するのが常識となっている。「重要書類を外部に持ち出したり、備品をパクるなど疾《やま》しいことはしていませんよ、私は。ホラホラ……ね?」という暗黙のサインだ。

これと同様の工夫が成されているのが作業服だ。最近は社内PHSやボールペンを入れる胸ポケット以外にポケットのない作業服が主流になりつつある。ひとつはカメラ付き携帯などを忍ばせて開発現場の撮影をさせないため。もうひとつは先に示した重要書類や備品などを持ち出したりできなくするため。三つ目は製造現場で大変重要なことで、ポケットに手を入れさせないためだ。ポケットに手を入れて歩いていると床の段差などにつまずいたり、水に濡れた所で滑ったりして、転んでしまって骨折などの大怪我を負う恐れがあるからだ。

工作部の青木が口火を切った。

「それではこれから設計部と工作部の協働で作業手順の確認を行いたいと思います」

記念すべき第一声だった。武は胸の鼓動が高鳴るのを覚えた。この日を夢見ながら、まさか本当にこの日が訪れようとは…… 夢なら覚めないで欲しいと心から願った。

一方、工作部の牙城に踏み込んだ設計部は皆、鋭い視線を青木に注いでいた。まるで待ち望んだ仇と出会《でくわ》し「ここで会ったが百年目！」といまにも斬りかからんとせんばかりの形相だ。しごく当然のことだった。犬猿の仲と名高かった両者の上、設計部が知恵を絞り腕を振るったプランに製造担当が直々に文句をつけるのだから。

「最初に最後尾のアクチュエーターの取り付けについて見て頂きたいのですが……」

アクチュエーターとは電気信号を機械的な動力に変える装置のことだ。これから行われるのはコックピットでパイロットが操作する垂直尾翼のラダー（方向舵）への指示（電気信号）を実際に方向舵を動かす油圧動力に変換する装置の取り付けとなる。

青木が案内する形で紙ヒコーキの後胴へ向かう。設計部と工作部、合わせて20人ほどの塊がぞろぞろと移動する。後胴には既に取り付けを実践してみせる作業者が2人待ち構えていた。

「皆さんよろしいでしょうか？　設計ではここにアクチュエーターを取り付けることになっています。それでは実際に作業をやってみます」

青木の号令で作業が始まった。

一人がアクチュエーターを設置する場所に両手を入れ込む。奥には水平尾翼の構造材があるため、そこから手を伸ばすことができない。また後胴の下側半分以上は、水平尾翼のエルロン操作用のアクチュエーターやＣＰＵ（圧縮空気や油圧、電力を供給するために搭載されたメインエンジンとは別の小型のエンジン）、さらにＣＰＵの排気口などが占めているため、人一人が腹ばいになって潜り込むのがやっとのスペースとなっている。胴体の骨組みに直結したアクチュエーターを取り付ける構造材は後胴の上部のかなり狭い隙間に配置される設計となっていた。アクチュエーターは雨水や湿気防止のための金属BOXに入っていて、そのBOXをリベット（鋲）で数ヵ所打ち込んで固定する——というのが設計からの作業指示となっていた。

装置や構造材の固定を「リベットの打ち込みにする」か「ボルトとナットにする」か等を、製造現場の工作部の判断ではなく、設計が決めるのには理由がある。

設計段階で「機体を1gでも軽くしたい」からだ。

機体を軽量化する知恵と技術は、そもそも「日本のお家芸」とも言えるものだ。出発点は「零戦の設計」だ。戦闘機は大きな燃料タンクと重い機銃を載せる必要があることから機体が重くなる。この必須条件において空中戦で優位に立つ機動性を確立するには二つの方法しかない。ひとつは強力なエンジンの搭載。もうひとつは機体を軽くすることだ。当時、日本にはハイパワーのエンジンを作る技術が無かったため、選択肢は機体の軽量化しかなかったのである。

「1gでも軽くしたい」と考えた設計技術者・堀越二郎らはアメリカをアッと驚かせる秘策を編み出した。そのひとつが機体の骨組みにいくつもの丸い穴をあける「肉抜き」の知恵だ。まずこれで大幅な軽量化を遂げることができた。

二つ目は「沈頭鋲《ちんとうびょう》」の発明だ。外側から鋲を打ち込んで内側で留める技術でいまのリベット打ちの原点となるものだ。当時は頭の飛び出たボルトやネジを使用するのが一般的だったが、頭を平らに削った鋲を発明することにより、頭がない分だけ機体は軽く、さらに機体表面は滑らかになり、空気抵抗の大幅低減につながって燃費を向上させることができたのだ。

三つ目は「超々ジュラルミン（ＥＳＤ）」の採用だ。１９３６年に住友金属が開発した「１㎟当たり60㎏までの張力に耐えることができる」高強度のアルミ合金で、これを使うことで外板の厚みをわずか０・４㎜（前胴部分）にすることが可能になり、零戦の大幅な軽量化が可能になった。


「見えないでしょう？　そこから」

「ええ。しかも手が入らんね」

「こっちも工具が当たって打ち込みができひんわ」

リベットを打ち込む作業者は打ち込み工具が使えなかった。さらに留め側の作業者はリベットが貫通する穴の目視ができない状況だった。

早速、侃々諤々の議論が始まった。

「これ、工程の順番でなんとかならんのですか？」設計エンジニアが言う。

「この組み上がった状況から作業の順番を想像してみてください。外板（スキン：機体のボディー）が骨組みに貼られていないところから始まって、各装置を固定する構造材、水平尾翼、ＣＰＵ、ラダーのアクチュエーター、配線、ＣＰＵの吸・排気口の取り付けになるんですね。順番を入れ替えてみたとしてもですよ、物理的に不可能な作業がこれになるんです」

確かに設計エンジニアがここの最後尾部分の作業工程を逆算しても、こっちを立てればあっちが立たないとなった。いずれにしてもＢＯＸを固定する構造材の位置をリベット打ち込み具が入るよう下にずらすことは物理的に不可能だった。仮に無理矢理スペースを捻り出したとしても、作業の正確性が損なわれることは十分に予測できた。武が言う通り、ここはボルトとナットしか手がないのだろうと、設計エンジニアたちも感じていた。ただプライドを傷付けられたことが殊《こと》の外《ほか》癪に触ったのだろう、「そうですね」という相槌を打つ言葉は遅々として設計サイドからは出てこなかった。

「これ、リベット打ちじゃなくてボルトとナットにしたらどう？」

堪らず武が提案した。すかさず設計エンジニアが返す。

「1gでも減らしたいからリベットにしてあるんですよ」

設計部は半年前の9月までは「kg単位」で機体重量の話し合いをしていた。一応の詳細設計を弾き出したいまは、というより、主翼をアルミに変えたことで重量が増すことがわかっているいまは1gでも減らしたいところなのだ。リベットやボルトひとつと思うかもしれないが、こうした留め具は一機あたり数千単位で使用するため、ばかにならない重量となる。それだけに「はい、そうですか」とはいかないのだ。

〃紙ヒコーキ〃を使った作業検証は4時間続いた。この日、工作部から出された改善要求は6ヵ所に及んだ。中には機体と一体成形を考えていた部分を、先のような作業ができないという理由から取り外しできるパネルにして欲しいという、設計からすると頭を悩ませる要望もあった。取り外しできるようにすれば、ネジなどの固定器具に加え、5㎜幅程度といえどもパネルの周りの縁が重なる必要があるなど、重量がかさむことになるからだ。

作業検証後も1時間ほど議論が続いた。しかしこの場で下された結論はひとつもなく、設計部が持ち帰って検討するということで落着した。

零戦時代から「1gでも軽くする」ことが設計エンジニアの腕の見せ所で、本来なら「見てろよ！」と腕が鳴るところなのだが、もはや乾いた雑巾を絞っている状態……軽量化の知恵《ちえ》はもう1滴も出ないのだった。

武は秘密基地を後にする設計エンジニアたちを見送った。肩を落とした後ろ姿は自信をなくし、抜け殻になったようで痛々しく映った。しかし武には同情も、感傷に浸るような気持ちも一切沸いてこなかった。揺るぎない信念があったからだ。

零戦の開発では堀越二郎ら設計陣は、もっと粉骨砕身したに違いない。飛行機造りの知見はゼロ、アルミなどの材料は不足し、伍して戦えるエンジンもないという、ないないづくしの中から世界をアッと驚かせる開発を遂げたのだ。それに比べてＭＲＪ開発はそうした不足を補ってもお釣りがくるほどの名機を生み出す条件に恵まれている。さらに今、設計と工作の垣根を越えた協力体制という武器まで手にした。これによってＹＳ－11開発でできなかったコストの削減と開発スケジュールの圧縮までが可能になるのだ。確かに初号機の納入まで、いや採算分岐点が視界に入るまではイバラの道の連続になるのだろう。ただ、いま自分たちが身を置く環境はどう見ても成功する要素しか揃っていないのだ。これで乗り越えられない試練などあるはずがない——。

決意を新たにした武は秘密基地へ踵を返した。今秋～今冬にはＭＲＪ開発はいよいよものづくりの段階へ移行する。それまでに三つ目の最終ステージとなる大仕事を遂げなければならない。売れる旅客機にするため、設計部には設計できることがある。客室空間や手荷物入れをライバルより広くした工夫がそうである。工作部にも製造を担う立場から売れる旅客機にするためにできることがあるのだ。「使いやすい旅客機」――締めくくりとなる次のステージで武はそれを目指していた。

待ち受けていたイバラの道

古谷鉄工所の専務・博信はフォークリフトに座り、食い入るように手元の新聞を見つめていた。あと5分でお昼休みになる。6月末だというのに既に30℃近い暑さだった。このまま梅雨が明けてしまうんじゃないかと思えるほど今年は空梅雨だった。6月なんて5日くらいしか雨が降っていない。気温は連日27℃を超えていた。ぼちぼちセミも7年の歳月を破って続々と地中から出てくることだろう。

〝今年もアカンかったんか……〟

博信は溜息をつきながら額の汗をぬぐった。

『MRJ大丈夫か⁉　今年も航空ショーで受注ならず』

大きな見出しが新聞を飾っていた。しかも写真付き。今朝も見た記事をさっきから何度も見直していた。

世界中の航空機メーカーが激しい受注合戦を繰り広げる世界最大の国際航空ショー。昨年はフランスのパリで行われたが、今年はイギリスのファンボローだ。奇数年がパリ、偶数年がファンボローと交互に開催される。エンブラエルやボンバルディアが堅調に受注成果を上げる中、MRJは昨年同様一機も契約を獲れなかったと記事に書いてあった。

「やっぱ実績がものをいう世界なんかなぁ……」そう呟いて鉄工所の2階へ上がった。

四畳半ほどの会議室のテーブルには赤いプラスティックの配達弁当が並べられていた。博信が入って間もなく下の作業場から井川と川澄、それに鳥海が上がってきた。井川は一番古株の職人で古谷鉄工所の切り札だ。金属加工に賞でもあれば金賞のハワイ旅行を狙えるほどの腕を持っていた。川澄は住友精密工業のOBで、今月の初めから週に一度、特殊加工の技術指導に来てくれている。鳥海は今年4月に入ってきた新入社員だ。年齢はなんと17歳！ 社長の陽子が知り合いから「ウチの子をお宅の工場で預かってくれへん？」と頼まれたのだった。ちょうど博信には今時の若いコを必要とする〝算段〟があったため引き受けることになった。

陽子が全員の湯呑みにお茶を淹れて昼食が始まった。正面のホワイトボードには昨日川澄が開いてくれた「加工技術講座」の名残である解説図が描いてある。週に一回という約束だったのだが、川澄は古谷鉄工所を妙に気に入り、毎日足を運んでいる。「すんません、零細やから……」と博信が言いかけると、「わかっとるよ。謝礼は最初の約束通り（週一回分）でええんや」と川澄はニコニコしながら答えた。それから遠慮なく厚意に甘えている。どうも博信が端で見ていると「教えるのが好きでたまらない」といったタイプの職人のようだ。そんな川澄の一番のお気に入りが17歳の鳥海だ。

鳥海はいま、博信や川澄の指導で3Dキャティア（三次元設計ソフト）の操作訓練に明け暮れている。博信が陽子に頼み込んでMRJの設計部で使っているのと同じものを5月に導入したのだった。投じた費用は一切合切で500万円。町工場の零細企業にとってはおいそれとはできない決断だ。たとえ資金体力があって導入したとしても、金属加工を請け負う一般的な町工場では、宝の持ち腐れになる場合が多い。というのも、その多くが切削や表面処理など加工の一部だけを請け負っているからだ。

材料となる金属の塊から複雑な形状のひとつの部品を作り上げる場合、大きな塊からある程度、部品に近い形に切削するのをA社が手掛け、それを次のB社が凹凸の加工を行い、さらに次のC社で螺《ら》旋《せん》切り込みの入った精密な穴開けを担当し、最後のD社で磨きなどの表面処理を行う——というケースが多いのだ。

こうなってしまう理由はその工場工場による特色「得意・不得意」もあるのだが、概ねの場合、発注側の大手・中小企業の発注図面を読み取れない（解析できない）ことにある。

発注図面は多くて「俯瞰」「縦」「横」「底面」と四つの平面図となっている。凹凸や切り込み、溝や穴開け、斜めや曲面の切削もそれを見てわかるのだが（当然それぞれ寸法や角度、ピッチなども記されている）、これらを一体どの順番で加工していけばいいかがわからないのだ。もちろん、それぞれに加工方法が異なるため、使う設備も変わってくるのだが、金属加工を長らく手掛けていれば概ねの設備や道具は皆持っている。

ただしここで問題となるのがそれぞれの加工（工程）で必要となる治具《じぐ》の発明だ。発注部品によって使う治具は異なってくる。他の部品加工で使用した治具を転用できるケースもあるにはあるがごくわずかだ。精密さが求められるため、それ専用の治具を作らないと不良品を生み出すことになる。大半の町工場はこの治具を考えて作り出す作業を面倒臭がり、そのために仕事を限定してきたのだった。

結果、発注側はひとつの部品加工なのに複数の下請けに出さなければならなくなるのだ。当然ながら輸送費用や複数ヵ所だけのコストがかかることになり、費用対効果はとてつもなく悪くなる。請け負う加工を限定していけば必要のない加工に使う設備や工具に興味もなくなり、更新しなくなることは言うまでもない。

問題はこれで終わらない。こうした分業になれば、加工指示書（発注図面）は『Sec 3』『Sec 4』のみ行ってください」と極めてシンプルなものとなる。加工指示はSec 1～Sec12まで記してあるのだが他を全く見なくなるのである。その結果、全部の加工を効率良く行う知恵が、治具作りも含めて生まれてこなくなるのだ。

こうして設計図面を読み取れない町工場がどんどん増えていったのだった。

そうした時流の中で、金属加工のエキスパートとして矜持を持つ博信と陽子は手間暇の面倒を厭わなかった。特に切削した部分に磨きなどの表面加工を施す後工程が必要ないほどキレイに仕上げるのを得意としていた古谷鉄工所では、そのキレイさをそのまま維持したいがために全ての加工を手掛けられる努力を惜しまなかった。他に回されるとマズい固定をされるなどし、傷が付いたりするからだ。

そして博信は今回の特殊加工が多い航空機部品製造に挑むにあたり、「このような部品ならどうですか？」と逆に提案できるよう〝新たな武器〟を備えたいと考えたのだった。つまり部品そのものの詳細設計を手掛けるのだ。３Ｄキャティアの導入はそのための第一歩で、その操作をＴＶゲーム世代の今時の若いコである鳥海にやらせようと博信は考えたのだった。

まず平面図面から読み取った数値を3Dキャティアに入力して完成部品を3次元で作り上げる。次に金属の塊をどの順番で切削していけばいいか、鳥海が3Dキャティア上で実践してみる。効率的かつ問題が起きない順番を見つけたら、最後にコンピューター制御の切削設備の作業指示プログラムとして落とし込んでいくのだ。

順番を間違えれば切削できなくなったり、部材の置き方や角度によっては他の残しておいた突起に歯が当たってそこを削ってしまったりもする。そうするとその部分が赤く表示され、失敗したとわかる仕組みになっている。博信でも面白くて虜になるくらいだから若い鳥海はもっとハマるに違いない

——そう思ったのだ。

「鳥海くん、午後はさっき下で加工した部品の発展系をやってみよか」

川澄が口をモグモグさせながら言う。鳥海が箸を持つ手を止めて聞く。

「もっと複雑になるんですか?」

「そうや。飛び出たところがあったやろ? あそこの下に穴を貫通させるんや」

井川が割って入る。

「そりゃまた難しいですね。どうやって固定して穴開けるかなぁ……」

鳥海はスポンジが水を吸うようにテクニックを身に付けていき、3Dキャティアを扱う技術はメキメキと上達していた。その上、いままでは博信が手描きで書いた、作りたい部品を見てその平面図を作

成できるほどになっていた。

切削技術一筋できた井川も最近、この鉄工所に誕生した新たな秘密兵器に興味を持ち始め、時間さえあれば鳥海の作業を見に来るようになった。何しろ自分が担当するコンピューター制御の切削設備の前段階となる準備作業でもあるのだ。時には、部品を置く位置を変える回数が最も少なくてすむよう指導もしていた。

川澄に至っては現職時代から進化した秘密兵器に興味津々といった様子で、特殊加工の指導以外は鳥海に付きっきりになることが多くなった。週一回で済まなくなったのはそのためだった。

博信はすっかり自分の指導の手を離れた鳥海にちょっとだけ寂しさを感じていた。ただ、いつ鳥海から聞かれてもいいように、土曜日や祝日に鉄工所へ出てきては、3Dキャティアの説明書を見ながら知識や技術をこっそり磨いていた。


お茶を一口飲んだ陽子が話題を変えた。

「ところでMRJ、受注取られへんやったみたいやなぁ」

博信が川澄に訊ねる。

「住精（住友精密工業）さん、三菱から正式な脚部の発注きたんですか？」

川澄が溜息交じりに答える。

「それはな、この2月にあったらしいわ。それでもうティア1として設計エンジニアが何人か三菱に常駐しとるって聞いたわ。ただな……」

「ただ、なんですのん？」間髪入れずに博信が聞き返した。

「これは又聞きななんやけどな、ちょっとモメとるらしい」苦々しそうな表情で川澄が答える。

「何か問題でもあったんやろか……」陽子が囁いた。

「ひとつは重量。もうひとつは型式証明の取得らしいわ」


昨年9月に主翼をアルミに変える発表をした際、設計部では機体重量を弾き出していた。全体設計の時には主翼はCFRPで、重量の積算も強度の補強などを加味していなかったため、それに比べるとかなり重量が増すことになった。何しろ主翼・尾翼合わせると機体重量の20～25％を占めるため、材料や構造材の違いは大きな影響を及ぼしてしまうのだ。それ以降、設計部はやっきになって機体すべてを精査し、kg単位での重量削減にしのぎを削っていた。その中で「不確定要素」として重量の精査ができずに残されたのが降着装置の脚部だった。

官需の自衛隊機の脚部意外にもボンバルディアの脚部受託製造で十分実績を積み重ねてきた住友精密からすれば、安全性の審査＝型式証明の取得を独自に行わざるを得ないことも念頭に置いていた。そのためMRJの全体設計が一昨年にでき上がった以降に詳細設計の叩き台となる「住友精密案」を作成し、三菱サイドに投げていたのだが、昨年の暮れに重量の大幅削減を言い渡されていたのだった。後々発生することになる二度手間を恐れた住友精密は双方の設計陣による協働（三菱への常駐）を申し入れていたのだが、未だこの時点でも承諾は得られていなかったのである。つまり「設計は三菱が引き直すから要求通りのものを作って欲しい」という、まるで防衛省が三菱へ発注するようなやり方で進める意向を示してきたのだ。

そして事態は奇々怪々な方向へ進んでいく。「まさか零戦の時のような『肉抜き』を提案してこないだろうなぁ」——当時、住友精密でこう冗談半分で笑いながら話していたのだが、まさに的中するプランがこの後の9月に送られてきたのである。強度の問題も含め、三菱なりに相当の時間をかけて突き詰めたであろうことは、図面を一目見てもわかる。「肉抜き」が入っていたりする見たこともない形状だったからだ。これまでの常識からは想像もできない〝斬新〟な設計に、住友精密は蜂の巣をつついたような騒ぎになった。

三菱は決して奇をてらったのではない。そもそも100席未満のリージョナル機はスケールメリットが出にくいサイズのため、設計エンジニアたちが腕を振るう幅があまりに少ない。それは革新的な進化を遂げるのは非常に難しいと言える証左でもあった。ライバルメーカーであれば、不本意な重量が弾き出されたこの時点で、燃費効率の向上が20%ではなく12%になるとわかったとしても「もうこれ以上この乾いた雑巾から水滴は絞れない」と、さらなる軽量化の追求は諦めていたはずだ。10%を超えるだけで航空史に残るほどの画期的なことであり、早く開発を進めて受注を獲りまくったほうが懸命だからだ。

しかし三菱には脈々と受け継がれる〝ゼロ（戦）の精神〟が根底にあった。1gの軽量化に粉骨砕身して挑む精神をMRJ開発で途絶えさせるわけにはいかなかった。ましてや「これがラストチャンス！」と背水の陣で決断したプロジェクトなのだ。一定の成果にあぐらをかき、それ以上の追求を諦めてしまうのは、座して死を待つのと同じことだった。

昼食が終わり、皆それぞれ午後の作業に就いた。眼鏡をかけた陽子は書類との格闘を再開した。今日も朝8時半から12時までぶっ続けの作業となった。老眼が始まった年齢には細かな文字が拷問に感じられる。それにしてもわからないことだらけの内容だった。フッと博信に目をやる。見本を見ながら早くも一心不乱にキーボードを打ち続けていた。

「これホンマにでき上がるんかなぁ……」早くも陽子が音を上げる。

「わからん！　ただ、やらな前へ進まへんやろ」

母でもある社長のグチに少しキレかかりながら博信が吐き捨てた。実は博信も陽子と同じいつ爆発するかわからない不安に駆られながら作業をしていたため八つ当たったのだった。

博信と陽子が格闘しているのはＪＩＳＱ９１００認証申請の作業。この取得なしには航空機の部品製造への参入はできない。認証団体「日本品質保証機構」へ問い合わせをしたのが昨年の秋。「システムの構築や文書化、マニュアル・規定類・申請書類等の作成はとても煩雑なため、コンサルタントを雇って行う企業が大半だ」と聞かされたのだが、「ウチは零細なんで……」と自力で遂げたい旨を告げたのが最初だ。電話の向こうで、信じられないと目を剥いているのが手に取るようにわかった。そして12月に入ってから博信と陽子の2人で認証取得の作業を始めた……のだが、あの電話の時、相手が目を剥いた理由が1週間も経たないうちに骨身に染みてわかった。参考になる雛形なども取り寄せ、わからないところは何度も電話して説明を仰ぐのだが、何しろ何をやっていいかが全くわからず、お手上げ状態だった。

そもそもJISQ9100はISO9001に航空宇宙産業特有の要求事項を織り込んだものだ。昔は熟練工の勘と技術に頼って部品を作り上げていたが、流れ作業による大量生産の時代に入ると「一貫した品質」が求められるようになった。製造業はここから大きな進化を遂げていく。生産性を上げるべく、作業の効率化を図り、原材料・人件費の見直しや不良品を出さないようにするなどコスト削減に邁進した。その結果、徹底した生産管理・品質管理体制が確立された。それを各企業区々《まちまち》ではなく、世界共通のルールを決めて行おうとなったものがISOなどの認定制度だ。

わかりやすく言うと、この製品（部品）が「いつ」「どこの工場」の「どの生産ライン」で「どの作業者（管理者）の下で」「いくつ」作られたか――がわかるシステムだ。当然ながら使われた材料や調達先もさかのぼることができる。

消費者にとってもありがたいのは、たとえば発火の恐れのある不良品や異物混入の恐れのある品は、このシステムを導入しているお陰で一発で突き止められ、該当品だけが回収されることになる。しかも、材料に原因があったのか、またはどの生産ラインのどの工程で不良が作られたかを解明するのに大いに役立つのだ。

安全性が厳しく求められる航空機の部品製造の認証システムでは、これらに加え、「○○の材料から□□の加工機械を使って△△（具体的な作業法や手順、時間など）して成形した後に◇◇の検査法で安全性を確認する」といった、「どうして安全であると言い切れるのか」を証明する手立てまで求められる。これが既に安全性が証明されて世界中に出回っている部品で、それに踏襲した製造手法で行うのならば難しいものでもないのだが、ＭＲＪのような新造機で、尚かつ新たに開発する脚システムのクリティカルな部品ともなれば、加工法や手順の安全性の証明だけでなく、それぞれに使用する設備や道具、検査機器に至るまでの正確性・安全性の証明も盛り込まねばならない。命に直結する分野だからこそ格段の厳しさがあるのだが、その辺の町工場にとってはとてもでないが、おいそれとできるものではない。

博信が参考となる資料をパラパラめくりながら溜息交じりに吐き出した。

「これな、たとえばウィンドウズにインストールした検査アプリを使って安全性を確認したとするやろ？ そしたら、検査のやり方やアプリの正確性の証明だけやなしに、なぜＭａｃやなしにウィンドウズなんですか？っていう根本的な……ウィンドウズっちゅうＯＳの信頼性まで証明せなあかんような話やで」

陽子が博信のほうに顔を向ける。パラパラめくっている資料の背表紙に目が止まり、色をなした。

「あんたが見てるの、それ型式証明取得の資料やで。それは下請けのウチには関係ないやん。頭ん中がごっちゃになってるんちゃう？」

慌てて博信は資料をひっくり返し、表紙を見た。

〝わっ、ホンマや！〟

なんや、そこまでは必要ないんやな——と一瞬安堵の表情を浮かべたものの、マニュアルや規定類、申請書にまだ一切手を付けていないことを思い出し、憂鬱になった。

そこへ下の作業場から川澄が上がってきて博信に声をかけた。

「専務、これから下で超合金の切削を教えるから一緒に降りてきて」

「これはな、13－8MOっちゅう特殊な合金で、航空部品で使われる材料の中で一番硬い。住精で特殊な加工を施してるんやけど切削が非常に難しいんや」

博信が金属を切削する設備、オークマ製のマシニングの中を覗くと、加工台の上に、手の平サイズの「こけし」のような黒い金属の塊が置かれてあった。ステンの中でも硬度が最も高いヤツに特殊な液処理を施した上に、最後に焼き付けでもしたのだろう。

「井川さん、機械を走らせて」川澄が指示する。

ウィーンとモーター音が鳴り出すと、井川は回転し始めた金属の塊に切削歯を近付けていった。キーンと音がし、火花が散って切削が始まった。

「よーく見といてや」川澄が言う。

目を凝らしているうちに、歯が当たっている金属の表面が徐々に青みがかってきたかと思ったら、すぐに鈍いオレンジ色に変わっていった。そしてものの20秒もしないうちに濃いオレンジになって、その後すぐに明るいオレンジ色に変わった。

「ええよ、もう」川澄が作業を止めた。

すぐに井川が金属の塊から歯を離す。

「いま、見とってわかったように、この合金は熱が加わると違う物質に変化してしまうんや。オレンジ色になった瞬間にな。するとどうなるか？　強度が落ちるんや。だから熱変化が起きない、オレンジになりかけた暗いオレンジまでのところで削っていかなあかん。ただな……」

川澄が続きを言いかけた時、井川が口を挟んだ。話の続きがピンときたのだろう。

「回転数と歯が重要なんですね？」

川澄がニッと笑って頷く。

「そうや。このブツを切削する時の回転数を見つけ出すのと、どれくらいの時間でオレンジになり始めるか弾き出して、ギリギリの所になったら歯を離さなきゃならんわけや。後は歯によるわな。この歯じゃムリやわ」

博信には川澄が最終的に何を言いたいかがわかった。回転数を上げられなければ削る時間が長くなる。この部品の切削を請け負うと、この機械を使う他の部品の切削がほぼできなくなるということだ。また、ずっと歯を当てていればいずれ熱が上がってしまうため、切削プログラムを入力して自動運転もできない。つまり作業者がつきっきりとなってしまうのだ。

〝ホコ×タテの「金属vsドリル」のほうがマシやな〟

博信が鼻を鳴らした。ただ――と思い直す。超合金に負けない歯なら切削時間を短くできる。ただし歯の値段は一気に高くなる。その上、歯は消耗品だ。この部品の加工を請け負えばコストがエライ高くつくことになる。あとは発注数と単価次第だ。まずは歯の値段を調べてみないと……。苦虫を嚙み潰したような博信の表情を読み取ったかのように川澄がフォローした。

「この加工はな、他じゃできへん。だから住精も（できる下請けを）欲しがっとるんや。当然、加工が簡単なものや量を必要とするものなんかより単価はケタ違いのはずや。何より他が追随できへんっちゅうのが一番オイシイわな。決まれば最低でもこの先20年は続いていくんやから」

他じゃできないものを作る

博信は川澄がここに来て最初に話してくれたことを思い出していた。

「ここへはな、他じゃできへんクリティカルな部品の発注がくるはずや。そのための指導なんやから」

ありがたい話ではあったが気が重かった。認証取得の作業も遅々として進まない中、いま見た限りでは、技術の習得というより、〝いい加減〟の回転数と歯送り、切削時間、そして効率的な作業工程を見出して、「作業標準」を確立しなければならない。

あと3～4ヵ月経った秋には最初の部品の図面を送れるのではないかと言われている。切削プログラムを作る3Dキャティアの操作も、鳥海はまだ研修段階なのだ。

〝他の請け負っている仕事をこなしながらこの三つを同時並行でできるんやろか……航空産業に挑んで正解なんやろか……〟

心配性だが根は楽天家の博信なのだが、さすがに自分が言い出して走り始めたことに初めて後悔の念に駆られた。

「それじゃ歯送りは……」と井川が川澄に質問し始めたが、博信はもう耳に入らなかった。頭の中はいろんな不安がグルグル回り、目眩で倒れてしまうんじゃないかと本気で心配した。

川澄と井川の二人に「すみません、上でＪＩＳＱ９１００やらなあかんので……」と頭を下げて断り、２階へ上がる階段に向かった。不思議と一歩歩く毎に頭の中から不安がひとつずつ消えていった。２階へ着く頃には三つともきれいさっぱり無くなって、代わりに大好きな「真打」のカレーうどんが頭に浮かんでいた。もちろんジューシーなとり天のトッピング付きだ。楽天家の真骨頂は思いがけず発揮されるのだ。

八方塞がりの中での挑戦

「ご安全に！」

「ご安全に!!」

「本日は、お忙しいところお集り頂きましてありがとうございます。本日の議題は主にＭＲＪの中胴床下部の艤装検証を行ってみて判明した難作業箇所の確認になります」

朝夕の冷え込みがめっきり厳しくなった12月初旬、三菱重工大江工場の端っこにある古びた倉庫、通称〝秘密基地〟で設計部と工作部による「ＭＲＪ製造の事前検証」が行われていた。

設計変更後の詳細設計を終えたＭＲＪ開発は、およそ２ヵ月前の９月30日、初めて製造される部品となる水平尾翼の骨格を構成するアルミ材の切削が行われ、「製造段階」に移行した。部品製造に入った時に行われる業界の慣習で、「メタルカット式典」と呼ばれ、多くの関係者やマスコミを招待して執り行われた。これを皮切りに、機体の各パートを受け持つサプライヤー（部品を供給するパートナー企業）も順次、製造に着手していくことになる。1年8ヵ月後の12年4–6月の初飛行を目指す。

そうした華やかな〝本線〟を横目に武は、この日ついに念願の最終ステージに入ったのだった。今夏までは段ボールで作った実物大の〝紙ヒコーキ〟を使い、設計図面&指示通りに部品の組み立てや配線・配管の架設が可能かどうかを検証する作業を手掛けていた。同時にこれらの作業手順も築き上げた。

武が考えた次なるステージでは、柔らかな紙ヒコーキではなく、機体の構造部分を実際のMRJに模して金属で作り上げて、胴体下部に設置される装置や設備品を実際にネジ等で固定したり、配線・配管作業も現実に即して行い、難作業や問題点を残らず摘み取ろうと考えたのだ。

旅客機ではバッテリーや空調設備、駆動装置、配管・配線など、必要な装置・設備のほとんどが客室の床下に埋設される。翼の構造体や荷物（貨物）スペース、脚システムなどが幅を利かせるため、残されたわずかな部分にギッシリ詰め込まれることになる。本来、取り付け順序を念頭に置いて設計されなければならないのだが、何しろこのMRJが初挑戦となるため、想定外の事態は十分に起こりうる。

紙ヒコーキを使った事前検証でいくつかの問題は拾い出し、解決には至った。ただ、実際に胴体下部の機体の骨組みに作業者が寝転がって「ネジ止めができるか」、「大きな配管と電源コードがくっ付けなければならないこの装置を取り付けた後で、配線・電線がやたら多い隣の設備を設置できるのか」などといった現実の作業は、機体構造の骨組みが段ボールでできた紙ヒコーキではムリだった。今日行われる最終ステージは〝将来起こることを事前に見つけ出す秘策〟を完成させるための武の集大成だった。

中胴は赤く塗られた金属の骨組みが設計通り、寸分の違いもなく組み上げられていた。その中は設計の指示通りに、ダクト（配管）やバッテリー、電源装置、駆動装置、配線類が既にギッシリ詰め込まれていた。これから行われるのは、まだ固定も接続もされていないそれら様々な装置や設備に電源コードや配線、ダクトなどを取り付けられるか——というものだ。当然、作業はこのギッシリ詰まった隙間に人が入り込んでいって寝転がって行うことになる。

「ハーネスを固定するために、ここの上にネジを締めなきゃいけないんですが、ご覧頂いている通り、胴体下に寝転がっている作業者からは見えない。で、ネジを締めようとしても、まず手が届かないと」工作部の係長が作業の意図を説明する。

設計部のチーフが、一瞬ニタッとした表情を浮かべると言い返した。

「これ、上（客室床）からやれば手が届くし見えるんじゃない？」

「それじゃ上に行ってみましょうか」係長が重ねて返した。

工作と設計合わせた40人がゾロゾロと可動式階段を登って上に移動する。

「見て頂いた通り、既に客室床下にはファイバーケーブルの平たい帯や配線類がびっしり敷かれているんですね。骨組みや固定材に設置しなきゃいけない装置類はこのケーブル類が敷かれる前にここ

（客室床）から入れてやるんですが、それらに電源ケーブルや配線、ダクトを取り付ける作業は、この状態の後にやらなきゃいけないんですよ」係長が設計部のチーフに目を据えながら言い放つ。

すかさずチーフが返す。

「……じゃ横から上半身入れてやればできるんじゃない？」

「待ってくださいよ。もうこの段階では機体構造（骨組み）の周りにはスキン（ボディー外板）が貼られているんですよ。配線とかの取り付けは胴体の隙間に入って全部やらなきゃいけないんですよ。でないと整備もできないじゃないですか」

係長が色をなして声を張り上げた。

「あっ！　そうか……」

その時、機器がギッシリ詰まった胴体の下部から悲鳴に近い声が上がった。

「もう出てもええかな？　姿勢が辛いんやけど。腰と腕が攣《つ》りそうやわ」

狭い隙間でうなぎのように横たわりながら作業を模擬していたベテラン作業者の清水だった。

「お〜い！　誰か清水さんを引っ張り出したってぇ〜!!」

係長が申し訳なさそうにさかんに頭をかきながら叫んだ。

生みの苦しみが表面化した瞬間だった。

旅客機を丸ごと一機造る経験・知見の不足、さらには70〜90席クラスに挑んだことが祟《たた》ったのだ。

客室床下に詰め込まれる各装置や設備の大きさは150席クラスの機体で使うものと変わらない。そのクラスなら胴体径も長さも大きくなるため、これほどまでの苦労は必要なかった。ただ、まるっきり実績のない赤ん坊がいきなりそのクラスに挑むのは無謀だった。しかも天下のボーイングやエアバスを敵に回すことにもなる。当初計画の30～50席クラスであれば装置や設備類が小さくできる他、捨てられるものも多くある。けれどもそのクラスではまるっきり需要が見込めない。かといって重要が見込める70～90席クラスにしてもライバル機との性能が同等か少し上回るくらいの差なら、実績には勝てず敗北に終わる……まさに〝八方塞がり〟の中で挑む苦しい開発だった。

武は最悪の状況が嫌いではなかった。いや、むしろ好むタイプだ。なぜなら、そこには知恵と工夫次第で逆境がチャンスに変わる機会がゴロゴロ転がっているからだ。それこそがものづくりの楽しみでありやりがいである。ましてや製造手法や工程を自分たちで築き上げることができる新造機の開発は一生に一度どころか、願っても叶うものではない。ＭＲＪに携わることができなかった者のためにも力の限りを出し尽くして燃え尽きよう——武はＭＲＪ製造担当を拝命した時にそう誓ったのだ。

この日の検証では2ヵ所の組み立ての問題点が話し合われた。そして実践している最中に三つの新たな問題も浮かび上がった。その場で侃々諤々の議論を交わした。ものづくりに関しては一家言ある猛者ばかり、みるみる白熱した。

「電源コードと配線、ボックスのネジ止めの各作業が干渉する設計が多過ぎるんですよ」

「そうした取り付け作業がし易くなればという思いから、取り付ける位置が一方向になるよう装置や機器の配置に相当気を遣ったんですよ」

武もスイッチが入り、ガンガン提案した。

「俯瞰や、仰ぎ見る目線も欲しいわけですよ。見た通り、作業の大半は胴体底辺の骨組みに寝っ転がって上に向きながら組み立て作業をするんで、そこから最低でも2〜3は接続部を目視できて作業できるような負担の軽減と時間短縮も考えなあかんのとちゃうかなぁ。塵も積もれば何とやらで、量産に入った時にそうしたムダの影響は大きいでしょ?」

一見すると意地と意地のぶつかり合いにも見える闘いなのだが、これが功を奏し、二つの問題はその場で解決した。ただ、隣り合う装置やダクトなどの関係をもっと精査しなければならないような繊細な部分三つについては設計部が持ち帰り、工作部の意見をできる限り反映させるよう努力し、数日中に修正案を提示することとなった。その他にも、工作部が組み立て・取り付けの実践をして見つけ出した問題が6ヵ所ほどあったが、それらは翌日改めて行うことになった。

最後に武自らが設計変更の要望を持ちかけた。

「これはローンチのANAさんの整備担当から注文があったのですが……」

言葉を一旦切って設計部の一人一人に目を流しながら、再び続けた。

「バッテリーの位置ですが、現状の設計では点検口から1・5mほどのところに据えることになっています。ちょっと見てもらいたいんですが……」

そう言って武は胴体下部の90×90㎝程の格子になった機体骨組みの間から上半身を滑り込ませて、

バッテリーを模した40×50×70㎝程の四角い箱に手を伸ばした。点検口からバッテリーの手前までは1mほどあった。

「ご覧頂いている通り、バッテリーに手が届かない位置にあるんですね。これでは整備が非常にしづらいということで、〝バッテリーの位置をもっと手前にできないか？〟という要望が出ています」

設計部の一人が口を開いた。

「確か点検口に近付けられる限界というのがあって、せいぜいあと20～30㎝じゃなかったかな」工作部の作業者が漏らす。

自動車と違い、こうしたところの裁量も少ないのが航空機製造の世界だ。事故が起きる毎にさらなる安全性を追求する規定がどんどん増え、乗客からすればありがたい、柔軟性に富んだ世界である一方、ある意味ではエンジニアたちにとって腕を振るう部分が狭められていく世界なのだ。

別の作業者が険しい表情で言った。

「20～30㎝近付くと、ちょっと前へ乗り出せばなんとか手は届くんやろうとは思うけどバッテリーってかなり重量があるからなぁ……持ち上げるのはとてもムリやね」

別の作業者が相槌を打つ。

「そうそう。ボルトで固定されてるから、その固定も外さなにゃいかんしな」

再び、皆でやいのやいのと討論が始まった。一頻《ひとしき》りあった後、武が切り出した。

「でね、これは設計さんが『うん』とは言わへんかと思うけど(笑)、一応俺なりに考えてみた意見としては、バッテリーを固定する部材の下にスライドレールを取り付けて、スチールロッカーの棚みたいにス～ッと引き寄せられるようにしたらどうやろ？　もちろんロック機構も付けてやけど」

設計さんが「うん」と言わないだろうと武が前置きしたのには理由がある。スライドレール分だけ重くなってしまうからだ。

設計のチーフが難しい顔のまま肩を竦めて見せた。

「実はここもまだ〝未確定〟って言えば未確定なんですけど、このバッテリーがリチウムに変わる可能性も現段階ではあるんですね」

「えっ！　リチウム⁉」武が目を剝いた。

リチウムイオンバッテリー

実はこの時、ボーイング787が旅客機で初めてリチウムイオンバッテリーを採用し、飛行試験の段階に入っていた。ボーイングは人工衛星や火星探査車などに使用してきた実績があった。リチウムはこれまでのニッケルカドミウムバッテリーと比較して、「小型軽量」「高寿命」「高電圧・高電流が得られる」といった長所があり、短時間に大量の電力を必要とする補助動力装置の始動や電源供給ができなくなった場合のブレーキ動力として最適とされ、導入が決まった。

B787とMRJ双方のローンチであるANAからすれば、共通する部品が多ければ整備やコストにメリットが生まれる。このためMRJの設計サイドでも、もしANAからリクエストがあれば差し替える心積もりを持っていたのだった。

武の技術者の勘が警鐘を鳴らしていた。挑戦好きの武だが、携帯端末やPCでリチウムイオンバッテリーが「熱暴走」と呼ばれる異常な発熱を起こし、発火・爆発を引き起こすことが問題になっているのを知っていたからだった。それだけに「このMRJでは採用すべきではない」と考えていたし、口ではうまく説明できない本能の部分で「無闇矢鱈《むやみやたら》に最新技術や最新設計を注ぎ込んでいくと本当に予期しない干渉などが様々発生する」というのがこれまでの経験で身に染みていたからだ。

ただ〝ここでそれを議論しても意味がない〟と我に返り、言葉を呑み込んだ。

設計のチーフが続けた。

「これについてはANAでも議論が真っ二つに割れているようです。初めて導入を決めた787の様子を見て判断するんだろうと思います」

武から他に目を移したチーフが口調を変えて再び話し始めた。

「スライドレール案はいいアイデアだと思います。整備がし易くなるのはセールスポイントのひとつになりますからね。後は『増えた分の重量をどこで補うか』、『何千回と行う離発着の衝撃に耐えられる設計にできるか』といったことになりますので、これも持ち帰って検討します」

「前向きにね」あざとい武は念を押すのを忘れなかった。国会の答弁でもそうだ。持ち帰って検討します＝〝努力義務〟に他ならない。そうは問屋が卸さないのだ。

第7章

不毛からの脱却

MRJ

アルミの弁当箱

2011年1月——。

〝当時は全員が足を棒にしてこれを売ってたんだよなぁ……〟

溜息交じりに盛本が漏らした。シーンと静まり返った室内は、いつ来ても空気がピーンと張り詰めている。眺めているのはアルミの弁当箱。深さがあるため一見無骨に見えるが、指を切らないように丸められた縁や滑らかに仕上げられた角などは、日本人特有のきめ細やかな仕事が込められていて舌を巻くほどだ。隣には学校給食で使うようなレンゲもある。これもアルミ製だ。だがこっちはいただけない。口に入らないほどの大きさだからだ。いずれも三菱のシンボルマーク「スリーダイヤ」が赤で刻印されている。

盛本がいるのは三菱重工小牧南工場の中に建造されている「三菱重工史料館」だ。平社員の時には足を運ぼうと考えたことはなかったのだが、役付きになって大きな判断を求められる場面に直面した時にフッと思いだし、密かに訪れては〝先輩たちならこんな時、どう決断しただろう〟と思いを巡らせていた。この日もそうだった。ここに来れば答えを見出す何らかのヒントがどこからともなく沸いてくるのだ。

史料館の中は、堀越二郎など名だたる設計者や零戦の製造風景の写真などが壁面にズラリと飾られ、YS－11の設計図面や三菱が手掛けてきた航空機など、実際の部品がショーケースに展示されている。中でも目を引くのが史料館の中央に鎮座する実物の零戦だ。

盛本が立っているのは史料館の一番奥にあるショーケースだった。その中に擦り傷だらけだがしっかりとした作りのアルミの弁当箱がポンと置かれてある。

第二次世界大戦に敗れた日本はGHQから航空機の研究・製造を一切禁じられた。それまで三菱重工ではあらゆる軍事兵器を全国で生産していたが、航空機関連に従事していた従業員、およそ2万人のうち5千人を残した1万5千人をクビにせざるを得ない事態に陥った。〝会社に残した5千人をどうやって食わせるか〟——これが三菱だけでなく、国にとっても大きな課題だった。そうした中、知恵の回る者が突拍子もないアイデアを出したのだ。

「アルミで弁当箱作って売り捌きましょう。飛行機作ってたプレス機を使ってやればポンポン作れますよ」

他に妙案はなかった。直ぐさま三菱は社内のすべての部署に通達を出した。

『家庭にあるアルミ製品をすべて会社に進呈せよ』文句など言わせない強制だ。

かくして従業員たちの弁当箱は竹包みに変わり、新しい弁当箱がどんどん量産されていった。しかしこの戦略、問題山積みだった。当時は米に困っていた時代、芋が主食だった。いくら頑丈で美しい仕上がりでも売れるはずもない。たとえ三菱の刻印が入っていても、だ。さらに最大の誤算があった。売り歩く「営業」が当時の三菱には存在しなかったのだ。それもそのはず、仕事はずっと軍需主体できたからだった。

そしてまたしても有無を言わせない大号令が残された5千人に発せられた。

『持ち分は1人20個。皆、10円でも20円でも好きな値段でいいから売ってこい!!』

当時の月給は300円。「貰う月給分は売ってこい」ということだ。一軒に10個も20個も必要もない。そもそも営業もしたことのない者が売り捌いてくる見込みなどこれっぽっちもなく、芋を入れるのにアルミの弁当箱など必要もないのだ。当然ながら戦略はわずか2ヵ月ほどで頓挫した。

すると、件の知恵の回るアイデアマンが次なる戦略を打ち出した。

「スプーンと皿を作りましょう！　材料が少なくて済むし、これは数が捌けますよ！」

この奇々怪々な戦略の顛末は……もはや説明する必要もないだろう。

ただ、なりふり構わない血の滲むような努力はこの後も数年続いた。耕転機や脱穀機といった農具などにも手を付けた。まさに七転び八起きだった。クビになった1万5千人の仲間たちに申し訳が立たない。その思いが何度もくじけそうになる心を奮い立たせたのだった。〝負けてたまるか！〟と皆、靴底を減らし必死で売った。

そしてようやく努力が報われる日が訪れた。それはなんと「ロッカー」だった。もはやこの頃になると「作れるモノは何でも作りまくって売ってこい！」という状態だったため、誰の発案かさえもわからないのだが、ロッカーは零戦の製造で培った得意の〝リベット打ちの技術〟を駆使した滑らかで美しい仕上がりだった。別にロッカーが空を飛ぶわけでもなく、空気抵抗などさらさら関係ないのだが、〝持っている技術をいかんなく発揮する〟三菱の職人気質がついつい顔を出すのだ。

そしてこれをあろうことか、真っ先にあの進駐軍の司令部に売り込みに行ったのだ。「彼らなら零戦で使ったリベット技術を知っているから」——ただそれだけの理由だった。しかもこの頃にはすっかりセールストークも板に付き、一度や二度断られたぐらいではめげないほど打たれ強くなっていたため、何の躊躇《ためら》いもなかった。

「こういうものを作りましたが、いかがでございましょうか?」

ダメで元々だった。ところが――

「Oh! Very good!!」

反応は上々だった。皆、青い目をキラキラさせ、舐めるように顔を近付けてでき映えに酔い痴れていた。そしていきなり500個の注文をもらった。宝箱のようなロッカーは評判を呼び、各地の進駐軍施設に次々納められていった。三菱重工に新たなアイデンティティーが加わることになった先輩たちの汗の結晶、それが「アルミの弁当箱」だった。


〝まさに営業の原点だよな、これは……〟

盛本は天井を仰いだ。当時の苦闘ぶりのイメージが脳裏に浮かび上がる。

2009年10月2日、米TSHから100機の注文を取り付けて以降、1年以上も新規受注を獲得できていない。営業担当常務の高木を中心とするアメリカ方面の営業部隊は必死の営業戦略を展開し、〝あと一歩〟というところまで食い込んだ航空会社があるものの、具体的な商談にはまだほど遠い状況だった。一方、盛本が力を注ぐ欧州は〝暖簾に腕押し〟だった。どの国もアメリカより現実主義なのだろうか、口では言わないが〝モノ(実物)ができ上がって、それを見てから……〟という姿勢のところばかりだ。

昨年9月、部品製造に着手し、ものづくりが実感できる段階へ移行したのを契機に社内に再び活気が溢れ始めていた。こんな時に「新たな受注」というとっておきのニュースを発表できれば士気はグーンと上がるのだが、それもしばらく叶いそうにない。年頭の仕事始めの日、皆を鼓舞する挨拶を本社の1階で行ったのだが、〝受注ちゃんと獲ってきてよ〟と言わんばかりの射るような目線が八方から突き刺さって痛かったのを思い出す。

2週間後に開催されるシンガポール航空ショーの全体会議を2日前に行ったのだが、メディアの注目を集める発表ものが何もなく、スカスカのスケジュールを再確認するだけのものに終わった。

会議が終わるや否や、広報の川田が社長室に入ってきて「取材の依頼がまったく入ってないですよ。ファーストメタルカット（部品製造開始）の時にチョロっと取り上げられたのを除けば、もうかれこれ1年3ヵ月ほどメディアから注目されてませんよ。ヤバくないですか？」と眉を顰めて言った。正直、あの時ほど焦りを覚えたこともなかった。TSHの100機受注からアッという間に1年3ヵ月が経っていた。自分も含め、皆、がむしゃらに営業してきた。もちろん海外だけではない。ちょうど1年前に経営破綻したJALもしばらくは機材の導入など許されないだろうが、ダウンサイズ（機材の小型化）させる方針に変わりはないため、粘り強く交渉は続けている。

何が悪いのか――この半年ほど、毎晩眠りに就く時に考えるのがこれだ。ライバルが他にいなかったり時代背景もまったく違うため比較しても仕方ないのだが、ボーイングやエアバス、エンブラエルやボンバルディアの各社は最初の生まれたての時に何をしたんだろうかと、つい考えてしまう。モノ（実物）のない営業は同じだったはずだ……いや、いまより条件は厳しかったに違いない。何しろ一般に馴染みのないものを説得して売っていくのだから。墜落する可能性のある危険極まりないものを、いくら短時間で海を越えられるからといって、「それは便利ですね」と二つ返事で誰も買うはずもない。

「実績」なのか「有意性」なのか「モノがないから」なのか……盛本の頭の中はこの三つを堂々巡りするだけで、パッと閃《ひらめ》くようなアイデアはこの日ばかりは一向に湧いてこなかった。出口の見えない暗闇にズッポリはまり込み、抜け出せないもどかしさばかり感じていた。〝1日も早くこの弁当箱のように形にしなければ……〟と深い溜息をついた。

「あ、盛本社長！　いらしてたんですね」

呼びかけられた声で我に返った盛本が振り向くと、ここの主である伊東が近付いてきていた。史料館の館長だ。三菱重工を3年前に定年退職した伊東は5年間の嘱託契約でここの館長を務めている。YS－11の製造に携わった一人だ。

「あぁ、どうも」

「弁当箱を見とったんですか？……〝これ売り歩かされた〟って先輩がようボヤいていましたよ。何しろ米がなくて芋の時代ですからね、ちっとも売れんかったらしいですわ」

話し好きの伊東は記憶力に長けていて、そこを買われて館長に抜擢されたのだが、話が長くなるのが玉に瑕だった。

「ほう」

観念した盛本が続きを促した。

「これが売れんかったんで、その後に『銘銘皿《めいめいざら》』っちゅうのを売り始めたんですよ。残念ながらここにはありませんけど。そのアルミの皿、旧海軍さんの号令で造船や船舶（事業者）の方面は無理矢理買わされたらしいんですが、それ以外は全然売れんかったいう話ですわ。まぁアルミじゃ温かい物もすぐに冷めるし、何より色気がまったくないですからね。そしたら広島か長崎の工場に気の利いた者がおって、メッキして絵なんかも描いちゃって〝洒落た皿〟に仕上げて売り出したそうですわ。それが『西欧の芸術品のようやわ〜』って財閥系とかのお金持ちに飛ぶように売れたいう話ですわ。まぁ当時としては知恵を絞ったんですわな、皆」

盛本は頷きながら腕を組んだ。これまで耳にしたことのないエピソードだった。技術力を誇るだけではなく、当時の三菱にはいまで言う「付加価値を生み出す」能力もあったのだ。盛本の胸中でざわめきが起こった。

「そうなんですね。いい話を聞きました。ありがとうございます。それじゃそろそろ（大江の）時計台に戻りますんで……」

「MRJ、頑張って売ってくださいね。みんな期待してますから」

伊東の言葉に手を上げて応えながら盛本は史料館の出口へ向かった。足取りは軽やかだ。何がどう、と具体的なものはまだ見えないのだが、欠けていた何かを見つけ出したことは確かだ。もちろん、MRJのボディーに絵を描くなんてことではない。カネもモノもいずれもない貧困の最中にあった日本で、付加価値ひとつで売れるモノを作り上げた先人たちの知恵は、いまの不毛状態から抜け出す大きなヒントを与えてくれた。

〝さぁ、知恵を絞り出そう、知恵を〟盛本の足取りは早くなった。

為せば成る！

プルルルル……「はい、古谷鉄工所です。……あ、はい。そうです……」

プルルルル……「古谷鉄工所でございます……」

5月20日。古谷鉄工所の電話は朝から鳴りっぱなしだった。陽子と博信だけでは足りず、同じフロアで3Dキャティアの作業をしている鳥海まで対応に追われていた。というのも、昨夜、テレビ朝日のニュース番組でMRJの特集が放送され、その中で旅客機の部品製造に参入する町工場として古谷鉄工所が取り上げられたからだった。電話は「放送を見たよ」という同業の知り合いに始まり、仕事の取り引きの相談、取材の申し込み、見ず知らずの人からの激励と多岐にわたった。

「……はい…はい。それでは失礼致します」

「やはりテレビの影響って大きいんやなぁ。ビックリするわ」

博信が電話を置いた陽子に話しかける。18歳の鳥海は必死の形相で対応中だ。

「ホンマに凄いなぁ。住友精密さんの後、最後にチョロっと出ただけやのに、皆よう見てはるんやねぇ」

目をまん丸くしたままの陽子が頷きながら答えた。

「こんな大騒ぎになるんやったら取材受けんほうがよかったかな？」

博信がペロッと舌を出し天井を仰いだ。2ヵ月半前の取材の様子が頭の中に甦る。

「何言うてんの！　ありがたいことやないの。こんなぎょうさん電話もらって」

陽子が真顔で博信を見据えて睨んだ。博信が生まれた時から陽子と親子をやってきたが、たまに〝冗談が通じへん地雷〟が起爆することがある。一体どこに埋まってるのか博信には未だにわからない。


ちょうど1ヵ月半前の4月5日、ついにMRJの組み立てが始まった。当日はその第一歩を記念して「鋲打ち式」と銘打った式典が三菱重工の工場内で催された。内容は、操縦室の天井部分にあるパイロットの非常脱出扉の枠（骨組み）に鋲（リベット）を打ち込む作業だ。詰めかけた100人を超えるマスコミも、まるでアポロ宇宙船のアームストロング船長が月面に降り立つ瞬間をとらえるかのように、その第一歩を固唾をのんで見守った。

ところが――。

その儀式はあまりにも地味で、しかもあっけなく終わった。「いきます！」「ダダダ!!」わずか6秒ほどの出来事だった。長さ6㎜、φ4㎜ほどのリベットを1個打っただけ。マスコミのカメラ位置からゆうに10mはあり、列席者の最前列でも6m離れていて、何が起きたのかわからず、皆、呆気にとられていた。誰しも〝ちゃんと次の作業がある〟と踏んでいただけに、祝福の拍手が湧き起こるのにかなり時間が空いた。

盛本は式典冒頭の挨拶で、感情豊かにこう声を張り上げた。

「ただいまから打たれるこの小さな1本の鋲はMRJが誕生する偉大な1本でございます。皆でMRJを玉成しましょう！」

このMRJの組み立て開始式典は、テレビや新聞で「MRJ　いよいよ製造へ！」などと大々的に報じられ、古谷鉄工所はこの時の様子と合わせて放送されたのだった。

古谷鉄工所にテレビの取材が入ったのは2月、陽子や博信にとって実にタイミングが良い時だった。初めてとなるMRJの部品の製造が決まったばかりだったのと、あのJISQ9100を11ヵ月かかってようやく取得できたからだ。JISQ9100の認証の知らせは電話だった。審査した日本品質保証機構の担当者はうやうやしく「おめでとうございます。認証が降りました。つきましては私どもが御社へ出向き、証書をお渡ししたいのですが……」と申し出た。よくよく話を聞けば通常は送付して終わるのだそうだが、従業数7名の小さな町工場が取得するのは初めてのことで、どんな環境下でどんな仕事をしているのか、一度見てみたい――ということだった。コンサルタントの手を借りることなく、山のようにある難解な提出書類をまさか自力でやり遂げようとは夢にも思わなかったに違いない。裏話を聞いて驚いた博信は陽子と相談をし、さすがにこれは丁寧に断った。

それにしてもテレビの取材は驚きの連続だった。新聞の取材を受けた経験はあったのだが、それは1時間ほどの記者からのインタビューに、作業の様子の撮影が30分ほどと、計1時間半程度で終わった。専門紙ではなく全国紙だったため、技術について詳しく掘り下げることもなかった。

ところがこのテレビの取材ではディレクターが3Dキャティアや超合金の切削加工の技術からJI

SQ9100の認証取得まで根掘り葉掘り聞いてきた。話しぶりから製造現場を数多く取材しているようで相当の知見がある感じだった。あらかたの専門技術の話には付いてきたため、取材はまるで同業の知己と話をしているかのように和やかに進んだ。そのせいで、うっかり命より大切な治具まで披露するところだった。

取材班はあれやこれやと忙しく、撮影を5時間も続けて帰って行った。嵐の後の静けさのような空気の中、陽子と博信は二人とも同じ不安に駆られた。

〝こんなマニアックな内容を取材してホンマに放送になるんかな……ナショナルジオグラフィックならまだしも〟

コーヒーを博信のデスクに置きながら陽子が放心したように言った。

「テレビの取材って大変なんやね」

博信がどっかとイスに腰かけながら発した。

「あのディレクター、三菱さんから他の下請けまで結構取材してはったよなぁ。ウチなんかじゃ全然わからん話を聞けてよかったなぁ。特に部品発注の話なんか」

「そうやねぇ、よう知ってはったよねぇ」陽子が頷いた。

年初の段階でMRJの製造を請け負う三菱重工は、部品の製造について「国産3：海外7」となる見込みを弾き出していた。計画を打ち出した当初は「5：5」を目指していたのだが、不測の事態が次々に発生したことで、部品製造に新規参入する国内企業を後押しする余裕がなくなってしまい、実績のある海外メーカーの部品を採用せざるを得なくなったのだ。実績のない新規参入企業が手掛けた部品だと、安全性の審査（型式証明の取得）に必要以上に時間がかかってしまうという判断からだ。

この一方で、設計変更による機体重量の問題も重くのしかかっていた。武らが進めてきたのは製造手法と工程の確立で、あくまでコストと製造期間を圧縮するための取り組み。機体重量には一切タッチしない。部品一点一点を精査した重量の積算もほぼ終わっていたのだが、設計部が渾身で努力した甲斐もなく機体を軽くする目覚ましい成果は得られていなかった。地上強度試験や飛行試験の段階で「補強が必要」となれば万事休すだ。当然、こうした情報は社外秘扱いとなっていて、マスコミはもちろんのことパートナー企業にも一切知らされていない。尾ヒレが付いて妙な噂が流布してしまうからだ。

ＭＲＪの製造が水面下でこうした生みの苦しみに晒される中、新聞やテレビは「裾野が広い航空産業　町工場に商機」などと中小零細企業の航空産業への参入を囃し立てた。ところがそのハードルは前述の通りとてつもなく高く、古谷鉄工所のように新規参入を果たす可能性のある企業はごくわずかしかなかった。部品製造を請け負うことが決まった国内企業の大半は以前から名航と仕事のつながりがある実績のある工場ばかりだ。もちろん、古谷鉄工所の参入が叶うのも、海外の航空機メーカーから脚部システムの受注を獲って実績を重ね、独自に外注先を育てている住友精密工業のような希有な企業の存在があればこそだ。

昨夜の放送は航空機とその部品製造の新規参入の難しさを描いた内容だった。国内に新たな産業が根付くだろうといった期待感は一切盛り込んでいない。ちょっと衝撃的だった。陽子と博信が心配した〝マニアックな内容〟は、超合金を切削する難しさからJISQ9100をなぜ取得しなければならないか――といった航空産業が持つ特有の意味合いまで、短い時間にしてはわかりやすくうまくまとめられていた。ただ、不満がないわけではない。5時間も取材対応したものが、たったの一〇〇分の一くらいに短く編集されて放送されたからだ。アッという間だった。お茶を飲もうと湯呑みに目をやった瞬間に見過ごしてしまうほどの短さなのだ。

見終わった時、よくもまぁ非情にバッサバッサ切り捨てられるもんやなと毒突きもしたが、それでもこれだけ反響が寄せられるのだから、良い悪いは別にしてテレビが持つインパクトの凄さは相当なものだと驚かされた。

プルルルル……「はい、古谷鉄工所です。……あ、はい……」

また電話だ。さすがに18歳の男の子にはひっきりなしの電話対応はツライのか、鳥海は先ほどの電話が終わるととっとと下の作業場へ降りていったため、陽子が受話器を取った。鳥海は放送では『18歳の3Dキャティア・プログラマー』としていささかセンセーショナルに取り上げられ、めっぽう評判が良かった。かかってきた電話は鳥海を応援する声が大半だった。博信は大人げなく少し嫉妬を覚えながらも、鳥海がMRJの部品製造に懸ける意気込みを「やるべきことをひとつひとつ確実にこなしていけば会社の実績にもなりますからやり甲斐があります」とVTRの最後に話したコメントはとても18歳とは思えないもので、正直感動した。

鳥海は川澄の指導の下、毎日毎日本当によく頑張った。金属の塊を自分で作った設計図通りにパソコン上のバーチャルで切削して、その手順をプログラムに落とし込んでいき、実際の切削加工を行う設備に入力するまでが彼の役目だ。しかし鳥海は「何かの役に立つと思うから実際の加工も勉強したい」と博信に頼み込み、井川から技術指導も受けるようになった。ほどなくすると鳥海は博信や井川の知見を超えた提案をしてくるようになった。たとえば切削の順序。超合金の切削に使う設備はマシニングといって、箱形の機械の真ん中にある作業台の上に切削する金属の塊を固定し、それを回転させたところへ外側から切削歯を当てて削り取っていく。穴開けなどもそうだが、複雑な形状ならば一方向から歯を当てるだけでは成形はできないため、固定を変えながら設計図面通りの形に仕上げていくことになる。この時、外形が大きく変わる切削を最初に行うと、次に別の方向から歯を当てるために固定し直そうとしても、どうにも安定した固定ができない問題が発生することがある。パソコン上ではいかようにも固定が可能なため、実際の設備における加工方法や段取りを知っておかなければ、とんでもない順番に仕上げた切削プログラムを井川に渡してしまうことがあるのだ。

川澄が最初に切削の技術指導をした時、鳥海もそれに立ち会ったのだが、その時に見た機械の仕組みと固定の段取りが記憶の片隅にあった。いざ、実際に最初の部品製造の依頼が来た際、それを思い出した鳥海は二度手間にならないように実際の作業を頭に叩き込んだうえで切削プログラムの作成に入ろうと考えたのだ。

鳥海から申し出を受けた博信は、はたと自分が18の頃を思い描いた。友達と遊びまくっていた記憶しかない……ちょっと恥ずかしかった。自分が同い年の頃、鳥海のように仕事熱心であれば古谷鉄工所はもっと大きくなっていたに違いない。

　鳥海が積極的に動き始めると、その後は切削プログラムの修正であるとか、何かと皆が鳥海のもとに集まって何やかやと技術的な議論を交わすことが多くなり、ある種の〝いい流れ〞が工場内にできていった。町工場にとって3Dキャティアは高額な先行投資だったが、仕事の他にこうしたありがたい副産物まで呼び込んでくれたので、博信は「導入を決断して良かった」と悦に入った。

　一方、JISQ9100の取得は本当に骨が折れた。匙《さじ》を何度投げ出そうと思ったことか……。最初のうちは航空産業への参入に対する思いは、正直〝できたらいいな〞くらいでしかなかったのだが、途方に暮れるようなマニュアルや管理規定などの作成を陽子と二人であぁだこうだ言いながらも互いを鼓舞しながら進めていくうち、徐々に徐々に取得する意味がわかり始めてきた。するといつの間にか「是が非でも参入したい」と考えるようになっていた。〝やはり航空機部品の製造はものづくりの極点である〞と改めて痛感したのだ。過当競争ではないオンリーワンの世界に身を置いてきた者とすれば、さらなる高みを目指すのは当然の成り行きだったのかもしれない。だからこそ悪戦苦闘の連続だった作成作業も乗り切ってこられた。そしてなんとかやり遂げた時には言葉では言い表せないほどの充実感というか、達成感が奥底から込み上げてきて、陽子と二人で歓喜を上げた。

　その日ばかりは配達弁当を食べるのをやめて、陽子と連れだって大事な客が来た時だけ繰り出す「真打」に行き、好物のカレーうどんで祝った。もちろんとり天のトッピングも忘れなかった。

「人間って、死ぬ気になって頑張るとなんでもできるもんやねぇ」

陽子がしみじみ漏らした言葉が印象的だった。

住友精密から最初のMRJ脚部の部品製造を依頼されたのが3ヵ月前。川澄の言葉通り、他所ではおいそれと切削できない、複雑な形状でクリティカルな部品だった。熱を加えすぎて材質を変えてしまったり、歯のほうが負けて何度も取り替えるなど、最初のうちは幾度も失敗を繰り返した。前もって半年間も井川の指導を受けていただけにショックも大きかったのだが、〝やはりものづくりは水物だなぁ〟とつくづく身に染みた。固定の仕方ひとつとっても、その日の僅かな力加減や、人が変わるだけで同じ再現ができなかったりする。〝切削のプロ〟を密かに自負していた博信にとってそれは初めての経験だった。

「ホームラン打つ職人が一人居れば成り立つ。それがこれまでの町工場や。だけど航空機部品の製造はそれじゃあかんねん。そこの工場の誰がやっても95点以上のもんをコンスタントに作れる。そして同じ状況を毎日再現できる。それができて初めて参入できるんや。そのためにJISQ9100があるし、それに応じた技術も習得せなあかん」

口が酸っぱくなるほど川澄が発してきた言葉だ。博信も井川も頭ではわかっていたし、長い経験からそれはさほど難しいとは思わなかった。やってみて初めてその難易度が理解できた。練習ではできても本番ではその通りに行かない……その都度、皆で研鑽を積むのだが、何かに呪われたかのように原因が皆目見当も付かないことはザラにあった。ようやくコツがつかめるようになったのはつい2ヵ月前のことだ。住友精密から試作品1個目のOKをもらった時、博信はまるで憑き物が落ちたようにハタと気付いた。

『科学』が必要なのだ。一般的に作業手順は効率や生産性を追求して決める。ところが複雑な形状の部品や超合金の切削は、各々の作業でどのくらいの熱量が金属に伝わるか等を考慮したうえで作業手順を決めなければ、設計通りの仕様に仕上がらないことが往々にして起きる。隣り合う加工済みの箇所に熱が伝わってわずかに変形したりするのだ。普通、手順を逆にしても同じ結果になるだろうと考えるし、段取りを考え、非効率な手順を踏みたくないという意識も働くため、なかなか手順を入れ替えるという発想には思い至らない。これは、経験が長く、腕に覚えがある職人ほど陥りやすい。ところが実際に手順を変えてみるだけでまったく違う結果になったりするのだ。

以前、博信は熱伝導が良いアルミ加工で研究に研究を重ね、熱による歪みを計算に入れたうえで真っ直ぐに切削できる超一流の技を見出した経験があるだけに、そこに気付いてからというもの、科学の見地から徹底して作業手順を見直した。入れ替えをすることで部品の固定に大きな問題が生じるところも出てきたが、手順が変えられないとなれば、絶対にムリだと諦めていた中にあっても知恵が出てくるから不思議なものだ。いや、逆に逆境に立たされて、追い込まれたギリギリの状況の中でこそ、素晴らしい発想が初めて湧き出てくるのかもしれない。

博信は航空機部品製造に挑んでみて、確実に一皮剝けたと実感した。何事も為せば成るのだ。

夢半ば……無念の殉職

三菱の航空機設計のシンボル「時計台」の3階に陣取る500名を超えるエンジニアたちは、皆その瞬間、声を失った。

訃報はあまりに突然だった。ＭＲＪに搭載する部品や装備品、システムの設計を手がける艤装チーム３００名余りを束ねる山根が5月22日、急逝した。享年42、死因はがん。帰らぬ人となるにはあまりにも若かった。

体調に異変が現れ始めたのは半年ほど前。ＭＲＪ開発が設計段階を終え、部品の製造段階へ移行して間もなくのことだ。〝やれやれ、永かった山場をようやく越えられたかな〟と胸を撫で下ろしたのはほんの束の間だった。2年以上にわたって続いてきた激務が再び降りかかってきた。それは〝生みの苦しみ〟だった。

ＭＲＪで使用する装備品などの部品は95万点に上る。そのうちのおよそ7割が海外メーカーの製品となった。当初は国内航空産業の発展を願い、国産部品比率を5割に掲げていたのだが、航空部品の厳しい品質保証（安全性の証明）に予想以上に時間がかかることが判明し、ボーイング社やエアバス社との取引で実績を持つ外国製を採用することになったのだ。ところがここに思いも寄らぬ誤算が生じた。

旅客機のシステムで重要な役割を担う制御系などの電子部品の一部が、設計に盛り込んだものとは違う型番に変わっていることがわかってきたのだ。理由はバージョンアップ。基本設計から詳細設計へ移行し、製造段階に入るまでの数年の間に進化を遂げていた。技術は日進月歩。毎年のようにマイナーチェンジ（小さな不具合などの改善を反映させる部分的なモデルチェンジ）が行われる自動車ではよくあることだ。しかし、一旦採用されると20年以上は作り続けなければならない航空部品にそれはないと高を括っていたのだ。従前より取引があれば部品メーカーのほうから「○○の理由で今後はこのように品質を向上させたものに変えていこうと考えています」といった打診でもあるのだが、何しろ新参者のMRJは取引が初めて。具体的な取引契約の話を持ちかけて初めて露見することもある。型番の変更はたとえばFAA（米連邦航空局）やEASA（欧州航空安全機関）から、直近の事故やトラブルの原因として指摘され、改善を求められて変更を行う場合もある。

その際、大きさや配線の取り付け数や位置、主要プログラムが変わらなければ何の問題もないのだが、往々にして変えてくる場合が多い。先の後者の理由の、当局から改善を求められた場合、ママあるのが安全策を講じて部品や装置が大きくなったりすることだ。また、プログラムを微妙に変えられたことで、それと関連する他メーカーのシステムとの互換に不具合が生じることもある。

山根ら艤装設計チームに新たに降りかかった問題はまさにその二つだった。

艤装設計が機体の隙間の狭い空間を取り合う闘いとなるのは既に説明した通り。特にコックピット周りは手を入れる隙間もないような箇所もあるほどだ。その中の一部の装備品に大きさや配線の位置が違ってくる変更でも出れば、周辺の設計からまた見直さなければならない。その時に問題になるのが『取り付け作業の干渉』だ。各部品の取り付け（ネジやリベットによる固定と配線のつなぎ）順序を十分精査しないと、いざ製造・組立に入ってから「この設計じゃ取り付けられない」と差し戻しを食らい、開発スケジュールが遅れる原因となってしまう。これだけでも各部品を担当するエンジニア数十人が侃々諤々の議論を展開する難作業になる。

ただこのように目に見える場合はまだマシだ。制御系装置や計測機器など「アビオニクス」と呼ばれる航空電子部品にプログラム等の仕様変更が生じていた場合、とてつもなくやっかいになる。これらの技術は旅客機がコンピューターの塊と化したことから、競合メーカーの間で技術革新が競われ、新造機が開発される毎に進化したものが投入される。丸ごと一機造り上げた実績があれば「これがこうなったのだから、ここもこうしなければならない」などというアタリも付くのだが、経験のない生まれたての三菱にそうした勘が働くはずもない。実際に採用を予定している他メーカーの部品とつないでみるまで動作に不具合が生じるかどうかが解らないのだ。当然、メーカー側で「〇〇との動作検証を確認しています」という必要最低限のテスト結果は伝えてくるのだが、旅客機の場合、その先にも様々な装備品やシステムが網の目のようにつながってくるため、その段階までいって初めて動作の干渉や不具合が発覚したりすることになる。

山根らは設計の意地に懸け、なんとか事前に手を打ちたいと仕様変更のあったメーカー一社一社に問い合わせ、ヒントを探り出そうとした。ところがメーカー側からは求めた答えはとんと返ってこなかった。当然だった。納品先の完成機メーカーにとって、どんな部品とどんな部品を組み合わせてシステムを構築しているのかは企業秘密（ブラックボックス）、門外不出のノウハウそのもの。自社の製品が他のどんな部品とどのようなつながり方をしているのか、たとえ知っていたとしても協働開発パートナーとして守秘義務があり、外部に漏らすことなどできないのだ。

そんな中でもボーイング社などの協力を仰ぎながらなんとか情報をかき集め、「A部品との連携がダメだった場合にはB部品」「B部品で不具合が生じた場合にはC部品」、それでもうまくいかない場合にはその部品自体を別のメーカーに差し替えて「Aパターン」「Bパターン」「Cパターン」を試す

――という二重三重の手立てを見出そうとしていたのだ。パソコンメーカーを興して最初の製品を作り出す、それに匹敵する苦労だった。

湧き起こった課題はこれらにとどまらない。山根らの仕事は当初の目論見を覆し、増えていく一方だった。工作部との協働で見つかった改善要求への対応や製造段階で変更が生じた箇所の設計へのフィードバック、さらには型式証明取得に向けたシステムの安全性の証明、初号機を納入するその日まで追求し続けることになる機体の軽量化……すでに設計部全体で800名を超える大所帯となっていたが、人手が足りる瞬間は一切訪れることはなく忙殺される一方だった。

連日深夜に帰宅し、ベッドに入っても山積した課題が次々頭の中に湧いてきて睡眠もままならない……いつ音を上げてもおかしくない日々を山根は送り続けていた。しかし、職場でも家庭でも苦しい顔は微塵も見せることはなかった。職務を全うする、いや、夢を実現したいという願いが重圧や辛さよりも遥かに勝っていたからだ。そうした強い精神力とは裏腹に、身体は徐々に悲鳴を上げていき、病魔に蝕まれていったのだった。

〝いつの日か国産機をこの手で設計したい〟――三菱に入社以来、抱き続けてきた夢の扉を開いた山根。MRJの完成した姿を見届けられなかった無念は察するに余りあるものがある。合掌。

第8章

スリーダイヤ 信頼の崩壊

内部告発

『拝啓　私は三菱重工業名古屋航空宇宙システム製作所大江工場内にてボーイング社の航空機に使用されるチタン製部品の製造に携わっている者です。実はチタン製部品の製造課程におきまして２００６年４月頃から重大な規定違反が行われているため通告致しました。具体的にどのような不正が行われているかにつきまして、以下に詳しく……』

6月初旬、こんな内容の手紙がボーイング社と国土交通省に届いた。内部告発だ。

内容は、非破壊検査の一種「浸透探傷検査」で検査を簡素化する手抜きが組織的に行われ、作業記録まで改ざんされる悪質な不正が繰り返されている——というものだ。この検査は部品表面に生じる微少な亀裂等を発見する重要な工程で「エッチング」と呼ばれている。材料を加工した後、表面の傷を検出しやすくするため、酸に3分間浸しながら切りくずを洗浄するよう規定で決められているのだが、三菱の現場サイドではこの作業の効率化を図ろうと勝手に3分を約10秒に短縮していたのだ。

事実関係の裏付けを取った国土交通省は21日、航空法の規定に法《のっと》って三菱重工に対し厳重注意処分を言い渡した。さらに、国交省は事態を重く受け止め、同じような事例が他にないかどうかの再調査と、本件の原因究明及び再発防止策の策定を命じるとともに、立ち入り検査まで実施した。

その結果、驚くべき事が発覚した。エッチング工程の不正は、チタン製部品に留まらず、アルミ部品についても行われていた。しかもアルミ部品の規定違反はなんと22年前の１９８９年頃から行われており、部品点数も1100種類、13万個に上ることが判明したのだ。チタン部品と合わせると部品点数は2800種類、46万個。ボーイング社の航空機だけでなく、自衛隊向けの航空機にまで及んでいた。まさに史上最悪の不祥事となった。

〝驚くべきこと〟はこれに止《とど》まらない。作業記録が改ざんされていたりして、内部告発があるまで会社は気付かなかったのだ。さらに恥の上塗りは続く。原因究明を行った同社は「短縮した条件で試験した結果、ほぼ100％の確率で傷を発見できた」とし、「航空機の安全性に影響はない」という釈明までしてみせたのだ。開いた口が塞がらないとはまさにこのことだ。違反・不正をしていた会社が「安全性に問題ない」などと言えること事態、常軌を逸している。

これに対し国土交通省は、万が一にも微細な傷を見逃していた場合、長期間使用すれば徐々に亀裂が広がる恐れがあると憤りを持って指摘し、事態を重視する姿勢を深めた。

当時跋扈《ばっこ》していた、不特定多数の人の命を脅かす食品偽装とやっていることは同じで、それ以上に質《たち》が悪いのは不正を正当化しようとする事業者の姿勢だ。日本の航空機製造を司ってきた矜持がいつしか慢心に変わり、それが組織風土として築き上げられていく中で、「自分たちがルールなのだ」という〝がん細胞〟が生まれ広がっていく、まさに危機意識が欠如する大企業病そのものだ。主張通り、洗浄は3分も必要なく10秒でいいとするのであれば、科学的な根拠をキチンと提示して22年前の時に規定の改善を求めていればよかったはずだ。作業記録の改ざんなどが数十年にわたって脈々と引き継がれたということは、組織的な不正以外の何物でもない。

「故障しても飛ぶ」とたとえられるほど高い安全性を誇る民間旅客機。

厳しい規定を作り、二重三重にも安全対策を講じている以前に、ひとつひとつの部品の安全性を極限まで求めているからだ。今回、三菱重工がしでかした行為は、安全性の根幹を揺るがすだけでなく、長い時間をかけて築き上げてきた我が国の技術力や信頼といった「ニッポンの威信」まで失墜させる恐れがあるだけに、国交省を本気にさせた。航空法第12条に基づき型式証明を受けている航空機の設計・製造者として、同法第20条による認定を受けている事業場として相応しい組織か否かを監督すべく、長期間にわたって現場に立ち入ることになったのだ。

そしてこの一件がMRJ製造に大打撃を与えることになろうとは、この時誰も予想だにしていなかった。

再度のスケジュール見直し

「製造スケジュールをもう一度見直すべきだと思いますよ」

年が明けた2012年2月6日、三菱航空機の幹部が集まって行われたMRJ開発会議の席で壇善之が苦言を呈した。

壇は三菱重工から肝煎りで三菱航空機に投入されたチーフエンジニア（CE）。MRJプロジェクトマネージャーの小川の後任として先月着任したばかりだ。腕にはロレックスの腕時計、スーツをピシッと着こなす細身の風情はエリートそのもの。そんな壇は見かけのスマートさに似つかわしくない〝日の丸航空機製造〟に燃える硬骨漢だ。

昨日5日の日曜日、53歳の誕生日を迎えた。帰省していた大学生の娘と妻との三人で愛車のプジョーを駆ってイタリアンレストランに出かけ、ささやかなお祝いをした。今日はその時にプレゼントされた、娘が選んだというネクタイを締めてきた。紺とシルバーのピンストライプの柄はセンスが良いらしく、出社してすぐに部下の女性に褒められた。

横須賀で生まれ、大阪府立大学工学部航空工学科（当時）を卒業した壇は、三菱重工に入ると名航の第二技術部に配属され、F－2戦闘機などの開発に携わった。その後の2005年からは防衛省渾身の国家プロジェクト「先進技術実証機計画」のプロジェクトマネージャー（PM）に抜擢され、6年間にわたって采配を振るってきた。

そんな壇にはものづくりに対するこだわりがある。20年間愛用するロレックス、6段マニュアル・ミッションのプジョー、ここに原点がある。時計や車にはそれが生まれた国の文化がそこはかとなく滲み出る。そうした中にあって、日本の文化・日本らしさが感じられて世界が認める日本製の品は数少ないとずっと感じていた。だからこそ壇は設計技術者として航空機に日本の文化を込めたいという熱い思いを抱いていた。常日頃から世界に認められる外国製のブランドに触れることで、揺るぎない闘志を燃やし続けられるのだった。

壇が采配を振るってきた国家計画プロジェクト「先進技術実証機計画」とは、日本が初めて丸ごと一機自力で作る純国産戦闘機開発だ。領空を侵犯する中国・ロシア機へのスクランブル発進が年々増加の一途を辿る日本。そうした中、日本は〝第4世代機〟と呼ばれる一世代前の戦闘機しか持っておらず、ロシアや中国は最新技術の塊である次世代機〝第5世代〟の開発を着々と進め、現在、実戦配備に向けた飛行試験を繰り返している。第5世代機の特性はレーダーに感知されにくいステルス性と高い運動性能だ。「緊張が高まるアジアに於いて日本もロシアや中国と同レベルの技術力を維持する必要がある」として立ち上げられたのが先進技術実証機（試作機）開発計画なのだ（※2016年1月28日に完成機体と機体詳細の全貌が報道公開され、その席上で正式名を「X－2」とすることが併せて発表された。F－2の後継機となる国産戦闘機開発構想か否かについては、防衛装備庁の外園防衛技監は明言を避けた）。

ただこの開発計画にはこうした背景とは別の〝重要な意義〟が秘められている。それは『リベンジ』だ。1980年代に浮上した次期支援戦闘機の開発を、防衛庁と三菱は日本独自に行おうと考えていたところ、アメリカが米軍機の輸入を迫ってきたのだ。当時、巨額の対日貿易赤字を抱えていたアメリカは猛烈な政治圧力をかけた。最終的に日本政府はアメリカに屈し、アメリカ製のF－16を改造する「日米共同開発」となったのだ。それ以降26年間、自力で〝純国産の戦闘機〟を造ることは防衛省や技術者にとっての悲願であり、この開発計画はリベンジ戦の第一歩でもあった。

ニッポンの威信がかかった国産戦闘機開発のPMという重要な役職から引き剝がされ、MRJ開発のCEに投入された壇。この異動は三菱にとって〝最後の切り札〟だった。MRJに送り込まれた壇に課せられたミッションは「旅客機開発の失敗を三度繰り返さないこと」だ。実はこの時、開発を担う三菱航空機と製造を担う三菱重工は、深刻な〝機能不全〟状態に陥っていた。製造工程の不正発覚による国交省の三菱重工への現場立ち入り調査は、三菱重工の往生際の悪さもあって実に半年間におよび、MRJの部品製造スケジュールに大幅な遅れが生じていたのだ。

あくまで航空法に則った製造工程を遵守するよう監督指導する国交省に対し、航空機部品製造のプロを自任する名航は、記録の改ざんについては真摯に受け止めつつも、洗浄手法など自分たちの考え（不正行為）がいかに正しいものかを主張し続けた。そしてこれが大きな禍根を残す結果になったのだった。調査の対象自体はMRJの部品製造とは直接関係がなかったものの、MRJに使う部品の大半は同じ工場内での製造だったため、稼働中止状態の影響をモロに受ける形となり、遅々として製造が進まなかったのだ。

もちろんこのことは、壇が投入されたタイミングとたまたま重なっただけのことで、課せられたミッションとはまったく関係がない。壇が背負っていたのは、「燃費2割向上」という謳い文句通りの機体にMRJを仕上げることだった。つまり、MRJは公表したスペックにならない最悪の事態に直面していた。飛行試験用の1号機・2号機の製造に入ったMRJだが、この時点でも、重量の問題は解決できずにいたのだ。

機体の重量が燃費に大きな影響を与えることは前述の通り。これを打破するには、部品や装置の取り付け、使用する金具までグラム単位で軽量化できないか探っていく方法がひとつ。もうひとつは空力特性の向上だ。空気抵抗を少なくする〝機体表面を滑らかに仕上げる製造の技〟は既に零戦時代から培ってきた。MRJでは設計段階で日本が誇る先進技術を投入し、空力特性の向上を追求した。これは「CFD」（数値流体力学）と呼ばれるもの。世界に誇るスーパーコンピューターで空気の流れを計算して最適な形状を追求するため、このCFDが駆使された。

航空機の開発では、翼や機体の形が設計で狙った通りの空力性能になっているかどうかを1m程度の精密なスケールモデル（模型）を作って実際に風に当てて検証する「風洞試験」が欠かせない。期待通りの結果が出るまでの間、原因を追及して改善を施した新たな模型を何度も作り直し、延々と試験を繰り返す必要があるため、大変な手間と時間、費用がかかる。CFDを使えば、コンピューター上で形や条件を変えた〝仮想〟風洞試験が効率良く短時間で行うことができるのだ。しかしCFDが真価を発揮するのはこの先にある。辿り着いた形状が、現実に製造が可能なのかどうか、導き出した翼や胴体の構造で安全性が保てるかどうかまで解析できるのである。つまり、軽くて高性能な機体設計を弾き出す『魔法の杖』なのだ。

機動性を高めたり、重い兵器を搭載するため徹底した軽量化が求められる戦闘機開発のPMを務めた壇には、単に部品や組み立て手法などを見直して機体の軽量化を図るのではなく、CFD解析の検証と精査を改めて行い、軽量化の道を徹底して探る使命が与えられていたのだった。

会議の席で壇が製造スケジュールの変更を求めたのは、偏《ひとえ》に部品の製造が6ヵ月も滞っていたためだ。いくら製造工程を見直したところで、こうした物理的な問題が劇的に解決されることはまずない。

さらにもうひとつ問題があった。垂直・水平尾翼に使われるCFRP（炭素複合繊維）の新しい成形法「A－VaRTM」に問題が山積していたからだ。日進月歩の最先端技術のため、要求通りの精度と強度を安定して製造する手法はまさに暗中模索で難航を極め、この時点でも未だ確立できずにいた。

F－2、X－2と戦闘機開発に携わってきた壇はF－2開発でCFRPを採用し、苦渋を味わったことが脳裏を過ぎっていた。微細な亀裂が見つかり、紆余曲折の末、重い機体となってしまった失態だ。同じ轍を踏むわけにはいかない。

先進技術が投入された数だけ、予想しない問題は起きる。しかも初期段階の精査が甘かったり、スケジュールを急いた時に限って、後の最も痛いタイミングで問題が発覚したりするのだ。壇にはそれが身に染みていた。これについてのみ、よく三菱が揶揄されることではあるが、「石橋を叩き過ぎるほど叩く」ことが必要だという信念があった。結果的にそれが「急がば回れ」にもつながっていくことになる。

一方でCFD解析による機体設計の再検証は、エンジニアの壇にとって大変興味深かった。自身が関わったことではないため〝違う目線〟で精査し直す必要があると考えていたからだ。そもそもグラム単位で軽量化を追求する〝ゼロの精神〟は壇の奥底にも脈々と受け継がれている。それよりも、当時なかったばかりに苦労することになった魔法の杖（CFD）がいまこの手にあるなら、当時の先輩たちなら寝食を忘れて駆使し、徹底的に追求するだろう。それをやらなければ後に取り返しのつかないほどの後悔をすることになるという揺るぎない思いがあった。

YS－11の開発の時、それを彷彿させる事態があった。機体ができ上がり、飛行試験に入ったところ、パイロットたちから「氷の上を滑るように機体が横へ流れる」「舵の効きが悪い」と悪評が続出した。東条英機元首相の次男でYS－11のチーフエンジニアの東条輝雄や堀越二郎ら、零戦開発で腕を鳴らした航空技術の精鋭たちは原因究明と対策に明け暮れた。そして試行錯誤の末、主翼の上反角を2度上げることで横滑りがなくなることを突き止めたのだ。

壇は思う。彼らから見ればＣＦＤだけでなく、いまのエンジニアは夢のような恵まれた環境下にある。まるでドラえもんのポケットを手に入れたかのように。果たして我々は、それらを徹底して使いこなし、「ああでもない」「こうでもない」と血反吐が出るほどの議論を繰り返し行ってきたのだろうか——と。その余地はいくらでも残っているように感じて止まないのだ。

『将来の夢 パイロットになること』

壇の小学校時代の卒業文集に旅客機の絵とともにクレヨンで描かれた手描きの表題だ。壇はパイロットを夢見る飛行機少年だった。日本の威信がかかったプロジェクトを背負う壇。その運命はなんと少年時代から始まっていた。

ところが壇のパイロットを目指す夢は、ある時大きく転換する。きっかけは旅客機の墜落事故——。テレビは特別番組に切り替わり、バラバラになった機体の残骸がクレーンで引き揚げられていく映像が壇の目に飛び込んでくる……言葉を失った。「乗員・乗客の全員が亡くなる史上最悪の事故となりました。原因は機体が何らかのトラブルを起こしたことによるものではないかとみられています」とアナウンサーが興奮気味に伝えていた。この衝撃的な出来事が壇の幼心に〝ある決意〟を生んだ。

〝飛行機の状態がどうなっているかがパイロットにわかれば、何かできたかもしれない。技術でなんとかできることは絶対にやらなくちゃいけない！〟

この時、壇の夢は「パイロット」から「飛行機の開発者」に変わった。パイロットも乗客も安心できる世界一の飛行機を僕が作るんだ！と。

「製造スケジュールをもう一度見直すべきだと思いますよ」

壇の発言に頷く者は誰もいなかった。愕然とした。部品製造が事実上半年間も止まっていて、この2月上旬の時点で組み立てがいつ終わるのか、そのメドさえ立っていないのに……この4－6月に初飛行なんてとてもムリでしょう！　喉元まで出かかった言葉を呑み込んだ。だが、ただ一人、盛本だけは壇を凝視していた。〝その通りだがそうもいかない事情もあるんだ〟と眼鏡奥の鋭い目が語っていた。

実はこの時、シンガポール国際航空ショーを8日後に控えていた。ＭＲＪは新規受注がすっかり途絶えていたため、どんな形態や規模であれ、新たな契約を結ぶことが最優先事項となっていたのだ。それに水を差すなどとてもできようもなかった。

さらにもっと困った問題も抱えていた。こっちのほうが根深い。国交省の立ち入り検査の影響をモロに食らった三菱航空機は、とんだ体たらくを引き起こした三菱重工に対して憤りを覚えていた。

一方の重工サイドは、設計変更の具体的内容や組み立てスケジュールの詳細をなかなか伝えようとしない三菱航空機に対して不信感がピークに達していた。別に三菱航空機サイドが意趣返しをしたわけではない。壇に提案されるまでもなく、製造スケジュールを延期する理由は十分揃っていた。ただそれ以上に延期を決断・発表した場合の、想像もつかない事態を招く〝恐れ〟のほうが遙かに勝っていた。それは「二度目の遅れは許されない」という重圧だった。

そもそも両者の間には抜き差しならない縺《もつ》れがあった。ＭＲＪ開発は三菱航空機がプロジェクトを指揮する立場、三菱重工が製造を請け負う立場でスタートした。親（三菱重工）が子（三菱航空機）の下請けを行うという〝腸捻転〟が当初から感情の縺れを引き起こしていたのだ。それがマグマのように溜まって噴火した形となったのが製造段階におけるイニシアチブの取り合いだった。これは旅客機製造にありがちな問題で、特に新参者にとっては生みの苦しみと言える。ＭＲＪを造り上げるのは三菱重工だけではない。部品やシステムを供給する世界中の航空機器メーカーが27社も参画している。これらをマネージメントしてスケジュール通り、製造・開発を進めるのが旅客機メーカーの仕事だ。これをこれまでは三菱重工だけでやってきた。それ故、下請け扱いされる不満が重工側に噴出しても無理はない。他方、三菱航空機には、「いくら初めてのことで覚束《おぼつか》ないことが多々出てきたとしても、メーカーとして毅然と采配を振るわなければならない」という重責がのしかかっていた。そして、無理に立場を明確にしようとすればするほど隠し事が増え、両者の風通しが悪くなっていく〝悪循環のスパイラル〟にズッポリはまったのだ。

グループ内に亀裂が生まれたのは相当ヤバイ状況だ。早いタイミングで脱しないと……皆がそう感じていた。

結局、壇の提案は却下された。といっても、シンガポール国際航空ショーが終わるまでという限定付だ。航空ショーが終わった後、二度目となる開発スケジュールの延期について詰めていき、年度内か新年度になってから発表することになったのだった。

会議が終わってデスクに戻った壇は独りごちた。

〝寝ている間にサンタさんがＭＲＪを靴下に入れてくれるとでも思ってるじゃないのか⁉〟

会議では、航空ショー開催8日前のいまの段階で受注に漕ぎ着けそうな案件はひとつもないと報告された。受注は航空ショーの会場で降って湧いてくるものではない。開催前には航空機メーカーと航空会社等の間で既に商談が決まっていて、世界中から航空関係者が集う絶好のタイミングで発表するだけなのだ。例外は新造機を発表した年だけ。ＭＲＪは既に4年も経過している。航空ショーまでに結実しそうな商談がゼロなのであれば、一刻も早く製造工程の見直しを行い、新たな開発スケジュールを立てるべきだろう。

壇は今日から丸2週間、意味のない空白を生んでしまったことに憤りを覚えていた。当然だった。壇はＭＲＪ開発が滞りなくスケジュール通り進むよう送り込まれたばかりなのだ。特にいまは険悪な状況に陥った重工と関係の修復を図って、製造スケジュールについて微に入り細を穿った検討を重ね、すべてを漏らさず共有しておかなければならない、二重の意味で重要な時でもある。いまはその当たり前の最優先事項がまかり通らない異常な状態にある。後から投入された壇は俯瞰して見ることができるからこそ、事態の勘所や危機のレベルがクッキリと浮かび上がっている。蟻地獄の深い谷間のフチに立ちすくんでいる、そんなイメージなのだ。この窮地が重圧に起因するのか、生みの苦しみなのかわからない。ただただ〝縺れた糸がさらに縺れて解けなくならなければいいが……〟そんな不安が込み上げてくる。

隣の会議テーブルの上に置いてあるＭＲＪの模型に壇は目を移した。デスクから立ち上がるとおもむろにそれを手に取って見つめた。長さ30㎝ほどのそれはほっそりとした流線型で鶴のような美しさがある。

「見た目が美しければ正しく飛ぶ」

航空業界のパイオニア「ジェフリー・デ・ハビランド」の名言が脳裏に甦る。大学で航空学を専攻していた時、デ・ハビランドが木で造った美しいフォルムの爆撃機の存在に出会い、航空機設計の素晴らしさと奥底に秘めた無限の可能性を知った。この時の衝撃的な感動はいまでも鮮明に覚えている。

壇には燃費20％アップを確実にする使命がある。MRJの美しさを一から精査し直して1％でも2％でも向上させられる道をいまのうちに探り出さなければならない。機体を1gでも軽くする努力は初号機の納入以降にも引き続き行われる。旅客機製造は延々と改善が繰り返される。100％に辿り着くことなどない、終わりのない世界なのだ。

CFDを駆使した機体デザインの精査を担当する50人超のエンジニアに指示してある。構造や艤装を担当する設計チームには1g単位での軽量化の追求をし続けるよう改めて命じた。

〝世界中を唸らせる名機にしてやる！少年時代に心に誓った思いを胸に気持ちを切り替えると、壇は自室を出てスタッフたちの元へ急いだ。

MRJ、万事休す

黒のワゴン車が高速道路を滑走していた。2月中旬だというのに照りつける日差しが刺さるように痛い。助手席で否応なく日差しを受けていた川田は思わず身体を捻り、後部座席を振り返った。真ん中の席では盛本がテレビカメラを向けられている。宿泊先のマリーナ・ベイのホテルからシンガポール国際航空ショーの会場に向かう車中で盛本のインタビューを撮りたいと日本のキー局から依頼があったのだ。実は盛本、次の受注を最後にトップセールスから手を引き、会長職に就いて経営に専念しようと考えていた。２００９年10月に米ＴＳＨ社から１００機の受注を獲って以来、盛本を筆頭に営業の総力を挙げてセールス活動を展開してきた。昨年のパリ航空ショーで香港のリース会社から５機の受注をなんとか獲得したものの、自ら課した目標の５００機にはほど遠い状況にあることは慚愧《ざんき》に堪えなかった。盛本にとって今年は正念場だった。

そうした複雑な胸中を一切出すことなく、気丈にインタビューに答えている盛本の姿を川田は胸が詰まる思いで見つめていた。トップが背負った重圧は察するに余りあるからだ。

「先日、アイアン・バードが完成しましてね……あ、アイアン・バードっていうのは飛行・操縦システムを作ったり、それを検証したりする開発用のコックピットなんですけれどもね、それと油圧操縦リグという、翼の揚力システムが連動するようになったんですね。これで実際の飛行試験に近い操縦テストができるようになりました。私もつい先日見たんですが、何しろリグシステムは実際の翼に搭載するのと同じものですから、スケールの大きさに私ビックリしましてね……」

盛本はいつになく軽やかだった。これまで何度も密着取材を受けた番組のディレクターだったことと、問題山積の日本から解き放たれた開放感も手伝って上機嫌なのだろう。どんどん話が質問の意図から脱線している。さっきまで盛本の心中を察して心配したのが損な気持ちになった。

ワゴン車が高速を降りた。あと７〜８分で航空ショーの会場へ着く。川田はディレクターに目配せして到着が近いことを知らせた。頷いたディレクターが締めの質問に入る。

「昨年6月、香港のリース会社から受注があった5機を除いて、TSHからの100機を獲得して以降約2年半も大型受注がありませんが、いまの状況、手応えと、抱負を聞かせてください」

「MRJの売れ行きはいま130機ですけれどもね、『興味があるからもっと話を聞きたい』といった声は多いですよ。『早く見たい！』って皆さんに言われて、MRJに対する期待をひしひしと感じています。モノができ上がればば確実にドドッと注文につながるだろうという手応えは十分にあるんですが……早く飛ばしたいですねぇ」

「すべては実機があってこそという段階にあるんですか……わかりました。この航空ショー、（受注が獲れるよう）頑張ってください」

少年のように目をキラキラさせながら最後の一言を発した時の盛本の表情に、川田はなぜだか胸のすく清々しい思いがした。スポーティー・ゲームと呼ばれる旅客機開発は本当に山あり谷ありだ。いまはどん底だが、皆MRJが大空へ羽ばたくことを夢見て、必死になって試練を乗り越えようと努力している。プロジェクトの成功を信じてやまない硬骨漢ばかりだ。〝絶対に成功させる！〟眼鏡の奥に光る盛本の目からそれが伝わってきた。

ただ最後のやりとりは川田にとってドキドキものだった。〝ご機嫌の盛本社長が口を滑らせて二回目のスケジュール延期をほのめかす発言がどうか出ませんように〟と思わず心の中で祈りながら耳をそばだてていた。もしこれを知ったらマスコミはきっと呆れ返ることだろう。特にこのディレクターはMRJの応援団のような存在で大きな期待を寄せていた。それは〝三菱に〟というより、日本にとってラストチャンスになる〝国産機開発に〟なのだが。

結局、川田の懸念は杞憂に終わったものの、二度目となる延期を知った日にはどういう反応を見せるのか……考えただけでゾッとした。

ダッシュボードでずっと日に当たってすっかり生温くなったボルヴィックを一口ゴクリと飲んだ時、ワゴン車は航空ショーの会場へ滑り込んだ。


「おいっ、大変だ！　ネット配信ニュースに出てるぞっ!!」

ＭＲＪ海外渉外担当の課長が iPhone の画面を見て叫んだ。航空ショーの会場内にあるＭＲＪブースから1分ほどの建屋出入口脇の喫煙コーナー。2日目の午後2時過ぎ、ＭＲＪ営業担当者三人と日本のメディア三人が紫煙を吐きながら情報交換している時だった。画面を凝視したまま固まっている課長の iPhone を覗き込んだ。

『ＭＲＪ 二度目の開発スケジュール延期へ』

「マジですか？」航空専門紙の記者が上擦った声をあげた。

「どっから漏れたんだ……」課長が血相を変えてブースに飛んでいった。部下の二人と専門紙の記者も泡を食った様子で後に続く。

「海外の通信社の配信だったね」専門誌のカメラマンが口を開いた。

「遅延の理由、詳しく載ってませんでしたよね？　本当なんですかね？」

盛本の密着取材をしているテレビのディレクターはそう言って急いでタバコを揉み消すと、ＭＲＪブースのほうへ足早に消えていった。

ＭＲＪブースの奥にあるスタッフ控え室は蜂の巣をつついたような騒ぎとなっていた。特に広報担当の内藤や川田の携帯はブーン、ブーンとマナーモードの呼び出しが唸りっ放しだ。日本在住のメディアも含めた問い合わせであろう事は容易に想像がついた。部屋の真ん中にあるテーブルには、社長の盛本を筆頭に、前原副社長ら幹部たちが一堂に会し、ヒソヒソ声で協議を重ねていた。すぐ隣の部屋では商談が繰り広げられているからだ。盛本はつい先ほどまでＰＲ用に持ち込んだ実物大の客室モックアップでミャンマーの航空会社にトップセールスをしていた。遅延のニュースが配信されたことを川田から耳打ちされた盛本は、営業チームに売り込みを任せ、急いで控え室に舞い戻ってきたのだ。

「どうしますか？　重工がお冠で電話がひっきりなしなんですけど」

左手に持った会社支給のガラケーをヒラヒラさせながら川田が盛本に囁いた。右手に持つ iPhone はマナーモードがブルブル震え続けている。

「いま取り込み中だから、終わり次第連絡するよう伝えますって言っといてくれ」

難しい表情で盛本が返す。そして直ぐさま向かいに座っている前原を見据えた。

「(重工には) どう答える？」

問題なのは、情報源がどこで、一体どこまで具体内容をつかんでいるかというよりも、三菱航空機から二度目の遅延について重工へチラッとでもほのめかす前にウェブ配信のニュースで知ってしまったことだ。先程来、前原はずっと腕を組んでテーブルの一点を見つめていた。良いアイデアはとんと浮かんでこない。

「いまは配信された記事を肯定するわけにはいかないでしょう……」

そう答えるのが精一杯だった。

そこへ電話をかけに控え室を出たばかりの川田が色をなして駆け込んできた。

「別の通信社が後追いで遅延のニュースを流しました」

川田がかざすiPhoneの画面を見て皆肩を落とした。

いつもはここで場を和ませる一言を発する川田だが、さすがにこの日は気の利いた言葉がこれっぽっちも思い浮かばなかった。

4月25日、品川の三菱重工東京本社。100人を超えるメディアが集う中、二度目となるMRJ開発スケジュール延期の記者会見が開かれた。

内容は「初飛行を12年4－6月から13年10－12月へ、初号機納入を14年1－3月から15年夏頃へ遅らせる」というもの。理由を「製造工程の見直しと確認作業、また開発段階での各種技術検討にそれぞれ想定を上回る時間を要している」とした。2008年にMRJの事業化を発表してわずか4年で開発が2年も遅れる計画のお粗末さに会場を埋め尽くした記者たちは呆れ返った。特に各種技術検討に多大な時間を要している点については、〝2004年から07年まで3年間も費やし、国の機関と一緒に研究してブレークスルーしたはずじゃないか〟と白けきっていた。製造工程の見直しの理由に至っては、奥歯に衣着せたような説明を繰り返したため、いよいよ痺れを切らした記者たちは次々と容赦ない質問を浴びせた。

遅延に関する外部への情報漏れを防げたのも2月いっぱいまでだった。3月に入ると三菱航空機や重工サイド、さらには部品製造を請け負うサプライヤーから壊れた水道管のように内部情報が垂れ流しになっていた。初号機を受け取るANAなども一回目の延期の時には「生みの苦しみ」と理解を示したが、初飛行予定を眼前にした二度目の今回は「開発計画が甘過ぎるんじゃないか」と不信を露わにしていた。

遅れた記者会見

「一体いつ会見で明らかにするんだ!?」という声が、あちらこちらから湧き上がりながらも2ヵ月近く経ってしまったのには、三菱なりの理由があった。

ひとつは部品製造の現場が事実上、半年間も止まっていたことを知られたくなかったからだ。航空法の定めに背く行為はマスコミ発表された内容よりも深刻かつ根が深いもので、ここをマスコミに追求などされれば航空機メーカーとしての信用は地に落ち、防衛省やボーイング社からの今後の受注に大きな影響が及ぶと危ぶんだのだ。

もうひとつは、この日の会見で微塵も触れられることのなかった真実。

実はこれこそが生みの苦しみそのものなのだが、航空機製造のパイオニアの矜持を強く抱く三菱は表に出したくない実態だった。三菱が航空機メーカーとして、開発計画を立て、マネージメントや管理をキチンと遂行して完成機を納入するのは、このMRJが事実上初めて。これまではボーイング社などの航空機メーカーへ開発・製造した部品を納める〝部品供給メーカー〟（サプライヤー）であり、官需の航空機も防衛省の設計要求通りに製造するサプライヤーなのである。95万点を超えるMRJ部品のサプライヤーの数は直接取引となる主要な企業だけで27社。内外比率は「国内3：海外7」となっている。ところがこの7割に上る海外サプライヤーのほうが三菱より経験やノウハウが遙かに豊富なのだ。激しい競争を生き抜いてきた海外勢は自社のミスを責任転嫁したりするなど自己主張が強い。実際、MRJの設計チームが機体デザインを決め、それに基づいた部品やシステムを発注しても、「まだまだ細部の詰めが甘い」と逆に指摘され、設計仕様を変えるよう突き返されたりしていた。つまり、旅客機開発メーカーとしてノウハウが乏しい三菱は、あたふたしているうちに百戦錬磨の海外サプライヤーから足元を見られ、発注者と受注者の「主客転倒」が起こっていたのだ。要は三菱は黙って言うことを聞く国内サプライヤーと同じように、海外勢も自分たちの思い通りの部品を作るものだと勘違いしていた。

さらに三菱の勘違いは、国内サプライヤーとの間にも大きな波風を立て、自らの首を絞める窮状を引き起こしていた。それは客席シートの調達だった。三菱はMRJ開発の事業化を発表する前年の国際航空ショーで初めて実物大の客室モックアップを展示・披露した。その際の客席は「ライバル機と遜色ない」といった程度のもので、裏を返せば取り立てて話題になる代物ではなかった。その後、機体の全体設計に入るとシステムや装備品を手掛けるサプライヤーが具体的に決まっていった。旅客機のシートを手掛けるメーカーは、有名どころで国内に二社、海外に圧倒的なシェアを誇る二社があったが、三菱はレーシングカーのシートを手掛ける国内メーカーに白羽の矢を立てた。フェラーリのような洗練されたフォルムと独自技術による超薄型設計が決め手となった。日本独自の3次元立体編物技術が投入されたシートはクッションの厚みはわずか6㎜、既存機に比べて座面や背もたれが薄くなり、前席との間に広いスペースを生み出した画期的なものだ。もちろん座り心地は従来の厚みのあるクッションと変わらない。

三菱がこの決定を下した理由はもうひとつある。この企業は航空産業への参入が初めてのため、MRJの部品製造に参加することが日本の製造業の飛躍のチャンスであるとアピールできることと、世界に日本の産業界の底力を示すことにもつながるからだ。それこそ三菱はこの企業に三顧の礼を尽くして開発・製造を依頼した。

ところが——。

三菱の経験不足がこの契約をご破算にしてしまったのだ。

旅客機の座席は座り心地や使い勝手も重要だが、緊急時の胴体着陸など、いざという時に乗客を護ることができるよう強い衝撃に耐えられる「強度基準」や「耐火基準」が定められている。強度は「前方に16G、下方に14G」。自分の体重の14倍の力が座席にかかっても、背もたれに体重の16倍の強い力がかかっても壊れないだけの強度が求められている。これらが規定通りに作られているかどうか、定められた検査を行い、安全性を証明することが、機体が完成して型式証明を取得する際に必要となる。

三菱はこの型式証明の取得について大きな勘違いをしていた。三菱がこの新規参入となる企業にシートの設計・製造を委託した際、機体とシートを併せて型式証明を取得するとしていた。しかしいざ製造に入り、型式証明の取得に関する詳細な情報が各所から集まり始めると、この考えが間違いであることに気付いたのだ。

説明すると、「この飛行機は航空法などで定められた安全性が証明されたので売って良いです、飛ばして問題ありません」と製造国の当局（ＭＲＪなら国交省）が太鼓判を押すのが、「型式証明を取得した」ということだ。ここで問題になるのが、旅客機は購入する航空会社の求めに応じたシートの装備にして販売を行う——ということだ。たとえばＭＲＪの納入１号機が、この三菱が考えていたやり方で型式証明を取得したとする。その後に新たな顧客を獲得し、そこが「うちは新型シートにしてライバルと差をつけたい」と要望してきた場合、新型シートに変えたＭＲＪの機体全体の型式証明を取り直さなければならなくなるのだ。これに膨大な手間と時間、費用がかかることは説明するまでもないだろう。

既存の実績を積む旅客機メーカーはこうした不要なムダを防ぐため、シートはシートメーカーが型式証明を取得した（する）ものだけを採用している。旅客機の開発・販売という表舞台から長らく去っていた三菱はここに思い至らなかったのだ。

外部からこの指摘を受けた三菱は、急きょこのシートメーカーに型式証明を自社で取得するよう伝えた。当然ながらシートメーカーは色をなした。旅客機の安全性の試験は特別で、決められた装置やシステムを使い、厳しく定められた手順を踏んで検査や試験を行わなければならない。たとえ、これから使う装置やシステムが規定のそれよりも優れているものであったとしても認められることはない。どうしてもそれを使って安全性を証明したいというのであれば、その新しい装置やシステムを使う検査や試験方法がいかに安全性を証明し得るものなのかを一から証明しなければならないからだ。まるで禅問答のような世界が旅客機製造なのである。

自社で検査や試験を行う場合、初期投資だけで何億円もかかる。たとえ出せる外注があったとしても手間とコストはばかにならない。ましてや成功の可否がギャンブルのように不透明な状態のMRJにそうまでして懸けられる企業などそうそういない。自分のミスを棚の上にあげて折衝した三菱の姿勢にも大いに問題があったのだが、結局、「国産シート計画」は空中分解し、海外の実績あるシートメーカーから調達することとなった。三菱の未熟さに振り回されたこの企業の憤りは察するに余りある。

二回目の遅延の発表会見は午前中に名古屋で、そして午後には東京で開かれた。これは三菱の歴史の中でも異例のことだ。裏を返せば機体ができ上がる前に二度もスケジュール延期を出して初めて『背水の陣』を意識し、危機感を強めた表れでもある。三度目は決して起こしてはならない——自ら新たな重圧を生み出したのだ。

盛本はこの日の発表に至るまでの2ヵ月間、将来の遅れにつながりそうな問題点や懸案事項はすべて洗い出して総点検を実施し、「これ以上遅れない」というスケジュールを綿密に立ててきた。そもそも「5年間で新造機を開発・製造して飛ばす」というボーイングでもできない当初の計画には外部だけでなく三菱内部にも懐疑的な声が多かった。一度目のスケジュール延期も、初飛行や初号機の納入を当初計画より1年スライドさせただけで、「経験不足から緻密なシミュレーションができていないのではないか」と指摘する航空ジャーナリストや専門家の声が挙がっていた。

年内に会長職に就いて最先端の現場から退くことを決意していた盛本は、今回のリスケを現場で振るう最後の采配と考え、かつてない厳しさで挑んだ。後悔はしたくなかった。そして最優先で手を付ける課題に挙げたのが、前述の「徹底して甘さ（膿）を取り出すこと」だった。さらにこれと同時に断行したこともあった。「開発体制の立て直し」だ。三回目の遅延回避に万全を期すべく、既存の700人を超える設計部隊に加え、ボーイングやエアバスなどで開発の実績を積んだ欧米のエンジニアを40人以上、ヘッドハンティングした。F－2開発のにも携わった三菱生え抜きの盛本にとって苦渋の決断だった。しかし、もはや背に腹は代えられなかった。2015～16年に航空機の次の需要の波が訪れるという分析が欧米で発表される中、「これ以上もたつくとライバルに（性能で）追いつかれる」という強迫観念にも似た強い危機感を抱いていたからだ。

記者会見に挑んだ日、盛本は名古屋の三菱航空機本社の職場を回り、「なんとしても新しいスケジュールを守り抜こう！」と全社員に直接伝えた。不安に押し潰されそうになり、血の気を失った表情に顔色が戻るのがわかった。ルビコン川を渡ったことをあれやこれや悩んだり、振り返って考える時期はとうの昔に過ぎ去った。いまはマスコミが付けてくれた『産業界の希望の星』という名に恥じぬよう、ＭＲＪの完成に向け粉骨砕身して前へ前へと進むのみなのだ。

盛本はこの日、全身全霊を込めて最後となる進軍ラッパを吹いた。

第9章

MRJ開発、背水の陣

MRJ
Mitsubishi Regional Jet

不可能を可能にする！

もうかれこれ真夏日が20日以上続いていた。しかも35℃以上を記録した日は7日もある。こんなに暑い8月は初めてかもしれない……古谷鉄工所の専務・博信はペットボトルに残った温くなった麦茶をグイッと飲み干した。MRJの部品製造に走り出して三回目の夏を迎えた。一回目の部品を試作したのが昨年の初夏。その後、MRJ脚部に設計変更が生じたと住友精密から告げられ、9月に二回目の部品を試作して納品した。検査は一発OKだった。ところがそれ以降、パタッと動きがなくなった。もう1年近くになる。技術指導に来てくれていた川澄は「もう教えることはな〜んもあらへんわ」と言い、6月から鉄工所には来ていない。

部品製造が動かなくなった詳しい事情は住精から聞かされていないが（というより、温厚な担当者がいらついているのがわかり、怖くて聞けないでいた）、4月に三菱が会見したことに深い関係があるのは間違いないと容易に想像がついた。

ふと鳥海のほうを見ると、カチャカチャと3Dキャティアのマウスを動かしている。実につまらなそうな表情だ。MRJの仕事が止まっているため、他の舞い込んできた仕事を任せているのだが、MRJが1500ピースのジグソーパズルだとすれば、他の仕事は難しいものでもせいぜい300ピースに過ぎない。一度、最難関を経験した者にとってはいかにも張り合いがないのも頷ける。

「またかいな！　ホンマに飛ぶんやろな!?」

二度目となるスケジュールの延期発表は衝撃的だった。さすがの陽子（社長）も顔色が冴えなかった。

「もう半年以上も音沙汰がなかったのもこれが原因やったんやねぇ」

陽子が力なく口を開いた。

「まぁこればっかりは他の仕事と違うて〝待つ〟しかないですねぇ。まぁいまのところ他の仕事で忙しく回ってますから……」

切削加工職人の井川が溜息交じりに漏らした。

仕事は勢いが大事だ。政権交代の時の組織ではないが、レームダックが長ければ士気はみるみる下がる。その士気を取り戻すには倍以上の時間がかかるのものだ。博信のやる気はE（エンプティー…空）ランプが点灯していた。点滅はとうの昔に過ぎ去っていた。〝たぶんあと10㎞も走行できへんやろなぁ〟博信は赤い配達弁当の蓋を閉じた。もう「真打」に繰り出す元気もなかった。カレーうどんは、かれこれ3ヵ月は食べていなかった。

「三菱さんから新しい図面が届きました！　これ見てください!!」

住友精密工業のＭＲＪ脚部設計チームが色めき立った。実に半年ぶりのことである。会議テーブルに届いた図面が広げられた。それを見たエンジニアたちは絶句した。

「これって振り出しに戻ってませんか？」

「ホンマや。〝肉抜き〟が復活しとるで！　こんなもん不可能やで」

三菱と直に接触して詳しい話を聞いてきた営業担当が口を挟む。

「設計曰く〝やってやれないことはない〟だそうですわ」

「型式証明取るの、こっちなんやで！」設計チーフが色をなした。

「最初の設計に限りなく戻った理由は明確に言いませんけど、言葉の行間から察するに、どうも機体重量の問題が解決できていないんじゃないですかねぇ。他の部門（脚部以外）からの情報だと、CFRP（炭素複合繊維）を使う場所が尾翼だけではなくて、他にも探っているということなので、軽量化が必要なのは間違いないんじゃないですか」営業担当が説明した。

「そう言えば、もう顧客カタログなんかに載っているスペックからMRJの重量が記載されなくなっていますよね」若手のエンジニアが漏らす。

「（脚部システムは）軽量化の最重要候補っちゅうわけや……」チーフが呟く。

しばらく無言が続いた後、思い出したように営業担当がフォローを入れた。

「ただですね、一回目の時と同じように代替案があればどんどん出して欲しいって言ってました」

当初、三菱は「サプライヤーは黙って言うことを聞く」と思って、上から目線を頑なに堅持していたのだが、海外サプライヤーとの軋轢《あつれき》やシートの一件などを契機に協調路線へ転じ始めていた。それだけでも住友精密は仕事がやりやすくなった。ただもっと言えば「機体重量を1gでも減らしたいんです」と素直に相談して欲しかった。もっとムダなく円滑に事を進められるのに。

三菱の設計さんもプロだから、その矜持でもって一から精査し直したうえで、きっとギリギリのところを攻めてきたんやろ。これで十分な強度が得られるんか、早速、検証に入ろうか。あと使う部品もいくつか変わっとるはずやから、それらの確認と精査も取りかかってな」

設計チーフは広げた図面をくるりと巻きながら皆に指示を出した。なぜかこの日は最初に設計案を突き返された時と違って、不可能に思えるこの案を可能にしてやろうという気が湧いた。正直これまでは高圧的な態度も癪に障ったし、良かれと思って差し出した提案に聞く耳を持ってもらえなかったり、散々な思いしかなかった。常識を打ち破る斬新な設計に惹かれる部分は実は当初からあった。不思議と今日は不退転で勝負を挑む覚悟が図面からひしひしと伝わってきた。これまで防衛省やボンバルディアから設計要求通りの脚システムを作ってきたが、このＭＲＪを手掛けることによって「自分たちで開発する」という次のステージへ大きく飛躍できるという確信を初めて持った。

〝やってやれないことはない〟か……そう呟いてから皆が待つ設計部屋へと急いだ。

安全性の証明

汗が金のチェーンブレスレットに伝わってポトリと落ちた。このところ35℃近い猛暑が連日続いていて、もはやぼやく気力もないのだが、やはり暑いものは暑い。

主翼組み立て担当係長の田口は、皆がお昼ご飯に出払った後、一人でだだっ広い作業現場に残っていた。目の前には治具に乗った白と緑に塗られた主翼の構造体が横たわっている。長さは13ｍ。製造工程の修正やでき高の精査を行ったりするための工作試験用の翼だが、実際とまったく同じもので、言ってみれば「主翼０号」である。作業手順を侃々諤々やり合いながらの組み立てだったため１ヵ月かかったが、量産体制に入れば１週間～10日間で作り上げる自信はある。

翼の先端には、今朝取り付けたばかりのウィングレットが鈍い銀色の光を放っている。ウィングレットはWing「翼」+Let「小さいもの」=「小さい翼」を意味し、飛行中に発生する翼端渦《よくたんうず》を減少させて空気抵抗を減らし、燃費を向上させる効果がある。MRJは東北大学の協力でスパコンを使って32通りの形の中から最も効果のあるひとつを選び出した。「これにより5%の燃費向上を遂げた」と田口は事情通のアキラから聞いた。

それにしても、曲がっているところが取り付け部分のため、面直にリベット穴を開けていく技術を習得するのに大変な苦労をした。穴が斜めになってリベット部分が外板よりわずかでも凹凸になれば空気抵抗となってしまうからだ。もっとも、これ以上に大変だったのは「クレーンレス」による製造だ。片翼が13mもある翼を「天井クレーンを使わずにやれ!」というのだから、これを考え出したヤツが目の前にいればどつき回しているところだ。1ヵ月半のうちの半月はこれに四苦八苦した。〝量産体制に移行する際には是非ともやめさせよう〟そう思った。

「あれ!? 係長、お昼行かなかったんですか?」

事情通のアキラが食堂から帰ってきた。ニヤッとしたかと思うとスキップでもしそうな足取りで近付いてきた。

「さっき食堂で聞いたんですけど、ウチの主翼が一番早いみたいですよ」

「何が?」

「製造ですよ。工作試験で大した問題が出なかった分、他のパーツや部品製造を一気に追い越した感じですね。設計変更があった時は焦りましたけど……」

「他はどんな感じなんだ？」

田口がいかにも無関心といった表情で憮然と訊ねる。その実、内心は気になって仕方なかった。製造のフェーズに入った瞬間からスターターピストルは轟音を響かせ、各セクションで競い合う駆けっこは始まっているのだ。1着でゴールしたいのが人情だ。

「国産部品は大変みたいですね。単にレギュレーションに合致させるだけならわけないみたいですがＪＩＳＱやらＮａｄｃａｐが絡んできて、『安全性の証明』を証明せなならんから大変なんや、これが」って言うてました。で、〝一からやり直し〟っていう事態が結構出てきたって調達担当の誰かが言うてましたわ」

田口は目を剝いた。「型式証明の取得」だ。静強度試験とか地上試験が始まってから関係してくるものと思っていたが、部品製造の段階から始まっているとは知らなかった。やはり完成機メーカーにならなければ知り得ないことは山のようにある。

「他には？」思わず、といった様子で田口が訊く。

「あとはやはりＣＦＲＰですね。垂直尾翼とか難儀してるみたいですね」

「穴開けか？」

「そうです。製法自体もまだいろいろ探ってるようですけど。穴開けは『ほこ×たて』じゃないですけど〝ドリルの歯だけで数百本はダメにした〟言うてましたわ」

アキラが両手をヒラヒラさせながら答えた。

「やはりなぁ。（ドリルの）回転数を落とせば生産性が下がるし、上げればＣＦＲＰに負けるし。Ｂ７

87とは（CFRPの）作り方も違うし、使う樹脂も違うからなぁ……全部一から見つけ出さんとあかんからそりゃ大変やで」田口が難しい表情で腕を組む。

アキラが右手の人差し指をドリルに見立てて左手にグリグリ押し当てながら発した。

「それでまた穴開けの時にCFRPの樹脂がドリルの歯に松ヤニのようにネットリ纏《まと》わりつくらしくて、その辺も問題になってるようですよ」

田口は「コレ行ってくるわ」と指でタバコを吸う仕草をすると、〝喫煙会議所〟となっている掘っ建て小屋のほうへ踵を返した。

やはり予感は的中した。ものづくりは新しい技術を取り入れた数だけ、想定外のことが製造段階になって起こるのだ。CFRPを作る新技術「A－VaRTM」製法はその最たるものだろう。日本が誇る素晴らしい技術で無限の広がりを秘めているのだが、いかんせん技術の確立まであと一歩あるのは間違いがない。それまで紆余曲折は免れないのだ。ただこの遠回りと思える紆余曲折が、ものづくりにおいては時に驚くべき結果を生む。誰も気付かなかった目からウロコが落ちるようなまったく別の答えに導いてくれることもあれば、想定外のブラッシュアップの道へ誘《いざな》ってくれたりもする。B767、777、787とボーイング社の歴代旅客機製造に携わってきた田口の経験では、希望を捨てなければそうした試練は決して裏切ることはない。

掘っ建て小屋に着くや否や田口はタバコに火を点けた。あと5分で午後1時のため他には誰もいない。ス～ッと深く吸い込んで紫煙を吐くと天井を仰いだ。

今回発表した延期のスケジュールは実によく逆算されたものだと感心した。初飛行までに最低一回・半年間の延期がバッファとして埋め込まれている。ただ787を見ていると案外そんな余裕はないのかもしれないが。

初の主翼製造も構造材の加工から組み立て完了まで2ヵ月でやり終えた。CFRPからの設計変更やそれに伴う組み立て工程の再構築を考えると、今日ウィングレットの取り付けという組み立ての最終工程まで辿り着くのは到底不可能と思えた。クレーンレスは頂けなかったが、事前に組み立て検証を行ってくれていたことが効いていると改めて痛感した。

田口には赤ん坊が一人前の大人へ育っていく確かな実感があった。

飛行機屋の矜持

三菱航空機の本社がある三菱の時計台。ここの3階の設計フロアの奥まった場所に機体の形状を設計するチームが陣取っている。人数は50人ほど、設計に使用するのは日本が誇るCFD（数値流体力学）。機体に当たる空気の流れをコンピューターで解析して追究する〝仮想〟風洞システムだ。

航空機の開発では、機体が設計通りの空力性能となっているかどうかを確認する風洞試験が欠かせない。具体的には、精密なスケールモデル（縮小模型）や時には実物大模型を使って実際に風を当てて飛行と同じ条件を作って空気抵抗などを計測する。しかしこれには大変な手間と時間、費用がかかる。期待通りの結果が出なければ何度も作り直したり改良を加えたりし、満足する値が得られるまで延々と繰り返すことになるからだ。さらに実際に飛行機が飛ぶ高度＝7千〜1万メートルの大気の状態（気圧や温度）を再現できる風洞施設は欧米にしかない。この環境を作るには国家戦略としての中長期計画が必要となる。広大な土地と膨大な予算を必要とするからだ。長らく旅客機製造から遠のいていた日本はこうした航空関連の検査や研究施設を整備する必要に迫られなかったため、建造する機会を逸してしまったのだ。そして航空先進国に出遅れた日本がＪＡＸＡなどを中心に力を入れたのが世界に誇る日本の技術「スーパーコンピューター」を使った仮想風洞試験ＣＦＤの開発だった。実際に風洞試験を行うのと変わらないばかりか、条件や機体の形状を短時間のうちに幾様にも変えられ、効率良く測定することができる。

この日、チーフエンジニアの壇は珍しくエンジニアたちが集う作業場にいた。普段はガラス張りの8畳ほどの自室で技術報告を受けたり、会議に没頭したりしている。今日はエンジニアたちが突き詰めてきた空力設計の最終確認を行う日だった。

壇がデスクに置かれたＰＣ液晶画面を指差す。そこには機体の表面を流れる風が何本もの細い線で表示されたカラフルなグラフィック画像が映し出されている。

機体に当たった風がどのように流れるのか、その抵抗の度合い、またエンジン回りや翼の先端に生じる渦など、飛行に関係するあらゆる測定を飛行機を飛ばすことなく検証できる。機体や翼の形状や角度、エンジンの配置などを幾通りにも変えていきながら、最も燃費効率の良いデザインを弾き出していくのだ。

「ナセル（エンジンの保護カバー）が前より少し前へ出てるよね？」壇が訊ねる。このチームのエンジニアで一番若い坂下が、画面の画像をボールペンでなぞりながら答える。いま一番研究熱心な設計のホープだ。

「そうです。5㎝刻みで最大50㎝まで（基本設計の時より）前へ出して比較してみたのですが、30㎝前へ出したのが最も空力特性が良かったです。飛行の安定性や強度を考えてもこれがギリギリの線かと……。あとそれに伴って胴体側へ10㎝近付けました。これも前後ずらしとマトリックスでやってみた結果、最良の位置になります」

赤で彩られた風はリアルに機体前方から後方へ流れ続けている。以前よりグンと滑らかでシンプルな流れになっていた。

ん!?　と唸って壇が画面を覗き込み、ナセルの1点を人差し指でクルクル囲むように回しながら訊く。

「ここの渦って……」

ニマッと口角を上げた坂下がすかさず発した。

「ナセルの内側に小さなウィングを付けて空気の渦をわざと作ってこっち側（機体側の上部方向）へ流してみたんです」

「ほう。空力が良くなった？」

壇の問いに坂下が自慢げに頷く。

今度は機体全体をクルクル囲むように指差しながら壇が皆に目を向ける。

「これでトータルどれくらい（燃費の向上が）かせげたの？」

「ウィングレットの4・5%と今回の修正を加えると……13・5%になりますね」

上目で計算していたチーフの東野が口を開いた。MRJの事業化が決まる前から、JAXAや東北大学などとずっとこの新技術を磨き上げてきた古参だ。といってもまだ40代なのだが、何しろ三度の飯よりCFD解析が好きな男で三菱随一の一流の腕を持っている。壇は仕事に一途で職人肌の東野に全幅の信頼を寄せている。

「エンジンが12・5%だっけ？　真ん中取って。すると……合計で26%！　やったじゃん‼」

壇が子どもの様に顔を綻ばせながら東野の肩を叩いた。そして若手の坂下らの肩も。設計の知恵と工夫だけで燃費の大幅向上を遂げた瞬間だった。ここのところ明るい話題がとんとなかっただけに喜びは一入《ひとしお》だった。しかも〝本丸〟で。

「構造と艤装（設計チーム）のほうとで大きな修正が発生しないことも確認済みです」坂下が鼻の穴を膨らませる。

「よぉ〜し、今晩はプチ打ち上げといこうか！」

目をキラキラさせた壇の声はいつもよりワンオクターブ高い。胸の芯が燃えていた。

「えっ、なんで〝プチ〟なんですか⁉　〝パ〜ッと〟じゃないんですか？」

「パ〜ッは飛んでから！　それまでは『欲しがりません、勝つまでは』だよ」

「壇さん、なんだか盛本社長に似てきましたよ。しかも意味わかんないし」

チッ。壇は顔でニコニコしながら心の中で舌打ちした。そして誓った。〝坂下の評価をひとつ下げてやろう〟あくまで心の中でだが。

自室に戻っても壇の顔の緩みは取れなかった。いや、誰にも見られていない分、込み上げてくる喜びを隠そうともせずニヤニヤしっ放しだった。気分は爽快そのものだ。

部品製造のほうではいま、『やってやれないことはない』がスローガンだと聞いた。設計は零戦時代からその血は脈々と受け継がれている。それでも今回のさらなる見直しは、砂漠に落ちたコンタクトレンズを目を皿の様にして見つけ出すに等しいほどムリかと思っていた。度重なる設計変更で胴体が真円に近くなったことも功を奏したし、逆に主翼がアルミになったことで大胆な発想ができるようにもなった。今回がまさにそうだ。よしんば機体重量のこれ以上の追求が困難だとしても、エンジンの燃費向上が謳い文句の15％に届かず、10％であったとしても、計画当初に掲げた「燃費20％ＵＰ」はこれで堅持できる。さっき〝飛ぶまでは云々……〟なんて言ったけど、本当は飛び上がってガッツポーズのひとつでもしたい衝動に駆られていた。この部屋に居て電話で報告を受けていたら確実にやっていた自信がある。

「あっ！」ふいに壇が真顔になった。

〝そうだ！　会社側へ報告する前に製造サイドにも予め打診しておかないとダメだな、これは。主翼構造には関係しないと先ほど言っていたが、治具の固定に影響があるかなんて、設計はそこまで考えが及ばない。伝達が後手に回って重工との悶着の火種になっても敵わないしな……〟

ドアノブを勢いよく引いて、壇は自室を飛び出した。

「は~い、一回止めてくれる?」

「了解しました。一旦リセットしま~す!」

操縦桿から手を放すと、国岡は唇を噛みながら機長席から立ち上がった。難しい顔で首を深く傾げる。これで三回連続だ。

国岡の仕事場は、以前の倉庫のような場所から、昨年暮れに完成した操縦試験専用の大きな建屋に移っていた。開発用コックピットに油圧操縦リグという実物と同じ大きさの翼の揚力システムなどが連動するアイアン・バードがようやくでき上がり、限りなく実際に近い飛行状況の再現が可能になった。つまり、より高度で緻密な操縦系システムの開発・検証ができるようになったのだ。

「何がおかしいんだろう? VR(滑走して操縦桿を引いて機首を上げる速度)からV2(離陸)にかけてガタつきがどうしても治まらないね……(手動で操縦の)調整はしてるんだけど。あと横揺れも気になるし」

納得いかない国岡の投げかけにプログラム開発担当が首を捻りながら呟く。

「リグをつなぐ前は完璧だったんですけどねぇ……」

「巡航を超えて限界(最大運用限界速度/MRJはマッハ0・78(956㎞/h))にいくまでの揺れも(リグをつなぐ)前に比べて気になるようになったし」

まるでキツネにつままれた感じだった。

ちょうど1年前、ボーイング社の最新鋭旅客機787が羽田空港へ降り立った。予定より3年以上遅れてローンチのANAに納入されたのだ。米シアトルから操縦した早川機長は到着後の会見で787の性能を「パイロットが頭にイメージする、旋回や高度の上げ下げなどの動きに非常に素直に反応してくれる。細かな修正ができるよう作られた非常に扱いやすい飛行機だ」と評価した。ただこれには前置きがあり、「787は至る所に最新のコンピューター技術を採用した〝ハイテク機〟。飛行試験から今回の飛行の直前までじゃじゃ馬を乗りこなしているような大変さがあった」と開発の内幕を吐露した。コンピューターの塊と化した最近の旅客機は痒いところに手が届くご機嫌伺いを徹底しなければすぐにスネる。ご機嫌がナナメな原因が一体どこにあるか、女性の心を測るのと同じくらい難しい。言ってみれば、「こっちを立てると何故だかこっちが立たなくなる」。システム開発のプログラマー泣かせがひっきりなしに起こるのだ。百戦錬磨のボーイングにしてそうなのだから、新参者のMRJでそれが起きないはずはなかった。

年初は国岡たちはつながれたリグ装置の完成度を疑った。なぜなら、つなげる前までは操縦プログラムに何らの問題も発現しなかったからだ。そして基礎的な様々な試験を何度も繰り返し行ってみたがリグに問題がないことが判明した。よくよく考えてみれば、指示信号を受け取ってその通りに機械的な動きに変えるリグに問題がある可能性は低かった。やはり、そうした実践された動きがフィードバックされてきた情報を解析して、安定した飛行に調整していく基幹プログラムに問題があると考えた方が理に適う。ところが「これだろう」と思って原因を見つけ出し、そこを改善するとその問題は解消するのだが、次には何もなかったところに問題が発生する――それの繰り返しだった。もはや

〝知見がない〟とか〝経験がない〟というレベルではない。787もパイロットやプログラムのエンジニアらが手探りで辿り着いたように、MRJも自力で暗闇から脱する他ない。悔しいけれどもいまはその端緒を見つけられないだけで、不可能なわけではないのだ。出口は必ずある。

〝じゃじゃ馬とは本当によく言い当てたものだ〟国岡は軽くごちると機長席に向かった。見落としは必ずどこかに転がっているのだ。

「もう一回だけやって操縦（テクニック）でうまくいかなければ、プログラムの見直しをやりましょう」

ウィ〜ン……　アイアン・バードが元気よく息を吹き返した。

汚名返上、底力を見せつけろ！

12月3日、三菱航空機本社――。時計台の針は8時を指している。辺りはすっかり真っ暗。各部署の蛍光灯は煌々と点っているものの、さすがに人影はまばらだ。この時間、珍しく盛本は社長室にいた。日中は異常気象を肌で感じた。12月だというのに気温は14℃まで上がり、窓辺で陽に当たっているると眠気が襲ってくるほどのポカポカ陽気だった。そのせいか夜になると一気に寒さが訪れた。

盛本は先ほどから目の前のパソコン画面と壁に掛けてある時計に忙しく目を行き来させていた。もうそろそろ待ち人が到着する時刻だった。

事態が一気に進んだのは5ヵ月前の7月初旬。営業のトップでアメリカに強い高木を筆頭にした北米担当の営業チームは世界最大のリージョナル企業「スカイウェスト」とこの1年ほど商談を続けていた。二回目の遅延発表を4月に行い、情勢が悪化したにもかかわらず、粘り強い交渉を続けた末、7月11日に確定100機の受注に向けた合意を取り付けたのだった。

日本では馴染みがないが、スカイウェスト（SkyWest Inc.）は、米のリージョナル航空「スカイウェスト航空」と「エキスプレスジェット」、さらに航空機リース会社を傘下に持つコングロマリット（複合企業）だ。MRJのライバルであるエンブラエル社とボンバルディア社のリージョナル旅客機を約780機も所有し、全米・カナダ・メキシコ・カリブ海諸国を毎日約4000便運航している〝世界で最も忙しい〟と言われる米国最大規模の航空会社だ。しかしスカイウェストの名はアメリカでも殆ど知られていない。所有する旅客機は契約先航空会社の「ユナイテッド航空」、「デルタ航空」、「アメリカン航空」のロゴに塗られているからだ。また便名もそれらの航空会社になっている。乗客は知らず知らずのうちにスカイウェストの旅客機に乗っているのだ。

スカイウェストは所有する780機ほどのうち150機ほどが50席クラスとなっていて、2015年前後のリース終了による返却と除籍などによってこれらを一斉に退役処分したいと考えていた。この話を聞きつけたMRJの北米担当チームはライバル二社に食い込めるよう果敢に攻めた。そして営業活動を展開して間もなく、追い風は思わぬ方向から吹いた。実はスカイウェスト、提携先の顧客から機材の大型化を要望されていたのだ。それは入れ替えを考えていた70席クラスよりも大きな90席クラスだった。そもそもスカイウェストは2015年前後の機材入れ替え計画の次の2018年頃に1

00機ほどの70席クラスの入れ替えと100機程の90席クラスの大型化を考えていた。二度目のスケジュールを延期したMRJは納入開始が2015年夏からで、しかも90席クラスから製造・販売に着手していたためまさに打ってつけだった。

しかし相手は世界最高峰に立つリージョナル航空の巨艦。自社のブランド名などよりも実を取るほど鋭い経営手腕の持ち主だ。機体価格やリース条件などはもちろん、パイロットの育成やアフターサービスなど、すべてにおいてエンブラエルやボンバルディアよりも良い条件を提示しなければ納得しない強硬な姿勢を貫いてきた。

そして凄まじい交渉合戦が繰り広げられる過程で三菱航空機側は何度も二の足を踏むことになる。それは前述の価格などの条件が呑み込めなかったのではなく、「納期」の問題だった。スカイウェストが自社の機材更新計画を頑として崩そうとしなかったのだ。70席・90席合わせて200機の入れ替えを2017年から3年間で終わらせたいとするスカイウェストに対し、2015年夏から初号機の納入が始まるMRJはバッファなしのギリギリの状態にあった。

机上の論理では、量産開始時の月産5機から生産体制が順調に整って2年目に月産10機になったとして、先の130機の契約分を納めた後に、スカイウェスト向けの「2017－20年に100機納入」はギリギリ可能だ。しかしこれは〝今後の開発に何の問題も発生しない場合〟が大前提。三度目はないという強い覚悟で挑むのは当然のことなのだが、飛行試験に入って耐空証明や型式証明を取得する段階で、過去のMUシリーズやボーイングやエアバスなどの例からしても必ず1年以上のズレ（延期）は生じる——と考えていた。もしスケジュールが1年遅れ、初号機の納入開始が2016年夏からになれば文字通り〝万事休す〟だ。ムリに契約をねじ込んで違約金が発生する事態になれば元も子もない。7月に基本合意に達して以降、三菱航空機内では納期の問題について侃々諤々の議論が繰り返されていたのだった。

そして1ヵ月ほど前に盛本はついに腹を括った。「納期も含め条件を呑んだ契約をしよう」と。甘い考えの元に弾き出した結論ではない。開発主体の三菱航空機にも製造を担う三菱重工にも著しい士気の低下が見られたからだ。盛本は100機の大型受注が起爆剤になって、必ずやプラスのスパイラルをもたらすと踏んだのだ。いや、どうしても士気を鼓舞するきっかけが必要と判断したのだ。

これには盛本が下したもうひとつの決断があった。それはこの受注を最後に現場から退くことだった。年頭から決めていたことだった。そして先日、スカイウェストとの契約にGOを出した後に開いた役員会で盛本が会長職に就き、経営に専念する旨の議題が満場一致で了承された。これによってこの契約が盛本の社長時代に決定したことになり、組織的には〝万が一〟がたとえ起きたとしても後任の社長に累が及ぶことはない。もちろん、最悪の事態の際の影響が最低限になるリスクヘッジは戦争のような契約交渉の末なんとか遂げた。もとより、旅客機開発はスポーティー・ゲームなのだ。航空会社も一緒だが、契約後や中期計画実行中に世界テロやリーマンショック、SARSといった予想もつかないイベントリスクが発生し、苦境に直面することなど山のようにある。「やってみてから考えろ。やらずにできるはずがない」のだ。「必ずできる！」そう思い込める人だけが成功を手にするのだ。

つくづくも盛本という人物は肝の据わった男だった。

「失礼します」

社長室の入り口に立てかけてあるパーティションから高木が姿を見せた。後ろにはアメリカの営業拠点で指揮を執る鴨田の姿もあった。

二人はスカイウェストのヘッドオフィス（本社）があるセント・ジョージからデンバー、成田経由で名古屋セントレア国際空港へ18時30分過ぎに到着した。約5時間のトランジット（乗り継ぎ）を入れて20時間もの長旅だ。シルバーのゼロハリバートンのアタッシュケースの中にはスカイウェストと結んだ発注契約書が入っている。確定100機、オプション100機という過去最大の契約だ。受注額はカタログ価格で42億ドル（約3500億円）、オプションの100機が行使されれば倍の84億ドル（約7000億円）となる。

長旅の疲れもあり、明日の朝でも良かったのだが盛本は珍しく験《げん》を担いだ。今日は大安だった。これ以上ない笑顔で盛本は高木らを労う。

「いや〜、長旅お疲れ様。なんとか話をまとめてくれて本当に良かった」

「最後まで気を許せない相手ですね、彼らは。最後の最後まで（もっと自分たちにメリットが出るよう）ねじ込もうとしますから。あそこまで成長するのも逆に頷けますけど」

「納期についてはどうだった？」盛本が訊ねる。

高木が真顔になって答えた。

「それは譲歩の余地はまったくなしでしたね。50席クラスから70席へのアップサイジングよりも、今や90席しか眼中にない感じですね。契約先のユナイテッドやアメリカンはそのクラスしか求めていないと話していましたし、実際我々もいくつかの地域路線を乗って客室乗務員とかと話をしましたけども、上級席（ファーストクラスやビジネスクラスに該当）の要望がすごく高いと話してましたね。70席クラスだとそれはムリですから、トレンド（需要傾向）としてはやはり90席クラスになるんでしょうね」

「なるほど。じゃY50＋C12＋F4とかそういう使い方だ。それは結構（うちの今後の展開として）参考になるね」

高木はアメリカで結んできたばかりの発注契約書を取り出して盛本に見せる。

「お電話でお伝えした通りの内容になっていますが、確認がてら説明していきますね」そう言うと、会議テーブルに座り契約書を広げた。

明後日5日には盛本が会長になる人事が発令される。そして翌週13日にスカイウェストとの大型受注の記者発表を行う予定だ。

盛本はもうひとつの度が強い眼鏡をデスク上から取ってかけ直すと、会議テーブルの席に着いた。チラと右上に目をやる。右目の入っていないダルマがロッカー上に置いてある。500機達成したら目入れをしようと考えていた。香港のリース会社からの受注5機が先日キャンセルになって今は125機、これに200機が加わって325機。今日は大安だがまだ入れられなかった。でもこれでMRJ開発に大きな弾みがつくのは間違いない。

会長職に就いてトップセールスから身を引くことになる盛本には、特別な意味を持つ〝ある航空会社〟を射止める大役が残されていた。受注機数をハネ上げる目論見よりもＭＲＪが優れた旅客機であることを証明するために是が非でも必要なことだった。その勝負の分かれ目を〝この半年ほど〟と踏んでいた。そのためにも今回の大型契約ではずみをつけることは必要だった。

他方で盛本は成功へのレールに乗った手応えを感じていた。実績のない新参者が初めて手掛ける旅客機が、実機がないにもかかわらずこれだけ売れるのは異例のことだ。やはり良いものは売れるのだ。

「では……」と高木が説明を始めた。盛本はダルマから契約書に目を移した。

第10章

国土交通省のジレンマ

動き出したFAA

「所長！　アメリカのFAAから電話が入っています!!　2番です」

それはあまりにも突然だった。

年が明けた1月中旬、朝8時30分。県営名古屋空港（通称：小牧空港）内にある国土交通省航空機技術審査センターの所長宛てにFAA（アメリカ連邦航空局）から突然、電話がかかってきた。本部はワシントンD.C.にあるため、現地時間は18時30分になる。

〝ついに来たか……〟

所長の葉山武志は観念した表情を浮かべ、受話器を取った。

航空機技術審査センター（通称：TCセンター）は国産旅客機開発計画が打ち出された直後の2004年4月に発足した国交省の組織だ。業務は「機体の設計安全認証」。つまり旅客機の安全性を審査し、飛行・販売の許可を出す航空当局である。

新しく開発された旅客機は製造国（の航空当局）が安全性を保証しなければならない国際ルールがある。当局はまず機体の設計ごとに航空法や国際ルールで定められた安全規定や環境基準に適合しているかを確認し、適合すると判断した場合に限り、その型式に対して適合証明書を発行する。これを「型式証明の取得」と呼ぶ。そして工場で量産機が製造され始めると、一機ごとに安全性と環境基準に適合しているかが当局によって確認され、耐空証明書が発行される。これで初めて運航できる航空機として納入が可能となる。

内外の航空会社から325機の受注を獲得しているMRJは、この国交省航空機技術審査センターの審査を受けて「この機は安全なので飛ばしていいですよ。売っていいですよ」という型式証明の取得ができてようやく開発作業が完了ことになる。

またMRJの場合、型式証明は国交省航空局（JCAB）が審査し発行するが、輸出先の国でも別途、型式証明を取得する必要がある。米国であればFAA（米国連邦航空局）、欧州ではEASA（欧州航空安全局）だ。その場合、FAAやEASAがJCABの審査をもとに必要性に応じた検査を実施して、認証の判断を下すことになっている。実際、日本の空を飛んでいるボーイングやエアバスなどの旅客機も製造国のアメリカやEUだけでなく、日本の航空当局JCABから型式認証を得ている。


世界中で1日におよそ10万便も飛んでいる旅客機の安全性審査は、こうした二重の体制で行われるのだが、その頂点に立つのがFAAだ。所長の葉山が顔を曇らせた理由はここにある。

実は世界の空の安全は、旅客機だけでなく、その国の当局の審査体制についても厳しく評価・管理されている。それを司るのが国連の専門機関ICAO（国際民間航空機関）だ。当該国の航空当局の安全監督能力や技術者の資格基準など多角的に審査し、もし安全管理に問題があると判断した場合には、SSC（重大な安全上の懸念）を発行・実施する。これを受けると、現在就航している運航便については継続できるものの、ICAOに加盟する191ヵ国への新規就航や増便や機材の変更などができなくなる。

つい最近の2015年3月、ICAOは「安全基準を満たしていない」としてタイ航空局にSSCを指摘した。ICAOが問題視したのはタイ当局の安全審査体制。担当官の審査に関する教育や知識が不十分で、ICAOが定めた安全監査基準を満たしていないというものだ。将来、重大問題の発生につながる可能性を懸念しての判断だった。

この指摘に日本の国土交通省航空局（JCAB）は、タイの航空各社の新規就航などを認めない措置を取ったのだが、FAAは対応を見送ったのだ。FAAが同調する動きを見せないことに〝足下を見た〟タイ当局は「世界的な影響はない」と踏んで抜本的な改善策を示さずにいた。

ところが12月1日、事態は急転する。FAAがタイ当局に対し、安全評価を「カテゴリー1」から「カテゴリー2」に格下げしたのだ。対する処遇はICAOと同じでアメリカへの新規就航や増便はもちろん、運航スケジュールの変更や機材の変更もできなくなる。FAAが安全審査を行う調査対象は89の国・地域で、このうち82（の航空当局）がカテゴリー1に指定され、残りのタイやバングラデシュ、ガーナなど7の国・地域がカテゴリー2に区分されている。

FAAはICAOの動きとは別に、独自に安全監督能力を審査している。この中の7月に実施した評価でタイ当局が安全基準を満たしていないことが発覚し、格下げが決定したのだ。これにタイ政府は焦った。即座にFAAとの協議に入ったのである。

〝FAAが世界の空を制している〟ことを表す顕著なエピソードだ。もっとも、これは権威を笠に着たものではない。航空大国として空の頂点に立つアメリカは当然ながら世界最多となる事故を引き起こしてきた。大きな事故を起こす度にFAAの安全審査や監督が甘かったのではないかと連邦議会などで槍玉に挙げられてきた。その後、FAAはそうした汚名を晴らすというより、真に航空の安全を司るパイオニアとしていかに事故が起きない環境を作るか、これに邁進するようになったのだ。そしていまやどの組織や国の当局よりも多くの知見を積み上げる審査のプロとなった。

葉山が電話を終えた。時計を見ると9時30分を指している。1時間も話していたのだ。心配そうにずっとそばで様子を窺っていた課長補佐の木村が声をかける。葉山は昨年4月に異動でここへ赴任してきたのだが、木村はTCセンター設立当初からいるスターティングメンバーだ。設計や製造などの技術にはめっぽう強く、また勉強熱心なため、前所長に引き続いて審査センターの〝懐刀〟のポジションに就いている。

「所長、大体の話は聞いていてわかりましたが、FAAが近々、日本へ来ることになるのですか?」

「本省(霞ヶ関)と話をして詰めるようだけど3月くらいには来るんじゃないかな? 準備しておいて欲しい資料がいろいろあるって言ってたから」

「それにしても急に動き出しましたね、FAA。これまで(葉山が赴任する前)はこちらから打診しても、必要な時期が来れば……ってまるで興味のない素振りを見せていたんですけどね」

しかし葉山にはピンときていた。FAAが動き出した理由が。実は葉山、ここへ来る前はICAO(国際民間航空機関)の業務に長らく携わっていたからだ。

昨年12月、スカイウェストからMRJの200機受注を獲得した。TSHの100機と合わせてアメリカの航空会社からの発注は300機、大変な数を記録した。

MRJプロジェクトを打ち出した時、FAAは「半世紀も旅客機製造を行っていない日本に本当に作れるのか?」という懐疑的な見方をしていた。TSHから100機受注した時も、その前後に設計やスケジュールの変更が相次いだことから、完成機メーカーとしての三菱の能力に疑問を持っていた。「機体の完成時期は極めて不透明。最悪の場合、撤退もあり得るかもしれない」と。

ところがこうした苦境をものともせず、MRJはまたもアメリカの会社から200機もの大量受注を遂げたのである。FAAは泡を食うというより、「看過できない」となったのだろう。将来、300機もの日本製の旅客機がアメリカの空を飛ぶことになるのだから。いずれFAAもMRJを審査しなければならない。実績あるエアバスやエンブラエル、ボンバルディアであれば当該国の当局が発行した型式証明に基づいて飛行試験などで安全性を確認する〝追認作業〟となるのだが、何しろ日本はYS-11以来、半世紀ぶりの国産旅客機の審査なのだ。その間にエンジンはプロペラからジェットに変わり、機体はコンピューター制御へと著しい発展を遂げた。蚊帳の外にいた日本の当局に型式審査のノウハウはないため、MRJの開発同様、一から手探りで築き上げていかなければならない。YS-11の時の審査では、日本とアメリカの航空局との間で規則の解釈に相違が生まれ、FAAの承認を得るまでに様々な改善要求が突き付けられ、スケジュールは度々延期された。さらには安全対策を強化するために翼の形状が大きく変わり、運用可能高度が5000フィートも低くなってしまった。これにより乗り心地と燃費の両方が悪い旅客になってしまったのだ。

こうした過去の〝互いにとって不愉快な出来事〟も踏まえFAAは「我々の協力なくして50年のブ

ランクはとても埋められない」と考え、接触してきたのだ。

内容はまさに推測していた通りだった。〝ただ……〟と葉山は思った。

実はいま、我々、航空局と三菱航空機との関係が上手くいっていないのだ。端緒はわかっていた。航空機部品製造の浸透探傷検査の手抜きがリークされ、国交省が三菱重工の製造現場へ立ち入り調査を行ったことだ。この結果、直接関係のないMRJの部品製造も止まってしまう事態となった。葉山らの審査部門とはまったく別の部署のことなのだが、国交省に対する心証を間違いなく悪くした。

これとは別に葉山が頭を痛める悩みがあった。今回のFAAに関連するとすれば、むしろそっちの方が大きい。それは型式証明の取得に向けた部品の安全性の証明に関する認識の齟齬だ。

完成機メーカーはレギュレーション（安全性規定・基準）への適合性を証明する必要がある。葉山らが最初に行う業務は設計の際に行われた解析手法などが客観的に見て妥当かどうか、その前提となる条件も含めて審査することだ。その後、強度や耐久性など安全性を証明する重要な試験に立ち会ったり、部品などが定められた手順も含め、設計通りに製造されているか確認する立ち会い検査も行う。つまり当局の審査は機体の開発と同時進行で段階的に行われるのだ。

具体的には「設計審査」→「材料・試作部品の試験・解析」→「各部品を組み上げたシステムやコンポーネント（装備品）の検査」→「全機レベルの審査」と検査のステージが進んでいく。そうして段階毎の検査を積み上げ、実機の飛行試験を含めて数百項目にも及ぶ確認審査をして、ようやく型式証明の発行業務は終わる。

ところが葉山ら国交省は、この最初の段階となる設計確認や検査に深く立ち入ることができずにいた。その理由は実に悩ましいものだった。

三菱サイドの国の審査の捉え方は「確認と重要検査の立ち会い」で、ここに至るまでに国交省が介入するということを想定すらしていなかった。要は三菱にとって当局は「テストの採点をする先生」という、自分たちの対極の立場にある相手と考えていた。半世紀近くも民間旅客機製造から離れていたため、その間に審査の基準や内容、進め方が大きく様変わりし、格段に厳しくなっている実態を把握していなかったのである。

それに加え、過去の不信が当局に対する姿勢をより頑なものにしていた。ＹＳ－11では国の審査を通ったにも関わらずＦＡＡからダメ出しを喰らい、設計に立ち戻った改修まで余儀なくされるなど大打撃を受けた。ＭＵ－３００でもまったく同様のことが繰り返され、実に２００項目にも及ぶ注文をＦＡＡから付けられる苦い経験をした。当然、二つとも三菱の設計・技術の能力不足に起因する所も大きいのだが、三菱からすれば「日本の当局は役に立たない。結局は自分たちでやり通すしかない」という思いを強く焼き付けることになった。その結果、三菱は各審査ステージにおいて完璧な状態になったところで「国交省に報告し、確認（追認）させればいい」という構えになったのだ。もっともＭＲＪ開発が経産省が立ち上げたプロジェクトで、さらにリスクは三菱一社が負うという背景が思考の土台として大きくある。

これに対し国交省も開発国としての審査は50年ぶりのこと、審査経験が無いに等しい状況だった。

1990年代に開発され、ベストセラーの座に君臨する大型旅客機B777の時と比べても審査基準はとてつもなく厳しくなっている上、安全性の証明も年々より深く、多岐に渡り、困難を極めるものに変貌を遂げていた。

日本の型式証明審査の基準はFAAが定めた規定に倣《なら》っていて、FAAは証明の方法に関する大量のガイドラインを公表している。しかし、必ずしも証明の仕方をすべて詳細に明記しているわけではない。いまの旅客機はコンピューターの塊で、ソフトウェアが飛ばしているからに他ならない。旅客機の主翼や胴体といった〝モノ〟や機械式構造の安全性の審査とはワケが違い、実際の飛行では到底考えられない各電子システムのトラブルの同時多発の可能性や暴走や異常などについても、徹底的にわざわざ探し出して安全性を証明しなければならない。先進技術が投入され、新たな電子システムが生まれるMRJのような最新鋭機は『システムが故障しても飛び続けられるか、同時にトラブルが起きても安全に飛行できるか』といった審査を一体どこまで踏みこんで安全性を証明しないといけないのか、またその証明の仕方まではFAAのガイドラインには手取り足取り載っていない。現代のハイテク機は航空先進国が持つ過去の抱負な知見でも細部にまでわたって説けない難解さ、〝最新機ゆえのハードルの高さ〟があるのだ。

ただそうした中でFAAやEASAなどの欧米当局、またボーイングやエアバスといった完成機メーカーは、安全基準の引き上げとともに対処法の確立に格闘しながら年々知見を広め、血肉にしてきたことからその辺りの肌感・程度感がよくわかっている。つまり、マニュアルに事細かく記さなくても記載された〝行間〟を読解する力を有しているのだ。

旅客機の安全性の証明は、蓄積されたノウハウと経験の有無で大変さの度合いは大きく違ってくることになる。

「グローバルスタンダード」と「内なる壁」との闘い

2004年の設立時には6人体制でスタートした審査センターもいまや40人ほどの大所帯になっていた。〝機体ができ上がる頃にはきっと倍くらいに増えて、このフロアだけだと手狭になるんだろうなぁ……〟葉山は書類やパソコン画面と睨めっこしている職員たちを見つめながら、その対応にそろそろ手を付けなければならないなと感じていた。そして木村に呟いた。

「これからも人がどんどん増えていくことを考えると、いまから手を打ち始めないと間に合わないね」

うつむいてスマホに入ってきた部下の報告メールを見ていた木村が顔を上げた。

「ですね。試験の立ち会いや審査で現場に出ることが多くなるといってもデスクは皆必要ですからね……あ！　それはそうとパイロットたちの訓練、ＦＡＡに協力を仰げないですかね？　ＭＲＪの審査はボーイングやエアバス機の（型式の）追認の比じゃないでしょうから。そもそも全然足りていませんしね」

何か閃いたように葉山が目を見開いて木村を見る。

「それはいい考えだね。そもそも日本は訓練施設がおぼつかないから、訓練の場や機会をキチンと整備しなきゃいけないけど、それを待ってられないからね。協力を要請するよう一度本省へあげてみようか」

日本でパイロットと言えば、ＡＮＡ・ＪＡＬなどの航空会社と航空自衛隊しか頭に浮かばないと思うが、国交省航空局にもいる。民間旅客機の機長試験を審査する運航審査官と言われるパイロットと、新造機の型式証明を発行するための審査を行う試験官パイロットだ。

長らく日本は開発・製造国ではなかったため、エアバスやボーイング、エンブラエル、ボンバルディアなどの新しい型式の機材を日本の航空会社が導入する場合、試験官が製造国に出向いて実機を操縦するなどの審査を行い、可否を下すのが主たる業務となっていた。日進月歩の旅客機の進化に対応するため、運航審査官と試験官のいずれも常に高いレベルの知見や操縦技能を身に付けておく必要があるる。審査側のパイロットこそフライト・シミュレーターや実機を使った訓練を欠かすことはできないのだが、50年もの間その必要性がなかったことから、そうした設備や施設は整備されずにきた。それ故、国交省のパイロットの訓練は、民間航空会社のフライト・シミュレーターや自衛隊の実機を使わせてもらうなどしてしのいできた。〝お願いをしてなんとか空けてもらった時間に行う〟という肩身の狭さの中で……。巨費を投じて日本中に１００を超える空港を造ってきたことを考えるとなんとも間抜けな話だ。

ただ、３００機ものＭＲＪを海外に送り出すことが決まったからには、訓練施設の整備や訓練体制の充実は不可避となる。当初こそ訓練施設が充実したアメリカの手を借りるしかないものの、いつまでも〝おんぶに抱っこ〟というわけにはいかない。

葉山は受話器を取るとダイヤルした。善は急げだ。

第11章

青天の霹靂

エンブラエル社、新型旅客機を発表

滝のような雨が殴り付ける。朝6時半、盛本と前原が乗った黒のワゴン車はパリ市環状高速を走っていた。行き先はパリ航空ショーの会場。

昨日17日の開幕は雲ひとつない青空だった。航空ショーではお馴染みの光景の、カラフルな航煙を吹き流しながら4機のプロペラ機が編隊を組んでアクロバット飛行を披露し、来場者を楽しませていた。

2日目の今日は昨日とは打って変わって、嵐のような天気に見舞われた。昨夜のBBCニュースでは異常気象がフランス全土を襲い、各地で冠水被害が多発しているとトップで報じていた。

流れる景色は、まるでゴジラでも出てきそうな異様な漆黒に包まれ、絶え間なく稲光が走る。どの車もヘッドライトを点け、スピードを時速50㎞ほどに抑えている。車内は天井を叩き付ける大きな雨音とハイスピードにしたワイパーのモーター音で会話もままならないほどだ。

盛本と前原は車内灯に浮かび上がった新聞に目を落としていた。昨日の夕方、航空ショーの会場で配られた航空ニュースの速報版（英語）だ。旅客機メーカーを始めとして世界中から2000社以上が出展する世界最大規模の航空ショーだけに、昨日の初日だけでも〝発表モノ〟の数がハンパではない。紙面は記事とともに記者会見や各社から提供された写真で埋め尽くされ、分厚いタブロイド紙2紙分ほどもある。

二人とも紙面を広げることなく一面だけを難しい表情で見つめていた。

前原が口火を切った。

「噂には聞いていましたけど、本当かな？って皆思っていただけに……。しかも初日にブチ上げてくるとは……驚きましたねぇ、エンブラエルとスカイウェストには」

紙面から顔を上げた盛本は視線を前原に向けることなく車窓に移した。

〝まるで我々の胸中をそのまま表したような天気だな〟そう感じていた。

一面トップを飾っていたのは『エンブラエル社 新型旅客機を発表！ E－Jet E2』という記事。MRJ最大のライバルとなるエンブラエルが燃費効率を大幅に向上させるMRJと同じ次世代エンジンを搭載した新型機を発表したのだ。機種は2タイプで、「E190－E2」は1クラス仕様で106席、2クラス仕様で97席、「E195－E2」は1クラス132席、2クラス118席とMRJより一回り大きい。

突然の記者発表が行われた航空ショー初日の昨日、三菱航空機に激震が走った。何しろ、二度の開発遅延でもたもたしている間に、ライバルがMRJ最大の武器と同じ装備で殴り込んできたのだ。

しかも――。

わずか8ヵ月前にMRJを200機注文したばかりの米スカイウェスト社がローンチカスタマーとなって100機（確定50機／オプション50機）の発注基本合意書に昨日サインしたというのである。

「カタログ価格で総額28・5億ドル（約2834億円／確定50機分）の契約」「機体引き渡しは2018年前半、2019年からの就航を予定」と紙面を踊る文字が盛本には眩しかった。痛いほどだ。

この衝撃のニュースのお陰で昨日はＭＲＪブースのあちこちで「青天の霹靂」という言葉が飛び交った。奥の控え室にいた盛本の耳にもうんざりするほど飛び込んできた。いずれも営業部を始めとする社員や日本から取材で来たメディアたちが上げた声だ。さすがに昨日は盛本も動揺が隠しきれず、いまコメントを求められても頭の中は真っ白、狼狽《うろた》えるばかりとなるため、閉場時間になってメディアが立ち去るまでブースの控え室に閉じ籠るしかなかった。

土砂降りの中、ワゴン車が会場内のＭＲＪシャレー前に到着した。宿泊先のハイアットリージェンシーから1時間20分もかかった。昨日は会場周辺の道が最も混雑する初日にもかかわらず50分で着いたのだが……。

盛本と前原は飛び出るように車を降りると駆け足でシャレーの玄関に向かった。今日はこれから、20分後の8時から全体朝礼でいつものように皆に気合いを入れた後、最初の顧客を迎え入れる9時半まで緊急戦略会議を行う。エンブラエルの奇襲攻撃がＭＲＪに及ぼす影響は計りしれないものがあるからだ。さらに世界最大のリージョナル航空・スカイウェストがローンチになったことも様相の激変に拍車をかけた。

昨日のエンブラエルの記者会見ではＭＲＪのＭの字も出なかったという。記者からの質疑も、会見終了後のＣＥＯとＣＯＯのぶら下がりインタビューに於いてもだ。日本のメディアとして唯一会見場にいたＴＶのディレクターがＣＥＯにぶら下がって一言だけライバルのＭＲＪについて聞いたところ、ニコニコしながら手にしていたＥ２の模型をシュ～ンと言って空高く飛ばすジェスチャーで返したという。〝先行するＭＲＪなんてアッという間に追いついて、すぐに追い越すさ〟という意思表示だったのだろう。実績のない、海のものとも山のものともつかぬ三菱の旅客機よりも、満を持して打ち上げたリージョナル機の頂点に立つエンブラエルの新型機に注目が集まるのは致し方ないとしても、だ。エンブラエルも記者たちもＭＲＪをまったくライバルと見做《みな》していないことに盛本は驚くと同時に憤りを覚えたのだった。

今日・明日・明後日に予定されている商談がキャンセルになる可能性も十分ある。〝ライバルは3年遅れの後発だから……〟と気を抜いていると、業界のガリバーだけにすぐに追いつかれ、さらにはアッという間に水をあけられてしまうだろう。どんな対応が考えられるか、皆の知恵を絞り出すしかないのだ。

「盛本会長、コーヒーを淹れてきました」

ＭＲＪのＰＲ会社の女性が盛本の前にコーヒーを置いた。

「ありがとう」

手元の時計に目をやると7時50分だった。5分ほど物思いに耽っていたようだ。ふと辺りを見渡すと既に20人ほどが集まり、二～三人ずつほどで固まって話し込んでいる。エンブラエルとスカイウェストの件に違いない。〝それにしても……〟と盛本は10ヵ月ほど前のスカイウェストとの契約の時に思いを巡らせた。

スカイウェストの契約先であるメガキャリアのユナイテッドやアメリカンの最近のトレンド（要

望）は90～100席クラスの機材なんだと話していた。中でも上級席（ビジネスクラスなどのプレミアムシート）の要望がすごく高い、と。MRJ90でそうした2クラスの座席配列をやると「Y66席＋C20席」とかになる。106～132席のE2であれば、Cクラスを5列で20席取ったとしてもYクラスは78～96席は確保できる。つまりMRJ70／90をすべてYクラスにしたものにCクラスが20席も加わることになる。もちろん（カタログ価格で）MRJは48億円、E2は56億円の違いはあるが、発注機数と契約内容、交渉でどうにでもなるからこれは勘案する必要はない。いずれにしてもあの時スカイウェストはMRJ－Xに関心を示していたのは事実だ。MRJ－Xはまだ構想段階で、MRJ90を世に出した後に100～120席クラスも考えている、と顧客には説明している最も大きい機材だ。交渉から契約締結の間中、スカイウェストは決して口にすることはなかったが、水面下でメガキャリアの意向を汲んだ旅客機開発をエンブラエルと一緒に進めていた――ということになる。当然、新参者が故、開発スケジュールの先行きが不透明なMRJに対する保険的な意味でE2を発注したのであろうが、あの時、注意深く相手の言葉の端々に滲み出ていた意味を読み取っていれば、今回の発注は阻止できたのかもしれない。当時の場面が脳裏に次々鮮明に甦り、盛本は唇を噛んだ。いま思うと、さりげなくヒントをくれていただけに悔しさは一入《ひとしお》だ。

「盛本会長、皆揃ったみたいなんでそろそろ始めましょうか？」

川田が背中を軽く叩いて我に返った。時計を見るともう8時前だった。

「短めにインパクトのあるヤツ（鼓舞）をお願いします」

いつものように川田は一言多い軽口を叩いたが目は真剣だった。やはりショックは大きいのだろう。というより、〝裏切られた感〟が強いのかもしれない。その感情はスカイウェストに向けたものではない。低燃費を実現する画期的エンジンを開発したP＆W社に対するものだ。開発に行き詰まって投じたカネが途方もない額に積み上がり、青息吐息だった時に救いの手を差し伸べたのが三菱なのだ。2013年の今年が初号機の納入予定だった計画を、二回スケジュールを延期し、今年中の納入が叶わなくなった落ち度は三菱側にあるものの、機体の完成前に最大のライバルへMRJと同じ新型エンジンを提供するのは信義に反するだろう——という空気が昨日から皆の間に蔓延していたのだ（※この時点でもうひとつのライバルであるボンバルディアもMRJと同じエンジンを搭載した新型機CS100の開発を発表し、既に製造に着手していたが、機体は既存機を踏襲し、新型エンジンの特性を最大限に引き出す再設計は行わないとされていたため、MRJのライバルにはなり得ないと見ていた）。

他社に先駆けて搭載できる「ローンチの特権」を振り翳《かざ》してE2がMRJを先んずるのを抑え込む手もあるにはあるが、もたついているこちら側にも非はある。向こう（P＆W）も慈善事業をやっているわけではない。1年でも2年でも早く投じた巨額な開発費用を回収しなければならないのだ。

この辺りの〝見解の相違〟も朝礼で皆に伝えておかなければ……盛本は咳払いをひとつすると半円になった皆の前に進み出た。

自縄自縛《じじょうじばく》

不穏な空気が流れていた。会議は既に2時間に及んでいる。長い沈黙を破ったのはMRJ開発チーフエンジニアの壇だった。

「それでは、『電源、油圧、電子システム、ランディングギアといった装備品については、個々の部品から安全性を担保するプロセスの構築をやり直せ』ということですか？」苛立ちが滲み出るのを堪え切れず、壇は声を尖らせた。

向かいに居並ぶ国交省・審査センターの面々は顔を見合わせた。木村が軽く頷いてから壇の方に顔を向けると口を開いた。

「繰り返しの説明で恐縮ですが、ＴＣ（型式証明の取得）の基準は、飛行、強度、設計・構造などの分野ごとに数十項目、細かく分けますと全部で約４００項目になります。航空機メーカーはこのひとつひとつの安全性検証データを揃え、基準をクリアしていることを〝自ら〟証明しなければならないんですね。特に先進技術が盛り込まれる新素材や電子システム系においては、１項目の安全性を証明するための文書が数百ページに上ることも近年は珍しいことではない、と。重要なのは、この安全性を証明するデータの作成には開発前……つまり部品製造の前段階からサプライヤーとの間で安全性の仕様をキッチリ詰めて、部品個々からコンポーネントまでのプロセスを構築した上で安全性を〝客観的に検証〟していく必要があるんですね。それらのプロセスの安全性の構築・証明と安全性を検証したデータなどの記録文書を私たち国交省に加え、輸入国となるＦＡＡやＥＡＳＡにも提出して審査を受けなければならなくなった、と……」

壇は鋭い眼差しを向けたまま瞬きすらしない。〝わかってるよ〟と言わんばかりの表情だ。20人ほどが2列にズラリと並ぶ三菱航空機の面々と必死に説明する木村を交互に見やっていた葉山が話を引き継ぐ。

「ですから、これら安全性を証明する手順の構築と、検証データの記録……つまり、安全性をどうやって証明するか、どんな試験を行ってどう進めるのか——という方法論は航空機メーカー自身が編み出して、それの妥当性と安全性の証明を書類上においても客観的に示さなければならないんですね。装備品を納入するサプライヤーがこれらを担うものでは決してない、と」

懸念が現実のものとなった。梅雨が明けた7月下旬のこの日、県営名古屋空港にある国交省審査センターの大会議室。国交省の審査官らと三菱航空機の開発メンバー合わせて40人ほどが勢揃いしてMRJの型式証明取得に向けた確認会議が持たれた。現実のものとなった『懸念』とは、「安全性の証明」についての認識のズレだ。

〝このままではYS－11やMU－300の二の舞になる〟と踏んだ国交省が、装備品の安全性証明の一部（とはいえ相当の範囲に及ぶ）やり直しを命じたのだ。二の舞とは、「国交省が安全性の審査でOKを出してもFAAがいくつも注文を付けて突き返してきた苦い経験」を指している。

葉山ら国交省の審査チームは、早朝や深夜での電話会議による指導など経験豊富なFAAから具体的な協力を得るようになって初めて、安全性の証明の仕方や審査の進め方が考えていたものよりあまりに細かく、かつ複雑化していることを知り、愕然とした。50年前のプロペラ旅客機YS－11の経験など言わずもがなで、その後のビジネスジェットMU－300の審査を経験した先輩やOBが残した蓄積すらまったくと言っていいほど役に立たない変貌ぶりだった。

同じ事は三菱側にもあてはまった。型式証明の取得そのものが完成機メーカーにとって重要なノウハウとなっている中、三菱が独自に入手していた型式証明の取得など安全性証明の手法についての情報はB787の開発初期段階である2004年頃のものだった。実はその時から比べても審査基準はとてつもなく厳しくなっていて、証明の仕方（進め方）もその大前提となる個々の部品製造から大きく様変わりしていた。

それもそのはずで、旅客機製造の安全基準は世界中で事故が起きる度に引き上げられ、最新技術が注ぎ込まれていく毎に審査項目も増えて複雑化するからだ。

日本にとっては作る方も50年ぶりなら、審査する方も50年ぶりのこと。国交省はFAAの指導・協力の下に最新の知見をどんどん得ていたが、三菱は2004年頃のままで止まっていて、溝は開くばかりだった。

安全性を証明する方法論（手順）に戸惑った三菱は、ある装備品についてはそのサプライヤーに安全性の証明を丸投げしたり、また別のサプライヤーには三菱が曖昧な根拠で決めた過剰なほどの部品の安全性の証明を強いていたのだ。その結果、経験豊富な海外の各サプライヤーから「そこまでやる必要はないはずだ！」といった不満が噴出するなど混迷を極めていた。

旅客機製造の主体となった経験がないが故の生みの苦しみという致し方ない側面もある反面、日本の航空機産業を牽引してきた自負が、頑なまでに部品製造を請け負うサプライヤー、さらに審査する側の国交省との間における情報共有を妨げ、混乱を余計に拡大させるハメになったのだった。

当然ながらこの安全性の証明に関する混乱ぶりはMRJの各サプライヤーから「確認」という名の「クレーム」として葉山ら国交省だけでなく米FAAや欧州EASAにも届いていた。

先日の電話会議でFAAは「国交省でTCの混乱に対処できないようなら我々が全面的に協力する準備がある」と直接介入を暗に示唆してきた。日本の審査当局と旅客機開発メーカーのいずれにも能力がない、と言われているのに等しい侮辱だった。経験不足の若輩者の足下を見る態度に葉山は憤りを覚えたが、難しい立場にいた。

FAAによる厳しくも手厚い指導により、読み解けずにいた膨大な英文の審査マニュアルの〝行間〟は徐々に埋まっていた。これで得た知見を三菱と逐一共有し、共同歩調を取って進めていけばムダな遠回りをすることなく、TC取得は円滑に進むことになる。ただそれをしてしまえば、審査する側とされる側の間に求められる公正はなくなり、当然のことながらFAAやEASAからの信用を失うことになる。

〝一体どのように指導するのが正解なのか?〟

葉山ら審査側は経験が無いばかりに、適切な距離感や指導の仕方がなかなかつかめずにいたのだ。こうした言うに言えない裏事情も三菱から不信を買っていることを葉山らは痛いほど感じていた。

沈黙が続く会議の中でFAAとの会議を反芻《はんすう》していた葉山だが、突如として閃くものがあった。そして張り詰めた空気を打ち破った。

「今後は安全性の証明作業がスムーズに運ぶよう、可能な限り我々も立ち会いをして監督していきたいと思います。皆さんの作業を監視するとか、審査を増やすとかそういった意味合いではなく、ですね。そのためにこちらもより行き届いた体制を作りますので」

こう伝え、葉山は会議を締めた。壇を始めとする三菱航空機の面々は突然の閉会に皆、浮かない表情を露わにしたが気にしなかった。〝信頼関係が築けていない中で話し合いを何時間かけても時間のムダだ〞——そう思った。

「所長、先ほど出された、行き届いた体制というのは……」

3階の審査センターのデスクに葉山が腰を落とすや否や木村が近付いてきて訊いた。

「以前からMRJの評価委員会などから助言があったオールジャパン体制をキチンと組織化したほうがいいだろう、という意味ですよ。つまりね……」

葉山が木村に告げたアイデアはこうだ。実は審査センターに在籍する40人は全員が国交省のプロパー(職員)というわけではなく、防衛省やJAXA、ANAからの出向者も含まれている。50年ぶりの国産旅客機「MRJ」の開発で得ていく貴重な知見を将来の航空機開発に活かす〝日本の財産〞にするためだ。

ただ、現状で出向者が果たしている役割は、安全性の試験や検査をどのように行っていくか等の会議に於いて助言してもらう程度に過ぎなかった。これを葉山は、彼らにも現場の試験にも出向く検査官となってもらい、さらにメンバー全員の役割を「飛行・操縦系統担当」「動力担当」「艤装担当」

「エンジン担当」「機体構造担当」などに分けて、専門化したよりきめ細やかな審査ができる組織にしようと考えたのだ。

そもそもMRJプロジェクトは三菱が開発主体でリスクを背負うものの、開発費の三分の一を国費で賄う国家的プロジェクトである。〝これがラストチャンス〟と三菱が意気込む気持ちも理解できるが、オールジャパン体制で挑む意義をもっと汲んで欲しいと願った。「審査する国交省を敵視する必要はない。〝We are on your side.〟」ということをなんとか理解してもらわなければならないと、先ほどの会議でも痛切に感じた。

この一方、葉山の頭の中には、各方面から出向してきてもらっている人たちは、各々各分野のエキスパートであり、そうした人たちに前面に出てもらって検査や審査に関わってもらうことで、ギスギスした関係も緩和されるだろうという狙いもあった。

木村は丁寧な葉山の説明に深く頷いた。

「専門の役割ごとにここ（国交省審査センター）のメンバーが人数的にバランスのいい案配になっているかどうか、まず皆のキャリアを一覧表にしてみますね。艤装やエンジンなんかは足りないのかな……と思いますから、そうすると早めに協力機関の各所へ招聘《しょうへい》を打診しないといけませんしね」

「そうですね、お願いします。私は本省のほうにこの件を連絡しておきますので」

〝吉と出るか、それとも凶と出るか……〟しかし、葉山の切り札はこれしかなかった。少々乱暴だが〝後は野となれ山となれ〟――正直、そんな心境だった。

照りつける真夏の太陽でギラギラした名古屋の街並みが流れ去っていく。ハンドルを握る手元のロレックスは午後3時40分を指していた。

国交省との会議を終えた壇は愛車のプジョーを駆って高速を走っていた。三菱航空機本社がある大江工場の時計台から県営名古屋空港内の国交省審査センターへ向かう時はいつも愛車を使う。バスと電車を乗り継ぐと1時間半ほどかかるが、車だと30分程度で済むからだ。

時計台の向かいにある駐車場に車を停めた壇は足早に建物3階の設計フロアに向かい、ガラス張りの自室に入った。壁には飛行するMRJが描かれたポスターが2枚貼ってある。ひとつは青空を飛翔するイラストで、もうひとつは夕日を浴びて黄金色に輝くものだ。その2枚のポスターを横目に見ながらデスクに座ろうとした壇は、PCモニターに貼られている付箋に目が止まった。

『連絡してください 盛本』

〝おや?〟と思いながら壇は受話器を取り上げた。盛本が会長に就いてから、現場はすべて社長の前原が仕切っていて、盛本から直に声をかけられることなど会長になってから一度もなかったからだ。

三回のコールで盛本が出た。

「壇です。メモを見ました」

「1階の社長室まで来てくれるかな？　前原君も一緒だから」

「わかりました。すぐに伺います」

〝これは重要な話だな〟受話器を置いた壇は部屋を飛び出した。

「失礼します！」

社長室の入り口を目隠ししているパーティションから壇が姿を見せた。

「あぁ、こっちに座って」

前原と並んでミーティングテーブルに座っている盛本は向かい側の席を指した。

「今日、ＪＣＡＢ（国交省）から安全性の証明をやり直すよう言われた？」

「はい、全部ではありませんが……一応、反発はしましたけれども」

ＭＲＪプロジェクトへ今年に入ってから本格的に参画した壇は、まだすべてを掌握しているわけではなかった。製造のこと、型式証明の取得に向けた動きなどは特にだ。

それもそのはずで、これまでの壇の経験はＦ－２戦闘機や国産ステルス機開発など官需が専門だったため、民間旅客機のような国際規定に基づいた安全性の証明などまったく無縁の世界で生きてきたからだ。

「あの、話というのはですね、どうも我々がサプライヤーの皆さんに命じていたやり方が間違いだった可能性が非常に高いと……いうことがわかったんですね」

前原が盛本の説明を引き取って続ける。

「我々が入手していた型式証明取得の進め方のノウハウが6～7年古かったようで、アメリカのサプライヤーさんたちをワンクッション置いてですけど、『近年ＦＡＡが指導しているやり方はこうなんだ』と指摘されました。まぁ我々が指示したやり方に対するクレームなんですけれども……複数のサプライヤーから同じ内容で来まして、それに基づいて調べましたら（ＥＵの）ＥＡＳＡのほうでもそうなっているという裏付けも取れました。まぁEASAはFAAに準じるのでそうなんですが」

「というとJCABの言う通り、安全性の証明を一からやり直す、ということですか？」

こう切り返しながらも壇には思いあたるところがは多々あった。型式証明の取得チームから「ゼロからやり直さなければならない可能性がある」と先週示唆されていたし、古巣の名航の知己からも「安全性の審査、海外部品メーカーから（国交省TCセンターに）文句入っとるらしいで」と聞かされていたからだ。

F－2、ステルス実証機と、型式証明の取得が必要のない戦闘機畑で生きてきた壇には、正直これほどまでに安全性の証明が大変だとは思ってもいなかった。ましてやこの10年でとてつもなく厳しくなっていることも、だ。戦闘機は航空機以上に最先端技術の塊だが、やはり大勢の乗客の命を預かるとなるとこうも違うのか……とこの時初めて思い知らされた。

「それでですね、私のほうから部品調達部門と型式証明取得部門には既にやり直しを命じました」

前原がそう壇に告げると、表情を一層険しくして続けた。

「月内（8月）にも三回目になる開発計画の延期を発表しなければならないと盛本会長と話をしていたところです」

盛本が話を引き取って続ける。

「私はステークホルダーの皆様へご説明に回らなければなりませんから、遅延会見のほうは前原くんと壇くんで対応をお願いします。何しろ今回は間違いなく私たちの経験不足が引き起こした開発スケジュールの延期です。会見ではわかりづらい安全性証明の手続きの説明も行わなければなりませんから大変かと思いますが、広報と意見交換しながら内容を詰めてください」

「会見全体の内容については私と広報で打合せをしますから、壇さんは型式証明の取得などテクニカルな部分の対応を準備してもらえますか」

盛本が話し終えるのを待っていた前原が間髪入れずに告げた。

「わかりました……」そう言うと壇は席を立って一礼し、社長室を後にした。


〝まずは型式証明のチームのところへ行って詳しい話を聞かなければ……〟

足早に廊下を歩きながらも壇は気が重かった。

過去二回の遅延発表は、内外の航空関係者から基本設計と開発計画の詰めの甘さを指摘されたもの の致し方ない理由もあった。ただ今回は、明らかに我々三菱に非がある。間違いなく会見では針のむしろに座る思いになるだろう。何しろわずか2ヵ月前の6月にパリの国際航空ショーで前原社長が、「年内の初飛行に向けて取り組んでいる」とMRJの開発が順風満帆であるとアピールしたばかりなのだ。

ただ壇は、会見で突き上げを食らうことが嫌なわけではなかった。開発の当事者である三菱でさえ、当初わからなかった小難しい安全性の証明の手順、さらにこの6〜8年で審査の何がどう変わったのか、これらを専門知識の無いマスコミに果たして上手く伝えられるのか——これが不安だった。すべてを詳らかにすれば理解も早いとも思うが、許されるはずもない。その実情はと言えば、自分が記者でも「アンタたちは素人か!?」と詰め寄りたくなる体たらくぶりなのだから。

果たして事実を歪めることなく、みっともない言い訳にも聞こえない説明などできるのだろうか……型式証明取得部門の部屋の前に着いた壇は、大きい深呼吸をひとつするとドアを開けた。

絶体絶命

「本当にこれでいくの？」

広報から会見のレジメを渡され、一通り説明を受けた壇は眉を顰め、声を上げた。

「はい、おそらく変更はないのではないかと……」

三回目となる遅延会見を2日後に控えた8月20日、場所は壇の執務室。今月に入って真夏日でない日は1日しかない、記録的な暑さが続いていた。クーラーが効いた職場とはいえ、真夏の猛暑が引き起こす苛立ちや疲労感を漂わせる空気が部屋中に蔓延していた。

壇が驚いたのは会見の内容だった。初飛行を今年（2013年）10－12月から2015年4－6月へ、初号機納入を2015年夏から2017年4－6月に延期するというのをパワーポイントに沿って説明していくというものだ。当初計画から実に4年遅れになる。壇が気にした問題はそこではなかった。理由の説明についてだ。開発遅れの発表の次ページで理由の説明をするのだが、「型式証明の取得に必要な安全性を担保するプロセスに不備があり、装備品メーカーなどと話し合いをした結果、高い安全性と性能を備えた航空機の開発を確実に推進することを最優先に時間をかけて装備品仕様を詰めていく結論に至った」とだけ記されていた。

広報の説明ではこの文言を読み上げるだけで、詳しい説明は記者から質疑が出た際に〝適宜、過不足なく答える〟という。法令違反を犯したりしたわけではないため、どの企業もこういう時には必要以上の情報を詳らかにしたがらないし、ことさら自分たちの落ち度や言い分を論《あげつら》うことなどする必要もないのだが、〝それにしても如何なものか!?〟というのが忌憚のない第一印象だった。

壇が訝《いぶか》ったのはこれだけではなかった。遅延の説明は約20ページほどのパワーポイントの冒頭で6ページほど割かれていて、それ以降はＭＲＪの優位性であるとかウリをこれでもかと言わんばかりに並べ立てて締め括っていた。印象を良くして締めたいのだろうが、これでは申し訳ない気持ちが伝わるわけもなく、逆に往生際の悪さが際立つだけで、批判の集中砲火を浴びてもおかしくない。

〝遅延について謝る気はさらさらないんだな。国費が入った開発なのに……〟壇は改めて官需の仕事に染まり切ったこの会社の組織体質が脳裏を過ぎった。

当然、ここへ伝えに来る前に会長や社長といった上の判断も仰いで了承を取っているのだろうし、たとえここで自分一人が異論を唱えても反映されるとは到底思えない。

「わかりました。それでは私は私に向けられたテクニカルな質疑に答えるということでいいんですね」

壇はやや嫌味を込めて広報担当の目を凝視しながら抑揚のない声で伝えると、さっさとレジメを仕舞った。

矢のように次々放たれるであろう質疑応答に備えなければ……唇を噛むと頭を切り換えた。

案の定だった。目論見は崩れ去り、体面など保てなかった。22日の会見にはゆうに１００人を超えるマスコミが所狭しと詰めかけた。司会は経営企画（広報）部長の内藤が努め、社長の前原、MRJ開発部長の壇、さらに三菱重工・航空宇宙事業本部長の酒井晋三常務の三名が登壇して行われた。親会社から担当役員のトップが出席したことで、今回三回目となる遅延が開発の正念場であることが窺われた。しかしその一方で、MRJの製造を請け負う立場の重工がしゃしゃり出てくることによって、開発主体で旅客機メーカーである三菱航空機の立場を潰すことにもなった。

会見は冒頭に前原が遅延についてお詫びを伝えた後、パワーポイントに沿って説明をし始めた。遅延の理由と新たな開発スケジュールについては6分ほど費やして行われたのだが、その後は予定通り、ライバル機に比べていかにMRJに優位性があるかアピールするばかりだった。そのため、記者やカメラマンたちの表情は次第に険しくなり、最後には射るような目線にみるみる変わっていった。

そして質疑応答に入り、航空ジャーナリストの第一人者である赤井謙二が三菱側の手の内を見透かしたかのように厳しく問い質した。

「国交省やFAAが型式証明の手続きの基準を突然変えたということですか？」

これは会見で前原が遅延の理由を「安全性の証明するやり方に変化があったため」と、さも突然に旅客機の安全性に関する規定やルールが変わったかのように説明したこと、さらにここに至るまでに部品製造を請け負うサプライヤーとの間に生じたトラブルや、それに伴って一からやり直しをしなければならなくなったことが端折《はしょ》られていたからだった。事前に摺り合わせた通りの対応ではあるが、3分程度で済むはずの遅延の説明を前原が倍の時間をかけて行った丁寧さに僅かながら安堵した。それでも壇の胸中で燻り続ける違和感を打ち消すまでには至らなかった。

そして、トップの前原に投げかけられたはずの青木の質問に対する回答を進行役の内藤が突然、壇に振り向けた。一瞬壇は内藤に目をやったが、横に座る前原が促すような素振りを示したため、応じた。

「実は安全性を証明する方法の変更はＭＲＪ開発が始まる前から変わっております。我々に十分な経験があってそういうところもキチンと見通せましたら（遅延を回避する）対応もできましたが、なにぶん50年ぶりの旅客機開発ということで、我々至らないところも多々ございまして……」

壇は正直に答えた。しかし赤井は追及の手を緩めなかった。

「では、新たな……変更のあった（安全性の）証明のやり方を三菱サイドが理解していなかったのですか？」

「（変更になった）基準としては理解していましたが、それの手順を決めて進めていく……その具体的な手順の設定に戸惑ってしまった、と」

壇は事前の申し合わせを超えて踏み込んで答えた。隣で前原が顔を顰《しか》めているのがわかったが気にしなかった。

赤井は壇から前原に目を移すと質問の矛先を前原に向けた。

「話をまとめると安全性の証明に変更があったことが遅れの理由にはならないですよね？　御社のもともとの理解・認識が甘かったというだけの問題なのではないですか？」

前原は息をのんだ。図星だからだ。そして束の間狼狽えながら口を開いた。

「そういう点もございます。ただし、型式証明の手続きのやり方が変わってからＭＲＪが世界で初めての適応になる、こう思っています」

嘘偽りのない三菱の心情だった。

ハイテク機B787の開発では開発の段階を追うように新たな厳しい基準を求められていったが、実質的な開発が2009年となるMRJについては、最初の段階からそのすべてを求められることとなった。

B787の開発にはローンチであるANAが深く関わっている。MRJのローンチにもなったANAから教示を仰げばこんな事態は回避できたはずだったが、日本の航空機製造を牽引してきた三菱の矜恃がそれを許さなかった。が故に、サプライヤーとの間に摩擦も生まれ、型式証明取得に向けた手続きがやり直しにもなったのである。ここに思い至らない三菱が自ら招いた痛恨の極みが度重なる遅延を招いたのだ。

赤井の質問を皮切りに三菱の落ち度で遅延になったことを認めさせる質問が相次いだ。そして気丈に応戦していた前原がついに折れた。

「(型式証明の取得について) 何をやらねばならないかはわかっているが、どうやってやるかがわからなかった。民間旅客機の開発経験がほとんどない、経験不足がスケジュールの延期を生んだ要因のひとつであることは間違いありません」

再三にわたる開発延期の理由が技術的な問題ではなく、経験不足=『三菱のプロジェクト管理能力の不足』であることを認めるのは旅客機メーカーにとっては〝敗北〟に等しい。「私たちは30社を超えるサプライヤーと95万点以上の部品を取りまとめてひとつの旅客機を作り上げる能力がありません」と公言しているに他ならないのだ。

壇はそう発した前原を見て胸が痛んだ。そして誓う。

「自分が開発責任者に抜擢された以上、もう二度とこんな情けない思いをさせてはならない。ＭＲＪプロジェクトに関わるどの立場の人たちにも。また開発の成功を願い、応援してくれる日本の国民に対しても。今後は俺が責任ある舵取りを担っていこう！」

この日を境に、事ある会見の度に壇は前面に出るようになった。それはまるでタンカーを沖まで引っ張っていくタグボートのように、あるいは高波から港を護る堤防のように。

そして三菱航空機の幹部や三菱重工の経営陣、製造現場の社員たちもこうした壇の決意に呼応するように奮い立った。

しかし、世界の目は厳しかった。もはやイソップ寓話のオオカミ少年を見るかのような冷たさだった。


9月7日、ＭＲＪ飛行試験機1号機の製造中の胴体が公開された。場所は三菱重工・飛島工場。主翼の製造を担当するあの田口の牙城だ。

三回目の遅延を深刻に受け止めた三菱航空機の一部社員たちが、「このまま何もしなければ航空関係者のみならず、世界中のメディアがＭＲＪを見放してしまうだろう」と強い危機感を抱いた。そして「せめてメディアには製造は順調にいっているとアピールすべきだ」と考え、幹部らに直訴し続け、ようやくこの日の胴体公開が実現したのだった。

声を挙げた社員たちからすれば、現状の開発状況を見せることで少しでも逆風を和らげたいという狙いがあった。前原も22日の会見で「今回のリスケは絶対に守れるという日程を徹底して精査した」と言明した手前、後に引くことはできなかった。

『MRJメディア・ツアー』では、コックピットのある機首、客室のある前胴と中胴、そして窓部分がまだ開いていない後胴、さらに接続されていない主翼が披露された。製造を請け負う三菱重工の新沼章平MRJ推進室長と前原が順次、説明していく形で進められた。各部位には製造担当課長、もしくは係長が詳しい説明を求められた時のために各持ち場でスタンバイしていたが、それが必要となることはなかった。

製造現場の公開を訴えた社員らの狙い通り、メディアは1年近く閉ざされた製造現場の公開に浮かれると同時に、その関心は初飛行と初号機納入がリスケ通り行われるのかという一点に尽きた。

他方で海外メディアの見方はまるで違った。密着取材を独占的に続けているテレビ朝日のインタビューを受けたアビエーション・ウィークのブラッドリー・ラッセル記者はこう答えた。

「4年の遅延が生むデメリットはお金の問題だけではない。技術的にエンブラエルやボンバルディアより進んでいたのに、三菱がチンタラしてる間に追いつかれ、優位性がなくなってしまった。もしMRJ開発がオンタイムであれば競合他社よりもかなり進んだ旅客機として数年間は圧倒的大差をつけて売ることができたのに」

Q　MRJがライバルに勝てる道はあるか。

「ライバルよりも安くて、パフォーマンスが非常に優れた飛行機になればポジションをリカバー（修復）できるかもしれない。そうした危機感や対策（戦略）を念頭に置いているかどうかは私ではなく三菱に聞いてくれ」

第12章

三度舞い降りた女神

ついに取れたＪＡＬからの受注

三回目の遅延発表から丸1年が過ぎた２０１４年8月。盛本はＪＡＬ本社にいた。三菱航空機のトップとして投入された際、自らに課した〝最後の仕事〟を行うためだ。

先月7月15日にミャンマーのマンダレー航空からＭＲＪ10機の受注を獲得したニュースを除けば、この1年間、メディアに大きく取り扱われることはなかった。この間、製造が決してうまくいっていないわけではない。コックピットを始めとする操縦系や電気・動力・油圧系やエンジンの搭載も終え、既に機体は『ＭＲＪカラー』に塗装済みの状態だった。

こうした過程をマスコミに取材してもらい、世界に発信してもらおうという声は社内でも大きかった。盛本もそうすべきと考えていた。

しかし、製造を担う三菱重工が反発したため実現できなかった。現場に記者やカメラが入るとなると、そのための説明や対応もしなければならず、その日のルーチン（予定作業）が滞る。そのため現場取材を嫌う風土がそもそもあったのだが、今回は抜き差しならない理由があった。しかも盛本たち三菱航空機が生み出した障壁が。

ひとつは型式証明の取得に基づき、装備品やシステムの安全認証を得ていくやり方を間違えてしまい、初号機完成までの製造スケジュールに余裕がなくなったことだ。

1年前の三回目の遅延発表で出された新しいスケジュールは「もうこれ以上遅れようがない、という計画を弾き出した」と前原社長は胸を張った。しかしこれも製造現場からすると机上の論理で、設計の修正や部品調達に三菱航空機がもたついてしまえばすぐにバッファ（余裕）を食い潰してしまう。さらに旅客機に限らず、製造業においては、実際に組み立てて各システムを実際につないでみてトラブルが見つかる——ということはザラに起きる。こうしたことを考慮すれば、現場が滞ってしまうマスコミの取材を容認するなどあり得なかったのだ。

事実、もう四回目の遅延は出せないと危機感を抱いた三菱重工は、この4月1日から調達部門を三菱航空機から奪い取った。旅客機メーカーのメンツを潰すことになるのだが背に腹は代えられなかった。何しろマネージメント能力の不足によって、軽く半年の月日をドブに捨てることになってしまったのだから。

「どうもいつもお世話になっております」

ＪＡＬの杉下徹男社長が笑顔で入室し、盛本に軽くお辞儀をすると着座した。

この日盛本は、ＪＡＬとの間で受注契約を決めるため赴いていた。この日までに杉下社長と直接会った盛本のトップセールスは三回を超えていた。

しかし、２０１０年1月に経営破綻し、再建を目指すＪＡＬの腰……というより、杉下社長の腰はことのほか重かった。再建に際し、公的支援を受けたＪＡＬは、開発費の三分の一を国が補助する国策プロジェクトに乗らないわけにはいかない立場にある、と考える国交・経産官僚や国政議員、マスコミは当然の如く多かった。盛本も杉下社長と会うまではそう思っていた。

しかし、ＪＡＬのパイロット出身で、往年の銀幕俳優である父の血を引き継ぐ杉下社長はそうした情勢に流されることなく、極めて冷静に自社グループの機材選定を考えていた。５００人乗りのジャンボジェット機を大量購入し、要望に応えるがままに路線を拡大し続けた末に凋落していく様を自らの眼に焼き付けてきた現場のプロパーが一城の主になると、同じ轍を踏まないための警報装置がこうも備わるものかと盛本は驚かされた。しかも杉下社長は〝渋ちん〟だった（もちろん経営者としてだが）。自分たちが求める『条件』を曲げる気はサラサラなかった。これがネックとなり受注交渉は難航を極めてきたのだった。当然、社内にはＪＡＬの強気な態度をよく思わない連中も多くいた。ＡＮＡは７８７とＭＲＪのローンチになって開発に参画しているのに、と。ＭＲＪの事業化を決定した当時のメンバーなどは尚更だ。

　ただ盛本はＪＡＬの都合も理解できた。そもそもＪＡＬは運航路線から大型機の導入に至るまで国や議員、地方自治体の言うなりの形で来た。組織には愛社精神など存在しなくなり、皆が寄って集《たか》ってＪＡＬの資産を食い潰していった。

　紆余曲折を経た後、いよいよ経営破綻が囁かれるようになると、ＪＡＬの松田社長（当時）は大型機のジャンボジェットをすべて売却し、保有機材のダウンサイジング（小型化）を図っていく再建計画に着手し始めた。運悪く、ＭＲＪはその時まだ設計段階にあり、ＪＡＬ再建計画の機材の入れ替えスケジュールに納入が間に合わなかったのだ。そしてＪＡＬは１００席未満の旅客機の選定をエンブラエル社に決めたのである。

　保有する機種が増えれば、消耗品や交換部品の備蓄に専用のメンテナンス、さらに機体の扱いに専門の資格が必要な整備士やパイロットも新たに養成し、配置しなければならない。そうした新たに生じるランニングコスト分を新規機材購入の契約の中になんとか吸収させたいと杉下社長は考え、その姿勢を最後まで崩さなかった。盛本たちにとってギリギリの線を突いてきたのだ。背景にはかつてエンブラエル社との購入契約で引き出した〝破格の条件〟があった。

盛本はなんとしてでもＪＡＬからの受注が欲しかった。理由は明確だ。世界の航空業界ではＡＮＡの知名度は驚くほど低く、日本を代表する航空会社と言えばＪＡＬしか知られていないと言っても過言ではない。日本の国産旅客機ＭＲＪを日本を代表する航空会社ＪＡＬが導入しないとなると、それだけで信用を失ってしまう恐れがある。特に盛本以上の年代には「世界のＪＡＬ」といったナショナル・フラッグ・キャリアとしての思い入れが強いということもあるのだが、そんなことより「ＪＡＬが買わないものを世界の誰が買うのか？」といった声は、多くの官僚や政治家などから挙がっていたことだった。

「うちの希望を聞き入れて頂いて感謝します」

笑顔で立ち上がった杉下社長が盛本に頭を下げた。

〝それはそうだろう〟と盛本は思ったが口にしなかった。

「こちらこそ、本当にありがとうございます。それでは記者会見のほう、どうぞよろしくお願い致します」

最後となった詰めの商談は、三菱サイドがＪＡＬの要求をほぼ呑む条件を提示したことから、実にあっけなく終わった。受注合意の調印式と両者が揃った記者会見は月内の28日に行うことに決まった。

「世界に冠たる日本のエアラインからの受注は、諸外国にもMRJが優れた航空機だという裏付けになります。今後の受注に弾みが付くものと思っております」

「守秘義務契約がございますので詳しいことは申し上げられませんが、非常に良い条件を提案して頂いた、とだけ申し上げます」

28日、JAL本社で行われた記者会見で、盛本と杉下社長はこう感想を述べた。

JALの導入数は32機、受注額は1500億円（定価ベース）。これでMRJの受注数は407機となった。4年の開発遅延で生じたマイナス経費等を入れ込むと採算ラインは500機以上は確実となったが、それでも182機で製造中止となったYS－11から比べれば上出来の獲得数と言える。ただ、4年近い開発の遅れは、とてつもない開発費の増大を招いた。

遅延1年ごとに人件費だけで実に200億円ずつ増加し、当初は5年9ヵ月で開発を終了させ、開発費用は1500億円の目論見だった。その後、開発費用は1800億円に嵩上げされたものの、遅延に次ぐ遅延によって2800億円近くにまで膨れ上がっていた。これに伴い、採算目標ラインも500機から700機へとハードルが引き上げられたが、こうした実態は一切公表していない。

盛本は会見で、これらに迫る質問が出る前に、100席クラスの機種の開発に着手する考えがあることを明らかにした。開発費の増大と採算目標ラインがハネ上がったことをきっかけにネガティブな事実が次々と炙り出されていくのを防いだのだ。

ＭＲＪと同じＰ＆Ｗの低燃費エンジンを搭載したライバルのエンブラエル「Ｅ２」は、この時点で既に６００機近くの受注を獲得していた。国際航空ショーでの発表からわずか1年数ヵ月でだ。既に世界中の空を自社製の旅客機が安全に飛んでいる実績を持つ会社とペーパープレーンしか持たない新参者の信頼の差は圧倒的だった。

一方では、「破格の条件を提示してＭＲＪ潰しにかかっている」という国内外からの航空関係者の声も上がっていた。さらに〝自ら引き金を引いてしまう〟予断を許さない状況もあった。受注が決まっているのは「ＡＮＡ」、「ＴＳＨ」、「スカイウェスト」、「イースタン航空」、「マンダレー航空」、「ＪＡＬ」の6社で計４０７機。ところがこのうちの45％＝１８４機はキャンセル可能な「購入権」や「オプション」での契約に過ぎない。つまり、実質２２３機しか確定受注がないのだ。もしＭＲＪに再び計画の遅延が起きれば〝ドタキャン〟が相次ぐ可能性が大なのである。

盛本がネガティブな要素が出てくる前に叩き潰す先手を打った手法は、「関心（問題）を違う方向へ誘導する」というテクニックだ。新たな機種「１００席クラス」の公表をしてそちらに関心を惹き付ける。次なる開発の着手をアピールすることで、既存機があたかも〝とっくに成功した〟ように見えると同時に、何かトラブルが起きても新たな１００席クラスの機種の話題に目を向けさせることも可能だからだ。マスメディアは特に新しい情報を欲しがる。その反対に古いものの情報は（よほどの事件にならない限り）記事として捨てたがる傾向にある。１００席クラスの要望は実際に欧米で起きているのだが、そうした高度なテクニックを華やかなＪＡＬの受注会見の場で、〝何か起きるかも知れない今後のトラブル〟に先手を打つ形で盛本は披露したのだった。

会見を終え、品川の東京本社へ帰社した盛本は「やはり敵わないな」と広報の川田にボヤいた。

「えっ、何がですか!?」

「記者たちの興味はMRJよりJALばかりだったよ……」

盛本の顔は笑っていたが真剣な眼差しだった。〝本気で落ち込んでるんだな〟と川田は驚いた。

「そりゃブランド力が違いますからね。向こうは就職したいランキングの上位を占める花形の職種で、うちなんて地味な製造業ですよ。しかも三回も開発スケジュールを延期していますからね」川田はまるで他人事のように飄々と言ってのけた。

〝なんて可愛げのないヤツだ〟と顔を顰めながら、盛本は川田を誘った。

「軽く行こうか?」

劣等感を味わった日は遠慮のないヤツと飲んで忘れるのが一番だ。

「高くて美味い所ならどこでもOKですよ」川田がニンマリして答えた。

〝高くても安くてもマズイ所なら誰も行かないよ〟そう思ったが言わないでおくことにした。いちいち切り返してくる川田とは、漫才のような掛け合いが終わらなくなるからだ。時間のムダだ。

「安くて美味い所をどっか探しといて。じゃ7時に下で」

川田が「りょーかいしました」と軽く返した。

盛本はそれを見る前に踵を返して歩き始めると、ふとある思いが込み上げてきた。

〝川田ともきっとこれが最後の仕事になるんだろうなぁ〟

完成したニッポンの翼

ドン、ドン、ドドン、ドン、ドン……

2014年10月18日午後2時。三菱重工小牧南工場の格納庫に和太鼓の音が鳴り響き、格納庫扉が開いた。眩しいくらいの陽の光が差し込み、薄暗い格納庫内が次第に明るくなる。次の瞬間、鶴のような流線型の白い胴体に歌舞伎の隈取りのような赤黒金3色のラインが走る旅客機が現れた。MRJの晴れの舞台「完成披露式典（ロールアウト）」だ。

事業化を発表して6年半、国家プロジェクトのプロペラ旅客機「YS－11」以来、実に半世紀ぶりとなる国産旅客機誕生の瞬間だった。初公開されたピカピカの真新しいMRJは、90人乗りの「MRJ90」（全長35・8×全幅29・2×全高10・4m）で飛行試験用の初号機。赤いスリーダイヤのマークとMITSUBISHIのロゴが搭乗扉のすぐ横の目立つ場所に入れられたことからも、三菱の不退転の決意が伝わってくる。開発責任者の壇を中心に横一列にズラリと並んだ開発スタッフ約50人に誘導され、待ち受ける招待客とカメラの放列に向かってゆっくり進んで登場した。この記念すべきロールアウト式典には世界中から200人以上のマスメディアが押し寄せ、国内外サプライヤー、経済産業省製造産業局長、国土交通省副大臣、欧米の航空局、米ボーイング社、ローンチカスタマーのANA、100機の大量発注をしたTSHなど、航空関係者総勢500人以上が招待された。そこには三菱航空機会長の盛本や国交省審査センター所長の葉山、TSH社長のリックの姿もあった。

式典冒頭の挨拶で三菱重工の日高哲朗会長は熱い思いを口にした。酒井常務とともにＭＲＪプロジェクトを推進し、苦境に直面する度に陰で支えてきた人物だ。

「国産旅客機の復活は、私の夢であり、三菱重工の夢でもあり、また、まさに日本の夢であると思います。事業化を決心した時は会社の屋台骨を揺るがしかねないほどのリスクを背負う覚悟が必要でありました。世界に誇れるメイドインジャパン「ＭＲＪ」は多くの人々の夢と希望を乗せて世界中を飛び回ることでしょう」

来賓の挨拶、ロールアウト、フォトセッションと1時間半に及んだ式典は祝賀ムードに包まれた。そして司会が式典の終了を告げるや否や、招待された来賓たちは、我慢できないと言わんばかりに皆おもむろに席から立ち上がってＭＲＪに近づいていき、記念撮影を始めた。海外の招待客は口々に「Beautiful!」、「Excellent!」と賞賛し、国内の関係者も「きれい！」、「格好いい～」を連発してＭＲＪの出来映えを皆、褒め称えた。

その一方、盛本や前原、壇は、顧客対応やマスコミ各社のインタビューに追われた。

1年半前、ＴＶ番組で『ＭＲＪの堀越二郎』として取り上げられ、一躍その名が知れ渡った壇は、真っ先に国内外のメディアに囲まれた。

ロールアウトをようやく迎えることができたいまの感想を聞かれると、直前まで顧客の対応で見せていた穏やかな表情は消え去り、鯱張った表情で答えた。

「ようやく完成まで漕ぎ着けたことは本当に嬉しい気持ちでいっぱいなんですが、次のステップは初飛行ですから、これから様々な地上試験・飛行試験をやって動作や安全性を検証して、設計通りの性能と安全性をキチンと証明していかなければならないという気持ちのほうが強いですね。これからが正念場。そう思っています」

盛本の元にはTSH社のリック社長が真っ先に駆けつけた。

「Congratulation! 美しい本物の飛行機をようやく目にすることができていま凄く感激してるよ」

「Thank you! 数年後には最高の旅客機に仕上げてリック社長の元へいち早く届けますよ」リックはその場にいたメディアから三回にわたる遅れについて聞かれたが、教え諭すような口調で答えた。

「新型機の開発は大きな賭けだし、困難が伴うものだ。それはメーカーだけでなく我々航空会社にとっても。MRJは必ずゲームチェンジャーになる。きっと世界が大きく変わるはずだよ」

メディアが最も殺到したのがトップの前原だ。晴れの舞台に終始笑顔を絶やすことはなかったものの、インタビューでは猛省の色を滲ませた。

「三回の遅延を通じて我々、非常に沢山のことを勉強してきた。これから（開発は）山ばかりですから、今後は同じ轍を踏まないよう、これ以上の遅れを出さないよう、気を引き締めてしっかりやっていきたいと思います」

これまで遅延会見の度に見せてきた強気の自信が、揺れ動く感情の前であっけなく崩れ去ろうとしているのが誰の目にも見て取れた。

ただ、そんな前原が色をなした瞬間があった。それは、4年の遅れによって最大のライバル、エンブラエルに追いつかれてしまったことについて聞かれた時だ。

「エンブラエルのE2とはもはや機体に有意な差がない状況の中で、納入時期こそMRJが1年半ほど早いが、現時点の受注機数ではエンブラエルが上回っている、と。こうした横並びの中で新参者が勝ち残るのは非情に難しいと思いますが、どう戦っていくお考えですか?」

「横一線になったなんてとんでもないです! 彼らは我々のずっと後ろを走ってますから。やはりMRJは最新エンジンに最適な機体設計となっていますから、従来の機体に我々と同じエンジンを付けただけのエンブラエルの機体とは燃費性能がまったく違う……こう思っています」

前原の認識は海外メディアやライバルの捉え方と大きく乖離していた。これは三菱全体に根付く認識の甘さでもあった。酒井晋三副社長も取り囲まれたメディアに対し「旅客機としての性能はどこにも負けない」と強気の発言を二度三度繰り返した。三菱は実績がない上、初の旅客機MRJも飛行試験機がやっと形になった段階にあるにもかかわらず、だ。ロールアウトを「ひとつのマイルストーン(通過点)に過ぎない」と語った壇が、開発の正念場を「初飛行~型式証明の取得」と口にしたように、飛行機は飛んでみて初めて様々なトラブルや抜本的修正が必要になる設計箇所やシステムなど、想定外のことが浮き彫りになる。これまで以上のイバラの道が待ち受けているのは、過去のYS-11やMU-300の型式証明取得までの難航ぶりを振り返っても明らかである。実績のない新参者の上、ハイテク化した現代の旅客機開発において、初飛行から納入までの期間を2年間しか想定していないことに対し、海外メディアは「旅客機開発を見くびっている」と辛辣な言葉を浴びせた。ライバルのボンバルディアのトップはメディアの取材に「三菱が投じてきた資金と時間を考えれば非常に優れた

〝マシーン〟を作り上げることだろう。問題は〝いつ開発を終えられるか?〟だ。優れたモノであること、様々な安全性の規定を満たしていることを証明していくことはもちろんだが、その後に世界中でサポートを提供できることを実証していかなければならない。とてつもなく高いハードルだよ、新参者には」と皮肉交じりに、今後の道のりはメーカーにとって障壁だらけであることを示唆した。機体の性能に大差がなくなったいま、勝負を左右するのは、価格競争力や供給能力、そしてボンバルディアが指摘した納入後のサポートといった、これらすべてを含めた旅客機メーカとしてのマネージメント力だ。

三菱重工は防衛省の仕事を主体にやってきた。一方、民間航空機の分野ではボーイング旅客機の胴体や主翼の受託製造を手掛けているものの、売上高は年間2000億円程度(2014年度)。連結売上高3・3兆円に占める比率はまだまだ基幹事業にはなり得ていない。MRJの完成機ビジネスが加わって初めて本当の意味で航空機産業が柱になる。しかし、自ら旅客機を開発する完成機ビジネスは、経験を積んできた自衛隊機や旅客機のパーツ製造とはまったく勝手が違う。半世紀もの空白期間に生じた絶対的なノウハウ不足を開発期間中のわずか数年で補わなければならないのだ。

国交省TCセンター所長の葉山は祝賀ムードに包まれた式典の会場で、メディアのインタビューに対し、難しい顔つきでこう答えた。

「これからがようやく(審査する)我々の出番となります。安全認証はもちろん、飛行試験機の初飛行の許可に向けた様々な審査が待ち受けています。さらにその先、飛行試験に移れば、経験を積んだボーイングやエアバスを見ても、想定外のトラブルが幾多も起きる。ノウハウの蓄積のない中でそうした障壁を乗り越えなければなりません。今後はこれまで以上の試練が立ちはだかっていると思っています」

問題はこれに止《とど》まらない。採算ラインの受注機数を獲得し、『今後20年間で2500機の受注を目指す』という強気の目標を実現するためには、未だ一機の受注もないヨーロッパでの受注が不可欠だ。アメリカに次いで近距離便の運航数が多いヨーロッパにおいて、フランスやイギリス、ドイツ、オランダ、イタリアなどで巨大なハブ空港を拠点にしている航空会社。彼らがなぜMRJを購入しないのか、さらに言えばMRJ導入の本格検討すらしようとしていないのか……この原因を三菱はまったくつかめずにいた。謎と言ってもよかった。世界最大の国際航空ショーがパリやイギリスで毎年開催される『航空の聖地』において受注を獲れない〝事の重大さ〟に対し早期に解決策を見出さなければ、日の丸旅客機構想は再び頓挫し、未来永劫、航空機製造の表舞台に立つチャンスは訪れることはない。

そうした、決して口に出せない苛立ちと焦りが三菱重工と三菱航空機の経営陣にはあったが、安全性の証明の仕方で狼狽《うろた》えた時と同様、〝具体的に何をどうしたらいいか〟――それがようとしてわからなかった。

初飛行まで7ヵ月しかない。皆、追い詰められていた。

初飛行まで半年を切った、それぞれの闘い

キィィィーン……。

エンジンの唸りが小さくなり、機体が前方へ急に傾いていくのを感じた。本能的にフライトディス

プレーの高度表示を凝視した。５０７０－４９９０……毎分１０００フィートで降下している。機首姿勢はマイナス1度。まだ着陸地まで30分以上あるはずだ。着陸態勢に入るはずなどあり得ない。オートパイロットでの水平飛行が維持されていなければおかしい。操縦かんやスロットルレバーを動かした記憶は無い。オートパイロットは解除されていないはずだ。とっさにコーパイ（副操縦士）席を見る。しかしそこは無人だった。たちまち汗が噴き出した。慌てて操縦桿を引き、スロットルを押し出そうとしたが、いずれもビクともしない。計器を見る。２０００フィートを切った。地上まで2分しかない。頭が真っ白になった。その瞬間、ＧＰＷＳ（自動警報）がけたたましく鳴り響き始めた。

「WHOOP! WHOOP! SINK RATE!（地上接近）WHOOP! WHOOP! SINK RATE! WHOOP! WHOOP! PULL UP!!（機首を上げよ）WHOOP! WHOOP! WHOOP! PULL UP!!」

眼下は一面の白波が広がっていた……海だ！　もうダメだっ!!

……ハッ！　そこで飛び起きた。全身が汗でぐっしょり濡れている。辺りを見回して自分がいるのがコックピットではなく寝室であることに気付いた。途端にもの凄い脱力感が襲ってきた。

ＭＲＪテストパイロットの国岡はこの数ヵ月、ずっとこんな調子で不安に苛まれる夢を見続けていた。いずれも飛行のトラブルばかりだ。空自でテストパイロットコースを受けていた時にもこんな酷い悪夢に魘《うな》されることはなかった。

国岡らＭＲＪパイロットとプログラム開発者たちとで操縦支援プログラムの開発に着手して2年、操縦系統の開発は壁にぶつかっていた。飛行試験1号機も完成し、初飛行まで半年を切ったのに、である。一歩進んで二歩下がり、三歩進んで二歩下がる……砂の城を作っては波にさらわれるような状況が既に1年続いていた。

たとえば、操縦支援の一部機能に修正を加えると、次の日、なんでもなかった操縦プログラムに想定外の障害が発生してしまう。そんな具体的にどうすべきか見当もつかない、原因が判明しない事象が起き続ける……そんなことの繰り返しなのだ。いまの旅客機はコンピューターの塊。〝理屈では片付かない〟それが最大の問題だった。

旅客機必須の飛行・操縦システム「オートパイロット」。L《エル》・NAV《ナブ》（横軸の航法システム）とV《ブイ》・NAV《ナブ》（縦軸の航法システム）が組み合わさり、さらにそこへエンジンのパワー制御が加わったまさに『旅客機の頭脳』だ。L・NAVはナビゲーション・システムと同じで出発点から到着点までの水平方向の飛行を担う。V・NAVは離陸・上昇して巡航高度に入り、そこから目的地に着陸するまでの垂直方向の飛行を司る。飛行ルートには専用空域などの高度制限や山脈などの障害物がいくつも存在する。それをクリアしながら一段ずつ上昇していくのだが、それらの制限や障害物をクリアするためにはどれくらいのエンジンパワーを出さなければならないかを教えてくれるのがV・NAVだ。他にも燃費効率のいい高度や速度を計算してくれたり、降下にはいつ減速を始めるべきか、制限内に決められた高度へどう緩急をつけながら降りていくかなども弾き出してくれる。高度が高くなれば空気の密度が薄くなり空気抵抗が減る。その分燃費が良くなる。燃料効率高度は35000～40000フィートだが、離陸直後の燃料が満タンで機体が重い内に一気に駆け上がろうとすると燃費が悪くなってしまう。長距離便などでは、機体が軽くなるのを確認しながら燃料効率のいい高度へ階段を上るように引き上げてゆく。これ以外にも、舵の使い方や上昇角度、速度、降下角度、減速のタイミングなども燃費に影響を及ぼす要素となる。

　これらをマニュアルで操縦すると、ムダな動きが生まれて不経済な飛行になったり、快適性を欠いたフライトになったりする。

　この基本システムに対し、離着陸がスムーズに行くよう操縦を助けてくれるのが「操縦支援システム」だ。主流は「DFBW（Digital《デジタル》 Fly《フライ》 − By《バイ》 − Wire《ワイヤー》）」と呼ばれるもので、三菱が得意とする技術である。揺れを抑えたり、明らかに間違った操作を最小限の反応に抑える修正をしたりと、離着陸時の飛行が滑らかになるようパイロットを手助けする。

　この一方、緊急事態が発生した場合にも優れた能力を発揮する。たとえば離陸時、エンジンがフルパワーに入ったところでエンジン1発が故障した場合、機体に著しいパワーのアンバランスが生じる。速度が出ていないため空力が発生せず、舵は効かない。動転して操作を誤れば機体は大暴れし、事故を引き起こすことになる。これが飛行中に起きた場合にも当然機体に極端なアンバランスが生じて、激しい揺れとともに故障したエンジン方向へ回転しようとする力が働く。

　操縦支援システムは、このようなコントロール不能の異常をいち早く察知して、具体的対応を瞬時に計算して実行し、〝何事もなかったかのような〟安定した飛行を保ってくれるのだ。

　だが、すべてをコンピューター任せにしていいかと言えばそうではない。システムが一体どこから基本情報を取って、何をしようとしているのか、パイロットが望む飛行を確実なものにするためには、人が常に手助けしてやらなければならない。そうでなければ飛行機に飛ばされてしまうことになりかねない。

まさに人間と人工知能（ＡＩ：Artificial Intelligence）の融合を目指した世界に突き進む旅客機。それ故、開発は昔取った杵柄が活きることのない複雑怪奇なものとなった。

正しい論理というのは単純なものだ。空自のテストパイロットとなり、幾種もの飛行機を操ってきて、降りかかる様々なトラブルの対処法を刻んでいく中で、国岡はそれをよく心得ているつもりだった。しかし、ハイテク旅客機のシステム開発の前ではどの経験則も歯が立たなかった。さらに最悪なことに、次々湧き起こるトラブルを断ち切る方策のきっかけさえも探り出せないでいた。国岡は、まるで砂漠の中に落としたコンタクトレンズを探すにも似た、砂を嚙むような無力感を感じていた。

ＭＲＪは〝航空機の要〟と言える操縦・飛行制御システム「アビオニクス（電子航法システム）」として、アメリカのロックウェル・コリンズ製のものを導入している。ＬＣＣで圧倒的な勢力を見せるエアバス機３２０を念頭に置いて開発したことから、ボーイングが採用するフランスのタレス・アビオニクス製ではなく、ロックウェル・コリンズ製となった。この決定が後に思わぬ誤算を招いた。旅客機の開発は導入した装備品メーカーから送り込まれた技術者の協力を得ながら進められる。アビオニクスの場合には、様々な国・メーカーの装備品がつながってくるため、どんな計器や測定機器等を使用するかといった完成機メーカーが設計段階で作成した設計仕様を元にアビオニクスメーカーが基本プログラムを仕上げて納入する。ただしこれは設計理論上、動作保証された〝仮想現実〟の世界。

油圧・制御システムや翼の舵、脚（車輪）など実機と同様の装置をつなげた「アイアン・バード」、さらに実機と同じコックピットに仕上げたフライト・シミュレーターの段階になって、初めて様々な不具合やトラブルが明らかになる。ＭＲＪではこうした状況を見据え、早い段階で長らく発注・受注で関係の深いボーイング社で経験を培った専門技術者数名を招聘し、協力を得てきた。ところがＭＲＪはアビオニクスをエアバス機が採用するメーカーに決めたため、ボーイング出身の技術者の経験に基づいた指導・助言を受けることが叶わないことが判明した。もとより、基本性能よりも重要な操縦支援装置は三菱が戦闘機開発で培ってきた独自技術を投入するため、それを組み入れた時点からアビオニクスメーカーは経験や知見に基づいた指導ができなくなる。つまり、ＭＲＪのプログラム開発者は、膨大なシステムの機能や互換などのほぼすべてを自力で調整し、不具合も解決していかなければならなくなったのだ。

実のところ、安全性に関わる深刻なエラーであるとか、異常動作が発生する——という段階はとうの昔に去っていた。いまは細かな不具合——想定通りの値が出ないとか、反応がぎこちない、飛行の安全性には関係ないのだが原因がはっきりしないバグが時折発生する——を、まるでモグラ叩きのようにひとつひとつ潰している状況だ。

旅客機の開発はそうした細々とした不具合になれば、後は地上試験や飛行試験を行う過程で修正・改善していくのが半ば常識となっている。しかし、〝石橋を叩き過ぎる〟と揶揄されるほど、開発の通過点においても完成度を求める三菱では、そんな考えはあり得ないことだった。特に命を張ったテストパイロットの国岡はそうだった。「〝安全に影響はないと思われる細かなトラブルだから大事は起こらない〟と決めてかかるのは危険だ」と本能が警鐘を鳴らしていた。

初飛行まで半年を切った。

〝遅々として完成品質に近づかない。いよいよ追い詰められてきた……〟国岡は感じていた。


「あ！　お帰り。……で、どうやった？」

「また1個増えたわ。これで5個やな」

「良かったやないの～」

大阪門真市の古谷鉄工所。この日の午前、専務の博信は尼崎の住友精密工業へ出向き、新たなMRJ脚部の部品製造を受託してきた。5個目となる部品は、主翼の胴体付け根に取り付けられる二つの主脚をつなぐ、これまでで一番大きな部品となる。これまでの4個は脚部の内部に使われる部品だが、今回は駐機している時に外から見える部品だ。これもクリティカルな部品（安全性に関わる重要な部品）の位置づけとなっていて、古谷鉄工所で請け負った五つの部品すべてがそうだ。高い技術力に加え、誰が作業しても同じ品質の物を100個仕上げられる生産管理能力がなければ、航空機部品製造の世界では声すらかからない。

MRJの受注機数は407機。決して、〝おいしい取引〟とは言えない。しかし、おいそれと他所が真似できないレベルへ辿り着いたことに、社長の陽子も満足していた。

重そうに両手で抱えた持ち帰った部品のサンプルをながめながら博信が言った。

「脚部の修正、まだまだ終わらないらしいよ」

陽子が怪訝そうな顔で訊ねる。
「だってもう1号機が完成して、3号機までの脚部も納品したはずやないの」
「それは試験機やろ。量産機の型式証明を取得するまでに、修正どころか、設計変更もザラにあるらしいわ。せやからいまウチで作ってる部品も2〜3年後に形状やアルミ材料の種別も変わってくるかも知れんで」

MRJの試験機は全部で7機。このうち二つは、地上試験機用で主翼構造などの強度試験や疲労強度試験に用いられる。そして陽子が口にした飛行試験機1号機を含めた5機は『飛行試験機』として実際に空を飛ぶ。1号機では「飛行領域やエンジンを含めた装備システムの動作確認」が行われ、2号機では「基本性能や荷重試験」、3号機では「飛行特性やアビオニクスのテスト」、4号機では「安全認証に基づいた装備システムの最終検査や防水テスト」、5号機では「自動操縦や支援装置の試験」が実施されることになっている。この他にも、高い高度（空気の密度が薄い場所）の空港における試験や、寒冷地、熱帯地域での作動試験、離陸中に離陸を断念するエマージェンシー試験、MRJのスペック（能力）を確定するための限界飛行テストなど、機体にとって過酷な試験がいくつも行われる。

このように幾体もの試験機を使って繰り返し行う様々なテストで見つかったトラブルをひとつひとつ改善、または設計変更していき、実際に販売する量産機へ仕上げていくのが新造機の開発となる。もっと言えば、世に送り出してからも、より良い旅客機にするために様々な改善を施していくのが旅客機製造の世界なのである。

いまの段階で、地上試験機1台と飛行試験機1機が完成しており、それに加えて地上試験機1台、飛行試験機を4機組立てている最中だ。地上試験機では翼端の曲げ強度の測定など静強度試験を実施している最中だ。

博信や陽子のような一般の人からすると、ロールアウトの後に地上試験機がまだ製造途上だったり、その後の初飛行後に問題箇所を見つけ出して改善したり、設計変更を行うというのは考えもしないことで、驚くのも無理はない。

「飛行機の開発に終わりはないって零戦を開発した誰かが言うとったけど、ホンマに最後の最後まで改善していくんやねぇ」

眼鏡を外し、陽子が肩を竦める。

「他の業者さんから聞いたんやけど、主翼のセンターボックスとか、未だに手を加えてるらしいわ。当然、降着装置（主脚）も位置的に関連してくるで、そうすると何度か修正があるんやろうなぁ……」博信が溜息をつく。

「前に話してた重量とか強度の関係なんかな？」陽子が博信の顔を覗き込む。

「おそらくな……」そう言うと博信はしばらく考え込んでから話を続けた。

「あのボーイングかて、787の時に主翼の強度不足が強度検査で見つかって補強するために延期になったし、その後にも初飛行の直前に主翼センターボックスで強度不足が見つかって延期になったりしたからなぁ。型式証明の取得のことを考えてわざわざカナダへ行ったホンダJETかて結構難儀しとるらしいいし、MRJだけやのうて、結構、審査自体が厳しなってるんちゃうかな」

博信はそう言うと、従業員を呼んだ。

「西山さ〜ん。ちょっとこれCADに落としてくれるかなぁ」

西山は昨年4月に途中入社で古谷鉄工所に入ってきた20代の女性だ。鳥海に変わって3Dキャティア（設計ソフト）の担当になった。飲み込みが早く、アッという間に操作を覚えた。

「はい」

「設計図面とサンプルもらってきたから、試作できるように（切削）プログラム作ってくれへんかな」

「ずいぶん大きいですね、これ」

西山はヨイショとそれを手に取るとわずかに顔を顰めた。

「重いんですね。……治具《じぐ》も新しく作らなあきませんね？」

治具とは切削していく部品を固定したりする道具だ。これ如何で正確性や作業効率に大きく影響が出るため、どの工場も企業秘密となっている。もちろん三菱もだ。

「プログラム作って作業手順が決まってから考えようか」

「わかりました。早速取りかかります」

設計図面とサンプルを受け取った西山は軽く一礼すると自席に戻った。

博信はふと思案顔になると天井を仰いだ。

〝量産が始まると五つの部品やからしばらくＭＲＪの専業が続くことになるんかなぁ。受託がもっと増えるかも知れんしなぁ〟

零細の工場は限られた機械と人員をうまくやりくりして複数の仕事をこなさなければならない。クリティカルな部品だと特殊な加工が必要になったり、複雑な形状であればつきっきりの作業になることも珍しくない。残業は覚悟の上だが、他の仕事をこなすためにはすべての部品加工の作業手順を相当細かく考えないと不可能だ。一時的にではあるにせよ、ＭＲＪ部品が占めるシェアを半分以下に抑えたい——博信は経営者として考えを巡らせ始めた。

「それでは確認会議を始めます。まずはお配りした資料の表紙をめくって2ページ目をご覧くださいい……」

県営名古屋空港内にある国交省航空機技術審査センター（ＴＣセンター）の4階大会議室。30名を超えるスーツ姿の男たちがコの字型に並べた長机にビッシリ座っている。ＭＲＪの検査の進捗状況を担当部門別に報告し、全体で把握するための会議だ。

国交省のプロパー（職員）に加え、防衛省やＪＡＸＡ、ＡＮＡ、そしてＪＡＬからの出向者を含んだ検査官を、「飛行・操縦系統担当」「動力担当」「艤装担当」「エンジン担当」「機体構造担当」など役割ごとに部門別にした体制を1年ほど前からスタートさせていて、各部門から進捗状況を報告する全体確認会議を月一ペースで行っていた。

ＭＲＪ最大のウリとなる低燃費エンジンの初点火がつい2週間前の1月13日に実施されたばかりで、

動力系統、油圧・燃料・空調・電気系統など各種システムが総合的に作動したことが確認されていたため、皆、明るい報告がもたらされるものとばかり思っていた。何しろ初飛行まであと5ヵ月に迫っているからだ。ところが、しょっぱなから期待は裏切られた。

「エンジンラン（テスト）の状況はどうですか？」

JALから出向してきた動力（エンジン）のプロフェッショナルである担当チーフの関口が答えた。

「はい、システムが機体として総合的に作動したことは既に皆さんの耳にも入っていると思いますが、引き続いて行っている試験運転において、現在トラブルが発生しております」

皆の表情が一瞬で変わった。動揺が会議室を漂う。事前に報告を受けていた所長の葉山と課長補佐の木村が一瞥して、報告を続けるよう頷いた。

「いまはMITAC（三菱航空機：Mitsubishi Aircraft）さんとP&W（エンジンメーカー）さんとで試験を行う段階ですので、我々は遠目で様子を伺っているような状況なんですが、システムエラーや温度上昇などの異常が発生しているようです」

司会役を務めるプロパー職員の大室がすかさず訊ねる。

「それは搭載&接続時の問題なんですかね？　それともエンジン自体の問題なんですかね？」

「配線の可能性が大きいようです。何しろまったく新しい型のエンジンですし、電気系や制御系、計器信号など沢山の配線がありますから、ひとつひとつ潰している――といった状況です。あと気になる話として話題に上がっているのが、海外の航空ニュースによると、エアバスの飛行試験では深刻なトラブルが起きているようです」

詳しくはこうだ。MRJが搭載するのはGTF（ギヤードターボファンエンジン）と呼ばれ、ファンと低圧タービンがそれぞれ最適な回転数で運転することを可能にした画期的な次世代エンジンだ。これにより驚異的な低燃費性能が実現できた。

MRJが搭載する型は「PW1200G」だが、先ほど報告のあったエアバスの新型旅客機320neoに搭載される「PW1100G」は、MRJに先立つ昨年9月に最初の飛行テストが行われ、12月にはFAAの型式証明取得を達成していた。

ところがその後の飛行テストで、エンジン始動の問題や熱による軸の変形などが確認され、今日の会議の時点で『ハードウェアとソフトウェア双方の変更が行われる見通し』とEU発で外信ニュースが流れていた。

「……すると、MRJも同様の措置が取られる可能性があると？」

俯いてじっと話を聞いていた課長補佐の木村が顔を上げて訊ねた。

「いえ、パワーの大きいPW1100Gはハードウェアについては軸やシャフトの強化、ベアリングについても設計をし直す可能性が大きいようですが、PW1200Gについてはどうやらソフトウェアの変更で済むようです。今起きている不具合はそうした要因よりも、取り付け初期の何らかの問題であろうと見られていて、まずはそれを究明している状況のようです」

木村と葉山が思わず安堵の表情を浮かべた。エアバスとMRJ、ライバルのエンブラエルが搭載するエンジンは型式こそ違うものの、ファンと低圧タービンがそれぞれ最適な回転数で運転するシステムは同じで、それに対し既にＦＡＡから型式証明の取得を得ていることがＴＣセンター検査官たちの安心感につながっていた。

この日の確認会議では、主翼の曲げ強度の測定を行う静強度試験で強度不足の不安が生じていること、さらに操縦・飛行制御システムのアビオニクスのトラブルも報告された。前者についてはボーイング機などの過去の例からも、現代の設計・製造技術においては通常飛行に問題が生じるレベルではなく、飛行試験に入ってから補強などの改善措置が取られるのが普通に行われているため問題視されなかったが、後者については初飛行まであと5ヵ月に迫っている段階で審査する国交省のテストパイロットが未だシミュレーターの確認試験を行えずにいる――という報告が担当からなされると、会議室は再び重い空気に包まれた。

普段、全体確認会議に出席する立場にない国交省テストパイロットの工藤がこの日はこの件で出席を命じられていて、担当者の報告に付け足した。

「ＭＲＪのプログラム担当者やテストパイロットの国岡さんたちから何度か進捗状況を伺っていますが、『5月下旬に初飛行』というプレッシャーが重くのしかかっている中で焦りは相当なものがあると感じられました。誰かの指示通りに行ったり、知見があってなんとかなる話ではなく、実際に一からすべてを手探りで構築していかなければならないわけですから大変さは相当なのだろうと察します。旅客機にとって心臓部の開発ですから、〝急《せ》いては事をし損じる〟の諺どおり、こちらからせっつくようなことはせず、先方のほうから（作業の完了&試験の開始を）打診してくるのを待つのがベストだと思います」

間髪入れずに担当者が話を引き取る。

「その間、我々としてはFAAなどとも協議をし、確認試験や審査が短期間で済む道を探っていきたいと考えています。操縦系のテストを行った後に下すことになる飛行試験機の飛行許可、その後の飛行試験における型式証明取得に向けた審査、そして認可、この過程の中で重複する試験・審査がずいぶん多いと感じています。もっとムダなく合理的にまとめられる、進められるのではないかと考えている部分がありますから、別途、協議の場を設けて頂ければありがたいと思っています」

葉山は考えた。理に適っている。安全認証のやり方がひとつとは限らない。むしろ我々はFAAが作った（安全性の）証明の仕方がすべてで、いかにそれに不足なく則るかの問題だと考えていた。材料や計器、ITの進化で煩雑になったハイテク旅客機の安全認証について新参者の国交省が建設的な提案をすることは何も悪いことではない。検査・審査内容をもう一度精査して、安全認証の質を保ちながら、より合理的に進めることができるやり方を模索するのは確かに〝有り〟ではないかと。何もアメリカが作り出したスタンダードがグローバル・スタンダードというわけではない。圧倒的な安心・安全と信頼を世界から獲得した日本なのだから、我々がこれから独自に見出していく〝日本流〟が、将来グローバル・スタンダードになることだって十分あり得るのだ。

こう自ら納得した一方で葉山は、現場でパイロット同士が相通ずるものが生じたことも報告から感じた。初めて空を飛ぶ新造機に身を賭して乗り込み、操縦するパイロットたちは型式証明云々以前に、安全に操縦・飛行できる飛行機を誰より求めているはずだ。プレッシャーに耐えながらもなんとかこの苦境を脱しようと挑み続ける彼らの姿から〝自分たちの納得いかない中での初飛行なんてありえない〟という固い決意のようなものを受け取ったのかもしれない。であるとするならば、何も審査する我々が開発のスケジュールを心配して焦る必要もないのだ。

葉山は自信に満ちた口調で告げた。

「では提案事項を早急にまとめてください。それを元に協議して行きましょう」

座礁しかかった船のようだった確認会議は、突如追い風を受けたかのように走り出した。

タイムリミットは目前に

心がずっと騒いだままだ。まるで蟻地獄に嵌《は》まっていくかのような不安が突き上げてくる。開発スケジュール表に目を落とす壇の顔にはじわりと脂汗が滲んできた。テレメトリーにひとり入室した壇の脳裏にはつい先ほど終えたばかりの会議が蘇り、思わず頭《かぶり》を振った。

三菱航空機はこの1月末に本社機能を三菱重工大江工場の時計台建物から県営名古屋（小牧）空港へ移した。壇が入ったテレメトリーは、ＭＲＪの地上試験や飛行試験を行う際、機体の計器に表示される全データが電波で一手に集められるモニタールームで、チーフエンジニアで開発責任者の壇の牙城となる総合指令センターである。搬入・設置された計器やモニター類はまだごく僅かで、ケーブルなどが床に這わされた空き室に近い状態だ。薄暗い室内の後方に台車やダンボール箱などに交じって1セットだけ置かれた事務用デスクとイスに壇はひとりポツンと腰掛けていた。

会議は2時間半に及んだ。

一昨年8月、三回目となるスケジュールの延期を発表し、「もう後がない」と危機感を募らせた三菱は、重工の酒井副社長と航空機の盛本会長のトップダウンで欧米の航空専門のコンサルタントを始めとする100人超規模の〝外国人助っ人〟を呼び寄せた。いずれも旅客機開発の中でも特に型式証明の取得や地上・飛行試験に精通するプロフェッショナルだ。

これは三菱が誇る飛行機製造のプロ集団『名航』からすれば、事実上MRJ開発から自分たちは〝更迭〟されたのも同然に映る措置だった。身内から「能力なし」と見做されたに等しい烙印を押された名航と重工本社の間に生まれた不協和音は、1年半が経っても終息を見せるどころか、加熱していく一方だった。ただ救われるのは、さすがニッポンの飛行機製造を牽引してきた矜持を持つプロ集団だけあって〝意趣返し〟のような稚拙な行動がないことだった。

今日行われた会議は、初飛行を5ヵ月後に控え、外国人助っ人たちから開発について忌憚のない意見を聞くことが主題だった。

冒頭に壇が挨拶し、会議はスタートしたが、日本の会議のように中盤を過ぎてから意見が白熱していくスロースタートではなく、いかにも欧米的な時間を惜しむかのように、いきなり問題点の指摘が飛び交うエンジン全開の激しい滑り出しとなった。

まず指摘をしたのは各種試験を受託する米企業出身のディレクターだった。

「いまのMRJの開発スピードでは（開発の着手から初号機納入までの期間が）通常の1・5倍はかか

ってしまう。このままだと開発費は膨れあがるわ、エンブラエルに追い越されるわ、ビジネスチャンスを逃してしまう」と、まるで鉄槌の一撃のように声を張り上げた。

それに触発されたのか、あたかもダムが決壊するかの如く各論の意見が次々放たれた。

「アビオニクスに不具合が生じているけれども、どれも飛行の安全に問題がないレベルと聞いた。JCAB（国交省）の試験や確認作業を先延ばししてまで、いまひとつひとつを潰す必要はない。いまの段階は（飛行試験機の）飛行許可を早くもらうことに集中すべきだ。地上試験や飛行試験が一体何のためにあるのか——試験を繰り返すことで想定外の問題を炙り出す。そしてそれらをひとつひとつ解決していきながら量産機の完成を目指す——そのためにあるんだよ」

「エンジン（の不具合）もそうだ。完成した飛行試験機はいま一機しかないんだから1日の試験スケジュールをエンジンだけに充てるというのではなくて、同時に様々な装備のテストもこなしてスピードアップを図るべきだ」

「主翼センターボックスやランディングギア（主脚）の強度不足はどの完成機メーカーの開発でも枚挙にいとまがない。最悪なのは飛行試験が始まってから発覚することだ。設計変更や関連箇所の修正、そして再試験と二度手間が生じて半年は損をすることになる。これこそいまのうちに精査を徹底しておいたほうがいい」

「三菱の開発の進め方は、〝Look before you leap.〟（念には念を入れる）そのものだ。ただ旅客機開発においては往々にして、〝He who hesitates is lost.〟（臆病者は好機を逃す）になるものだ。車のバンパーの裏側までキレイに仕上げる日本人には『問題の先送り』と思うかもしれないけれども（笑）、いま手厚くしなければならないものと、飛行試験に入って手厚くするもの……言い換えれば（飛行試験の段階でどうしても）二度手間のように手厚くなってしまうものは、ボーイングやエアバスなどの先輩が過去に示してくれているのだから、それを見据えたスケジュールに見直すべきだと思うよ。〝絶対〟と断言できるほどだが、いまの飛行試験の2年間というスケジュールは甘過ぎる。きっとアナタたちは『その分前倒ししているんだ』という言い分だろう。一見、安心感があるように思えるけど、だけどそれはいまやるべき仕事じゃないんだ」

辛辣だった。説明にはまったく淀みがなく、説得力があった。壇は心を見透かされたような気がして密かに狼狽えた。しかし弱みを見せるのはご免だった。

彼らはまぎれもなく旅客機開発のプロフェッショナルたちだ。これ以上スケジュールを遅らせるわけにはいかないからこそ招聘した。しかし壇はこうした開発のマネージメントこそが完成機メーカーにとって門外不出のノウハウだと刻んでいた。だからこそ彼らには直接現場を見せることを極力させないできた。ただ、装備品の7割が海外メーカーということで、そのサプライヤーたちから情報を収集して解析してきたのだろう。その能力には脱帽するしかなかった。

グローバルスタンダードは自ら作る！

航空機の設計エンジニアを志した壇には、三菱重工へ入社した後に生まれた心に固く誓ったことがあった。それは「航空機開発のグローバル・スタンダードを我々日本が作っていくんだ」という強い思いだ。

重工へ入社してほどなく、自衛隊戦闘機F－2の開発に配属された壇は、そこで〝ある現実〟に直面した。それは『欧米が築いたグローバル・スタンダード』だった。

日本が戦闘機や旅客機など航空機製造の表舞台から消え去った間に、飛行機が空を飛ぶ規制や法律、さらには旅客機製造に関する様々な規定など「航空に関するあらゆるルール」を欧米が作り上げていたのだ。

こと製造に関しては「我々が世界の空を牛耳っているんだぞ」という主張が著しく壇の目に映り、癪に障った。エンジンや操縦系といった航空機の基幹装備品は欧米製が占め、時には自分たちで保守や修繕ができないようブラック・ボックスまで埋め込まれていた。仕様書やマニュアル、整備の手引きなどはもちろんのことすべて英語。これは仕方のないことで百歩譲ったとしても、我慢がならなかったのはその中味だ。当たり前のことだけ書き連ねただけの、まるでハンバーガーやピザチェーンのようなカスカスのマニュアルで、本当に欲しい〝行間の情報〟（コツ）は一行も載せていない。「どうだ!?　我々の手助けがなければ何もできやしないだろ？」と言わんばかりの上から目線なのだ。

この悔しさが壇を奮い立たせた。

「欧米のやり方は紙に落としただけのマニュアル主義。紙に落とせないものまでをキッチリと織り込んだ日本式のキメ細かなグローバル・スタンダードを我々日本人の手で作っていこう！　これからは日本が新たなスタンダードになるんだ!!」

そして念願の旅客機開発のチーフ・エンジニアに抜擢された壇は、抱き続けてきた思いを爆発させようと意気込んだ。

ところが――。

異動した壇を待ち受けていたのは、戦闘機開発の世界で経験することのなかった安全性の証明。しかもそれはこの10年ほどでとてつもなく厳しさを増していて、証明のやり方すら満足に知らない新参者には、どうにも乗り越えられないほどの高いハードルだった。さらに試練が襲う。その後にスタートした、三菱にとって〝腕の見せ所〟とも言える機体づくり。その自信もあっけなく音を立てて崩れていった。

「飛行機はただ作って飛ばすだけなら簡単なこと。様々な基準をクリアし、設計要求通りに完成させることが大変なんだ」――名航のメンバーが口にするこの言葉の意味を誰よりも理解している自負があった。しかし現実は想像を遥かに超えていた。30社近い国内外のサプライヤーを束ね、95万点に及ぶ部品やシステムをまとめ上げて旅客機を丸ごと一機作り上げることが、これほどまでに大変なのかと思い知らされた。

MRJプロジェクトに投入される直前には、国家防衛の威信を賭けたステルス機開発のプロジェクト・マネージャーに抜擢されるまでにエリートコースを駆け上ってきた壇にとって初めての挫折と言えるほど衝撃は大きかった。

〝もともと要求が厳しいものに挑戦し、それを成し遂げて見せるのは、まさに日本人の得意とするところなのだが…… この世界だけはまるで違う〟

容赦ない外国人助っ人たちの指摘を耳にしながら、壇は徐々に追い詰められてきたと感じていた。会議後に思わずテレメトリーに踏み入れたのも理由がある。本来なら今頃ここは既に準備稼働をしているはずだった。

操縦・飛行制御システムの開発を行うMRJのフライト・シミュレーターも大江工場から10日前に移設したのだが、何がどう影響したのか、正常に作動しなくなり、原因究明と復旧作業に明け暮れていた。この影響もあって、飛行試験の実機をフルに使って進められるはずの様々な動作試験が覚束なくなっていたのだ。

壇の脳裏に助っ人の助言が蘇る。

「いま、手厚くしなければならないものと、飛行試験に入って手厚くするもの、それを見据えたスケジュールに見直すべきだと思うよ。スケジュールが甘過ぎる」

手元に広げた開発スケジュールに目を落としていた壇は徐《おもむろ》に胸ポケットから赤ペンを抜いた。そして天井を仰ぐと頭の中で計画を練り始めた。

第13章

チャンスを捨ててでも……

四度目の初飛行延期会見

昼前から小雨がしとしと降り続いていた。

2015年4月10日12時20分。名古屋市から電車で20分ほどのところにある愛知・勝川駅前のホテル2階の披露宴会場ロビーには50人ほどの人だかりができていた。

「(三菱航空機の)社長が重工常務の今野さんに変わったんだね」

「そうそう。俺もそれ見てビックリして……〝前原さん辞めたんだ〟って」

「盛本さんも会長を退任したんだって」

「大きな組織替えがあったっていうし」

「へぇ〜。今野さんって何畑なの?」

「確かタービンか何かじゃなかったかなぁ……常務らしいよ」

「MHI(三菱重工)の主力(事業)じゃん」

「何でまたそんな稼ぎ頭の門外漢の部署から送り込まれたんだろう?」

「やはり今日は初飛行の延期の発表が濃いなぁ。4回目になる引責人事じゃない?」

ロビーの片隅に座り込んで話をしているのは航空専門誌・専門紙の記者やカメラマンたち。航空の記者会見では常連の顔ぶれだ。13時からの会見を前に受付の順番待ちをしているのだ。

三菱から報道各社に記者会見の案内が届いたのが3日前。タイトルは『MRJ開発状況ならびに量産準備状況説明会/工場見学のご案内』と記してある。6月中旬に開催されるパリ国際航空ショーを前にした5月下旬に初飛行が予定されており、案内の題名からも、多くの報道陣は初飛行のメドを発表するものと受け止めていた。初飛行まで1ヵ月半というタイミングでの会見はそれくらい絶妙だったのだ。しかし8日に一部報道で「MRJ初飛行延期」と報じられ、MRJを取り巻く雲行きはいっきに怪しくなっていった。

「この度はMRJ最新開発状況説明会にお集まり頂きまして誠にありがとうございます……」

これまでスケジュール延期の度に開かれてきた会見と趣が違っていた。雛壇に座る経営幹部に交代劇が起きただけでなく、三菱重工のトップ・酒井副社長の異例の挨拶で会見が始まったからだ。この冒頭で、9日前の4月1日付けで新体制「MRJ事業部」を組成し、重工が装備品の調達も含めた製造に関するすべての責任を、そして航空機が営業とカスタマーサポートを担っていくことを明らかにした。

つまり、親である三菱本体は、安全認証の不手際や三回にわたる開発の遅れを出した三菱航空機に三下り半を突きつけ、MRJ開発の主体者を航空機から重工へ移管したのだ。もっとも従前よりFAAから「航空機と重工を分けて組織立てるのは手続きも煩雑になるだけだ。(旅客機開発に於いての)メリットは何もない」と、わざわざ航空機を設立した三菱の決定に異を唱えていた。それもそのはずで、多国籍連合や複数メーカーによる共同開発ならいざ知らず、三菱本体が社運を賭けて挑む国家的プロジェクト以外の何物でもないのだ。

3月末日で航空機の会長の任を辞した盛本については前年末より決まっていた予定人事だったが、

前原の社長退任は一連の問題の責任を取る更迭となった。

その後任に、重工の主力事業の担当役員である今野常務が送り込まれた理由は、親会社として厳しく航空機を管理する〝お目付役の設置〟の意味合いが強く含まれていた。一方、社内には〝稼ぎ頭の事業部のトップを〝わざわざ〟送り込むことで、三菱にとってもはや目の上のたんこぶとなりつつあるＭＲＪを早めに見切りをつける決定打を見つけ出させるのが狙いだ〟とする政治色の濃い見方も少なくなかった。

県営名古屋空港ターミナル２階に本社を移した三菱航空機は、４月１日の時点で社員数１５００名、設計などの協力会社や外国人助っ人を含めた従業数は３０００名にも上っていた。ＭＲＪプロジェクトは三菱にとって後に引けない、まさに社運を賭けた事業となっていたのだった。

「続きまして、ＭＲＪの最新開発状況について壇よりご説明致します」

会見開始から10分、ようやく本題に入った。だがその内容は耳を疑う内容だった。

『初飛行を今年5月から9‐10月に延期する。初号機のＡＮＡ納入は２０１７年４‐６月で変更しない』――初飛行の延期はこれで4度目。国産旅客機開発の夢がガラガラと崩れていく音が会場に響き渡った。遅延報道が事前に駆け巡っていたとはいえ、記者やカメラマンの表情には失望の表情が露骨に表れた。

延期の理由について壇は、「試験機の非常用発電装置などに問題があることが判明し、設計変更を迫られたため、これらを事前にまとめて改修するため」と説明し、「機体をより完成形に近付けることで飛行試験が効率良く進むようになる。そのため納期を変える必要はないと判断した」と、あくまで自発的で建設的なスケジュール変更であることを強調した。

〝あくまで一例〟として挙げた「非常用発電装置の不具合」については、取り付け部分の構造に問題があって作動中に振動が発生するため、補強用の板を足すなどして振動を抑える改修を飛行試験が始まってからどこかのタイミングで実施しようと決めていたものだった。現在判明している修繕が必要な問題点がいくつかあったが、これらも当初は〝初飛行後にまとめて改修〟する予定でいた。これは、「何か起きるたびにひとつひとつ確認していては開発は進まない。不具合はある時点でまとめて改修すべきだ」とする外国人の助っ人のアドバイスに沿ったものだった。

しかし、三菱サイドもスケジュールを急ぐ余り拙速になって彼らから言われたことをホイホイ聞いたわけではない。指摘は理に適っていたからだ。初飛行を計画通りにパリ航空ショーで行えば受注獲得のチャンスは予定通り舞い込んでくる。初飛行を半年延期すれば好機を逃すことになる。いずれ行うことになる、まとまった改修を「初飛行前」と「初飛行後」のどちらで行うべきか——。経営陣は当たり前に後者を採った。判明したいずれのトラブルも飛行に深刻な障害を与えるものではないと見られたからだ。誰がトップであってもそう判断を下したであろう。

しかし——。

この決定が会見の10日前、急きょ覆った。翻意させたのは名航だった。理由は明々白々で、アビオニクスやエンジン、主翼構造の強度に関する想定外のトラブルに加え、地上試験における強度・動作試験で多くの問題が発生していたためだ。壇が会見で挙げた一例などゴミのような取るに足らないトラブルも同然だった。

名航はこれまで米製のF－4やF－15戦闘機をライセンス生産してきた。しかしそれは、決められた手順で生産したに過ぎない。それ以前の国産機の生産にしても、どれも国内で製造した部品を組み立てるか、米国から輸入した部品を組み立てるかの違いで、自力で暗中模索しなければならないほど苦労することはなかった。

ところがMRJ開発はまったく違った。想定内だったのは『ペーパープレーン』までと言ってもよかった。その後の胴体や翼（パーツ）といった機体の外形づくりまではボーイングの下請けで培ってきた技術を活かしてなんとかなったものの、それ以降の旅客機の肝となる〝中味の製造〟はそうはいかなかった。見たことも扱ったこともない海外メーカーの装備品やシステムを組み合わせて完成機に仕上げていく作業は、正直、名航の能力を遙かに超えていた。そして、原因不明のトラブルが各所で起き始めると、もともと石橋を叩いて渡ると揶揄されていた組織体質をより一層頑なものにした。

〝何が起きるかわからない。諸処の問題を解決してから初飛行すべきだ。そうでなければ我々は責任を取れない〟

一歩も譲らない開発の現場となる名航サイドと、パリ航空ショーまでにはなんとしてでも初飛行させたい重工・航空機の経営陣との話し合いは平行線を辿った。〝皆が粉骨砕身して世界をアッと驚かせよう〟と零戦開発の時に三菱が一丸となって挑んだ底力。だが、理詰めや挑戦魂などでなんとかなる代物ではない『空飛ぶコンピューターの塊』には根性や底力など一切通用しない。毎日のように発生するエラーやトラブルをひたすら潰していくのみだ。それらのひとつひとつが飛行に問題がないと判断されたとしても、どこかでそれらが複合的に作用して異常が発生しないとも限らない……知見の蓄積がない新参者にとっては情けなくも〝神のみぞ知る〟と言っても過言ではなかった。

かくして新体制が始動した4月1日、初飛行は半年延期されることが決定した。6月のパリ航空ショーで受注を獲得するチャンスを捨て、「損して得取る」道を歩むことを選択したのだ。「名を捨てて実を取る」ような、確実に利を得られるのではなく、将来の〝たられば〟に懸けさせられることは経営陣にとって理不尽極まりなかった。しかも苦悩はこれに留まらない。うんざりするほど山積していた。

MRJの事業が軌道に乗るまでには、飛行試験による各種試験や改修と受注を獲得する営業活動に並行して、機体の運航マニュアル作成や部品供給網と量産体制の確立、パイロットの訓練に整備拠点の設置など山積みだった。

仮に9月に初飛行できたとしも、初号機の納入まで1年半あまりしかない。初飛行後に何らかのトラブルが発覚した場合、対処するためのバッファ（時間的余裕）はほとんど残らないギリギリの状態だった。まとまった改修を初飛行前に決断したことで、初飛行後はまさに待ったなしで綱渡りのスケジュールとなったのだ。

会見の後に工場見学が用意されていて、会見後の、囲みと言われるぶら下がりインタビューの時間がないことが会見の事前に伝えられたこともあって、質疑応答の30分は遅延の核心を突くものばかりだった。特に海外メディアが独自取材で入手した〝内部情報〟は今野社長や壇らを慌てさせた。エンジンやランディングギアの不具合については「そうした事実はない」と突っぱねたものの、機体の強度を調べる強度試験装置に問題があることが最近になって発覚し、強度試験をやり直ししなければならなくなったことについては、明らかに内部情報とわかる詳細な内容だったため、認めざるを得なかった。

ＭＲＪ開発が難航する本当の理由や、受注や納期など今後危ぶまれる問題についての質問は、言い方を変えながら執拗に続いた。その都度、壇らも言葉を変えながら説いてはみたものの糠に釘だった。延期も４度目ともなれば、もはや記者の誰もが、ＭＲＪはオオカミ少年状態と見做していて、すっかり信用を失っていたからだ。

これまで遠慮して矛先が向けられなかった酒井副社長にも、容赦なく質問が浴びせられた。

「初号機納入の２年後の２０２０年度に単年度黒字を目指す――とした目標は本当に達成できるのか？」

これに対し、酒井副社長は「これまで明確に言ったことはない」と苦い顔で返した。２ヵ月後に株主総会を控えていることを考えると言葉を濁さざるを得なかった。

最後に壇は「初飛行後も予期しない事象が発生することは想定している。先ほどご説明した『北米で行なう試験機を予定していた三機から四機へ増やすことにした』のも、北米は日本よりハイレート（高頻度）で飛ばす飛行試験が可能で、これによって時間的余裕を確保できるからだ」と語気を強めた。もはや何を言おうが信じてもらえない、虚しさが募るばかりの堂々巡りに壇はうんざりしていたのだった。

この一方で壇は失った信用を取り戻す難しさもひしひしと感じていた。4度目となる初飛行の延期によって〝逃がした魚は大きい〟だけでは済まない、捕まえた魚も逃げてしまう恐れがあることを、記者たちの反応からだけでも十分過ぎるほど予測できたからだ。

だが発表した以上、もう後には引けない。これ以上、オオカミ少年呼ばわりされないためには、何がなんでも10月に初飛行を遂げるしかないのだ。

壇は自分の心に堅くコミットした。

第14章

運命の離陸

MRJ

難産の先に見えたもの

「皆様、おはようございます。お陰様で本日11月11日という一並びの縁起のいい日に念願の初飛行を迎えることができました。天候もベストコンディションとなっています。離陸予定時刻はAM９：30、帰還予定はAM11：20と、１時間20分のフライト予定でございます。今日の初飛行には自社機のMU－300が計測用一機と随伴一機、自衛隊のT－４が一機、随伴で飛行します。MRJを含めまして、三菱が手がけた三機種がランデブーするという記念すべき日でもあります。え〜、国岡機長、本日の飛行試験の項目につきましてはご存じの通り欲張って１時間30分をリストアップしていますが(笑)、くれぐれも無理をなさらずに、機長のご判断で安全を最優先して必須項目以外はスキップして切り上げて頂いて結構です。機体の準備は万端整っておりますので、乗務される皆さん、安心して飛んできてください」

朝７時、MRJ飛行試験１号機が駐機する格納庫で開発責任者の壇は、集合したパイロットやエンジニア、メカニック、関係スタッフなどおよそ70名を前にこう挨拶した。顔は笑顔だが声はわずかに震えている。初めて機体が空を飛ぶ緊張からなのか、待ちに待った記念すべき初飛行に感極まっているのか、いまにも涙が溢れ出てきそうな表情だ。

次に機長の国岡が一歩前に出て皆に深々と一礼した。

「おはようございます。皆様既にご存じの通り、今回の初飛行につきましては私どものほうから『万全を期したい』と会社側にお願いしまして、当初予定の10月末から本日11日となりました。お陰様で本日の初飛行は万全の体制で臨むことができました。皆様のご期待にお応えすべく全力を尽くして任務を遂行して参ります」

拍手の渦が格納庫内に響く。そして余韻に浸る間もなく、各自持ち場へ散っていった。

初飛行に搭乗する国岡と副操縦士の黒岩、計測担当のエンジニア3名は、地上でフォローしてくれる技術スタッフやメカニックたちと最終確認に取りかかった。

壇は飛行中の試験機から送られてくるデータを受信・確認する、三菱航空機本社2階の「テレメタリー」へ足早に向かった。立ち去る際、国岡ら搭乗任務に当たるメンバーに「Good Luck!」と声をかけようかとも思ったが、やめておくことにした。

〝それにしても難産とはまさにこのこと（MRJ開発）を言うのだろう〟と真っ青な空を仰いだ。

一昨年8月には3度目の開発スケジュールの見直しを行い、初飛行は2015年4－6月期、初号機の引き渡しは2017年4－6月へ延期となった。今年に入ると4月10日に4度目のスケジュール変更を余儀なくされ、初飛行は9－10月期に延期。9月30日には初飛行を10月26日から30日の間に実施すると発表した。しかし10月23日、5度目の延期が決定。初飛行は11月9日～13日の間となり、ようやく今日、待望の初飛行を迎えることができた。

昨夜は21時にはベッドに就いた。目覚ましのアラームを朝4時30分にセットして目をつむってはみたものの、〝あの確認は終わってたよな〟とか〝あのことは確か伝えたよな〟とか、いろいろことが頭をグルグル駆け巡り、1時間半くらいは寝付けなかった。根が心配性なためだ。普段でも移動が飛行機に決まっていても、突然の悪天候やシステム障害で欠航になった時のために新幹線など他の交通機関でのバックアップ・ルートを必ず探しておく。絶えず最悪の状況を想定し、代替案を考えておくエンジニア特有のクセなのだ。昨夜も頭の中にこびりついて離れなかったひとつは、〝人数分のパラシュートを機体に積んだのだろうか〟という心配だった。不測の事態を想定し、「万が一のことが起きた際には乗員の命を最優先に対処しなければならない」と考え、パイロット2名とエンジニア3名分のパラシュートを入手していた。それを機体に積んでおくよう指示をしたのだが、搭載を自分の目で確認していないため不安がふつふつと湧き起こってきたのだ。

あれこれと取り留めのない事を1時間半は考えていただろうか。いつしか寝入っていた。そしてなんとも後味の悪い夢を見て、ハッと目を覚ましたのが2時30分だった。離陸時には快晴だった天候があれよあれよという間に大嵐になって、しかも着陸の時には壇らのいる司令塔で見ている高度と、操縦している国岡らが告げている高度が100フィートも違っていたのだ。通信を試みるもまったく届かない。いよいよ万事休すか……と思って目をつむったその瞬間、何故か壇の身体は大きく揺れ、それで目が覚めたのだ。身体を起こして夢だったと気付いた時にはひとりで笑っていた。なんのことはない、映画『ダイハード2』のクライマックスが夢になって出てきたのだ。

もうひと眠りしようかとベッドへ横になったが、頭が冴えてどうにも寝入りそうにもない。4時間程度の睡眠だが、頭も身体もスッキリしていた。壇はベッドから出ると書斎デスクに置いてある液晶一体型パソコンの電源を入れた。機体の状況を報告する各部署の担当者からのメールのチェックをして朝まで過ごそうと決めた。

実は壇、初飛行の前日だから緊張して目が覚めたわけではない。3週間前の10月19日から眠れない日々が続いていたのだった……。

初飛行の許可をJCAB（国交省）から得るためにはタクシー（地上走行）試験をクリアしなければならない。MRJの場合、乗客を乗せていない時の離陸スピードは130ノット（約234km）になるのだが、タクシー試験は中速タクシーと呼ばれる時速50～80ノット（90～144km）を安定してクリアできて初めて許可が下りる。県営名古屋（小牧）空港の滑走路の長さにも関係し、この速度に到達した時点でブレーキをかけ、MRJが安全に停止できる上限スピードとなっている。ここに至るまでには当然ながらスピードの段階を踏んで、エンジンやブレーキ、ラダー（方向舵）などに異常がないか確認していく。まず、時速20ノット（36km）程度の低速タクシー試験を行い、次に時速40ノット（72km）～80ノット（144km）の中速タクシー試験に移る。そして80～90ノットを問題なく安定して出せるとJCABに認められれば許可が降りる。これは航空法に定められたもので、アメリカでもヨーロッパでも同じだ。飛行許可が下りた後は、100ノット～離陸スピード手前の120ノットとなる「高速スピード」を3回出せばいつでも初飛行に挑むことができる。

壇が眠れなくなる端緒は10月16日に起きた。この日は55ノットの最後の中速タクシー試験を行う日だった。ところが、エンジンのウォーミングアップ中に不具合が見つかり中止となったのだ。幸いなことにその日の午後にはトラブルの原因はエンジン配線の接続不良であることが判明し、翌17日か18日の無風で快晴の日に行われることになった。発表した初飛行の予定は26～30日、デッドラインまでギリギリのタイミングに迫っていた。

ところが——。

翌17日早朝、機体に乗り込んで各部の動作チェックをしていたチーフパイロットの国岡はあることに気付いた。それはラダーペダル（方向舵を動かすフットレバー）だ。横風が強い時の離着陸ではこのラダーペダルを足で操作して機体の揺れを防ぐ。時速50㎞以下の低速（タクシー）試験ではラダーを気にすることもない。次の中速試験を行った日のいずれも無風・快晴に恵まれていたため、正直気にすることもなかった。ただ、17・18日の気象は珍しく朝から風速5ノット（3m／S）～10ノット（5m／S）という横風の予報だった。県営名古屋（小牧）空港は午前中はほぼ無風だが、午後には必ず横風が吹くことで知られているからだ。ラダーペダルとラダーの動作は機体に取り付けた直後やその後の地上試験でも問題ないことが確認されていた。

横風の予報を聞いた国岡は、ひょっとするとラダーを使うことになるかもしれないと初めてラダーに気をとめた。時速100㎞ほどになるスピードを考えれば当然のことだった。そして国岡はラダーペダルを操作してメカニックなどとともにラダーの動きを確認した。すると想定外の事態が起きた。足元のペダルを最大に押しやっても、設計上の7割ほどしか稼働しないことが判ったのだ。

壇はメカニックに「調整してくれ」と頼んだが、「我々で対処できるものではない」という返事が返ってきた。メカニックは急いで設計エンジニアの携帯を鳴らした。土曜日で、しかも朝7時前だったからだ。エンジニアは40分ほどで駆けつけた。症状を確認したエンジニアはその後しばらくマニュアルとにらめっこを続けた。額に汗がジワリと滲み始めた。そして顔を上げると眉を顰めながら口を開いた。

「申し訳ないのですが、これは改善措置を施してなんとかなるものではないです。ラダーペダルそのものを取り替えて、尚且つ取り付け部分も工夫を凝らさなければなりません……」

朝8時、テレメタリー・ルームにいた壇の携帯が鳴った。国岡からだ。

「ラダーの操作が設計通り動かないことが先ほど判明しました。エンジニアの話ではラダーペダルの交換と取り付け部分の改修が必要だそうです。それで……」

終話ボタンを押した壇は大きな溜息を吐いた。〝とんでもないな〟そう思った。

国岡の意見は明確だった。

「初飛行を延期してほしい」――。

症状を聞けば、風速5ノット（3m／S）くらいまでなら問題ないという。自分も名航のエンジニアとして20年以上、三菱の小牧南工場で戦闘機開発を手がけてきた。離着陸に使用する県営名古屋（小牧）空港のことは誰よりもわかっているつもりだ。風速10ノット（5m／S）を超える横風は悪天候時以外、そうそう突発的に起きるものではない。そもそもタクシー試験は無風かせいぜい風速2m／S程度の横風で行ってきた。初飛行は快晴・無風が条件だ。初飛行のデッドラインまで11日残されているが、高速（試験）を三回達成して飛行許可を得るにはギリギリのスケジュールだ。5ノット（3m／S）〜10ノット（5m／S）の横風が見込まれる今日と明日の試験を見送って30日までに果たして飛ばせるだろうか…… そう考え始めた時、ふと米の助っ人コンサルタントが吐いた言葉が甦ってきた。旅客機開発の知見に長けていて、いつも痛いところを突いてくるヤツだ。苦言を呈したのは二回目の中速タクシー試験を見守っている時だった。

「どうしてこんなに何回も走行テストを繰り返しているんだ!? ボーイングだってボンバルディアだって、低速をクリアしたら次はすぐに中速、大きな問題が起きなければ直ちに高速へ入って、いかに早く飛行許可をもらうか——それに全力を注ぐんだ。三菱はムダに時間をかけ過ぎてる!!」

もっともな意見だと思う。そもそも『三菱は石橋を叩き過ぎる』と揶揄される。スピード感を欠く組織体質であることは否めない。ただ……とも思う。ボーイングやライバルは長年実績を積み、大半の障壁を乗り越えられる知見がある。我々は生まれたての赤ん坊で、そうしたものが何ひとつない。国岡の意見は、何も飛ぶことに関して機長があらゆる責任を持たなければならないから万全を期したいと言っているだけでないことは会話から十分に伝わってきた。世界中から関係者を集めた記念すべき初飛行の晴れ舞台で、離陸や飛行時に突然の天候の変化を含めた予期せぬ事態に見舞われ、万が一にも不測の事態に陥ってしまえば、獲得した407機のMRJの受注を失うだけでなく、もう二度と日本が旅客機開発に挑戦できなくなる最悪の事態を招く可能性を憂慮しているのだ。改修や設計変更が試験飛行などを進めながら行うのが旅客機開発では当たり前だと言ったところで、事前に判っていた問題が原因で不測の事態に陥ったとなれば決して許されるものではないだろう。

しかし、4月に4度目となる初飛行の延期を発表した際、「これ以上遅れがないというスケジュールをあらゆる面から精査して弾き出した」と公言した意地が会社にはある。もちろん初飛行に招待する関係者への打診も、お披露目の手筈も既に終わっている。もはや初飛行延期の可否についての決定は自分の手に終えるものではない。経営幹部の会議にかけられて判断が下されることになる。となれば、壇も電話の一報を受けた時に思った〝(延期なんて) とんでもない〟という結論に満場一致で達するだろう。壇は横風30ノット (15m/S) で離着陸したF-2戦闘機を目の当たりにしたことがあるからそう思ったのだが、経営トップたちの受け止め方は違う。「風の影響を考慮しなければならない天候の時に高速タクシー試験や初飛行はこれまで通り行うことはない。であればスケジュール通り初飛行を行った後で改修すればいい」という、ある意味当然の見方をして判断するに違いない。

壇はまるで囲碁や将棋のように考えを巡らせた。とその時、脳裏に閃くものが走った。〝堀越二郎やその時代の経営陣ならどう判断しただろうか〟——だがその答えは想像するまでもなかった。彼らが身を置いていたのは前へ前へと突き進まなければアッという間にやられてしまう戦時下だ。しかも、当時であれば作戦の要となる戦闘機の開発。立ち止まる判断などしようはずもない。けれどももし彼らが〝この時〟に居合わせたらどう決定を下すのだろうか…… 石橋を叩くのか、それとも……

壇は再び頭をフル回転させてシミュレーションを始めた。

ラストチャンス

19日 (月) 朝5時30分。壇は真っ先に国岡たちパイロットやメカニックらが陣取るMRJ格納庫に向かった。

昨日は朝10時から三菱重工と三菱航空機の経営幹部が集まって緊急幹部会議を開いた。初飛行の延期を行うか否かを決めるためだ。意見は圧倒的だった。「まずはスケジュール通り飛ばして、その後に改修を行うべき」というものだ。

実は17日早朝、ラダーペダル不具合の連絡を受け、経営幹部に状況を報告した壇は、その直後に国岡たちがいるMRJ格納庫に向かい、現場レベルであらゆる方向から対応を協議した。

国岡らパイロットたちが指摘する問題は二つあった。ひとつは離着陸時の問題。風の問題ではなく、片方のエンジンに不具合が生じるなど機体が不安定になるようなトラブルが万が一発生した場合、ラダーペダルを大きく操作して回避しなければならないからだ。事例や対処法が豊富な既存の普及機ならまだしも、MRJはまだ一度も飛んだことのない新造機である。具体的な対処法が判っていて、しかも飛行に関係する問題であればキチンと改修してから飛ぶべきだ——という意見で、エンジニアやメカニックも口を揃えた。もうひとつは戦闘機も操縦したこともあるパイロットならではの指摘だった。それは「晴天乱気流」だ。雲のような視覚的な兆候をまったく伴わずに気団の衝突が起きて生じる乱気流のことで、肉眼でもレーダーでも見つけることができない。風速や風向が急激に変化するため上下左右に激しい揺れに襲われ、実際の運航便でも乗客や客室乗務員が体を投げ出されて負傷したり、死亡事故に至る事例も起きている。この事態から脱却し、体勢を立て直すためにはラダーの操作が不可欠となる場面も多い。

この説明は壇を納得させるには十分なものだった。無理強いなどできないと判断した壇は、「この状況は明日にも行われる幹部会議でキチンと説明します」と告げたのだった。

「スケジュール通り飛ばすべき」とする意見が圧倒した幹部会議の議題は『万が一の事態が起きた時の対応』という趣旨に移った。すると、「予定通り飛ぶべき」と主張していた幹部らは急に苦悩の表情を浮かべた。壇が説明したラダーペダルの不具合による最悪の事態がリアルに皆の脳裏に蘇ったからだった。

パイロットたち現場が危惧していた事態が起き、指摘していた箇所の対処をしていなかったばかりに最悪の事態を迎える可能性は0%とは言えない。緊急脱出用のパラシュートを積み込んでいるとはいえ、乗員の命を危険に晒す判断をした責任は免れない。さらに機体の墜落が及ぼす被害は想像を絶するものとなり、最悪の場合には屋台骨を揺るがしかねない事態となる。「誰がどう責任を取るのか」などでは済まない、「巨艦・三菱重工業の存続なるか」というとてつもない不祥事にまで拡大するのである。

もちろんこうしたことはそれぞれが頭の中でシミュレーションするだけで、実際に口にする野暮な幹部などいるはずもなく、しばらく沈黙が続いた後、議題は自然と最初に議論した「予定通り初飛行を行うか」に戻った。すると会議冒頭の状況から一変して保守的な意見が相次いだ。その結果、初飛行は延期させる方向で話はまとまった。ただしこれにはひとつ条件が付いた。『19日(月)に時速40ノット(72㎞)〜55ノット(99㎞)の中速タクシー試験を段階的に行って、ラダーペダルの可動状況を重点的に検証し、チーフパイロット(国岡)が「いまのままで120ノット(約215㎞)の離陸スピードに持って行くには不安がある」と改めて判断した場合』というものだった。

往生際が悪いと思うかもしれないが、幹部(経営陣)の立場からすれば至極当たり前の注文ではある。初飛行の延期を5度も繰り返せば信用を失墜し、売れるものも売れなくなる公算が大きい。〝失敗に終わったYS‐11の半世紀越しのリベンジ戦で同じ轍を踏むわけにはいかない〟——その心情は察するに余り有るものはある。

他方でエンジニアやパイロットなど開発現場サイドの決心も並々ならぬものがあった。

〝国産旅客機開発はこれがラストチャンス。失敗は許されない〟

ニッポンの威信がかかったプロジェクトの重圧は計りしれないものがある。経営サイド、開発現場サイド、それぞれにずっしりのしかかり、それが故に与えられた各々の責務を最高の形で遂げたいとする両者のぶつかり合いだった。

壇は緊急幹部会議が終わるとすぐに、国岡を始めとする各開発セクションの責任者に決定内容を電話で伝えた。なんとかスケジュール通りに飛ばしたい経営幹部たちの心境も理解はできるのだろう、皆、異議を唱えたりせず「わかりました。それでは明日朝に……」とだけ答えて会話を終えた。

連絡を終えた壇は携帯を胸ポケットへ押し込んだ。おそらく今日も全員、小牧南工場のＭＲＪ格納庫に集結していて、何か策はないか模索しているはずだ。明日の地上走行テストにおけるラダーペダルの動作検証次第で初飛行を延期するかどうかが決まることがわかったいま、それに向けた準備や対策を夜遅くまで行うのだろう。すぐにでも皆の元へ飛んでいきたい衝動に駆られたが、グッと堪えた。いくらＭＲＪプロジェクトでチーフエンジニアの肩書きを持っているとはいえ、１０００人を超える巨大プロジェクトの開発責任者で三菱航空機の副社長という立場でもある。こうした局面では現場を信じ切ってしゃしゃり出ないことが何より大事なのだ。

〝また今夜も眠れないな……〟溜息交じりにそう呟いた壇は愛車のプジョーが待つ駐車場へ向かった。

19日、朝5時30分、MRJ格納庫に壇が着いた時には既にMRJ飛行試験1号機は格納庫の外に出されており、数人のメカニックたちが準備・点検を行っていた。格納庫に入ると、片隅に設営されたミーティング場で国岡を始めとするパイロットたちやエンジニアらがコの字型に並んでホワイトボードを囲み、走行テストの打合せを行っている最中だった。

一人のエンジニアが壇に気付くと「おはようございます」と挨拶した。今日の試験計画表や各種データがビッシリ書き込まれたホワイトボードを差しながら指揮を執っていた国岡が振り返って壇に気付くと「おはようございます」と軽く頭を下げた。

「いまですね、今日の……」と話しかけた国岡に壇は「後で伺いますからそのまま続けてください」と、手で先を促す仕草で応じた。

「すみません、それでは後ほど……」と言うと国岡はホワイトボードに向き直って説明を再会させた。

ホワイトボードに記されたスケジュールを見ると、朝8時30分~9時の間に一回目の時速30ノット(54㎞)での中速地上走行試験を行うようだ。その後は10時~11時に時速40ノット(72㎞)、11時30~12時には50ノット(90㎞)、そして午後については赤い線で囲まれて『横風が5ノット以下の場合二回程度実施』と書かれてある。午前の天気は『晴れ』、地上風の予報は『無風』と大きく記されている。今日1日で5回の地上走行試験を段階的にスピードを上げて行う予定だ。これまで最も多い日で三回だったことを考えると気合いの入れようが違う。MRJの地上走行試験を行っている県営名古屋(小牧)空港には2740mの滑走路が1本しかない。FDA(フジドリームエアラインズ)が、青森や山形、出雲、高知、福岡、熊本など9の地方空港に1日25往復の定期便を運航している。自衛隊の基地にもなっているため、滑走路の使用はＦＤＡの定期便と自衛隊の戦闘機や訓練機、さらに愛知県と自衛隊、報道各社のヘリコプターが離発着する合間を縫って行っているのだ。混雑空港ではないとはいえ、何かトラブルが起きて誘導路や滑走路に停滞してしまったり、部品を落下させたりして使用できなくしたりする予測不能の可能性が開発機には多く潜んでいることもあり、かなり気を遣いながら行っている。

ラダーペダルの可動範囲とラダーの動きを重点的に確認・検証する今日の走行試験は、先の二点の問題発生の懸念をはらんでいることから、いま国岡が行っている説明は不測の事態を招いた場合の対処について特に入念に行っていた。

ラダーのある垂直尾翼はＭＲＪの場合、既存の他機に比べて大きい。胴体の長さに比べ、主翼は一回り大きなサイズの機体とほぼ同じ長さである。これらに関係して機体を安定させるための垂直尾翼も必然的に大きくなっている。時速50～１００㎞を出した地上走行中に大きなラダーを動かすことは、直進性の動きに左右のブレを生じさせることになるため、操作をする機長にとっては相当の勇気が必要となる。当然、ＭＲＪのフライト・シミュレーターを使った検証も一昨日・昨日と行ったはずだが、〝実機〟となると話は別だ。「実際に飛んでみないと何が起きるか判らない」と開発機が言われるように、やってみなければ実際に何がどう作用するか判らないのだ。

「……それでは皆さん、今日は5回のタクシー（地上走行）を予定していますので、よろしくお願いします」

「ご安全に！」

「ご安全に‼」

確認・打合せを終えた国岡が壇に近付いてきた。壇が先に口を開いた。

「今日のスケジュールと内容はホワイトボードを見てわかりました。で、（機体の）状況はどうですか？」

「ラダーペダルとラダーの動作確認は駐機状態でのテストを繰り返しましたが、可動範囲がやや狭いといった感じです。走行して速度を上げていってどう変わっていくのかがポイントになりますね」

「わかりました。テレメタリーで（コックピットとエンジニアたちの会話と監視カメラ映像を）モニターしていますので、必要があればいつでも呼び出してください」

「了解しました」

国岡が踵を返して機体のほうに向かうのを見届けると、壇もテレメタリー・ルームへ向かった。格納庫を出ると外は既に陽が差し始めていた。空を見上げると雲ひとつない濃い青空が広がっている。

〝どうか良い結果に終わりますように……〟

壇は思わず祈っていた。


「ボス、MRJから電話です」

PM6時30分（日本時間20日AM8時30分）、TSH社長のリックはミズーリ州セントルイスのヘッドオフィスでYoutubeを見ていた。航空ファンが撮影したMRJ地上走行テストの様子がアップされているのをリックの秘書が見つけたのだ。『走行は4回、いずれも時速は50～70㎞（30～40ノット）程度』とある。

実はこの日、エンブラエル社の営業担当がリックを訪ねてきていた。午後2時頃だ。その時、MRJの話が出て「なぜあんなに走行テストを繰り返すのか、まったく意味が判らない」と首を捻っていた。彼曰く「通常なら段階的にスピードを上げて、5回ほどで高速走行試験に入って飛行許可を取るんですがね…… この段階で電気系統やプログラムの問題は関係してこないので、高速走行に移れない機械的・構造的な問題が何かあるとしか思えないんです」ということらしい。

つい先日、三菱航空機から「来週の28日か29日に初飛行となるのが濃厚」と伝えられたリックは日本行きのチケットを押さえていた。エンブラエルの担当が漏らした言葉がYoutubeの映像を見ている時に脳裏を駆け巡った。確かにこんなにモタモタしていて果たして来週、本当に飛べるんだろうか……三菱航空機からの電話はちょうどそんなことを思い浮かべた時だった。

「はい、リックです」

「高木です。ご無沙汰しております。今日お電話差し上げたのは大変心苦しい内容なんですが、来週予定しておりましたMRJの初飛行、延期の方向で調整することになりそうです。明日行われる幹部会議で正式に決まると思いますが、リック社長の訪日スケジュールもありますからまずお伝えしなければならないと考え、連絡しました」

「お～！ それは悲報だな。一体何があったんだい？」

「操縦席のラダーペダルに不具合が見つかったのです。可動幅が想定よりも小さいことが判明し、大きくする改修を行うことになったのですが、どうも部品自体の交換が必要になるようでして、その取り寄せに1週間〜10日かかるらしいのです。初飛行後の改修でも構わないという意見もあるのですが、万全の体制で飛びたいという開発現場の意向がありまして……」

勘のいいリックは状況をすぐに飲み込めた。スケジュール通り飛ばしたい経営陣と、リスクを極限まで排除して挑もうとする現場とのぶつかり合いなのだと。大手航空の経営サイドとパイロット組合との対立、ボーイングの労使問題など、この手の衝突は米では枚挙にいとまがない。そもそも製造開発現場サイドの名航は石橋を叩き過ぎると揶揄されてきた。経営陣が折れるしか道はないだろうとリックはすぐに納得した。ただ、エンブラエル社の担当が話していたことも気がかりだったため、念のために聞いた。

「タキシング・テスト（地上走行試験）にずいぶん手間取っているようだが、その他の問題が何か起きてるのかい？」

「それはないです、安心してください。何しろ経験のない新参者が初めてチャレンジする試験なのでどうしても慎重にならざるを得ないんです。力を貸してくれている経験豊富な欧米のコンサルタントたちからも『時間をかけ過ぎる。見ていて歯痒いくらいだ』と皮肉られていますが（笑）、深刻な問題は起きていません。納入スケジュールも予定通りで変更はありません」

「OK！　ではスケジュールが確定したらまた連絡をくれるかい。美しい機体が大空に駆け上がっていく姿を楽しみにしてるよ」

電話を切ったリックに秘書が話しかけてきた。

「またスケジュールの延期ですか？」

「初飛行のね。といってもこれで5回目になるが……」

両手を広げて苦笑いするリックに秘書は眉根を寄せて訊ねる。

「例の離陸重量の話はされたんですか？」

「ＭＲＪ90のScope clause（スコープ・クローズ）の話かい？　それはしなかった。エアーショーの時にも話したんだがどうもピンときていないというか、〝規制緩和されるだろう〟という期待を抱いている感じだなぁ。もっともＭＲＪについては努力と知恵でなんとかなる範囲内にあるから、さほど重大な問題ではないと受け止めているフシがあるね」


米のリージョナル航空のほとんどは、デルタやアメリカン、ユナイテッドからの運航委託である。米国内の基幹空港間の国内線や国際線は大手三社が運航し、そこから各小規模空港への地域間路線をリージョナル航空が担う形態となっている。いわゆる「Hub & Spokes System（ハブ・アンド・スポークシステム）」と呼ばれる輸送方式だ。

ところが2000年代に入ると、これに大きな問題が起き始めた。リージョナル航空が運航機材の大型化に走り始めたためだ。そもそも大手三社に属するパイロットたち（組合）からすればリージョナル航空への委託だけでも自分たちの職域を侵される行為となる。ただ、地域間航空は席数が少ない小型の機材で運航するため、中・大型機が主流となる大手のパイロットたちはある意味で大目に見ていた。しかしリージョナル航空の機材が大型化し始めると話は別だ。自分たちの牙城（運航路線）を護るために「Scope clause（スコープ・クローズ）」という協定（リージョナル航空に対する制限）を会社サイドに突き付け、締結させたのだ。その内容は三社で若干の違いはあるものの、「座席数／最大で76席まで」、「最大離陸重量／8万6千ポンド（39トン）まで」etc. といった具合だ。つまり、これらの制限を超える機材をリージョナル航空は運航できないのである。

　このスコープ・クローズのある米国においてMRJは、リック社長のTSH（トランス・ステーツ・ホールディングス）が100機（仮予約50機含む）、スカイウェストが200機（仮予約100機含む）発注している。MRJは「MRJ90」（92席）と「MRJ70」（78席）の2タイプあるが、二社とも大きなタイプのMRJ90の購入を考えている。92席の時点でスコープ・クローズの制限を超えていると思うかもしれないがそうではない。近年は委託元の大手航空からの強い要望で、ファーストクラス・ビジネスクラス席の導入を求められているため、これらとエコノミー席を組み合わせて席数制限を超えないよう調整するのである。

　ところが――。

　ここにきてMRJ90の最大離陸重量が8万7303ポンド（39・6トン）であることが明らかになり、1300ポンド（0・6トン）とわずかではあるが、TSHとスカイウェストの委託元である大手航空が結ぶスコープ・クローズの制限を超えているため、制限の緩和が行われない限りMRJ90を米国内で飛ばせないのである。

　両者ともにMRJ70へ切り替える権利は持っているものの、委託元の大手の要望に従《そ》ってファーストクラス・ビジネスクラス席を導入すれば、「全席数50～60程度」という経営効率がすこぶる悪い機材になってしまう。さらに型式証明の取得はＭＲＪ90が先だ。ＭＲＪ70に替えれば納入は1～2年ズレ込むことになる。が故に、ＭＲＪ70の選択肢はありえないのである。

三菱サイドで最初にこの問題に気付いたのは高木と福山だった。壇がＭＲＪ開発に送り込まれた直後だった。記者会見やインタビュー取材の度、事ある毎に壇が「零戦開発の時に先輩たちがトコトンまで追求した『1gでも軽くする！』という努力は、初飛行を終えた最後の最後まで続けていきます」と口にしていた真の理由はここにあった。この時、機体の重量は0・6トンを遥かに超えていた。軽乗用車が概ね0・85トンだが、ファミリータイプの乗用車並みの1・5トンは計算上だけでもゆうにオーバーしていた。安全性や耐久性をクリアしながら、これだけの重量を削っていく作業は、当時、不可能にも思えた。もはや三菱の設計部隊の知恵だけではどうしようもなかったからだ。そのため、脚部など部品供給を担当するパートナー企業に何度も嫌な思いをさせながら、なんとか対外的に公表できる0・6トン超えの重量まで追い込んだのだった。

5ヵ月前の4月中旬、リックは航空ジャーナリストからこの件について取材を受けていた。この時、初めてＭＲＪ90の正確な最大離陸重量を知ったのである。ただ正直、そんなに深刻な事態であるという認識は持たなかった。〝三菱ならなんとかしてくれるだろう〟という期待もあったし、それ以上に悩ましい事を知らされたからだ。それはＭＲＪの後に発注を決めたエンブラエル社の90席クラス「Ｅ175－Ｅ2」だった。記者が口にした最大離陸重量は、9万8767ポンド（44・8トン）とスコープ・クローズの制限値より5・8トンも重く、とてもなんとかできる状況になかった。しかもＭＲＪと違い、Ｅ2シリーズの中ではこれが最小クラスで、機材変更という選択の余地すらない。

「これらの事実をいまどう考えているのか?」

ジャーナリストから問われたリックは祈りも込めてこうコメントした。

「スコープ・クローズの労使交渉で上限9万ポンドになる制限の緩和を期待している」

ただそれでもMRJ超過分＝1300ポンド(0・6トン)の6倍(8700ポンド／3・6トン)にもなる重量オーバーなのだ。

思い返せば、パリのエアーショーでエンブラエルの担当者が、「重さはアルミの三分の一、強度は2倍」というCFRP(炭素複合材)をE2には使わないと、基本設計段階で早々と決めたと話してきた。確か、技術的に難しいことと100人乗り未満のサイズの旅客機では軽量化のスケールメリットがないこと、従来通りのアルミを使うことで価格を下げられる——と理由の説明を受けたのだが、その判断がまさかこんな問題となって降りかかってこようとは夢にも思わなかった。旅客機メーカーはゴリゴリのスポーティー・ゲームの世界だが、航空会社も間違いなくハイリスクのスポーティー・ゲームなのだとリックはつくづくと痛感した。


ふと時計を見ると、もう7時30分になろうとしていた。

「晩ご飯でも食べに行くかい?」

リックは帰り支度をしていた秘書に声をかけた。

「シュラスコか鮨の選択になりますか?」

ニッコリしながら秘書がグッチのバッグを肩にかけた。〝ご馳走は当然ですよね〟と顔が言っている。

「いや、今日はBroadway Oyster Barにしよう。アメリカ飯で海鮮を食い尽くそう！」

秘書の目がキラキラ輝く。何しろマイアミやサンディエゴよりも美味しいシーフードを食べさせることで有名なセントルイス屈指の人気店だ。喜ばないはずはない。

〝ＭＲＪの納入まで3年、Ｅ２の納入までまだ4年ある。きっとうまく転ぶだろう〟

リックはそう自分に言い聞かせると、秘書を伴い足取りも軽く部屋を後にした。

10月23日（金）ＰＭ2時。マスコミ各社に初飛行を2週間遅らせる旨のリリースが配信された。「ラダーペダルの踏み込み幅が少ないことが判明し、その改修を行うため」と珍しく理由もキチンと記載していた。というのも、ＮＨＫが午後一のニュースで「ＭＲＪに不具合が見つかり初飛行は延期へ」と抜いたため、慌てた三菱サイドが急きょ流したのだった。もともと三菱サイドは初飛行延期のリリースは行う予定で準備していた。時間はＰＭ4時30分。トラブルなどネガティブな事についての配信は問い合わせが殺到するため、終業時刻の直前に流す風習が大手企業にはある。しかも翌日から休みとなる金曜日が多い。配信する時間があまり早過ぎると、さらに深掘りし、痛くもない腹を探られるような質問をする電話が止め処なく掛かってくることになる。そうなると金曜日にした意味もまったく無くなるのである。

この2日前の21日（水）、三菱は初飛行に関する取材の説明会を名古屋と東京で開催した。実はこの時まで会社サイドは当初の予定通り、次週の28日前後に初飛行を行おうとしていた。

この一方で、段階的に時速100㎞ほどにスピードを上げていく地上走行試験は完全に行き詰まっていた。19日は4回行ったもののそのいずれも50㎞止まりで、初飛行説明会を開く21日も朝9時から予定していたが早々と中止となっていた。

ラダーペダルの作動不具合は実際に走行して検証してみると想像以上に酷く、どんなに強く踏み込んで操作してみても垂直尾翼の方向舵はわずかにペラペラと動く——という惨状だったのだ。操縦桿を握っていた国岡には方向舵の動きは見えない。メカニックからの無線で様子を聞かされ、駐機エプロンに戻ってからスタッフが撮影したVTRを見て愕然とした。

〝これはムリだ〟——パイロットの本能が迷わずそう告げた。

一方の壇はその様子を、コックピットとメカニックの会話と、機体を捉えている監視カメラ映像をテレメタリールームでリアルタイムで見聞きしていた。

〝これで精一杯なのか……〟壇も溜息を吐いて呆然と立ち尽くしたままだった。

21日の地上走行の現場にはいよいよ三菱重工と三菱航空機の幹部が乗り込んできた。試験の準備や走行を行うなど、機体に電源が入っている間のコックピットとメカニック、管制との会話と監視カメラの映像はテレメタリーでモニタリングできるものの、格納庫内での打合せや会議の様子は一切窺いしれないためだ。

結局19日に、時速50㎞以上出せなかった時の現場の状況（会話のやりとり）はテレメタリーで幹部も含めた全員がリアルタイムで把握していて、「ラダーペダルの改修無しには初飛行に挑めない」と理解してくれたものとばかり国岡ら開発現場のスタッフは思い込んでいた。翌20日には壇らプロジェクトのトップたちに詳細な報告を上げ、「ラダーペダルの改修無しには高速走行試験はできない」――そう伝えた。国岡の心の中では〝会社の意向に楯突いて、チーフパイロットから外され、初飛行の操縦桿を握れなくなったとしても仕方ない〟と覚悟を決めていた。

幹部らが訪れる直前まで、MRJ格納庫の一角にコの字型に配置した会議デスクとホワイトボードを置いた『簡易会議場』で国岡を始めとするパイロットやエンジニア、メカニックたちはラダーペダル改修後の初飛行のメドを探っていた。

「フランスのメーカーに再度確認したのですが、部品が届くのは来週半ばだそうで、やはり発注から10日はかかることになります」

「とすると10月28日か29日に届いたとして、改修作業が終わるのは何日になる?」国岡が訊ねる。

「動作確認まで含めても1日半ほどでできるかと思います」

「であれば10月31日（日）か11月1日（月）には、タキシングがスタートできるから……」

国岡はそう言いながら、ホワイトボードに黒のマーカーでキュッキュとスケジュールを書き込み始めた。

「……非常にタイトだけど6日（金）に飛行許可をJCAB（国交省）にもらって、9日（月）～13日（金）の週にファーストフライトを目指す、と」

国岡が皆に確認するように皆を見渡した。

プログラム担当のエンジニアの一人が発言する。

「部品が届く来週半ばまでに〝初飛行後に〟と思っていた例のプログラムのアップデートを前倒して行っていいですか？」

間髪入れずに国岡が答えた。

「ちょうど同じ事を考えていたんだよね。そうしよう。他にもこの1週間を使って前倒しで行いたい作業があれば言ってください」

幹部たちが格納庫へ入ってくる姿が国岡の目にとまったのは、ちょうどこう発した時だった。MRJプロジェクトを統括する重工の酒井晋三副社長と三菱航空機の今野純一社長、そして壇の三人だ。

軽くお辞儀をした国岡を壇が目配せで呼んだ。壇はまだしも、会社のトップがこうした現場に出向いて来ることはまずないため、皆〝何事か!?〟という驚いた表情を見せ、場が騒いた。

「ちょっと失礼します」国岡は皆にそう言い、三人のほうへ向かった。


「今日これから初飛行のマスコミ向け説明会を行うのは知っていますよね？」

口火を切ったのは今野社長だ。格納庫のもう一方の隅に設けられた、パーテーションで仕切られた狭いミーティング場に4人は膝を突き合わせるように腰掛けている。

「はい」

国岡が今野社長の目を真っ直ぐ見ながら答える。

「今日の説明会は『初飛行は予定通り来週行う』ということで進めます」

一旦言葉を切って、今野社長が再び話を続ける。

「来賓や顧客、関係者の皆様には延期の可能性がある旨を既に伝えていますけれども……確認ですが、天候などの条件に関係なくラダーペダルを改修した後に初飛行を行ったほうがいい、という機長としての判断に変わりはありませんね？」

どう答えるべきか国岡の頭が目まぐるしく回る。というより、答えは明々白々で一切揺るぎはない。それは重々承知のはずだ。であれば、これは自分を機長から外す通告をしに来たのではないか……ルーレットのように回っていた頭の中は、そこで止まった。ただ、仮にそうであるとしても翻意するつもりはさらさらなかった。万が一のことが起きたとしても、手動操縦で乗り切れるような不具合であれば百歩譲れたのだが、基本機能が正常に動作しないというのは看過できるものではない。これを譲るくらいなら自ら機長を辞するしかない。〝機長から外されても甘受しよう〟そう決心して口を開いた。

「変わりません。改修して飛ぶべきです」

「わかりました。では今後のスケジュールを詰めましょう」

即答したのは酒井副社長だった。あまりにあっさり返され、拍子抜けするほどだった。同時に国岡は安堵した。ここまで育ててきた我が子のような新造機を自らの手で羽ばたかせたいという思いは他の誰にも負けないくらい強く持っているからだ。

一方、トップたちのほうは何もプレッシャーを最後の最後に与え、翻意させるために乗り込んだわけではなかった。かつて、物がない代わりに知恵を出し、不可能と思われたハードルを次々に乗り越え、世界の度肝を抜く航空機を造り出した〝零の精神〟が脈々と受け継がれていて、「ひょっとするとこの苦境を打ち破る秘策を密かに練っているのではないか？」という確認をしたかったに過ぎなかった。零戦時代の手づくり&機械的なメカニズムならまだしも、入力される力はすべて電気信号に変換され、可動部で再び動力に戻される電子システムとなった時代にそんなことはありえないと重々わかってはいるのだが、一縷の望みをかけたのである。

斯《か》くして初飛行は11月9日〜13日に決行することとなった。しかし、これでも事態は予断を許さなかった。初飛行には、まず中速走行試験のクリアなど航空法で定められたJCAB（国交省）の飛行前審査を受けて許可をもらわなければならない。さらにその後、100ノット（時速180㎞）、110ノット（時速198㎞）、120ノット（216㎞）の高速地上走行を遂げる必要がある。雨天や強い横風など天候に恵まれなければ未達となり、6度目となる延期をしなければならないのだ。

壇や国岡だけでなく、トップも含めた〝眠れない夜〟はここから本格化していった。

青空へ！

11月6日（金）PM1時。国交省機体審査センター所長の葉山は県営名古屋空港屋上の展望台で滑走路を眺めていた。ここの展望台はコンクリートではなく、ウッド（木製）デッキとシャレた造りとなっていて、誰でも無料で入ることができる。

開場は朝7時からだが、この日は朝早くから地元局やキー局のTVクルー、新聞社や専門誌の記者とカメラマン、そして航空マニアたちでごった返していた。あるTV局などは屋上に張り巡らされた高さ2・5mの安全柵が撮影の邪魔になるのだろう、櫓《やぐら》を組んだ上に三脚を乗せて3mほどの高さから撮影できるようにしていたところ警備から注意を受けていた。それを見ていた葉山は思わず苦笑を漏らした。〝注目を浴びるのは良いことだけど、あれはいくらなんでもやり過ぎだなぁ〟

ＭＩＴＡＣ（三菱航空機）は10月27日（水）にＭＲＪの飛行前審査を申請、葉山ら国交省機体審査センターの職員は夜を徹して審査を遂行した。その結果、わずか2日後の29日（金）14時に飛行許可を下すことができた。

国家的プロジェクトのＭＲＪを是が非でも成功させたい思いも、もちろんあるにはあったが、審査に私情を加えるわけにはいかない。異例のスピードが可能になったのは、初飛行が延期されたことによって、前倒しして行える審査は先に着手して終わらせていたからだ。これも偏《ひとえ》に各担当の職員がＦＡＡやＥＡＳＡが定めた〝マニュアルにないルール〟を紐解いた末、血肉にした賜物だった。

ところが――。

初飛行の許可が下りた後は高速走行試験を三回クリアすれば、いつでもメーカー（三菱）サイドは初飛行を実施できたのだが、なかなか遂げられずにいた。エンジンやランディング・ギア（脚部）の予期せぬトラブルが起きた――という情報が逐一入ってはきていたが、いずれも葉山にはクエスチョンだった。思うに、石橋を叩き過ぎるほど叩く社風がそうなったのだろう。

結局、この日（6日）までに１００ノット（時速１８０㎞）を一回だけ出したものの、しばらく１００ノットを超える走行はできずにいたことから、葉山らＪＣＡＢの職員たちはやきもきしながら行方を見守っていた。

そして今日、ＡＭ9時過ぎの一回目のトライで１２０ノット（２１６㎞）をクリアしたのだ。テレメタリーで立ち会った職員からの報告では、110ノットを目指していたのだが、調整の仕上がりが良すぎてアッという間に120ノットに達したという。

そして午後一に最後となる120ノットをトライすると聞いた葉山は、居ても立ってもいられなくなり、昼食時間を割いてMRJの走行を見守ることができる屋上展望デッキへ駆けつけたのだ。

走行予定はPM1時。腕時計に目を落とすとPM1時5分過ぎだ。顔を上げて駐機場のMRJを見たとたん、ちょうど動き始めた。2分も経った頃、目の前をゆっくり横切っていった。機体の前方から後方にかけて日光の反射がまるで宝石のようにキラキラと駆け抜けていく。

〝どんな機体よりも美しい〟——贔屓《ひいき》目もあるかもしれないが、そう思った。

Uターンして滑走路の南端にスタンバイした機体は、その5分後、一気に滑走を始めた。そして2740mの滑走路の真ん中辺りのちょうど葉山らが見ている真正面で、なんと前輪が浮き上がった！

一斉に「わぁ〜っ!!」という歓声が上がり、拍手が沸き起こる。

このままス〜ッと大空へ駆け上って行くのではないかと思うような光景に、記者やカメラマンたちも興奮の坩堝《るつぼ》と化した。葉山も思わず声を挙げていた。

午前に図らずも120ノットを出した経緯を他者は皆知る術もない。それを知っている葉山は「MRJはとてつもないポテンシャルを秘めた名機だ!!」と確信し、鳥肌が立った。実は午前の一回目は110ノットで予定されていたのだが、いざ滑走を始めると、機体は上機嫌で滑り出していき、速度を随時コールしていたコーパイが息をのんだ瞬間にググッと110ノットを超えたのだった。コールしようとした時と前輪が浮きそうになる瞬間がほぼ同時だった。両足が浮き上がりそうな感覚を察知した機長席の国岡が急いでスロットルレバーを下げ、軽くブレーキをかけたのだが、機首はほんの1・5秒ほど離陸する時のように浮き、スピードは120ノットに達していた。

フラップ（離陸時に主翼後方からせり出す揚力装置）セッティング（離陸時は通常10度）を行っていないため飛んでくことはないのだが、葉山も思わずこぶしを握りしめた。乗客が乗ってなく、重量は軽いのは当然なのだが、まるでB787のように相当なポテンシャルを持った機体に仕上がったのは間違いない。

10分後、興奮冷めやらぬ葉山の胸ポケットで携帯が震えた。取り出して画面を開くとテレメタリーにいる課長補佐の木村からのメールだった。

『13：10のタキシングは120ノットです』

葉山は思わず青空を仰いだ。

〝これでやっと初飛行を迎えられる〟

長かった……本当に長かった。ようやくここまで辿り着いたMITAC（三菱航空機）の生みの苦しみは想像を絶するものだったろう。また我々も「ジェット旅客機の審査」を構築してきた。他国へ機を送り出す製造国として、本当に一からの手探りだった。

だが——と、葉山は駐機しているMRJに目を戻すと、ひとつ深呼吸をして気を引き締めた。

審査の本番〝正念場〟は初飛行の後、飛行試験が始まってからだ。1年半にも及ぶ審査は経験などしたことがない。アメリカでの試験飛行も予定されているため、FAAの指導を幾多も受けることになる。

『了解です。3階のデスクで待っています』こう葉山は木村へメールを出すと、マスコミや見学者でごった返す屋上デッキを後にした。

11月11日AM8時30分、三菱航空機内のテレメタリールーム。MRJの各計器類の情報やデータ、コックピットの会話などがリアルタイムに送られてくる指揮前線本部だ。ここにはMRJプロジェクトの各部門の責任者とエンジニア、装備品（部品）製造を請け負う海外パートナー企業のエンジニア、国交省の職員ら40名ほどが、計器類が設置されているそれぞれの席に座ったり、その後ろに立って機体の状況をチェックしている。絶え間なくカンパニー無線と空港管制の無線が飛び交い、時にはそれに応答したりと、さながら特番を放送する時のTV局スタジオのサブ（副調整室）のような喧騒を見せている。

壇はこのごった返したテレメタリーのすぐ横にある小部屋で、腕を組み、MRJが待機しているエプロン（駐機場）の様子が映し出されたモニター画面に見入っていた。モニターは計六つ。ネット生中継のために自社で用意したTVカメラの映像に滑走路を見渡せる監視カメラの映像、この他にも今日は初飛行の様子を中継で生放送しようとしている朝のワイドショーのTV映像も流されていた。

離陸予定はちょうど1時間後の9時30分、帰還（着陸）は11時20分。1時間50分のフライトの中で飛行試験に費やすのは1時間10分としてある。試験項目は多目に伝えているが、機長・国岡の判断でマスト（必須）項目以外を実施せずに帰還していいと伝えてある。

壇の頭にはコックピットやメカニックと会話できるヘッドセットを装着している。離陸の中止やトラブルが起きた際の対処、緊急の帰還指示など、万が一の時には壇の判断で直接命令をこれを通じて下すのだ。裏を返せば、初飛行が順調に運べば壇がこれを使う機会が訪れることはない。せいぜい帰還した時に「皆さん、ありがとう。お疲れ様でした」と労うくらいだろう。

モニター画面のひとつがMRJの前に集まったパイロットやエンジニアたちを映し出した。その内の一人が声をかけると彼らは立ち止まって円陣を組み、気勢を上げた。いかにも日本人らしい、とてもいい光景に壇は思えた。おそらくリーダー役の国岡が計らったのだろう。技量といい、こうしたマネージメント能力といい、チーフパイロットとしての品格をやはり備えていると改めて壇は納得した。初飛行の機長に任命して本当に良かった、と。そう思ったとたん、胸が詰まり、えも言われぬ感情が込み上げてきた。じわじわと涙腺が緩んでいくのがわかる。円陣が解かれ、MRJに乗り込むパイロットに計測エンジニアたち五名と、地上でバックアップするメカニックたちが笑顔で握手を交わして別れると、それぞれの持ち場に向かった。ふと壇も我に返った。自分に与えられた責務は万が一の時の指揮だ。それは離陸に向けた地上走行の時に起きるかもしれないし、離陸直後に降りかかってくるかもしれないのだ。この1週間、数時間の睡眠の中で何度も何度も夢に出てきた。準備もシミュレーションも万全に整えてはいるものの、いざ本番の時に俊敏に行えるだろうか……その不安を払拭するためにも、頭の中で万が一のシミュレーションを繰り返しておかなければならない。目を閉じた壇の頭の中でイメージが描かれ始めた。

国交省の葉山は来賓席にいた。滑走路脇にある駐機場二つ分があてがわれ、MRJを購入した顧客やパートナー企業の幹部、FAA、EASA、ボーイングなど、海外からの招待客を含む200人ほどが陣取っていた。

これまで心の奥底に押し込めてきた夢や期待、喜びが一気に溢れ出すのが自分でも抑えきれなかった。〝何しろ今日はおめでたい晴れの日だ。今日一日くらいは審査する側としての立場を忘れて祝ってもいいだろう〟そう自分に言い聞かせ、感情の赴くまま和やかにたち振る舞おうと決めた。気が付くと、これまでの苦闘などを、途中から送り込まれた今野社長などを前に饒舌に話し込んでいた。列席者の中には、遅延に次ぐ遅延で難しい立場に立たされた者もいれば、大迷惑を被った顧客もいる。時折、葉山はチラッと周りを見渡していたが、どの顔も満面の笑みが溢れている。この数年、感じたことのない〝胸のすく思い〟を味わっていた。


大阪・門真市の古谷鉄工所には早朝からテレビ朝日の取材班が駆けつけていた。MRJの部品の国産比率は3割ほどで、その中で航空機部品製造が新規参入という企業はほんの数社しかない。そうした下請け企業の作った部品が大空へ羽ばたいていく瞬間を生中継で見守る様子を取材する狙いだ。

「取材に伺いたいのですが……」と専務の博信の携帯に電話が入ったのは昨夜23時30分頃だった。

「はい、構いませんけど」と電話を代わった社長の陽子が答えたのだが、実のところ、本当にテレビがやってくるなどとは思っていなかったのである。

「『ウチの工場にはTVがありまへんで』って言うたら、『ネットの生中継で初飛行が見られるから』て言うんやけど、そんなもん画になるんやろうか?」

「まぁボツになるんちゃう（笑）『やっぱ行かれへんようになりました』って朝イチで電話かかってきよるで、たぶん」と二人とも、ほぼほぼ本気にしていなかった。

そんなこともあり、約束した8時前にカメラや機材を持ったスタッフがぞろぞろ訪ねて来た時には正直、面食らった。「コーヒーでも淹れましょうか？」と聞くのだが、「いえいえ、結構です。それより撮影の準備だけ先にさせてもらってもいいですか？」と返され、「はぁ、どこでも使うてくださって結構ですよ」と言うと、チャカチャカと手際よく準備が進んでいった。

博信と陽子は工場《こうば》の外へ出ると話し込んだ。

「コレ、やっぱり飛んだ瞬間は〝ワ～ッ！〟とか歓声上げて拍手とかせなアカンのかな？」

「それか泣き崩れるか、どっちかやろな」博信がニンマリして答える。

「ウチが翼でも作っとったらず～っと見えるから感動も沸き上がるけど、脚部の部品やからなぁ。そんな感動的なシーンにはならへんと思うよ」

「そこは関西人なんやから、持ち前の演技力を発揮してやなぁ……」

「アンタ、他人事や思うて……」

そんな他愛ない与太話を漫才のようにしていると、工場の中から記者が出てきた。

「すみません、準備をしている間に御社の歴史やＭＲＪ部品の製造について話を聞かせて欲しいんですけど……」

「はいはい、わかりました。すぐ行きます」

博信が陽子の背中を押して、記者のほうへ突き出しながら答えた。

一緒に工場へ入る陽子の耳元に博信が囁く。

「えぇか、感極まるんやで（笑）」

陽子が博信を睨みつけながら博信のぽっちゃりした脇腹を抓《つね》った。

三菱航空機・広報の川田はこの日集まった300人近いマスコミを決められた撮影場所へ誘導し終えると、ごった返す招待客のエリアへ行き、3分ほど彷徨ってようやく前会長の盛本を見つけ出した。ロケットの打ち上げの時より気持ちが高ぶっているのが自分でも感じられる。それほど三菱の人間にとって旅客機製造というのは、やはり諦めきれない夢であり、長年の悲願なのだ、改めてそう痛感する。

盛本はMRJを発注してくれた海外の大切な顧客らを相手に満面の笑みを浮かべて話し込んでいる最中だった。ただ、MRJプロジェクトを成功に導いてくれた立役者でもあるTSH社長のリックの姿はここにはない。初飛行がリスケされて、どうにも動かせないスケジュールが入っていた日にぶつかってしまったためだ。

「おはようございます、盛本さん。もうそろそろですね」

「おぉ！　ようやく皆さんに飛ぶ姿をお披露目できるねぇ」

「リックさん、残念でしたね」

「電話で話したよ。すごく残念がっていたけれど、『おめでとう！』って言って、『行けない代わりに、ウチにはもの凄くできの良いヤツを納入してくれよ』って言われたよ（笑）」

「じゃボーナス特典っていうことで、飛行試験機の1〜5号機をANAよりも先に納入しちゃいますか」

「ハハハ。そりゃ怒られるだろう。過酷な試験でボロボロになるんだから」

〝本当にでき上がるのか⁉〟〝一体いつ飛ぶんだ⁉〟と、針のむしろのような数年間を矢面に立って対峙してきた2人だからこそ、夢にまで見たこの記念すべき日にジョークが飛び出すのだ。喜びを隠さず、屈託なくはしゃぐ姿は子どものようだ。

「でも、長かったですね、ここまで。本当にいろいろありましたから」

「そうだね。さっき一人で居た時、これまでのことが走馬燈のように駆け巡ったよ。本当に難産だったなぁ、と。でもその分、感慨も一入《ひとしお》だよ」

「……ですね。私も最古参になっちゃいましたから、たぶんこの初飛行が終わると異動になると思うんですよね」

「でもまぁ、こうして航空史を飾る歴史の1ページに立ち会えるんだから、それはそれで最高の幸せ者だと思うよ。一生こんな瞬間に縁のない人だっているんだから」

その時、重工の広報から、隣のエリアに陣取っているマスメディアに対して大声でアナウンスがあった。

「皆さん、大変お待たせ致しました。間もなく機体が駐機場を離れ、離陸体制に入ると連絡がありました。離陸時間は9時30分の予定です。それでは撮影準備のほう、よろしくお願いします」

「それでは盛本さん、また後ほど……」

軽くお辞儀をすると川田はマスメディアのエリアへと飛んでいった。

「すべてクリア。準備OKです」

「了解しました。それではエプロン（駐機場）離れます」

「さぁ、それじゃ行きましょうか！」

カンパニー無線連絡を終えると、国岡は隣の副操縦士席に座る黒岩に声をかけ、機体を誘導路へと走らせた。

先週から滑るようにすべての機能がうまく回っていて、すこぶる気持ちがいい。こうしてタキシングしていると、MRJが「早く飛びたいよ」と叫んでいるのがひしひし伝わってくる。

ただひとつ残念なことがあった。それは空港ビルが閉鎖され、航空ファンの人たちがMRJの飛び立つ姿を屋上デッキから見られないことだ。かなりの混雑が予想されるため、管理者である愛知県が危険の防止に閉鎖を決めたのだ。

こうした歴史的瞬間は子どもの記憶にありありと刻み込まれる。そして「僕、大きくなったらパイロットになるんだ!!」という子が出てくるのが楽しみでもある。

閉鎖されていなければ、屋上から目を輝かせてこちらを見てくれている子どもたちに手を振ってみようと考えていたのだが、叶わぬものになった。

機体が誘導路のコーナーを曲がり、離陸スタンバイに入った。予定より5分遅れて離陸前の入念な確認作業を黒岩やエンジニアたちと終えると、カンパニー無線でテレメタリーに、そして管制無線で管制へ準備OKと9時35分の離陸を告げた。

腕時計で9時32分を確認した国岡が、フ〜っと長い息を吐いて顔を上げる。いつ滑り出してもいいと3分程前に管制から連絡が入っている。遙か先の左手の駐機場に招待客やマスメディアが低い黒山のようになって見える。あそこだけで500人はいると聞いた。他にも左手前の国交省が入ったビルの屋上にTVと新聞などのカメラの放列がズラリ並んでいるのが見える。頭上には代表撮影のヘリコプターが2機ホバーリングしながら浮かんでいる。航空ファンたちは、滑走路を突き抜けた先にある展望台のある公園でひしめき合っていると聞いた。

こうして多くの目が向けられているのを感じ取ると、手に汗が噴き出してくるのがわかる。やはり緊張している、いや、するなと言うほうがムリだろう。

「さ、行きますか」時間を確認した国岡が右に座る黒岩に顔を向ける。

「ラジャ」黒岩が大きく頷く。

国岡が右手でスロットルレバーを押し込んだ。エンジンがキーンというジェット特有の音を発しながら唸りを上げる。機体が滑らかに、そして力強く滑り出す。どんどんスピードが加速して、背中がシートに張り付いていく。

「V1……」黒岩がカウントを始める。

「VR!……V2（離陸）!!」

フワリと身体が浮く。

目の前に真っ青な大空が広がった。

エピローグ

MRJ

「本日の初飛行の実施内容についてご説明申し上げます」

11月11日15時。三菱は国内外から駆けつけた250名を超えるマスメディアを前に初飛行後初となる記者会見を行った。ひとつのマイルストーンを無事クリアした安堵感が表情に滲み出たMRJ開発責任者の壇が、初飛行の実施状況をゆっくりとした口調で語った。

「搭乗員はここにおります機長と副操縦士、その他、計測技術者が3名、以上の計6名です。次に時間についてですが、離陸時刻が午前9時35分、着陸時刻が11時02分、飛行時間が1時間27分でございます。続いて飛行内容でございますが、太平洋上の防衛省飛行訓練空域にて、上昇・下降・左右の旋回・着陸の模擬、これらを行い、MRJの基本的な特性を確認致しました。最高高度は1万5000フィート（4500メートル）、最大速度は150ノット（280km/h）でございます。ほぼ計画通り試験を完了致しました」

説明が終わると壇への質疑が始まった。

「ほぼ、というのは成功していない部分とかがあったのでしょうか？」

鋭いと言えば鋭い、揚げ足取りと言えばそう取れるような質問が挙がり、場内はドッと湧いた。

これに壇は笑いながら、予定より離陸が5分遅れたこと、飛行時間も1時間50分だったものが1時間27分となったことを挙げ、「細かなことを言うようだが、タイムスケジュールが予定と違ったことだけで他に他意はない。成功には間違いない」と弁明した。

続いて初飛行の操縦桿を握ったチーフパイロットの国岡が機体の状態について詳しく報告した。1

つは数年間にわたって訓練や検証を行ってきたフライト・シミュレーター通りに機体が動いたこと、着陸進入時に風があったものの揺れは若干程度で非常に安定しており、これまで経験してきた機種の中でもトップクラスの操縦性・安定性を持った、非常にポテンシャルの高い機体であること、この二点を笑顔で高らかに告げた。

そして質疑応答に入った際、裏話をリップサービスした。

「実は飛行機を停止させた後で、地上のメカニックの人たちと無線でやり取りをしながら最後にエンジンを止める訳です。で、その時に、どういう風に機体から出ていったら(出迎えやマスコミの)皆さんが喜びますかね?と聞いたんですが、そりゃ手を挙げながら出て行くしかないですと言われたので、成功を表現する意味も込めて手を振りながら出て行きました」

温かい心の持ち主だが、喋り過ぎることは決してしないことで通っている国岡がこうした秘話を披露するのは珍しかった。5人の乗員とMRJを無事に帰還させた安堵感に加え、機体の仕上がりと試験の状況によほど満足する結果が得られたのだろう。

ただ、MRJ開発の今後について聞かれた二人は厳しい表情でこう口を揃えた。

「旅客機開発の最大の難関と言える飛行試験、型式証明の取得はまさにこれから始まる。決して余裕のあるスケジュールとは言えないため、これからが正念場。身の引き締まる思いでいます」

MRJ飛行試験機1・2号機は(この時点で)2016年初夏までに60〜70回程度(150時間)の試験飛行を実施した後、空港離発着や飛行空域の制限が少ないアメリカのモーゼスレイクに機体を移送し、飛行試験を本格化させる計画となっている。

2017年にTC（Type Certificate: 型式証明）飛行試験、最終審査を経て、2018年に初号機を納入するタイトなスケジュールとなってしまったためだ。

これを遂行するためには、今後の2年間で、計2500時間の飛行をさせなければならない。

国内では1機につき1日1回の飛行が限度だが、梅雨や台風などもあって飛行が中止になる日も多いため、計画通りに運ぶ可能性が低い。年間を通じて晴れの日が9割というモーゼスレイクならば天候に悩まされることもないうえ、予定しているグラント郡国際空港には5本の滑走路があるため、1日に最大3回飛ばすことが可能なのだ。合計5機の飛行試験機のうち、4機を持ち込む計画に修正したことから、1日に最大12回の飛行試験ができることになる。納期の約束をコミットするための、ウルトラCとも言えるが、これ以外に選択肢がないのも事実だった。

それ故、米シアトルに技術拠点となるエンジニアリングセンターを創設し、モーゼスレイクの飛行試験センターと併せて600人規模のエンジニアや開発・製造スタッフを常駐させるなど、事実上、開発拠点を日本から米に移動させる準備に着手し始めた。

現地で新たに採用する技術スタッフと日本から送り込む旧来メンバーが半々くらいの比率で考えているというから、なんとしてでも納入だけは遅らせないとする気概と日本人としての矜持がひしひしと伝わってくる。

これに伴って、製造国としてMRJの審査を行う国交省（JCAB）航空機技術審査センターの審査官たちも現地に出向き、米連邦航空局（FAA）と共に試験の解析や審査を行う予定となっている。

YS－11、MU－300ともに米での飛行試験、型式証明取得の際、予想だにしなかった注文をつけられ、開発計画に大きな狂いが生じ、受注機の納入は延びに延びた。三菱だけでなく、国交省にとっても同じ轍は踏みたくない。ニッポンが一丸となって黒歴史（トラウマ）を克服し、欧米の牙城に切り込んでいく道筋を切り拓いていかなければならないのだ。まさに正念場はこれから始まろうとしている。

年が明けた2016年1月。

仕事始めの朝、壇は三菱重工小牧南工場内にある三菱史料館にいた。

ここには、零戦やYS－11を始めとする、三菱重工が手掛けてきた飛行機の図面や資料、堀越二郎や東條輝雄など歴代の技術チーフの写真が所狭しと展示されている。壇は、日本の飛行機を造ってきた先輩たちの写真に見入りながら、技術に対して誠実だった彼らの姿勢を改めて自身への教訓として胸に刻んだ。

実はつい10日ほど前の12月24日、クリスマスイブの日に、開発スケジュールの延期を発表した。『初飛行後の改修』として、初飛行前から計画していた「主翼と胴体の結合部分の強度不足改修」と「降着装置の設計変更と改修」に着手しようとした最中に延期案が浮上してきた。この二つだけであれば既存社の開発でもよくあることで、織り込み済みだった。

「やはり開発スケジュールを延期せざるを得ないんじゃないか」――こう声が挙がった新たな要因

は二つだ。

ひとつは、P&W社から調達するエンジンの遅れ。MRJに搭載する同じシリーズで型違いのエンジンでソフトウェアの改良と構造材などの変更の必要が見つかっていて、MRJに搭載するエンジンにも見直しが入ったため、納期がズレ込むことになるという連絡が入ったのだ。

もうひとつは、操縦系統の改良。これも当初、飛行試験を進めながら改善やバージョンアップを考えていたのだが、飛行試験が主となる米で協力を依頼したTC取得などに精通したパートナー企業から「試験項目を増やし、操縦系ソフトウェアの改良も前倒しして進めるべき」という助言があったことから、試験機を米に持ち込む前の作業となってしまった。

当然ながらこれらの状況が相まって、1号機の飛行試験はわずか3回しか行えず、4回目を実施できるのはどんなに順調に事が運んでも2月中がやっと、という事態に見舞われたのだった。

開発スケジュールの延期はこれで5回目。今回は初号機の納入延期も発表され、2017年4－6月から1年遅れとなる18年半ばとなった。2019年末に、MRJの競合機を市場に投入する最大のライバル・エンブラエルとの有意差は、どんどん狭まっていくばかりだ。

「モノ（航空機そのもの）はすぐに造れるんだよ。（三菱には）培った技術があるからね。ただ、定められた規格に仕上げることができるか――これが旅客機製造では難しいんだ」

壇は三菱航空機へ切り札として投入された当時、幹部会議の席上や設計や製造の現場など、あらゆる場所でこの言葉を事ある毎に耳にしてきた。いまやこんな言葉を吐く者などひとりとしていない。

これだけ試練を与えられれば、その重みが痛いほど身に染みているし、この先、もっと凄い、乗り越えられないかもしれない……と思う事態に直面することは大いにあるだろうと皆、戦々恐々としている。

国産旅客機計画が走り始めた時、荒れ狂った大海原へ三菱丸が出航したと、壇は半ば他人事のように横目で見ていた。ロールアウト（完成披露）式典や初飛行を迎えた際には、三菱丸はようやく波がほぼ安定した大海に出たと思っていた。TC取得までにはハリケーンが襲ってくるような不測の事態は当然あるが、それはどこのメーカーの開発でも等しくあり、新参者だけが受ける洗礼でもない……そう考えた。

しかし――。

〝実は今の状態は、ひょっとしたらまだ大海にも出ていない、湾の中なのではないか!?〟

壇はクリスマスイブに記者に囲まれて質問攻めにあった時、ふと脳裏を過ぎったのだった。

MRJ営業担当役員の高木は、今初夏にも飛行試験が始動する米国の営業や顧客サポートを統括するトップとして、先陣を切って単身渡米した。主だった主要メンバーも新天地で活動する新たな肩書きを与えられ、4月1日までに順次、米へ飛び立っていく。試験機も主要開発メンバーもいなくなり、もはや拠点とも言えなくなる日本の本社には、壇と今野社長が残ることに決まった。ただ、設計変更や改修、量産体制の構築にJCABの型式証明取得など、セールス活動以外にもクリアしなければならない課題は山のようにある。

「このMRJ事業が失敗すれば三菱といえども屋台骨が揺らぐんです」

壇が史料館に展示された実物大の零戦に目を移した時、事業化を決めた時に梶社長（当時）が記者団に訴えた言葉が蘇ってきた。

〝これまでは、ほんの前哨戦に過ぎない。これから全身全霊を注ぐ真の戦いが始まるんだ！〟

そう気を引き締め直すと壇は先輩たちの写真に向き直り、一礼した。

「先輩方の矜持を受け継いで、必ず世界の強豪たちに伍して見せます」

あとがき

国産初となるジェット旅客機「ＭＲＪ」開発の取り組みを本で残そうと考えたのは、テレビの放送は時間の制約があり、取材の一〇分の一も出せないということもあるのだが、8年間という長い取材の中できっかけとなる出来事があったからだ。

最初は２０１０年12月。ＭＲＪの製造期間と費用を圧縮しようと、工作部の有志がアイデアを出した「実物大の紙ヒコーキ」（材料はすべてダンボール）の製作を取材している時だ。旅客機を丸ごと１機造るのは初めての経験のため、機体の組み立てや装備品の取り付けなどの作業を紙ヒコーキを使って模擬して事前に問題点を洗い出し、実際の製造がスムーズに運ぶよう、組み立ての順序や工程を構築するのが目的だ。

これまで取材でものづくりの開発現場を数多く見てきたが、巨艦・三菱ともあろう者が水面下でこんなことをするんだと心底驚かされた。

ところが本当にビックリしたのはこの後で、なんとこの紙ヒコーキのＭＲＪ、目的を遂げた後はとっととバラして廃棄してしまうというのだ。この話を知らされた時、思わず、「ウィキペディアにも載るような国家的プロジェクトで、この紙ヒコーキは貴重な開発の軌跡なんだからどこかで展示したほうがいいですよ」と口に出した。すると担当者はすかさずこう返した。「そんな場所もないし、仮にあったとしても維持費がかかるでしょ。こうしてテレビや新聞が取り上げてくれれば記録として残るじゃないですか」

なるほど、と思う反面、目の前の巨大な紙ヒコーキが実は大江工場の端っこに建つエアコンもないボロい倉庫で、ホームセンターで買ってきた材料を使って、わずか10人弱の手によって2ヵ月かけて作られた——という興味深いディティールは、本にして残さなければダメだと思った。そこには、何が何でもこれを成功させて黒字の事業にしなければ屋台骨が揺らぐといった気概よりも、遙か先を行くライバルたちに追いつくのではなく、一気に追い越してやるんだ！というパッション（情熱）に満ちあふれていた。

もうひとつ本にしたいと強く思ったのは、それから3年ほど過ぎた国土交通省航空機技術審査センターを取材した時だ。旅客機メーカーとして新参者の三菱が生みの苦しみの試練に晒される姿は幾多もメディアに取り上げられる一方、国産機を世界に送り出す製造国としてジェット旅客機の審査に初めて挑む国交省の奮闘ぶりはなかなか取り上げてもらえない状況にあった。前者の挑戦にはでき上がっていく姿が目に見える華やかなブツがあるが、後者には地味なデスクワークや会議しかない上に内容が専門的で判りづらいからだ。ＹＳ－11が生産中止に追い込まれ、（ＭＵ－３００等の小型ビジネス機は除き）日本が旅客機製造の表舞台から去った半世紀の間に、航空のルールや審査手法は大きく様変わりした。この一方、製造国でなくなった日本の審査体制や予算は（必要性がないため）縮小傾向となっていった。変革する審査の習得（経験）など知見の伝承は途絶え、審査パイロットを含めた専門人材の育成などに注ぐ資源も尻窄まりになるなど〝空白の50年〟が生まれた。

この穴を埋めるべく、世界の空を制しているFAA（米連邦航空局）やEASA（欧州航空安全機関）から助言や指導をしてもらってきた。ルールや規定にはガイドラインはあるものの、そこに盛り込まれていない、経験則がないと想像もつかない世界だからだ。メーカーの三菱からは審査する立場であるが故に構えて対峙され、欧米の当局からは生まれたての赤ん坊のように扱われるなど、筆舌に尽くしがたい思いをしながら空白の50年を一気に埋めている。苦闘の状況を知るにつれ、TBS日曜劇場のドラマ『官僚たちの夏』（2009年放送、原作：城山三郎）と重ねてしまうようになった。

本書を執筆する過程で（膨大となった）取材テープと書き起こし、メモを見返した。MRJのチーフエンジニアが語ってくれた、「いまの空はアメリカがスタンダードだけれど、いつか日本がスタンダードになるんだ！　その思いを胸に取り組んでいます」という言葉が脳裏にこびりついている。

過去の歴史を見ても旅客機開発は飛行試験・型式証明の取得が正念場。挑戦は緒に就いたばかりである。ニッポンの前に横たわる試練はかけがいのない知見となり、次の世代に受け継がれていき、そして日本人特有の知恵と工夫で一層の磨きがかけられることだろう。そして先頭を走るトップ集団の仲間入りを遂げた時、見える景色や考え方はいまとはまったく違うものであるに違いない。

8年間の取材、ならびに本書の作成にあたり、三菱重工業、三菱航空機、国土交通省、防衛省、JAXA、NEDO、ANA、JAL、TSH、米プラット&ホイットニー、エアバス、ボーイング、住友精密工業、古谷鉄工所、エンブラエル、ボンバルディア、ATWの方々とOBの方々より、数々の有用な助言、ご指導を頂きました。また、表紙の写真を快く提供して下さったAviation Wireの吉川様、そして推薦の言葉をくださった石破茂様、ありがとうございました。この場を借りて皆様に厚く御礼申し上げます。

著者

～主な登場人物たちのその後～　(2016年8月31日現在)

盛本勇一　三菱航空機 社長 / 会長　(2009年4月－2015年3月)
2015年4月より三菱重工業 顧問

壇善之　三菱重工 先進技術実証機開発プロジェクトマネージャー
(2005年4月－2010年10月)
2010年11月より三菱航空機へ移籍
2012年1月より MRJ チーフエンジニアに就任
2015年1月より三菱航空機 副社長も兼務

高木正隆　三菱航空機 営業担当部長　(2008年7月－2009年10月)
三菱航空機 営業担当執行役員　(2009年11月－2015年3月)
2015年4月より三菱航空機 MRJ アメリカ会長

小川和宏　三菱重工 ボーイング787開発プロジェクトマネージャー
(2004年10月－2008年9月)
三菱航空機 MRJ 開発プロジェクトマネージャー
(2008年10月－2012年3月)
2012年4月より MRJ 設計チームに従事

国岡功補　1999年4月 航空自衛隊テストパイロットを経て三菱重工に入社
2007年より MRJ プロジェクトに携わる
2011年より MRJ チーフパイロットに就任

武雅治　三菱重工 生産技術課主席　(2007年10月－2011年3月)
段ボールモックアップ、主翼成形工作試験に携わる
2011年4月より三菱重工小牧南工場にて防衛分野に従事

田口潔　三菱重工 飛鳥工場にて MRJ 製造に従事
(2011年4月－2016年8月現在)

〈付録〉

～その後のMRJ～（2016年8月31日まで）

受注

2月16日、米航空機リース会社「エアロリース」に最大20機（確定10機、キャンセル可能なオプション10機）を納入することで基本合意した。さらに7月11日、英ファンボロー国際航空ショーにて、欧州で初となるスウェーデンの航空機リース会社「ロックトン」から最大２０機（確定１０機、キャンセル可能なオプション10機）の受注を獲得した。エアロリース社とは8月31日に正式契約を締結し、今後ロックトン社の20機が確定すれば、MRJの受注総数は447機（確定243機、オプション180機、購入権24機）に達することになる。

開発

2015年11月から飛行試験1号機で愛知県営名古屋空港を拠点に飛行試験を開始したMRJは､2016年5月には飛行試験2号機が加わり､7月末までに2機合計で52回･111時間飛行した。運航に必要な型式証明取得のためには1年半弱で2500時間の飛行を行わなければならないことから、今夏から飛行試験の拠点を一年中ほぼ晴天というワシントン州のモーゼスレイクへ移す計画となっていた。

当初計画では7月29日までに米へ飛び立つ予定だったが、機材の修繕・調整が間に合わず、8月22日に延期された。ところがこの日、台風が襲来し、渡米は27日にリスケされた。

そして8月27日、MRJ飛行試験1号機がいよいよ米モーゼスレイクに向けて県営名古屋空港を飛び立った。離陸時刻はAM11時46分。フライト・ルートは県営名古屋空港を出発後、新千歳空港を経由して、ロシアのカムチャッカ半島、米国のアラスカを経てモーゼスレイクのグラント郡国際空港へ向かう北回りだ。

ところが名古屋空港を飛び立って間もなく、機内の温度や湿度、気圧などを一定に保つ空調監視システムに異常が発生、1時間後の12時50分、名古屋空港へ舞い戻った。MRJの監視システムにはセンサーが2つあり、この日は両センサーとも誤作動を起こし、システムの異常が検出された。

MRJが飛行する高度1万メートルの外気はマイナス50℃にもなり、気圧も地上の4分の一以下となる。空調システムが正常に働かなければ、気圧や温度、酸素が低下し、計器に異常が発生したり、乗員の意識が薄らぐなど身体にも大きな影響を及ぼすことになる。今回のトラブルはセンサーの誤作動＝『異常な計測値が出て警告が発せられた』というもので、実際の空調システムそのものは正常に作動していると見られた。ただ、それを確認できる術がないと判りながらアメリカに飛ぶのはあまりに無謀なため、やむを得ずＵターンという判断を下した。

ベースに帰還後、即座に原因究明に着手し、夜を徹してプログラムの点検や調節、システムの動作試験を行って解決を図った。そして翌28日、再び渡米に挑んだ。

ところが離陸30分後、今度は2つのうちひとつのセンサーに異常が発生し、再び名古屋空港へＵターンした。

MRJが導入した空調監視システムは米メーカー製で、三菱が独自で異常の原因を突きとめ、プログラム等の改修や部品の交換など完全な修復を図るには限界があった。検討の末、新たなセンサー部品の輸入やプログラム技術者を派遣してもらうなどの措置を取ることとなった。この時点でメディア等に公表されたのは上記の「空調システムのセンサー異常」だった。誰しも「エアコンの温度・湿度」に関するものだと捉えていた。ところが実際には機体の空気漏れが起きていることを知らせる警告が発せられていたのだ。旅客機は気圧・気温のいずれも低い高い高度を飛ぶため、機内は『与圧』によって標高2,400メートル程度の気圧・密度に保たれている。つまり、飛行高度（気圧）の変化によって機体は常に膨らんだり縮んだりしている。与圧をコントロールするシステムが故障してしまうと、急な減圧が発生し、酸素の欠乏や急激な温度低下のみならず、空中分解＝墜落する恐れもある。現代の旅客機のシステムは急減圧を探知すると自動的に酸素マスクが落ちてきて、強制的に高度3,000メートルまで緊急降下するようにできている。

今回のトラブルでは、センサーかシステムの異常で正しい数値が把握できないだけなのか、もしくは正常な与圧にコントロールできない不具合も起きているのか、または気圧の変化で機体が膨らんだり縮んだりした際に実際にどこかから空気が漏れ出しているのか、はたまたこうした要素が複合的に起きているのか、それが正確に掴めない最悪の事態に陥っていた。地上での点検・テストだけではどうしようもなく、実際に高高度を飛んでみて米の空調管理システムの技術者たちと一緒に探っていくしかないのである。

8月31日の時点で一体いつ飛び立てるのかメドは一切立っていない。原因の究明と修理に加え、米行きのフライト日程の変更が“数日”の範囲を超えてしまうと、経由するロシアなどの空港使用や上空飛行の許可を取り直す必要も出てくるからだ。

競合

米での飛行試験延期は最大のライバルを利することとなり、これから熾烈を極める受注獲得競争は一層の苦戦が強いられることになる。

MRJ と同じ低燃費・低騒音をウリにする米 P ＆ W 製の次世代エンジンを採用したブラジル・エンブラエル社の MRJ の競合機「E190 － E2」は、開発スケジュールを 1 年近く前倒しして、2016 年 5 月 24 日（日本時間）に飛行試験機の初飛行を遂げた。これに伴い、E2 の量産初号機の引き渡しも 2019 年の予定だったスケジュールが 2018 年に早められ、開発遅延が相次ぎ初号機の納入予定が 2019 年中頃に延期された MRJ と横並びとなった。

両者の受注競争は開発のスタートが MRJ より 5 年遅かった E2（開発スタート：2013 年 6 月）がリードしている。MRJ の受注総数が 447 機なのに対し、E2 は 640 機の受注を獲得。内訳は 267 機が確定発注、373 機がオプション・購入権、MRJ は 243 機が確定、204 機がオプション・購入権となっている。≪※ E2 は E190（1 クラス 106 席／ 2 クラス 97 席）、E175（1 クラス 88 席／ 2 クラス 80 席）、E195（1 クラス 132 席／ 2 クラス 120 席）の 3 機種のシリーズ≫

新造機の開発では飛行試験に入ってから想定外のトラブルが発覚し、納入延期を余儀なくされるのは付き物だが、旅客機製造の経験が豊富なエンブラエルよりも、旅客機メーカーとして新参者の三菱に襲いかかるトラブルのほうが遙かに多いと見られている。とは言え、ハイテク化された現代の旅客機開発は水物。調達装備品の不具合やシステムと機器との相性など“運”にも大きく左右される世界だ。いかに早く飛行試験をクリアして型式証明を取得するか、先に王手をかけた者が受注数に水をあけることができる。

著者プロフィール

小西 透（こにし とおる）

1963年、広島県生まれ。テレビディレクター。テレビ朝日系「報道ステーション」、「ザ・スクープ」「サンデープロジェクト」、ＴＢＳ系「報道特集」、「夢の扉」、日本テレビ系「バンキシャ！」、「報道特捜プロジェクト」などの番組で特集の制作を手がける。『JALvsANA 仁義なき攻防戦の裏側』、『JAL破たん』、『密着4年 LCC誕生の舞台裏』、『国産旅客機 MRJ開発 独占密着』、『独占密着！ステルス実証機 開発の舞台裏』など航空関連多数。

負けてたまるか！ 国産旅客機を俺達が造ってやる
小説・MRJ開発物語

2016年12月7日　初版第一刷発行

著者　小西透

Special Thanks　石破茂

カバーデザイン　アキヨシアキラ
本文デザイン　谷敦（アーティザンカンパニー）
カバー写真　Tadayuki YOSHIKAWA/Aviation Wire
本文写真・図版　© 三菱航空機　撮影：三菱航空機、画像提供：三菱航空機

編集　小宮亜里　黒澤麻子

発行者　田中幹男
発行所　株式会社ブックマン社
〒101-0065　千代田区西神田3-3-5
TEL 03-3237-7777　FAX 03-5226-9599
http://bookman.co.jp

印刷・製本：凸版印刷株式会社
ISBN 978-4-89308-872-7